Le
Livre
de
Poche
Jeunesse

D0645781

LE SORTILÈGE

Angie Sage

LE SORTILÈGE

MAGYK
LIVRE CINQ

Traduit de l'anglais
par Nathalie Serval

Titre original :
Septimus Heap Book Five : Syren
(Première publication : HarperCollins Children's Books, New York, 2009).
© Angie Sage, 2009.
Illustrations : © Mark Zug.

Pour Eunice, qui fut là dès le commencement.

A. S.

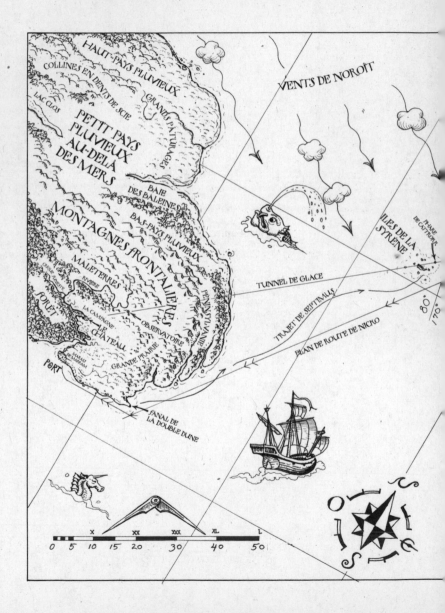

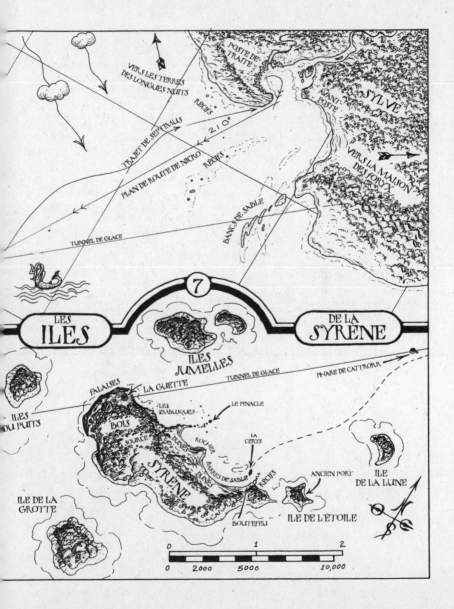

VERS LES TERRES
DES LONGUES NUITS

POSTE DE
TRAITE

RÉCIFS

AVANT-
POSTE

SYLVE

TRAJET DE SEPTIMUS

210°

VERS LA MAISON
DES FORYX

PLAN DE ROUTE DE NICKO

RÉCIFS

TUNNEL DE GLACE

BANC DE SABLE

LES ILES ⑦ DE LA SYRÈNE

ILES
JUMELLES

ILES
DU PUITS

FALAISES
LA GUETTE
TUNNEL DE GLACE
PHARE DE CATTROUK

LES EMBUSQUES
LE PINACLE

BOIS
SOURCE
DUNES
ROCHER
LA CERYS
DUNES
BARRES DE SABLE

SYRÈNE

RÉCIFS

ANCIEN PORT

ILE
DE LA LUNE

ILE DE LA
GROTTE

BOUTEFEU

ILE DE L'ÉTOILE

0		1		2
0	2000	5000		10,000

Prologue :
La croisée des chemins

C'est la première nuit que Nicko passe à l'extérieur depuis sa sortie de la Maison des Foryx, et Jenna se demande s'il n'a pas perdu la tête.

Quelques heures auparavant, sur l'insistance de Nicko, Septimus et Boutefeu les ont tous amenés au Poste de traite, ainsi qu'on appelle la chaîne de ports qui se déroule le long de la côte du continent où se trouve la Maison des Foryx. Nicko brûlait de revoir la mer, et personne, pas même Marcia, n'a eu le cœur de le priver de ce plaisir.

Septimus a bien discuté un peu (il savait son dragon fatigué par un long vol depuis le Château, et il allait encore devoir transporter Éphaniah Grèbe, dans un état critique, durant le voyage de retour), mais Nicko s'est montré inflexible : il

11

devait absolument se rendre au Port numéro trois, un des plus petits maillons de la chaîne, principalement fréquenté par les pêcheurs locaux. Le hangar à filets, leur a-t-il dit, appartenait au maître d'équipage du bateau qui les avait conduits, Snorri et lui, du Port au Poste de traite, de nombreuses années plus tôt. Durant la traversée, Nicko avait sauvé le bâtiment du naufrage en effectuant une réparation d'urgence sur un mât brisé. Pour le remercier, le maître d'équipage, un certain Higgs, lui avait donné la clé de son hangar, insistant pour qu'il y loge chaque fois qu'il séjournerait au Poste.

Quand Septimus lui a fait remarquer qu'après cinq siècles, rien n'indiquait que l'offre de M. Higgs tenait toujours (sans parler de son hangar), Nicko lui a rétorqué qu'un marin n'a qu'une parole. Tout ce qu'il désirait, c'était approcher de nouveau des bateaux, entendre la rumeur de la mer et respirer les embruns. Septimus a alors cédé. Ni lui ni aucun de leurs compagnons ne pouvait refuser cela à Nicko.

C'est ainsi que Septimus, rempli d'appréhension, a déposé Jenna, Nicko, Snorri, Ullr et Moustique à l'extrémité de la ruelle sinistre censée abriter le hangar de M. Higgs. Boutefeu et lui ont ensuite regagné la cabane perchée dans un arbre enneigé où les attendaient Éphaniah Grèbe, Marcia Overstrand et Sarah Heap.

Après le départ de Septimus, Nicko avait eu la désagréable surprise de constater que sa clé n'ouvrait pas la porte du hangar. Leur situation ne s'était pas arrangée après qu'il eut forcé celle-ci : l'intérieur du hangar était sombre, froid, humide, et les pêcheurs semblaient l'utiliser comme dépotoir, ainsi que l'indiquaient l'odeur et les poissons pourris qui s'entassaient sous la minuscule fenêtre sans vitre. Jenna avait fait remarquer d'un air agacé qu'il était impossible d'y dormir : une partie du plancher de l'étage s'était écroulée et le toit comportait un trou béant qui servait apparemment de latrines à la population locale de mouettes. Nicko avait néanmoins persisté dans son intention, mais quand Moustique avait traversé le plancher pourri et était resté suspendu par sa ceinture au-dessus d'une cave remplie d'une substance visqueuse non identifiée, il avait dû faire face à une mutinerie.

Cela explique que nous retrouvions nos amis devant une taverne crasseuse du Port numéro un, occupés à déchiffrer une ardoise proposant trois sortes de poissons, un plat dénommé « salmigondis » et un bifteck d'un animal inconnu d'eux.

Jenna dit que peu lui importe l'animal, du moment que ce n'est pas du foryx. Nicko approuve, ajoutant que, pour sa part, il mangera tout ce qui figure au menu car c'est la première fois qu'il ressent la faim depuis cinq siècles, et nul ne trouve rien à y redire.

À l'intérieur de la taverne non plus, personne ne leur cherche querelle, sans doute à cause de la grande panthère aux yeux verts qui suit la jeune fille blonde comme son ombre et pousse un grognement sourd chaque fois que quelqu'un fait mine de l'approcher. Jenna se réjouit de la présence d'Ullr, car leur groupe ne passe pas inaperçu parmi les marins, les pêcheurs et les marchands qui se pressent dans la salle. Mais si la panthère tient les curieux à distance, les regards se font insistants.

Tous commandent un salmigondis qui, comme le fait remarquer un peu plus tard Moustique, mérite bien son nom,

13

du moins la première syllabe. Puis Nicko met sa menace à exécution en avalant successivement plusieurs assiettées de poissons aux formes étranges accompagnés d'algues, suivies d'un bifteck très rouge et épais, aux contours hérissés de poils blancs, qu'il donne à Ullr après l'avoir goûté. Il termine son repas avec un poisson blanc de forme allongée, plein de minuscules arêtes, qui le fixe d'un air de reproche, tandis que ses compagnons se partagent un crumble aux pommes arrosé de chocolat chaud. Après manger, Jenna, se sentant lourde, n'aspire plus qu'à dormir, fût-ce sur un tas de filets humides dans un hangar fétide. Elle ne remarque pas que la salle est brusquement devenue silencieuse à l'entrée d'un marchand au riche costume. Le nouveau venu scrute l'intérieur enfumé de la taverne sans y trouver l'homme qu'il cherche... Mais ce faisant, son regard tombe sur la dernière personne qu'il s'attendait à voir dans ce lieu : sa fille.

– Jenna ! s'exclame Milo Benda. Qu'est-ce que tu fabriques ici ?

Jenna se relève d'un bond.

– Milo ! s'écrie-t-elle. Qu'est-ce que tu...

Elle laisse sa question en suspens, songeant que cette taverne à l'atmosphère chargée de menace, remplie de gens bizarres qui semblent s'y livrer à toutes sortes de trafics, est précisément le genre d'endroits où elle pouvait s'attendre à trouver son père.

Milo approche une chaise de leur table et s'assied avec eux, les pressant de questions : comment sont-ils arrivés là ? Que sont-ils venus y faire ? Où logent-ils ? Jenna refuse de répondre : c'est à Nicko de le faire, pas à elle, et elle craint que

14

des oreilles indiscrètes n'épient leur conversation, ce qui est probablement déjà le cas.

Milo insiste pour régler leur note et ils ressortent ensemble sur le quai animé.

– Je ne comprends toujours pas ce que vous faites là, leur dit le père de Jenna d'un ton désapprobateur. Il n'est pas question que vous restiez. Une princesse ne devrait pas frayer avec le genre de personnes qu'on rencontre ici.

Jenna se retient de lui faire remarquer qu'il semble très heureux de frayer avec les personnes en question.

– Le Poste de traite n'est pas un endroit pour les enfants, poursuit Milo.

– Nous ne sommes plus... proteste Jenna.

– C'est tout comme. Vous allez m'accompagner à bord de mon bateau.

Jenna n'aime pas qu'on lui donne des ordres, aussi tentante que soit la perspective d'un lit douillet.

– Non merci, rétorque-t-elle, glaciale.

– Comment ça, « non merci » ? fait Milo, incrédule. Je ne vous laisserai pas rôder seuls de nuit dans ces parages.

– Nous ne rôd... commence Jenna, mais Nicko l'interrompt.

– C'est quoi, comme bateau ? demande-t-il.

– Un trois-mâts, répond Milo.

– On vient !

Jenna est soulagée mais n'en laisse rien paraître. Moustique est soulagé et ne s'en cache pas. Snorri elle-même esquisse un sourire tandis qu'elle emboîte le pas à Milo, Ullr sur ses talons.

15

Milo les guide jusqu'à l'arrière de la taverne, où ils franchissent une porte ouvrant sur une allée obscure. De jour, ce raccourci est très fréquenté, mais la nuit, la plupart des gens préfèrent les artères mieux éclairées, à moins de se livrer à des trafics nécessitant un minimum de discrétion. Au bout de quelques mètres, ils voient surgir de l'ombre un homme qui se dirige droit vers eux. Milo s'immobilise au milieu de la ruelle, lui barrant le passage.

– Tu es en retard, remarque-t-il.

L'homme s'arrête pour reprendre son souffle.

– Je... je suis désolé, bafouille-t-il.

– Eh bien ? fait Milo d'un ton impatient.

– Nous l'avons.

– Vraiment ? Il est intact ?

– Oui.

– Personne ne vous a vus, au moins ?

⁘ I ⁘
Une promotion

Septimus Heap, l'apprenti extraordinaire, ouvrit les yeux au moment où sa souris de maison déposait un billet sur son oreiller. Passé un instant de confusion, il se rappela qu'il se trouvait dans sa chambre, au sommet de la tour du Magicien, et qu'il avait accompli sa **Queste**. Puis il lui revint que Jenna, Nicko, Snorri et Moustique n'étaient pas encore rentrés au Château. À présent bien réveillé, il s'assit dans son lit. Quoi qu'en dise Marcia, il était déterminé à retourner les chercher le jour même.

Septimus prit le minuscule billet, balayant de la main quelques crottes de souris, le déplia avec soin et lut :

DE LA PART DE
MARCIA OVERSTRAND
MAGICIENNE EXTRAORDINAIRE

Septimus, je souhaiterais te voir à midi dans mon bureau.
J'espère que l'heure te conviendra.
Marcia.

Cela faisait trois ans que Septimus était l'apprenti de Marcia, et jamais encore elle ne lui avait donné de rendez-vous. D'habitude, quand elle avait quelque chose à lui dire, elle venait directement le trouver et il interrompait ce qu'il faisait pour l'écouter.

Mais on aurait dit que quelque chose avait changé depuis son retour de **Queste**. Tandis qu'il relisait le billet, histoire de s'assurer qu'il avait bien compris, l'écho lointain du carillon de la cour des Drapiers pénétra par la fenêtre ouverte. Il compta onze coups et poussa un soupir de soulagement. Il n'aurait pas voulu arriver en retard à son premier rendez-vous avec Marcia. S'il avait fait la grasse matinée, c'était avec la bénédiction de sa tutrice, laquelle l'avait également dispensé de ménage dans la bibliothèque. Le verre violet de la vitre irisait les rayons du soleil. Septimus sourit : il ne se lassait pas de ce spectacle.

Une heure plus tard, vêtu de la robe d'apprenti neuve qui avait été déposée dans sa chambre à son intention, Septimus frappait poliment à la porte de Marcia.

– Entre ! fit la voix de la magicienne extraordinaire à travers le battant en chêne massif.

18

Septimus ouvrit la porte et franchit le seuil de la petite pièce lambrissée. Il y avait un grand bureau au-dessous de l'unique fenêtre, et Septimus ressentit immédiatement des picotements dus à la **Magyk** qui flottait dans l'air. Les murs étaient entièrement couverts d'étagères sur lesquelles s'entassaient des livres reliés en cuir mangés par les mites, des liasses de papiers jaunis attachés par des rubans pourpres ainsi que quantité de pots en verre brun et noir, contenant des choses tellement anciennes que même Marcia ignorait leur usage. Parmi eux, Septimus reconnut une petite boîte noire qui avait fait la joie et la fierté de son frère Simon, et sur laquelle celui-ci avait tracé le nom « Mouchard » de son écriture ronde. Il ne put s'empêcher de jeter un coup d'œil par la fenêtre haute et étroite. Depuis le bureau de Marcia, la vue embrassait tous les toits du Château jusqu'aux coteaux verdoyants au-delà de la Rivière. On apercevait même au loin la ligne bleue et brumeuse des contreforts des Maleterres.

Assise dans un grand fauteuil pourpre à la fois très usé et très confortable, Marcia regarda tendrement son apprenti, inhabituellement bien habillé, et lui désigna le fauteuil vert, plus petit mais tout aussi confortable, de l'autre côté de la table.

– Bonjour, Septimus. Assieds-toi, je t'en prie. As-tu bien dormi ?

– Oui, merci, répondit Septimus, un peu circonspect (pourquoi Marcia était-elle aussi gentille ?).

– Tu as vécu des journées éprouvantes, reprit la magicienne. En fait, elles l'ont été pour nous tous. C'est un bonheur de t'avoir retrouvé… Tiens, j'ai quelque chose pour toi.

Elle ouvrit un petit tiroir et en sortit une paire de rubans de soie violine qu'elle étala sur la table.

Septimus reconnut des insignes d'apprenti senior. S'il donnait satisfaction à sa tutrice, il serait autorisé à les porter durant sa dernière année d'apprentissage. Marcia était très aimable de lui faire savoir qu'elle envisageait de les lui remettre le moment venu, mais Septimus savait qu'il était encore loin du but et qu'il pouvait arriver bien des choses d'ici là.

– Sais-tu ce que sont ces rubans ? demanda Marcia.

Septimus fit oui de la tête.

– Bien ! Ils t'appartiennent. Je te nomme apprenti senior.

– Quoi, maintenant ?

– Oui, maintenant, acquiesça Marcia avec un grand sourire.

– Aujourd'hui ?

– Aujourd'hui. J'imagine que tu n'as pas eu le temps de salir le bas de tes manches. Tu n'as pas mis d'œuf dessus en prenant ton petit déjeuner, au moins ?

Septimus inspecta ses manches.

– Non, elles sont propres.

Marcia se leva et Septimus en fit autant (un apprenti ne doit jamais rester assis quand son maître est debout), puis elle prit les rubans et les appliqua sur les manches vert vif de son élève. Un filet de **brume** pourpre s'éleva tandis que les rubans s'enroulaient autour des poignets et s'incrustaient dans l'étoffe. Septimus contempla le résultat, muet de stupeur. Mais Marcia n'en avait pas terminé avec lui.

– À présent, il me faut t'informer de tes droits et de tes devoirs. En tant qu'apprenti senior, tu auras le droit de décider de cinquante pour cent de tes projets et de ton emploi du temps – dans la limite du raisonnable, bien entendu. Tu pourras également me représenter aux réunions avec les magiciens de premier niveau, ce dont je te serais d'ailleurs très reconnaissante. Tu seras libre d'aller et venir sans solliciter ma permission, même si la politesse voudrait que tu me dises où tu vas et à quelle heure tu comptes rentrer. Toutefois, en raison de ta jeunesse, je souhaiterais que tu sois de retour à neuf heures les soirs de semaine et au plus tard à minuit dans les occasions spéciales. Compris ?

Septimus acquiesça sans détacher son regard des insignes qui chatoyaient sur ses manches.

– Je... je crois. Mais pourquoi ?

– Parce que tu es le seul apprenti à être jamais revenu de la **Queste**. Non seulement tu y as survécu, mais tu l'as menée à son terme. Et le plus incroyable, c'est que tu as surmonté cette épreuve terrible alors que tu n'étais même pas à la moitié de ta formation. Tu as montré une maîtrise de la **Magyk** supérieure à celle de beaucoup des magiciens qui vivent dans cette tour. C'est pourquoi je t'ai nommé apprenti senior. D'accord ?

– D'accord. Mais...

– Mais ?

– Je n'y serais jamais arrivé sans Jenna et Moustique. Et je les ai laissés devant cet affreux hangar pourri, au Poste de traite. Nous avons promis de retourner les chercher...

– Et nous tiendrons parole. Cependant, je ne crois pas qu'ils s'attendent à nous voir revenir tout de suite. Et je n'ai pas eu une minute à moi depuis notre retour. Ce matin, je me suis levée tôt pour me procurer auprès de Zelda une potion destinée à Éphaniah et Hildegarde. Ils sont tous deux encore très malades. Je veillerai Éphaniah cette nuit, et demain à la première heure je m'envolerai avec Boutefeu afin d'aller chercher Jenna et les autres. Je te promets que tu les reverras très bientôt.

Septimus contemplait les reflets irisés de ses insignes pourpres, songeant aux paroles de Marcia : « En tant qu'apprenti senior, tu seras libre d'aller et venir sans solliciter ma permission, même si la politesse voudrait que tu me dises où tu vas et à quelle heure tu comptes rentrer. »

– J'irai les chercher moi-même, déclara-t-il.

– Il n'en est pas question, lui rétorqua Marcia, oubliant qu'elle s'adressait à un apprenti senior. C'est beaucoup trop risqué, et tu n'es pas encore remis de ta **Queste**. Tu as besoin de repos. J'irai.

– Je vous suis reconnaissant de votre offre, Marcia, reprit Septimus avec toute la solennité qu'il attribuait à son nouveau grade. Néanmoins, je tiens à y aller moi-même. Boutefeu et moi nous mettrons en route d'ici une heure. Je serai de retour demain, au plus tard à minuit. Je pense qu'on peut raisonnablement considérer cela comme une occasion spéciale.

Regrettant d'avoir si bien renseigné Septimus sur ses nouvelles prérogatives, Marcia se rassit et le considéra d'un air pensif. Son nouvel apprenti senior semblait avoir brusquement grandi. Ses yeux verts étincelants reflétaient une assurance qu'elle ne lui connaissait pas et – bien sûr ! – quelque chose avait changé chez lui, elle l'avait perçu à la seconde où il avait franchi le seuil de la pièce – il avait *peigné ses cheveux*.

– Pourrai-je assister à ton départ ? demanda-t-elle posément.

– J'en serais très heureux. Rendez-vous dans une heure à l'enclos du dragon.

Arrivé à la porte, il se retourna et ajouta avec un grand sourire :

– Merci de tout cœur, Marcia.

Marcia lui rendit son sourire et le regarda quitter la pièce d'un pas affirmé.

⊹ 2 ⊹
AU COTTAGE DE LA GARDIENNE

C'était une belle journée de printemps dans les marais de Marram. Le vent avait dissipé le brouillard matinal et poussait de petits nuages blancs à travers le ciel. L'air frais sentait le sel, la boue et la soupe au chou trop cuite.

Sur le seuil d'une petite maison en pierre, un jeune garçon dégingandé aux longs cheveux emmêlés chargeait un sac à dos sur ses épaules, aidé par ce qui avait tout l'air d'un vaste édredon en patchwork.

– Tu es sûr de connaître le chemin ? demanda l'édredon.

Le jeune garçon acquiesça et redressa son sac. Ses yeux bruns sourirent à la grosse femme cachée dans les plis de l'édredon.

– J'ai ta carte, tante Zelda, dit-il, tirant une feuille de papier toute froissée de sa poche. En réalité, j'ai toutes tes cartes, ajouta-t-il en produisant d'autres feuilles. Du fossé du Python à la Rigole Double... De la Rigole Double au bourbier d'Enfer...

Du bourbier d'Enfer au Grand Chemin... Du Grand Chemin aux Roselières... Des Roselières à la Chaussée.

– Et de la Chaussée au Port ? Tu l'as aussi ?

Les yeux bleu vif de tante Zelda exprimaient l'inquiétude.

– Mais oui... bien que je n'en aie pas besoin. Je me rappelle parfaitement cette partie.

Tante Zelda soupira.

– J'espère qu'il ne t'arrivera rien, Lobo chéri.

Lobo baissa les yeux vers tante Zelda (ces derniers temps, il avait beaucoup grandi tandis que la brave femme s'était encore voûtée) puis il la prit dans ses bras et la serra contre lui.

– Tout va bien se passer, lui assura-t-il. Je serai de retour demain, comme convenu. Tu n'auras qu'à **écouter** vers midi pour savoir où je suis.

– Je n'**entends** plus aussi bien qu'autrefois, répondit tante Zelda d'un ton mélancolique. Le boggart t'attendra. Au fait, où est-il ?

Elle scruta du regard le fossé qui se remplissait rapidement d'eau salée avec la marée montante, et dont l'aspect rappelait à Lobo la soupe aux bousiers et aux navets que tante Zelda avait servie la veille au dîner. Au-delà s'étendaient les marais de Marram, une immense plaine désolée pleine de canaux sinueux, de tourbières traîtresses, de bas-fonds vaseux, et peuplée de créatures étranges pas toujours amicales.

– Boggart ! appela Zelda. Boggart !

– Ça va aller, dit Lobo, pressé de partir. Je n'ai pas besoin du bog...

– Ah, te voilà enfin ! s'exclama Zelda alors qu'une tête sombre évoquant celle d'un phoque crevait la surface du fossé.

– Pour sûr, bougonna le boggart en fixant Zelda de ses yeux ronds et noirs. C'est là qu'je dors… Enfin, qu'j'essaie !

– Cher Boggart, je suis désolée de t'avoir réveillé, mais j'aimerais que tu guides Lobo jusqu'à la Chaussée.

Le boggart se renfrogna encore davantage.

– Jusqu'à la Chaussée ? Ça fait une tirée !

– Je sais. Et le chemin est semé d'embûches, même avec une carte.

Le boggart souffla, projetant un peu de boue sur la robe de tante Zelda, et lança un regard de reproche au jeune garçon.

– Dans ce cas, on f'rait bien d'y aller, dit-il. Suis-moi !

Il s'éloigna à la nage, fendant les eaux brunes du fossé.

Tante Zelda serra Lobo contre sa poitrine, l'enveloppant dans les plis de sa vaste robe en patchwork, puis elle s'écarta et le considéra gravement.

– Tu as pris mon billet ? demanda-t-elle.

Lobo acquiesça.

– Tu sais à quel moment tu dois le lire ?

Lobo acquiesça de nouveau.

– Tu me fais confiance, n'est-ce pas ?

Lobo hocha la tête, plus lentement cette fois, et dévisagea tante Zelda avec perplexité. Les yeux bleus de la brave femme brillaient d'un éclat encore plus vif que d'habitude.

– Tu sais que je ne te laisserais pas partir si je ne te croyais pas capable d'accomplir cette **mission** ?

Lobo marqua une hésitation avant d'acquiescer.

– Et… oh, Lobo, tu sais à quel point je t'aime, pas vrai ?

26

– Bien sûr, marmonna le jeune garçon, à la fois gêné et inquiet : tante Zelda se comportait comme si elle pensait ne jamais le revoir, et il n'aimait pas beaucoup cela.

Il se dégagea et lui lança un rapide au revoir avant de courir pour rattraper le boggart, qui l'attendait impatiemment au pied du nouveau pont de bois.

Chaudement emmitouflée dans la robe molletonnée qu'elle avait passé une grande partie de l'hiver à coudre, tante Zelda regarda Lobo s'éloigner. Son parcours en zigzag aurait pu paraître étrange à un observateur, mais Zelda savait qu'il longeait l'étroit sentier qui épousait les tours et les détours du fossé du Python. Elle le suivit du regard, abritant ses yeux vieillissants de l'éclat presque insoutenable, même par temps couvert, du ciel qui se déployait au-dessus des marais. De temps en temps, il s'immobilisait, obéissant à un avertissement du boggart, et à une ou deux reprises elle le vit franchir le fossé d'un bond pour poursuivre de l'autre côté. Elle l'observa jusqu'au moment où il disparut, avalé par le brouillard qui planait au-dessus du bourbier d'Enfer, un marécage sans fond qui s'étirait sur des lieues le long de l'unique route menant au Port. Le seul moyen de le traverser était de prendre appui sur des pierres cachées, et le boggart connaissait l'emplacement de chacune d'elles.

Tante Zelda remonta ensuite lentement le chemin qui conduisait à sa maison. Une fois la porte refermée, elle s'y appuya d'un air las. La matinée avait été difficile. Il y avait d'abord eu la visite surprise de Marcia, et l'annonce bouleversante de la **Queste** de Septimus. Puis elle avait envoyé Lobo en

mission, une décision qui lui coûtait, quand bien même elle la savait inéluctable.

Elle poussa un profond soupir et promena son regard autour d'elle. Sa chère maison lui paraissait étrangement vide. Depuis plus d'un an que Lobo vivait avec elle, elle s'était habituée à une présence humaine. Pourtant, elle l'avait envoyé à... Zelda secoua vigoureusement la tête. Était-ce une folie ? Non, décida-t-elle après réflexion. Elle avait fait le bon choix.

Quelques mois plus tôt, tante Zelda avait fini par s'avouer qu'elle commençait à considérer Lobo comme son apprenti. L'heure de la retraite allait bientôt sonner pour elle, et elle devait songer à transmettre ses secrets. Le problème, c'est que de mémoire de gardienne, la fonction n'avait jamais été occupée par un homme. Mais tante Zelda ne voyait pas pourquoi ça n'aurait pas été possible. Il était même grand temps de bousculer la tradition. C'est pourquoi, malgré ses craintes, elle avait envoyé Lobo en **mission**. En cas de succès, il serait qualifié pour devenir « gardien présomptif », sous réserve que la reine donne son accord... et tante Zelda ferait tout son possible pour l'obtenir.

La gardienne fourragea parmi ses outils, cherchant son levier.

– Ah ! Te voilà, dit-elle au levier après l'avoir débusqué, retrouvant sa vieille habitude de parler toute seule.

Armée du levier, elle s'approcha de la cheminée du cottage et roula le tapis. Soufflant et ahanant, elle s'agenouilla, souleva une dalle descellée puis, avec des gestes prudents (l'araignée velue de Marram nichait sous les dalles, et mieux valait ne pas la déranger à cette période de l'année), elle tira à elle un long tube en argent dissimulé dessous.

Tenant le tube à bout de bras, elle l'inspecta et frissonna d'horreur : une pelote d'un blanc laiteux d'œufs d'araignée velue de Marram adhérait à une extrémité. Elle poussa un cri perçant et exécuta une danse frénétique en secouant violemment le tube pour en déloger les œufs. Ce faisant, le tube visqueux lui échappa des mains et décrivit un arc gracieux à travers la pièce avant de franchir le seuil de la cuisine. Un bruit de plongeon apprit à tante Zelda qu'il avait achevé sa course dans la soupe aux bousiers et aux navets, la transformant en soupe aux bousiers, aux navets et aux œufs d'araignée. (Ce soir-là, elle fit bouillir la soupe et la consomma au dîner. Sur le moment, elle la trouva meilleure que la veille et attribua cette amélioration au fait qu'elle l'avait laissée reposer toute une journée sur la cuisinière. Plus tard, il lui vint à l'esprit que les œufs d'araignée y étaient peut-être pour quelque chose, et elle alla se coucher avec l'estomac barbouillé.)

Elle s'apprêtait à repêcher le tube quand elle perçut un mouvement du coin de l'œil. De longues pattes velues émergeaient de la cavité béante. Avec un haut-le-corps, Zelda souleva la dalle et la laissa retomber. Elle reprit sa place avec un fracas qui fit trembler les murs de la petite maison, séparant à jamais la maman araignée de ses bébés.

Ayant récupéré le tube, Zelda s'assit à son bureau et avala en guise de remontant une tasse d'eau chaude dans laquelle elle avait fait fondre une cuillerée de confiture de canneberges. La vue de l'araignée lui avait rappelé la **mission** qu'elle avait assignée à Lobo, et celle dont Betty Crackle l'avait elle-même chargée, bien des années auparavant. Elle soupira à nouveau et se dit qu'elle avait fait de son mieux pour préparer son protégé à cette épreuve. Du moins, elle n'avait pas rédigé ses instructions sur du carton, comme l'avait fait Betty Crackle.

Zelda essuya soigneusement le tube, puis elle brisa le sceau qui le fermait à l'aide d'un petit couteau en argent et en sortit un parchemin très ancien et taché d'humidité en haut duquel il était écrit « Contrat d'apprentissage de la gardienne présomptive » en lettres presque effacées.

Tante Zelda passa ensuite une heure à **nommer** Lobo à l'intérieur du contrat. Puis elle s'appliqua à rédiger une requête à la reine qu'elle roula à l'intérieur du tube avec le contrat. Il était presque l'heure de se mettre en route. Mais avant cela, elle avait quelque chose à prendre dans le placard à POTIONS INSTABLES ET POISONS PARTIKULIERS.

Elle eut le plus grand mal à se faufiler à l'intérieur du placard, surtout avec sa nouvelle robe molletonnée. Elle alluma sa lanterne, ouvrit un tiroir secret et, après avoir chaussé ses lunettes extra-grossissantes, elle consulta un petit ouvrage intitulé *GUIDE DU PLACARD À POTIONS INSTABLES ET POISONS PARTIKULIERS*. Elle ouvrit ensuite un tiroir peint en bleu contenant un assortiment de cristaux et de pierres précieuses taillées, disposés avec soin sur du feutre bleu. Elle promena son regard sur une rangée d'amulettes et fronça les sourcils : ce qu'elle cherchait n'était pas là. Elle se reporta au guide et plongea la main dans le tiroir, tâtonnant jusqu'à ce que ses doigts rencontrent un fermoir. En étirant au maximum son index replet, elle parvint à l'actionner. Il y eut un déclic, puis un objet lourd roula dans le tiroir et apparut dans la clarté de la lanterne.

Tante Zelda prit la minuscule fiole dorée et la posa délicatement sur sa paume. Faite d'un or très pur, tissé par les araignées d'Aurum, elle était fermée par un bouchon en argent gravé d'un hiéroglyphe figurant un nom depuis longtemps oublié. Zelda se sentait quelque peu nerveuse : l'objet qu'elle avait en main était une **amulette** vivante, un objet extrêmement rare. C'était la première fois qu'elle avait l'occasion d'en toucher une.

La visite de Marcia, ce matin-là, avait mis tante Zelda sur les nerfs. Après que la magicienne extraordinaire fut repartie, emportant des potions pour Éphaniah et Hildegarde, elle avait été prise d'une **vision** soudaine : Septimus sur le dos de Boutefeu, un éclair aveuglant, puis tout devenait noir. Très troublée, elle avait tenté de percer l'obscurité de son regard intérieur, sans parvenir à distinguer quoi que ce soit, et ce néant l'avait terrifiée.

Ce qu'on appelle généralement la seconde **vue** mériterait mieux le nom de « première **vue** », car elle ne se trompe jamais. Tante Zelda avait la certitude qu'en dépit des assurances de Marcia, ce serait bien Septimus, et non elle, qui prendrait les airs afin d'aller chercher ses compagnons. Sa **vision** se réaliserait, et elle était impuissante contre cela. Tout ce qu'elle pouvait faire, c'était envoyer à Septimus la meilleure **amulette** en sa possession.

Tante Zelda se glissa hors du placard et s'approcha de la fenêtre. Levant la minuscule fiole vers la lumière, elle la retourna délicatement et vérifia que la cire qui scellait le bouchon était intacte. Elle sourit, rassurée : l'**amulette** était toujours **endormie**. Puis elle prit une profonde inspiration et entonna une étrange mélopée à donner la chair de poule afin de la **réveiller**.

Cette incantation était une des plus rares et des plus compliquées qu'elle avait jamais eu à proférer. Elle était truffée de conditions et de stipulations, de clauses et de sous-clauses, qui, si on les avait mises par écrit, auraient fait passer le plus touffu des documents officiels pour une aimable pochade. Tante Zelda s'assura que le contrat (puisque c'était de cela qu'il s'agissait) ne comportait aucune faille. Elle commença par décrire Septimus (le destinataire du **charme**) en détail, et, tandis qu'elle chantait ses louanges, sa voix s'éleva jusqu'à fêler trois vitres et faire cailler le lait avant de s'échapper par la cheminée et de s'évanouir dans le vent de cette matinée de printemps.

Peu à peu, la voix de tante Zelda dépassa le seuil de perception de l'oreille humaine et atteignit la fréquence utilisée par les créatures du marais pour signaler un danger. Une famille entière de gabouillards se jeta à l'eau, cinq nixes s'enfouirent dans la flaque préférée du boggart, un couple de rats de vase qui courait sur le pont de bois en couinant s'abîma dans un bourbier et le python des marais, sur le point de s'engager dans le fossé, changea brusquement d'avis pour se diriger vers l'île aux Poules.

Enfin la mélopée s'acheva, et les créatures à l'extérieur du cottage s'apaisèrent. Tante Zelda glissa un cordon de cuir dans la boucle en argent fixée au col de la fiole et la rangea avec précaution dans une des multiples poches de sa robe.

Puis elle se rendit dans sa minuscule cuisine et s'adonna à une de ses tâches préférées : la préparation d'un sandwich au chou.

Bientôt le sandwich rejoignit l'**amulette** vivante dans les profondeurs de sa poche. Elle était certaine que Septimus apprécierait celui-là, mais elle aurait bien voulu pouvoir en dire autant de celle-ci.

3
BARNEY POT

Tante Zelda était coincée. Même s'il lui répugnait de l'admettre, c'était la vérité. Elle avait voulu emprunter le passage de la reine, un raccourci **magique** qui menait directement de son placard à POTIONS INSTABLES ET POISONS PARTIKULIERS à un placard identique situé dans la chambre de la reine, au palais. Pour activer le passage, tante Zelda devait d'abord refermer la porte du placard puis ouvrir un tiroir près de son pied droit. Et après un hiver consacré à engraisser Lobo – et elle-même –, cette opération se révélait plus compliquée que prévu.

Tante Zelda se pressa contre les rayonnages, inspira et tira la porte. Elle se rouvrit aussitôt. Zelda la tira de nouveau et, derrière elle, une rangée de fioles se renversa en tintant. Elle se retourna prudemment afin de les redresser et, ce faisant, elle bouscula une pile de petites boîtes de belladone séchée. Les boîtes tombèrent avec fracas. Essoufflée, tante Zelda se pencha pour les ramasser et la porte du placard s'ouvrit en grand.

En maugréant, elle empila de nouveau les boîtes et aligna les fioles. Elle lança un regard torve à la porte du placard. Pourquoi était-elle si contrariante ? D'un geste ferme, histoire de lui montrer qui commandait, elle la tira de nouveau et demeura parfaitement immobile. La porte resta fermée. Avec une extrême lenteur, la brave femme entreprit de se tourner vers les étagères. La porte se rouvrit brusquement. Réprimant un juron très grossier, tante Zelda tendit le bras en arrière et la claqua. Des fioles s'entrechoquèrent, mais elle ne leur prêta aucune attention. Avant que la porte ne change d'avis, elle se dépêcha d'ouvrir le tiroir du bas avec son pied. Victoire ! Un déclic venant de la porte lui signala que le placard à POTIONS INSTABLES ET POISONS PARTIKULIERS était **fermé** et le passage de la reine **ouvert**. Tante Zelda pénétra dans ce dernier... pour se retrouver coincée à l'autre extrémité.

Elle se plaqua contre le mur et rentra le ventre. La porte s'ouvrit tout à coup et tante Zelda jaillit du placard comme un diable de sa boîte, une entrée qui manquait quelque peu de dignité.

La petite pièce circulaire contenait en tout et pour tout un fauteuil, face à un feu soigneusement entretenu, et un fantôme. Confortablement installé dans le fauteuil, celui-ci contemplait le feu d'un air rêveur. C'était – ou cela avait été – une jeune reine. Ses longs cheveux bruns étaient coiffés d'un simple diadème, et elle se drapait dans sa cape rouge et or comme si elle craignait le froid. Une tache sombre s'étalait sur sa poitrine, là où, douze ans plus tôt, avait pénétré la balle qui avait ôté la vie à la bonne reine Cerys, ainsi que l'appelaient ses sujets.

La reine avait levé les yeux à l'entrée spectaculaire de tante Zelda. Elle adressa à celle-ci un sourire interrogateur. La gardienne fit une rapide révérence avant de traverser la pièce d'un pas résolu et de se fondre dans le mur. La reine s'abîma de nouveau dans le spectacle des flammes. *C'est étrange comme les vivants changent vite*, songea-t-elle. On aurait dit que Zelda avait avalé par erreur un **sort grossissant**. Peut-être aurait-elle dû lui en parler ?

Ayant pris pied sur un palier poussiéreux, tante Zelda s'engagea dans l'escalier étroit qui menait au bas de la tour Est du palais. Elle craignait de s'être montrée grossière envers la reine Cerys, mais elle aurait tout le temps de lui présenter ses excuses plus tard. Pour l'heure, elle devait retrouver Septimus.

En bas de l'escalier, elle poussa une porte qui donnait sur les jardins du palais et entreprit de traverser la vaste pelouse qui descendait vers la rivière. Sur sa droite, elle apercevait une grande tente rayée en piteux état, dressée sur la berge. Tante Zelda savait qu'elle abritait les fantômes d'Alther Mella et d'Alice Nettles, mais pour le moment, ses pas l'entraînaient vers la rangée de sapins qui délimitait la pelouse à gauche. En approchant, elle perçut le souffle puissant d'une aile de dragon brassant l'air, un bruit qui n'était pas sans évoquer celui d'une centaine de tentes pleines de fantômes claquant dans la tempête. Au-dessus des arbres, elle distingua la pointe de l'aile de Boutefeu, le dragon de Septimus, qui s'échauffait en prévision du long vol qui l'attendait. Et même si elle ne pouvait voir la personne qui le montait, elle savait qu'il ne s'agissait pas de Marcia, mais de Septimus.

– Attends ! cria-t-elle, accélérant le pas. Attends !

Sa voix se perdit dans le remous d'air qui agita les arbres quand Boutefeu abaissa ses ailes. Tante Zelda s'arrêta pour reprendre son souffle. Jamais elle n'arriverait à temps. Boutefeu allait s'envoler d'un instant à l'autre, emmenant Septimus.

– Ça va, madame ? demanda une petite voix derrière elle.

Tante Zelda fit volte-face et vit un petit garçon presque caché derrière une énorme brouette.

– Je peux vous aider ? reprit l'enfant d'un ton plein d'espoir.

Barney Pot avait récemment rejoint la toute nouvelle troupe des Louveteaux du Château et il devait faire sa B.A. de la journée. Il avait d'abord pris tante Zelda pour une tente du même genre que celle qui se dressait sur le débarcadère, mais à la réflexion, on aurait plutôt dit qu'elle était prise au piège à l'intérieur d'une tente et avait réussi à sortir la tête par le sommet pour appeler à l'aide.

– Tu tombes bien, soupira tante Zelda.

Elle plongea une main dans sa poche et en sortit la petite fiole dorée.

– Apporte ceci... à l'apprenti extraordinaire... Septimus Heap... là-bas. (Elle agita la main en direction des sapins qui ondulaient dans le vent.) Sur le... dragon.

– L'apprenti extraordinaire ? répéta Barney, stupéfait. Sur le dragon ?

– Oui. Donne-lui ceci.

– Quoi... moi ?

– Oui. S'il te plaît.

Tante Zelda glissa l'**amulette** dans la main du petit garçon qui la regarda avec des yeux ronds. Il n'avait jamais rien vu d'aussi beau. La fiole était beaucoup plus lourde qu'il ne l'aurait cru et il y avait des inscriptions bizarres gravées sur son bouchon. Barney apprenait à lire, mais ces lettres-là ne ressemblaient à rien de ce qu'il connaissait.

– Dis à Septimus que c'est une **amulette**, reprit la gardienne, et que c'est tante Zelda qui la lui envoie.

Les yeux de Barney semblaient sur le point de jaillir de ses orbites. C'était le genre de choses qui arrivaient dans son livre préféré, *Cent Contes étranges et curieux pour les enfants qui s'ennuient*, mais jamais dans la vraie vie.

– Ben ça alors ! souffla-t-il.

– Attends !

Tante Zelda sortit une autre surprise de sa poche et la tendit à Barney.

– Donne-lui ça aussi.

Le petit garçon prit l'objet. Il était froid et mou, et l'espace d'un instant, Barney crut qu'il s'agissait d'une souris morte. Sauf que les souris mortes n'étaient habituellement pas fourrées avec des feuilles vertes et spongieuses.

– Qu'est-ce que c'est ? demanda-t-il.

– Un sandwich au chou. Va, mon garçon. C'est très important. Dépêche-toi !

Barney ne se le fit pas dire deux fois. Grâce à « La Terrible Histoire de Larry le flemmard », il savait qu'il ne faut jamais tarder à remettre une **amulette** à son destinataire, ou il vous arrive toutes sortes de choses horribles. Il fourra le sandwich au chou dans sa poche et, serrant la fiole dorée dans sa main, il courut vers le dragon de toute la vitesse de ses jambes.

Barney arriva juste à temps pour voir l'apprenti extraordinaire – un garçon plus grand que lui, avec de longs cheveux blonds bouclés et une tunique verte – se préparer à monter sur le dragon. Billy Pot, l'oncle de Barney, tenait la tête de celui-ci et caressait son museau hérissé de pointes.

Barney n'aimait pas beaucoup le dragon. Il était énorme, effrayant et il sentait mauvais – un peu comme les iguanes nains d'oncle Billy, mais cent fois pire. Et depuis que le dragon avait failli le piétiner, et qu'oncle Billy avait hurlé contre lui parce qu'il s'était mis en travers de son chemin, Barney gardait prudemment ses distances. Mais il avait une mission importante à accomplir. Il courut droit vers l'apprenti extraordinaire, criant :

– Excuse-moi !

L'apprenti extraordinaire ne le remarqua pas. Il jeta une cape en fourrure à l'odeur étrange sur ses épaules et dit à Billy :

– Je vais tenir Boutefeu. Pendant ce temps, pourriez-vous aller dire à Marcia que nous sommes prêts à décoller ?

Billy jeta un coup d'œil vers l'extrémité du terrain où la magicienne extraordinaire était en grande discussion avec dame Sarah, la mère de la princesse, même si elle n'était pas reine. De loin, Marcia Overstrand paraissait tout aussi redoutable que de près. Très grande, avec d'épais cheveux noirs bouclés, elle était vêtue d'une longue robe pourpre qui flottait au vent. Sa voix était également impressionnante. Malgré la distance, Barney l'entendit s'exclamer : « Quoi, déjà ? » quand oncle Billy lui eut parlé. Mais il ne devait pas se laisser distraire. Il devait remettre l'**amulette** à l'apprenti extraordinaire avant qu'il ne monte sur le dragon. Après, il serait trop tard.

– Apprenti ! cria-t-il à pleins poumons.

Septimus Heap s'immobilisa, un pied en l'air, et baissa les yeux. Il aperçut alors un petit garçon qui lui rappela quelqu'un qu'il avait connu longtemps – très longtemps – auparavant. « Qu'y a-t-il, Hugo[1] ? » faillit-il demander, mais il s'interrompit et dit simplement :

– Qu'y a-t-il ?

– S'il te plaît, dit le petit garçon, qui avait même la voix d'Hugo. J'ai quelque chose pour toi. C'est très important. J'ai promis de te le donner.

– Ah ?

Septimus s'accroupit pour se mettre à sa hauteur.

– Qu'est-ce que c'est ? demanda-t-il.

Barney Pot déplia les doigts.

– Une **amulette**, dit-il. Une dame m'a demandé de te la donner.

Septimus eut un mouvement de recul comme s'il venait d'être piqué par un insecte.

– Non merci, dit-il d'un ton brusque.

Barney parut stupéfait.

– Mais c'est pour toi !

Il tendit la fiole dorée à Septimus, qui se releva et se retourna vers le dragon.

– Non, répéta-t-il.

Barney regarda la fiole d'un air consterné.

– S'il te plaît, apprenti, il faut que tu la prennes.

Barney était horrifié. Un châtiment affreux attendait ceux qui promettaient de remettre une **amulette** et qui n'en fai-

---

1. Voir *Magyk Livre Trois : La Reine maudite*.

saient rien. Dans le meilleur des cas, il serait transformé en grenouille, ou pire, en iguane nain... Il serait transformé en iguane puant, et oncle Billy, n'en sachant rien, le capturerait et le mettrait dans une cabane avec ses propres iguanes. Eux devineraient qu'il n'était pas des leurs et ils le mangeraient.

– Si ! Tu dois la prendre ! hurla Barney. Il le faut !

Septimus le regarda, désolé.

– Comment t'appelles-tu ? demanda-t-il gentiment.

– Barney.

– Eh bien, Barney, laisse-moi te donner un conseil : n'accepte jamais une **amulette** de personne. Jamais.

– S'il te plaît, implora Barney en agrippant la manche de Septimus.

– Lâche-moi, Barney, d'accord ? Je dois partir.

Sur ces paroles, Septimus prit appui sur le cou du dragon pour se hisser sur son dos et s'installa dans la dépression en avant de ses épaules puissantes. Barney lui lançait des regards désespérés. Il était hors d'atteinte à présent.

Barney était décidé à lancer l'**amulette** à l'apprenti quand Boutefeu tourna la tête vers lui. Les yeux cerclés de rouge du dragon considérèrent avec mépris la petite silhouette sautillante. Barney croisa son regard et recula. Il ne croyait pas oncle Billy quand il disait que Boutefeu était trop bien élevé pour faire du mal à quelqu'un.

Barney regarda Marcia Overstrand approcher à grandes enjambées aux côtés d'oncle Billy. Peut-être pourrait-il lui confier l'**amulette** pour qu'elle la remette à son apprenti ? Il la vit s'assurer que les deux grandes sacoches derrière Septimus étaient solidement attachées, puis se pencher vers son apprenti et le serrer dans ses bras. Il nota l'expression étonnée du jeune garçon. Enfin la magicienne extraordinaire et oncle Billy reculèrent et Barney comprit que le dragon était sur le point de s'envoler. C'est alors qu'il se rappela la seconde partie du message qu'il devait délivrer.

– C'est de la part de tante Zelda ! hurla-t-il si fort qu'il en eut mal à la gorge. L'**amulette** vient de tante Zelda ! Et il y a aussi un sandwich !

Mais il était trop tard. Le bruit du décollage couvrit sa voix et un souffle puissant le projeta contre un tas qui sentait très mauvais. Le temps qu'il se ressaisisse, le dragon était déjà haut dans le ciel, volant au-dessus des sapins, et on n'apercevait plus que les bottes de l'apprenti.

C'est alors seulement que son oncle remarqua sa présence.

– Barney ? dit-il. Qu'est-ce que tu fais là ?

– Rien, répondit Barney dans un sanglot.

Et il s'enfuit en courant.

Barney se glissa par un trou dans la haie qui bordait la piste d'envol du dragon. Il n'avait qu'une idée en tête : rendre l'**amulette** à la dame empêtrée dans la tente et lui expliquer ce qui s'était passé, mais il n'y avait aucune trace d'elle nulle part.

Enfin, à son grand soulagement, Barney aperçut un morceau d'une tente en patchwork qui disparaissait par une petite porte dans le mur de la tour Est. Oncle Billy avait interdit à son neveu de pénétrer dans le palais, mais à ce moment-là, Barney n'en avait cure. Il remonta en courant le trottoir de brique qui conduisait à la tour et, quelques secondes plus tard, il se trouvait à l'intérieur du palais.

Il y faisait sombre et il y régnait une drôle d'odeur. Barney n'aimait pas du tout cela. La dame avait disparu. À droite, il repéra un escalier en spirale qui montait vers le sommet de la tour et, à gauche, une grande et vieille porte en bois. Jugeant que l'escalier était trop étroit pour que la dame ait pu l'emprunter, il ouvrit la porte et en franchit le seuil. Devant lui s'étendait le couloir le plus long qu'il avait jamais vu. Sans le savoir, il venait de découvrir le promenoir, qui constituait en quelque sorte l'épine dorsale du palais. Barney s'y engagea à pas prudents.

Ce couloir ne lui plaisait pas. Il était aussi sombre et désert qu'une route en rase campagne à minuit. En plus, il était bordé des deux côtés par tout un tas d'objets étranges : statues, animaux empaillés, tableaux représentant des gens effrayants qui l'observaient. Il jeta un coup d'œil à l'**amulette**. Un reflet éclaira brièvement sa surface polie, comme pour lui rappeler à quel point il était important qu'il la rende. Et soudain quelqu'un l'attrapa.

Barney se débattit. Il allait crier quand une main se plaqua sur sa bouche, lui donnant envie de vomir. Elle sentait la réglisse, et Barney détestait la réglisse.

– Chuuuut ! fit une voix sifflante à son oreille.

Barney se tortillait comme une anguille. Malheureusement, il n'était pas aussi glissant qu'une anguille, et son agresseur eut tôt fait de le maîtriser.

– Eh ! Tu es de la famille du garde-dragon, pas vrai ? Pouah ! Tu sens encore plus mauvais que lui.

– Lâchez-moi, marmonna Barney.

En plus d'empester la réglisse, la main plaquée sur sa bouche portait au pouce une bague aux arêtes vives qui lui faisait mal.

– C'est bon, reprit la voix à son oreille. Tu sens trop mauvais. Mais je garde ça.

De sa main libre, son agresseur arracha l'**amulette** à Barney.

– Non ! cria l'enfant, parvenant enfin à se dégager.

En tentant de récupérer la fiole, il eut la surprise de se retrouver face à un des scribes du Manuscriptorium, un garçon grand et maigre, à l'allure négligée, tout de gris vêtu. Avec un sourire narquois, le scribe tenait la fiole à bout de bras au-dessus de sa tête, empêchant Barney de l'atteindre. L'enfant refoula ses larmes. Décidément, tout allait de travers ce matin. Comment un scribe du Manuscriptorium avait-il pu lui tendre une embuscade et lui voler l'**amulette** ? D'ordinaire, les scribes étaient dignes de confiance, tout le monde savait cela.

– Rends-la-moi ! supplia-t-il.

– Elle est à toi si tu réussis à l'attraper, minus, railla le scribe.

– Je t'en prie, sanglota Barney. C'est important.

– Important comment ? demanda le scribe en éloignant encore la fiole.

– Très important.

– Dans ce cas, va te faire voir. Elle est à moi.

Devant Barney horrifié, le scribe disparut alors subitement. On aurait dit qu'il s'était fondu dans le mur. Le petit garçon ne pouvait détacher les yeux des lambris. Trois têtes réduites alignées sur une étagère lui rendirent son regard.

Comment pouvait-on disparaître ainsi ? Peut-être avait-il été attaqué par un fantôme. Mais les mains des fantômes ne sentaient pas la réglisse et ne pouvaient rien saisir, pas vrai ?

Le long couloir était à présent désert et l'**amulette** avait disparu. Les têtes grimaçantes semblaient dire : « Bonne chance pour ta future vie d'iguane, ha, ha, ha ! »

✦ 4 ✦
LE GARDIEN PRÉSOMPTIF

Tandis que Barney Pot se faisait agresser dans le promenoir, tante Zelda assistait au départ de Septimus par la petite fenêtre au sommet de la tour Est.

Elle vit Boutefeu s'élever au-dessus du palais, son gros ventre blanc masquant le soleil. Elle vit l'ombre de ses ailes se diriger vers la rivière à travers la pelouse et distingua la petite silhouette verte de Septimus, presque cachée derrière le grand cou musclé du dragon. Septimus et Boutefeu décrivirent trois cercles autour de la tente rayée sur l'embarcadère, et Alther Mella sortit pour les saluer de la main. En plissant ses yeux fatigués, Zelda vit ensuite Septimus et le dragon s'éloigner en direction d'un banc de brume provenant du Port. Bientôt, dragon et pilote ne furent plus qu'un point noir qui finit par disparaître à l'horizon. Zelda soupira alors, songeant qu'au moins Septimus avait l'**amulette** – une **amulette** vivante, en plus.

S'écartant de la fenêtre, elle sortit ensuite une clé dorée de sa poche, l'enfonça dans ce qui semblait être un mur solide et entra dans la chambre de la reine. Sitôt à l'intérieur du paisible sanctuaire, elle mit de côté ses inquiétudes au sujet de Septimus et tourna ses pensées vers le garçon qui était autrefois le meilleur ami de celui-ci. À l'époque où ils servaient dans la Jeune Garde, Septimus et Lobo étaient inséparables – jusqu'à cette terrible nuit où Lobo était tombé d'une chaloupe et s'était englouti dans les eaux sombres de la rivière.

En entendant le froissement de la robe de tante Zelda, la reine Cerys se tourna lentement dans son fauteuil et posa ses yeux violets au regard vague sur sa visiteuse. Elle quittait rarement la pièce, où elle menait une existence généralement dénuée d'événements, dans un état de rêverie dont elle avait parfois du mal à s'extraire.

Tante Zelda fit une révérence et prit le long tube en argent dans sa poche. À la vue de celui-ci, la reine Cerys sortit de sa torpeur. Elle observa tante Zelda en retirer un parchemin, le dérouler avec précaution et le poser sur le bras du fauteuil.

– Ceci est un contrat d'apprentissage, si Votre Grâce le permet.

Tante Zelda refusait de sacrifier à la mode qui consistait à appeler les reines « Votre Majesté ». Cerys, pour sa part, se moquait de la façon dont on l'appelait du moment qu'on était poli. De même que sa fille, Jenna, elle avait toujours jugé un brin ridicule le titre de « Majesté », et le « Votre Grâce » dont venait de l'affubler la gardienne ne sonnait guère mieux à ses

47

oreilles. Mais elle ne dit rien et considéra avec intérêt le parchemin étalé devant elle.

– Je n'avais jamais eu le plaisir de voir semblable document, dit-elle. Ma mère non plus, quoiqu'il me semble que ma grand-mère en ait vu deux ou trois.

– En effet, Votre Grâce. Les gardiennes ont connu des heures difficiles. Quand Betty Crackle a repris la charge, le chaos régnait depuis trop longtemps. Pauvre Betty ! Elle a fait de son mieux pour redresser la situation.

– J'en suis certaine. Mais vous-même, Zelda... depuis quand êtes-vous gardienne ?

– Depuis plus de cinquante ans, Votre Grâce.

– S'il vous plaît, appelez-moi simplement Cerys. Cinquante ans ? Le temps passe si vite... et en même temps si lentement. Alors, qui avez-vous choisi pour vous succéder ? Pas une sorcière de Wendron, j'espère ?

– Grands dieux, non ! s'exclama tante Zelda. J'ai choisi une personne qui vit avec moi depuis maintenant plus d'un an. Une personne, je suis heureuse de le dire, très attachée au marais et à tout ce qui s'y trouve. Je suis persuadée qu'elle se montrera à la hauteur de la tâche.

Cerys sourit.

– Vous m'en voyez ravie. Qui est-ce ?

Tante Zelda prit une profonde inspiration.

– Hum ! Lobo, Votre Grâce... Cerys.

– Lobo ?

– Oui.

– C'est un nom étrange pour une fille. Mais les temps changent, j'imagine.

– Ce n'est pas une fille, Votre... Cerys. C'est un garçon. Disons un jeune homme, ou presque.

– Un jeune homme ?

– Je pense qu'il ferait un merveilleux gardien, ma reine. Et nulle part dans les principes du gardiennage il n'est écrit que la charge soit réservée aux femmes.

– Vraiment ?

– Mais bien sûr, la décision vous appartient, ma reine. Je ne peux que proposer.

La reine Cerys s'abîma dans la contemplation des flammes. Tante Zelda se demandait si elle ne s'était pas endormie quand sa voix claire et légèrement désincarnée s'éleva.

– Zelda, je suis consciente que les devoirs de la gardienne ont changé depuis que le bateau dragon est revenu au Château.

– C'est vrai, soupira tante Zelda.

Le bateau dragon lui manquait terriblement. Elle s'inquiétait pour lui, inconscient dans sa grotte à l'arrière du chantier de Jannit Maarten, quand bien même cet endroit avait été spécialement conçu pour lui servir de refuge. Et même si Jenna pouvait à présent s'absenter du Château sans le mettre en danger, Zelda regrettait toujours la perte du bateau.

La reine Cerys reprit :

– La charge ayant changé, je ne vois pas pourquoi ce changement ne s'étendrait pas à la personne qui l'occupe. Si vous recommandez ce Lobo, je me rangerai à votre avis.

Tante Zelda eut un large sourire.

– C'est le cas, ma reine, dit-elle. Je vous le recommande même chaudement.

– Alors, j'accepte Lobo en tant que gardien présomptif.

Tante Zelda applaudit frénétiquement.

– Oh, c'est merveilleux, merveilleux !

– Amenez-le-moi, Zelda, afin que je le voie. Dévoilez-lui le secret du passage. Il faut s'assurer qu'il est apte à l'emprunter.

– Hum... c'est déjà fait. Je, hum, j'ai dû un jour le ramener d'urgence au Château.

– Ah, bien. Il semble donc qu'il convienne. Je suis impatiente de le rencontrer. Il a déjà accompli sa **mission** ?

L'estomac de tante Zelda se noua.

– Il s'y emploie en ce moment même.

– Ah ! S'il en revient, je serai très heureuse de faire sa connaissance. Au revoir, Zelda.

La joie qu'éprouvait tante Zelda était quelque peu ternie par l'allusion de la reine à la **mission**. Pendant un instant, elle avait réussi à chasser celle-ci de son esprit. Elle roula lentement le parchemin et le replaça dans le tube. Puis elle salua et se dirigea vers le placard à POTIONS INSTABLES ET POISONS PARTIKULIERS. Cerys la regarda ouvrir la porte et tenter de s'introduire à l'intérieur.

– Zelda ?

– Oui ? souffla tante Zelda en passant avec difficulté la tête par la porte.

– Croyez-vous qu'il soit possible d'ingérer un **sort grossissant** à son insu ?

– Je ne crois pas, non, répondit Zelda, perplexe. Pourquoi ?

– Pour rien. Je me posais la question, c'est tout. Bon voyage.

– Merci, ma reine.

Sur ces paroles, tante Zelda tira de toutes ses forces la porte derrière elle.

✢ 5 ✢
412 ET 409

Septimus exultait. Il pilotait Boutefeu, et à compter de ce jour, il pourrait le faire à sa guise. Il s'aperçut que c'était la toute première fois qu'il montait son dragon sans ressentir une vague culpabilité à l'idée d'enfreindre l'interdiction de Marcia et de s'attirer son courroux.

Cette fois, elle l'avait regardé partir en souriant. À son grand étonnement, elle l'avait même serré dans ses bras. La perspective du voyage qu'il entreprenait l'emplissait de joie. Et le meilleur, pensa-t-il tandis qu'il traversait un banc de brume bas et ressortait en pleine lumière, c'était qu'il allait revoir toutes les personnes qui comptaient le plus pour lui. Enfin, presque toutes. Il y en

51

avait d'autres, bien sûr, mais c'étaient Jenna, Moustique, Nicko et Snorri qui l'attendaient dans un vieux hangar au-delà de la mer, et il allait les ramener chez eux.

Septimus savait que le voyage serait long. Il l'avait déjà fait deux jours plus tôt avec Marcia, Sarah et Éphaniah Grèbe, qui était très malade. Cela n'avait pas été facile, mais à en croire Sarah, ces difficultés provenaient essentiellement des conseils de pilotage que Marcia n'avait cessé de lui prodiguer. Cette fois, Septimus était seul, et il entendait bien diriger son dragon comme bon lui semblait.

Et donc, volant au ras de la brume, Boutefeu suivait les méandres de la rivière en direction du Port. Calé entre le cou et les épaules du dragon, Septimus sentait ses muscles se mouvoir sous ses écailles froides à chaque lent battement d'ailes. Il s'adossa à une crête osseuse large et plate – le troussequin – et posa les mains sur une autre excroissance, moins marquée, à la base du cou de Boutefeu – le pommeau. Si les manuels recommandaient de s'y cramponner pour éviter de tomber, Septimus l'utilisait surtout comme instrument de guidage, car il percevait les moindres mouvements du dragon à travers elle.

Peu à peu, la brume se dissipa. De petits nuages blancs filaient à present au-dessus d'eux – des nuages heureux, pensa Septimus. Le soleil faisait chatoyer les écailles de Boutefeu. Septimus éclata de rire. La vie était belle – en fait, la vie était merveilleuse. Il avait survécu à la **Queste**, mieux, il en était revenu victorieux, et il était le seul à y être jamais parvenu. Et maintenant, il était apprenti senior. Il jeta un coup d'œil à ses manches : les galons pourpres s'y trouvaient toujours.

Il regarda vers le bas. Le Port s'étendait au-dessous d'eux, semblable à un tapis brodé de motifs. La plupart des rues étaient plongées dans l'obscurité, car le soleil n'était pas encore assez haut pour atteindre le sol entre les entrepôts, mais les vieux toits d'ardoise mouillés par une averse scintillaient dans la lumière du jour. Des volutes de fumée s'élevaient paresseusement des cheminées, et l'air sentait le feu de bois. C'était une belle matinée pour un vol à dos de dragon.

Tel un long serpent blanc, une route surélevée – la Chaussée – reliait le Port aux marais de Marram. Septimus projetait de la suivre, puis de survoler les marais jusqu'au phare de la Double Dune et, de là, de rejoindre la mer. Mais au moment où il atteignait l'extrémité de la Chaussée, il aperçut sur celle-ci une silhouette sombre qui allait vers le Port.

Septimus ne croyait pas vraiment à l'existence d'un sixième sens. Il avait tendance à partager l'opinion de Marcia, pour qui le prétendu don de double vue n'était qu'un « conte de sorcières ». Toutefois, il savait quand on l'**observait**, et c'était le cas à présent. Le mystérieux marcheur l'**observait** sans malveillance, comme un magicien assistant au départ de son enfant pour l'école le suivrait du regard pour s'assurer que des voyous ne l'attendent pas au coin de la rue.

Septimus donna deux légers coups de talon dans le flanc gauche du dragon et celui-ci perdit un peu d'altitude. Entre-temps, le marcheur s'était arrêté et avait levé la tête, abritant ses yeux de ses deux mains.

– C'est 409, j'en mettrais ma tête à couper, murmura Septimus, cédant à son habitude de penser à voix haute quand

il était seul avec Boutefeu. Descends, dit-il au dragon. Héééé...
pas si viiiiiiite !

Boutefeu se posa et dérapa sur la Chaussée glissante.
Freinant des quatre fers, il ouvrit ses ailes à quatre-vingt-dix
degrés et abaissa la queue mais ne parvint qu'à creuser un
sillon profond dans la route. Les pattes largement écartées,
Boutefeu se dirigeait à vive allure vers une grande flaque.
L'eau sale gicla et le dragon finit par s'immobiliser, les pieds
englués dans la boue. Celle-ci était aussi collante que la mix-
ture avec laquelle Marcia piégeait les souris qui dévoraient les
livres de la bibliothèque de la pyramide.

Toujours juché sur le dragon, Septimus regarda autour de
lui. Où était 409 ? Quand il l'avait vu pour la dernière fois, il
se trouvait à peu près à l'endroit où ils venaient d'atterrir. Une
pensée horrible lui traversa l'esprit : et si Boutefeu l'avait
écrasé ? Il tendit l'oreille et n'**entendit** que la brise dans les
roseaux qui bordaient les deux côtés de la Chaussée.

Pris de panique, Septimus sauta à terre. Aucune trace de
Lobo sur la route, seulement le sillon creusé par la glissade de
Boutefeu. Une pensée encore plus horrible lui vint à l'esprit :
se pouvait-il que le dragon ait traîné Lobo sous lui ?

– Lève-toi, Boutefeu, dit-il d'une voix un peu trop aiguë.

Le dragon toisa son maître comme pour lui dire : « Et
pourquoi, je te prie ? » Mais Septimus n'était pas d'humeur à
discuter.

– Debout ! ordonna-t-il. Lève-toi tout de suite !

Boutefeu savait quand il devait obéir, mais ce n'était pas
pour autant qu'il le faisait de bonne grâce. Il s'arracha à
contrecœur de la flaque, qu'il trouvait très confortable.

Septimus inspecta la route sous lui et fut aussitôt rassuré. 409 n'était pas là non plus.

– Un problème de train d'atterrissage, 412 ? fit une voix enjouée derrière lui.

– 409 !

Septimus se retourna vivement et vit son ami émerger des roseaux, tout dégoulinant.

– Je ne t'**entendais** pas. Pendant un moment, j'ai cru que...

Une lueur amusée traversa le regard de Lobo.

– Tu as cru que 409 avait été aplati comme une crêpe. Si je suis encore en vie, ce n'est pas grâce à toi. Tu es un vrai danger public. J'ai dû plonger dans les roseaux.

Il s'ébroua comme un chien, éclaboussant la cape en fourrure de Septimus, et considéra celle-ci avec méfiance. Il n'aimait pas qu'on s'habille en peau de glouton. Les gloutons étaient un peu sa famille.

Septimus surprit son regard. Honteux, il retira sa cape et la lança sur Boutefeu.

– Désolé, dit-il.

– T'inquiète. C'est pas la première que je vois. On dirait qu'il se passe toujours quelque chose sur cette route, ajouta-t-il en riant.

– Comment ça ?

– Tu sais... Des trucs bizarres qui tombent du ciel. D'abord ton frère, et maintenant toi.

Lobo faisait allusion au jour où Simon, en possession du **charme** du **Grand Vol**, avait fondu sur eux sur cette même Chaussée afin d'enlever Jenna. Septimus n'était pas certain

55

d'apprécier le rapprochement, mais rien ne pouvait le contrarier quand il se trouvait avec son ami.

– Au moins, remarqua-t-il avec un sourire, tu ne m'as pas balancé de cailloux.

– C'est vrai. Mais j'ai toujours mon lance-pierres sur moi. Bon, alors, qu'est-ce que tu fabriques là ?

– Je vais chercher Jenna. Et Nicko et Snorri. Et Moustique. Pour les ramener à la maison.

– Quoi, tu espères tous les caser *là-dessus* ?

Lobo regarda Boutefeu d'un air dubitatif. Le dragon lui retourna son regard.

– Oui, ça va être amusant.

– Tu parles ! Je préfère aller là où je vais.

– Et tu vas où, au fait ? Au Port ?

Ce n'était pas difficile à deviner : la Chaussée ne menait nulle part ailleurs.

– Dans le mille. Zelda veut que je...

Lobo s'interrompit. Tante Zelda lui avait demandé de garder le secret sur sa **mission**.

–... que je fasse un truc, acheva-t-il.

– Un truc ?

– Oui.

– C'est bon, tu n'es pas obligé de me le dire. Moi aussi, il y a des choses dont Marcia m'interdit de parler. Je te dépose ?

– Euh...

Lobo avait juré que jamais plus il ne monterait sur le dos de Boutefeu. Le contact de ses écailles lui donnait la chair de poule, et son vol en dents de scie lui chavirait l'estomac.

– Ça fait une longue marche jusqu'au Port, remarqua Septimus, qui répugnait à laisser son vieil ami seul au milieu de nulle part. On n'ira pas vite, je te le promets.

– Bon... Dans ce cas, d'accord. Merci.

Septimus tint parole. Il dirigea très lentement Boutefeu à environ quinze mètres au-dessus de la Chaussée, et ils atteignirent bientôt les premiers bâtiments du Port, des maisons d'ouvriers décrépites. Sous le regard d'une bande d'enfants silencieux, aux yeux écarquillés, qui étaient sortis en entendant le dragon, Lobo se laissa glisser à terre et redressa son sac à dos.

– Merci, 412. Ce n'était pas si horrible, après tout.

– À ton service. Écoute, fais attention aux sorcières du Port, d'accord ? Elles sont pires qu'elles n'en ont l'air.

– Déjà qu'elles n'inspirent pas la sympathie... Eh ! Comment sais-tu que je vais chez elles ?

Le visage de Septimus s'assombrit.

– Je ne le savais pas, répondit-il. Tu es sérieux ?

Lobo acquiesça de la tête.

– C'est tante Zelda, elle...

– Hum, fit Septimus. Dis-toi que tante Zelda n'est pas devenue gardienne en étant gentille tout le temps.

Il plongea son regard dans les yeux sombres de son ami et baissa la voix.

– Personne n'occupe sa place sans avoir jamais touché à la **Ténèbre**, 409. Fais très attention, d'accord ?

– Promis. Toi aussi, fais attention. Viens nous voir à ton retour.

Septimus songea qu'il aurait été merveilleux de passer quelque temps au cottage de la gardienne avec Jenna et Nicko. Comme lors du premier séjour qu'ils avaient fait ensemble chez leur tante, mais en mieux.

– On viendra tous, dit-il. Nicko et Snorri, Moustique, Jenna et moi.

– Super. Je vous ferai visiter les marais. J'en connais tous les sentiers – enfin, la plupart. Je vous emmènerai sur l'île aux Poules. J'ai de bons amis là-bas.

– Il me tarde d'y être.

Septimus aurait préféré que son ami n'aille pas voir les sorcières du Port. Il n'était pas persuadé que Lobo comprenait à quel point elles étaient dangereuses. Il sortit un petit triangle en métal d'un des compartiments de sa ceinture d'apprenti.

– Tiens, prends ça, dit-il. C'est un **contresort**. Si une de ces sorcières essaie de te faire du mal, dirige la pointe du triangle vers elle. Et hop, retour à l'expéditeur !

Lobo secoua la tête avec regret.

– Merci, mais non. Je dois me débrouiller seul.

– Je comprends, acquiesça Septimus en rangeant le **contresort**. Sois prudent.

Lobo s'éloigna d'un pas rapide, dépassa les maisons et emprunta une étroite allée pavée menant au fouillis de ruelles sombres qui constituaient les faubourgs du Port. Septimus le suivit du regard jusqu'à ce qu'il ait tourné au coin d'un entrepôt et disparu dans l'ombre. Puis, toujours observé par une foule silencieuse d'enfants crasseux, il dit à son dragon :

– Décolle.

Boutefeu, qui, malgré ce qu'en pensait Barney Pot, faisait très attention aux jeunes enfants, déploya ses ailes avec précaution, et Septimus vit le sol s'éloigner lentement.

Leur voyage reprenait.

✠ 6 ✠

EUGÈNE NI

Telle une araignée retournant à sa toile, Merrin avait regagné son refuge secret.

Il l'avait découvert par accident quelques jours plus tôt, quand, remontant le promenoir pour se rendre au Manuscriptorium, il avait vu Sarah Heap accourir dans sa direction. Merrin avait paniqué : cette partie du promenoir ne possédait ni portes ni tentures derrière lesquelles se cacher. Chez Merrin, l'affolement empêchait la réflexion. La seule solution qui lui vint à l'esprit fut de se plaquer contre les lambris en espérant que, par miracle, Sarah Heap ne le remarquerait pas. Mais à son grand étonnement, un miracle d'un autre genre s'était alors produit : le mur s'était ouvert derrière lui et il était tombé à la renverse.

Merrin s'était redressé, le souffle coupé, et il avait vu Sarah Heap passer d'un air affairé sans accorder un seul regard au trou béant dans les boiseries. Après qu'elle se fut éloignée, il avait inspecté sa cachette. De la taille d'un placard, elle contenait en tout et pour tout une chaise cassée et des couvertures jetées en tas dans un coin. Un peu effrayé à l'idée de ce qu'elles pouvaient dissimuler, Merrin avait poussé du pied les couvertures, qui étaient aussitôt tombées en poussière. Il s'était précipité dans le promenoir en toussant, pour voir Sarah Heap revenir sur ses pas. Il avait alors replongé dans le cagibi, un poing enfoncé dans la bouche pour tenter de réprimer sa toux. En réalité, Merrin n'avait pas à s'inquiéter, car Sarah Heap avait d'autres préoccupations à ce moment-là, et un bruit de toux étouffé à l'intérieur du mur ne s'était même pas immiscé dans ses pensées.

Depuis lors, Merrin s'était rendu à plusieurs reprises dans ce qu'il considérait comme son refuge secret. Il l'avait équipé de l'essentiel : de l'eau, des bougies, des serpents de réglisse ainsi que quelques oursons banane – la dernière création de Mamie Frangipane – qui, mâchés en même temps qu'un serpent de réglisse, donnaient une alliance de goûts pour le moins intéressante.

Chaque fois qu'il en avait l'occasion, Merrin venait s'asseoir dans la petite pièce pour guetter, telle une araignée au centre de sa toile, le passage d'une pauvre mouche innocente. Celle-ci avait fini par se présenter sous les traits de Barney Pot.

L'araignée victorieuse était à présent de retour dans son repaire, serrant son butin dans son poing. Avec son briquet, Merrin alluma les bougies qu'il avait « empruntées » au Manuscriptorium. Puis il remit les lambris en place en ayant soin d'introduire une cale dans l'interstice. Depuis l'époque où sa nourrice – sur l'ordre de DomDaniel – l'enfermait dans un placard quand il avait désobéi, Merrin redoutait de se trouver pris au piège dans l'obscurité, et sa cachette présentait un inconvénient : il ne savait pas comment l'ouvrir de l'intérieur.

Après s'être assuré une douzaine de fois que le panneau pouvait toujours être déplacé, Merrin s'installa sur les coussins qu'il avait descendus du grenier du palais. Puis il arracha la tête d'un serpent de réglisse d'un coup de dent, fourra un ourson banane dans sa bouche et poussa un soupir béat. La vie était belle.

Il examina ensuite la petite fiole dorée qui avait conservé la chaleur de la main de Barney et sourit, satisfait. À son poids et à son éclat presque orangé dans la lueur des bougies, on devinait qu'elle était en or pur. Puis il s'interrogea sur l'étrange pictogramme gravé sur le bouchon en argent. La fiole évoquait une bouteille de parfum ; peut-être le symbole représentait-il le nom de celui-ci ? Il en avait vu de semblables dans la vitrine d'une petite bijouterie proche de la confiserie. Certaines valaient beaucoup d'argent – assez pour acheter tout le stock de serpents de réglisse, d'oursons banane et sans doute même toutes les bombabulles de Mamie Frangipane. Merrin en eut l'eau à la bouche, et un filet de salive colorée de réglisse coula sur sa robe grise de scribe. Il engloutit un autre ourson banane. Sa décision était prise : il allait vendre la fiole dorée à la bijouterie, puis il irait droit chez Mamie Frangipane et achèterait tout son stock de serpents et d'oursons. Ça lui ferait les pieds, à cette vieille bique. En effet, le salaire que lui versait le Manuscriptorium ne suffisait plus à couvrir sa consommation de serpents de réglisse, et Mamie Frangipane l'avait récemment informé qu'elle ne faisait pas crédit.

La curiosité de Merrin prit ensuite le dessus, et il se demanda si le parfum contenu dans la fiole sentait vraiment bon, auquel cas il pourrait le vendre encore plus cher. Il considéra le cachet qui scellait le bouchon. Il serait facile de faire fondre la cire à la flamme d'une bougie pour la recoller ensuite. Personne n'en saurait rien. Il gratta la cire avec son ongle crasseux, faisant pleuvoir des fragments sur ses genoux, et l'argent qui était caché dessous apparut. Merrin pinça le petit bouchon entre le pouce et l'index et tira. Il s'arracha sans effort.

Merrin porta la fiole à ses narines. Elle ne sentait pas très bon. Pour être franc, elle sentait même mauvais. Merrin ignorait que les génies ne sont pas réputés pour sentir bon, et que beaucoup mettent même un point d'honneur à présenter une odeur répugnante. À vrai dire, celui qui logeait dans la fiole qu'il tenait dans sa main poisseuse ne sentait pas trop mauvais pour un génie : un subtil arôme de citrouille brûlée rehaussé d'une touche de bouse de vache. Mais Merrin était déçu. Voulant s'assurer qu'il ne s'était pas trompé, il appliqua la fiole contre sa narine gauche et prit une profonde inspiration... inhalant du même coup le génie.

Ce fut un moment désagréable pour l'un comme pour l'autre, mais surtout pour le génie, qui attendait sa délivrance depuis des siècles. Il avait rêvé d'un doux matin de printemps sur le flanc d'une montagne, comme la dernière fois, où il avait été libéré par un berger naïf. Peu après, il s'était fait rouler par une sorcière qui, à force de ruse, l'avait convaincu d'entrer dans la plus petite fiole capable de contenir un génie. Depuis que tante Zelda l'avait réveillé, il avait imaginé un

63

éventail infini de scénarios, tous plus romanesques les uns que les autres. Mais il n'avait certes pas imaginé qu'il se retrouverait dans le nez de Merrin Mérédith.

Le nez de Merrin n'était pas un endroit des plus plaisants. Sans entrer dans des détails trop sordides, il y faisait sombre, humide, et cela manquait de place pour un génie désireux de prendre ses aises. En plus, il y régnait un bruit atroce. Même au centre d'un vortex enchanté, le génie n'avait jamais rien entendu de comparable aux hurlements qui résonnaient dans la minuscule cavité où il s'était trouvé projeté. Mais soudain, dans un énorme éternuement, le génie jaillit à l'air libre. Avec un cri de joie, il traversa la petite pièce à la vitesse de l'éclair, rebondit sur le mur et atterrit dans un tas de poussière. Merrin le fixa avec un étonnement mêlé de fierté : il n'avait jamais vu une crotte de nez pareille.

La fierté de Merrin s'évanouit rapidement et son étonnement se mua en frayeur quand une grosse tache d'un jaune fluorescent émergea du tas de poussière : la crotte de nez grossissait ! Tel un gâteau au four, elle gonfla, gonfla, puis elle se mit à tourner sur elle-même tout en poursuivant son expansion. Simultanément, son éclat s'intensifia jusqu'à étouffer la lumière chaude de la bougie et répandre une clarté éblouissante à l'intérieur du minuscule réduit.

Merrin poussait des couinements de terreur, recroquevillé dans un coin. Dans un premier temps, il s'était cru victime d'un **grossisseur de crottes de nez**, un **sort** très populaire parmi les scribes du Manuscriptorium. Mais même les yeux fermés, il savait à présent que c'était pire que cela. Une entité inconnue avait envahi son refuge – une entité beaucoup plus

64

grosse, ancienne et effrayante que lui, dont tout indiquait qu'elle n'était pas contente.

Merrin avait raison sur ce point : le génie était très mécontent. Lui qui rêvait de grands espaces, voilà qu'il se retrouvait coincé dans un minuscule placard plein de poussière, et celui qui l'avait libéré – son nouveau maître – était en train de gémir et de pleurnicher. Un génie est habitué à ce que son apparition suscite une certaine émotion – et la plupart font tout pour cela – mais cette loque humaine était particulièrement déplaisante. Ce n'était pas le genre de maître que le chant du **réveil** lui avait laissé espérer. Furieux de s'être fait rouler une fois de plus, le génie poussa un soupir qui résonna dans toute la pièce. Merrin se jeta sur le sol, les mains plaquées sur les oreilles.

Le génie s'étala au plafond et toisa avec dégoût sa silhouette prostrée. Mais pour rester hors de la fiole, il devait franchir rapidement l'étape suivante. Il devait recevoir un ordre et y obéir. Ainsi, il pourrait prendre forme humaine – pour autant que ce soit là une promotion, songea-t-il en considérant la créature pathétique au-dessous de lui.

Malgré ses doigts enfoncés dans ses oreilles, Merrin perçut alors une voix qui semblait surgir de son esprit et qui disait :

– Es-tu Septimus Heap ?

Merrin entrouvrit un œil et leva un regard craintif vers la tache jaune au plafond.

– Oui, fit-il d'une toute petite voix. Ça a été... je veux dire, c'est moi.

Le génie soupira de nouveau. Ce **réveil** virait décidément au cauchemar. Le mioche geignard prétendait être Septimus

65

Heap. Pourtant, il n'avait rien de commun avec le garçon que la sorcière blanche lui avait décrit. Elle le lui avait si bien vanté que le génie, pourtant blasé, avait presque eu hâte de découvrir son nouveau maître. À présent tout était clair : il s'était encore fait avoir. Cependant il n'avait pas le choix. Il devait enchaîner avec la deuxième question.

– Quel est ton vœu, ô maître ?

Histoire de s'amuser un peu, il avait pris sa voix la plus effrayante. Merrin vrilla ses doigts dans ses oreilles, tremblant comme une feuille.

Le génie reprit, impatient :

– Quel est ton vœu, ô maître ?

– Qu... quoi ?

Il avait vraiment affaire à un imbécile. Il réitéra néanmoins sa question, très lentement, et se laissa glisser le long du mur.

– Mon... vœu ? répéta Merrin comme un perroquet terrorisé.

Le génie arriva à la conclusion qu'il avait dû se tromper de langue. Devant Merrin horrifié, il passa alors en revue toutes les langues qu'il connaissait, sans succès. Arrivé à la dernière (un dialecte d'une vallée inexplorée des Plaines Enneigées de l'Est), le génie était au bord de la panique. Si son crétin de maître ne répondait pas rapidement, il devrait retourner dans cette horrible fiole.

Entre-temps, Merrin avait trouvé le courage de s'asseoir.

– Tu... tu es quoi ? bégaya-t-il tandis que la tache jaune se répandait sur le sol.

Le génie fut un peu rassuré : c'étaient les premières paroles sensées qu'il entendait son maître prononcer, et il savait à présent quelle langue utiliser avec lui. Mais il avait peu de temps. Il commençait à ressentir l'attraction de la petite fiole dorée que son maître serrait toujours dans sa main.

– Je suis un génie, répondit-il.

– Quoi ?

Par le ciel, avait-on jamais vu un abruti pareil !

– Un génie, répéta la tache jaune avec une lenteur calculée. Gé-nie.

Merrin avait les yeux larmoyants et ses oreilles bourdonnaient depuis que le génie avait poussé un soupir retentissant.

– Eugène Ni ? demanda-t-il.

Le génie renonça.

– C'est ça, concéda-t-il. Si tu le veux, je suis Eugène Ni. Mais avant toute chose, tu dois répondre à ma question : quel est ton vœu, maître ?

– Mon quoi ?

Cette fois, le génie sortit de ses gonds.

– Vœu ! hurla-t-il. Vœu ! QUEL EST TON VŒU, MAÎTRE ? En d'autres termes, que veux-tu que je fasse pour toi, idiot ?

– Ne me traite pas d'idiot ! hurla à son tour Merrin.

Le génie lui lança un regard stupéfait.

– C'est là ton vœu ? Que je ne te traite pas d'idiot ?

– Oui !

– C'est tout ?

– Non... Enfin, oui. Va-t'en, va-t'en !

Merrin se jeta au sol et piqua sa plus grosse colère depuis la dernière fois où sa nurse l'avait enfermé dans un cagibi pour le punir.

Le génie n'en revenait pas. Quel retournement de situation ! Ivre de bonheur, il revêtit une forme humaine plus extravagante qu'il ne l'aurait fait s'il avait été moins euphorique. La tache céda la place à une silhouette entièrement vêtue de jaune, avec une cape, un pourpoint et des chausses, le tout complété par un chapeau – le génie affectionnait les chapeaux – qui évoquait irrésistiblement une pyramide de beignets. La touche finale consistait en une moustache que le génie jugeait très seyante (il avait toujours rêvé d'avoir des poils sur le visage) et de longs ongles recourbés. Il louchait un peu, mais nul n'est parfait.

Le génie se traita intérieurement de veinard (il avait opté pour le genre masculin : avec un nom tel qu'Eugène Ni, avait-il le choix ?). À peine une minute plus tôt, il se trouvait à deux doigts de retourner de force dans la fiole et, à présent, il était libre. Pour le rester, il n'aurait qu'à éviter la vieille sorcière qui l'avait **réveillé** pendant un an et un jour, et il n'avait aucune intention d'aller rôder du côté des marais pestilentiels où elle résidait.

Le génie considéra Merrin qui trépignait et il secoua la tête. Décidément, les humains étaient d'étranges créatures, même s'il avait été des leurs dans un passé tellement reculé que son souvenir s'estompait. Pris d'un désir irrésistible de respirer enfin l'air libre, il sortit en coup de vent, sans se soucier de la cale qui empêchait le panneau de se refermer.

La colère de Merrin s'apaisa aussitôt, comme toujours dès qu'il entendait la nurse claquer la porte du cagibi derrière elle. Les oreilles encore bourdonnantes, il se leva lentement et tenta de déplacer le panneau, en vain.

Une heure plus tard, tandis que Merrin, la voix brisée, s'effondrait sur ses coussins, Sarah Heap confiait à la cuisinière du palais :

– J'entends des pleurs derrière les boiseries. Ce sont les pauvres petites princesses dont m'a parlé Jenna. Emmurées vivantes par leur propre mère... Quelle horreur !

– N'y faites pas attention, lui rétorqua la cuisinière sans se troubler. On entend des tas de bruits au palais. Il s'est produit des choses terribles ici. Il ne faut plus y penser. Ça finira par passer, vous verrez.

La cuisinière avait beau dire, les cris ne cessèrent pas. Même Silas Heap les entendit. Ce soir-là, Sarah et lui allèrent se coucher avec du coton dans les oreilles.

Merrin, lui, ne ferma pas l'œil de la nuit.

✝ 7 ✝
LA TOURTERIE-DES-DOCKS

De la ruelle sombre et nauséabonde où il se trouvait, Lobo vit Septimus et Boutefeu s'élever au-dessus des toits et s'éloigner en direction du soleil. Il les **observa** jusqu'au moment où il ne vit plus qu'un point noir dans le ciel, à moins que ce ne fût une particule de suie prise dans ses cils – c'était difficile à dire. Il reprit alors sa route, en se guidant sur les dernières cartes de tante Zelda.

Tout comme Septimus, Lobo savourait sa liberté. Même s'il était seul, il savait que les pensées de tante Zelda l'accompagnaient, et que la **mission** qu'elle lui avait confiée était importante pour elle – très importante, même. Il en ignorait la raison, mais il était heureux qu'elle lui fasse confiance.

Ayant vécu des années dans la Forêt, Lobo n'avait pas l'habitude de voir autant

70

de gens autour de lui. Mais tandis qu'il se dirigeait vers la Tourterie-des-Docks – ce qu'il attendait depuis des jours avec impatience –, il sentit l'excitation le gagner au contact de cette foule hétéroclite. Cela ressemblait beaucoup à la Forêt, songea-t-il, avec des maisons à la place des arbres et des gens au lieu des créatures sauvages, même s'il trouvait les gens du Port beaucoup plus bizarres que ces dernières. Malgré sa silhouette dégingandée, ses cheveux embroussaillés, sa tunique brune crasseuse et sa démarche féline, le jeune garçon cheminait le long des rues pavées qui serpentaient entre les entrepôts délabrés sans attirer l'attention, et c'était bien ainsi.

La carte de Zelda était exacte. Un raccourci entre deux entrepôts le mena rapidement au vieux port de pêche, tout baigné de soleil, où soufflait une brise légère. Devant lui, ballottés à la surface de l'eau, étaient amarrés toutes sortes de bateaux sur lesquels s'affairaient des pêcheurs et des marins. Certains déchargeaient leur cargaison sur des chariots, d'autres les appareillaient avant qu'ils ne s'aventurent sur la vaste mer bleue qui s'étendait à perte de vue. Lobo frissonna et resserra sa cape de laine brune autour de lui. Autant il se sentait à l'aise dans les marais ou dans la Forêt, autant le vide immense de la mer l'effrayait.

Il inspira profondément. Il aimait la saveur saline de l'air, mais il aimait encore plus le fumet appétissant des tourtes chaudes qui lui indiquait qu'il avait atteint sa destination. D'un pas décidé, il se dirigea vers la Tourterie-des-Docks.

La boutique était déserte, car Lobo arrivait juste avant la bousculade du midi. Une jeune femme bien en chair était occupée à disposer derrière le comptoir une nouvelle fournée de tourtes. De toute sa vie, Lobo n'avait jamais vu une telle variété. Il aurait voulu toutes les goûter. Contrairement à Septimus, Lobo n'appréciait guère la cuisine de tante Zelda. Il décida d'emblée d'écarter les tourtes à base de chou, ce qui n'en éliminait que trois, et finit par en acheter cinq différentes.

Alors qu'il s'apprêtait à sortir, la porte s'ouvrit brusquement et un jeune homme blond entra. La femme derrière le comptoir leva les yeux et Lobo décela de l'inquiétude dans son regard.

– Alors ? demanda-t-elle.

– Rien, répondit le jeune homme.

Lobo se figea. Cette voix lui était familière. Ce n'était quand même pas... Il regarda le nouveau venu à la dérobée. Il avait une cicatrice près de l'œil droit, à l'endroit précis où Lobo l'avait atteint avec un caillou. C'était Simon Heap !

Simon, pour sa part, ne l'avait pas reconnu. En réalité, c'est à peine s'il lui avait jeté un coup d'œil avant de se lancer dans une grande conversation à voix basse avec la jeune femme. Lobo hésita. Devait-il filer, au risque que Simon le remarque, ou rester et feindre un intérêt persistant pour les tourtes ? Mais celles qu'il venait d'acheter le suppliaient de les manger, et Lobo allait opter pour la première solution quand la voix de Simon prit des accents désespérés qui l'arrêtèrent net.

– Je ne la trouve nulle part, Maureen, disait le jeune homme. À croire qu'elle s'est volatilisée.

– C'est impossible, voyons ! répondit Maureen, pleine de bon sens.

Simon, qui en savait plus long sur le sujet que Maureen ne l'imaginait, était moins catégorique.

– C'est ma faute, reprit-il d'un ton malheureux. J'aurais dû l'accompagner au marché.

Maureen s'efforça de le réconforter :

– Allons, tu ne dois pas t'en vouloir, Simon. Lucy a un fichu caractère, tu le sais aussi bien que moi. Elle est sans doute en train de bouder quelque part. Une fois, elle a disparu pendant toute une semaine.

Mais Simon était inconsolable.

– Elle n'était pas en colère, objecta-t-il. Elle était même de très bonne humeur. J'ai un mauvais pressentiment, Maureen. Si seulement j'avais encore Mouchard...

– Qui ça ? Oh mon Dieu, ça brûle !

Maureen se précipita afin de sauver la fournée de tourtes suivante.

Simon la regarda chasser la fumée avec un torchon.

– Je vais faire une dernière tentative pour la retrouver, dit-il, et ensuite j'irai chercher Mouchard.

– C'est qui, ce Mouchard, un détective ? demanda Maureen en inspectant une tourte à la saucisse et aux tomates noircie. Je n'aimerais pas être à sa place. Le dernier qui exerçait au Port a eu son agence incendiée.

– Non, Mouchard est ma balle traceuse, expliqua Simon. Marcia Overstrand me l'a volée.

– La magicienne extraordinaire a volé une balle ? fit Maureen, choquée.

– Enfin, pas exactement, rectifia Simon. (Il avait récemment pris la résolution de toujours dire la vérité et il tâchait de s'y tenir.) Il serait plus juste de dire qu'elle l'a confisquée. Mais Mouchard n'est pas une balle ordinaire. Elle a le pouvoir de localiser les gens. Si j'arrivais à convaincre Marcia de me la rendre, je suis certain qu'elle retrouverait Lucy.

Maureen vida la totalité de la fournée dans la boîte à ordures avec un soupir de regret.

– Écoute, Simon, tu as tort de te faire du mauvais sang. Lucy va réapparaître, j'en suis sûre. À ta place, j'oublierais toutes ces histoires de **Magyk** et je poursuivrais mes recherches dans le quartier. Tu connais le proverbe : « *Tout vient à point à qui sait attendre.* »

– Tu as sans doute raison, marmonna Simon.

– Bien sûr que j'ai raison. Pourquoi ne pas y aller tout de suite ? Et emporte donc une tourte.

Du coin de l'œil, Lobo regarda Simon prendre une tourte aux œufs et au bacon avant de sortir. À travers la vitrine embuée, il vit le jeune homme s'éloigner à pas lents tout en mangeant, plongé dans ses pensées. Ce Simon-là était très différent de celui qu'il connaissait. Plus aucune trace de menace dans son regard ni de **Ténèbre** autour de lui. S'il n'avait pas reconnu sa voix, Lobo n'aurait jamais deviné que c'était lui.

Lobo sortit à son tour et descendit quelques marches pour accéder au bord de l'eau, échappant ainsi au regard de Simon. S'étant assis, il regarda de petits crabes creuser le sable humide et, tout en repoussant les attaques répétées des mouettes du Port, il dévora une tourte au fromage et aux haricots, une au bœuf et aux oignons, et une aux légumes et au jus de viande, qu'il trouva particulièrement succulente. Puis il rangea les deux dernières dans son sac et consulta sa carte. Il était temps de faire ce pour quoi il était venu. Il était temps de se rendre au coven des sorcières du Port.

✦ 8 ✦

LE COVEN
DES SORCIÈRES DU PORT

Lobo n'était guère impressionnable, pourtant c'est l'estomac noué qu'il gravit les marches étrangement visqueuses de la maison des sorcières du Port. La vieille porte noire écaillée, entièrement couverte d'inscriptions **inversées**, avait de quoi effrayer. Il plongea la main dans la poche de sa tunique et en sortit le billet que tante Zelda lui avait remis, en insistant pour qu'il ne le lise qu'une fois arrivé à destination. Lobo espérait que la vue de l'écriture familière de la brave femme le rassurerait, mais tandis qu'il déchiffrait lentement les premières lignes, elle eut exactement l'effet contraire.

Le billet avait été rédigé sur un papier spécial, fabriqué par tante Zelda à partir de feuilles de chou pressées, avec une encre à base de scarabées écrasés. Tante Zelda n'avait pas utilisé l'écriture cursive, sachant que Lobo avait du mal à la lire – il se plaignait souvent que les lettres changeaient de place quand il ne les regardait pas. Il y avait beaucoup de lettres – la fabrication de l'encre avait nécessité toute une famille de scarabées –, et elles disaient ceci :

Cher Lobo,

Tu te trouves maintenant à l'extérieur de la maison des sorcières du Port. Lis ce billet, apprends-le par cœur puis mange-le.

Lobo déglutit. *Mange-le ?* Avait-il mal lu ? M-A-N-G-E-L-E. Mange-le. C'était bien cela. Il secoua la tête et déchiffra la suite, en proie à un mauvais pressentiment.

Voici ce que tu dois faire.

Saisis le heurtoir en forme de crapaud et frappe un seul coup. Quand le crapaud appelle, les sorcières doivent ouvrir.

La sorcière qui répondra à ton appel demandera : « Qu'est-ce qui t'amène en ces lieux ? »

Tu lui répondras : « Je suis venu nourrir le grim. » Surtout, ne dis rien d'autre.

La sorcière reprendra : « Entre donc, nourrisseur du grim », et elle te fera entrer.

La sorcière te conduira à la cuisine. Elle dira au reste du coven que tu es venu nourrir le grim.

Une fois dans la cuisine, ne prononce pas d'autres paroles que « Oui », « Non » et « Je suis venu nourrir le grim. Qu'allez-vous me donner ? ».

Les sorcières t'apporteront ce qu'elles voudront te voir donner au grim. Tu pourras refuser ce qui est d'origine humaine, mais tu devras accepter le reste.

Puis elles réveilleront le grim et te laisseront seul avec lui.

Il faudra alors NOURRIR LE GRIM. Pour cela, Lobo chéri, tu devras te montrer rapide et courageux. Le grim sera affamé. Cela fait plus de cinquante ans qu'on ne lui a rien donné.

Pendant qu'il mangera, prends le couteau d'argent que je t'ai confié ce matin et tranche l'extrémité d'un de ses tentacules <u>sans répandre une goutte de sang</u>.

Des *tentacules* ? L'estomac de Lobo fit un nouveau nœud. Combien de tentacules ? De quelle taille ? Il reprit sa lecture.

Place le morceau de tentacule dans la bourse en cuir que je t'ai donnée, afin que les sorcières ne sentent pas l'odeur du sang du grim.

Quand ce dernier aura fini de manger, les sorcières reviendront.

*Comme tu seras entré au moyen du crapaud **ténébreux**, elles te laisseront repartir par le même chemin.*

Rentre directement en empruntant la Chaussée. Boggart t'attendra au bout.

Je te souhaite une bonne route et un cœur vaillant.

Affectueusement,

Tante Zelda

À la fin du billet, Lobo avait les mains qui tremblaient. Il savait que tante Zelda lui avait confié une **mission** spéciale, mais jamais il n'aurait imaginé une chose pareille. S'attirant les regards curieux des passants ainsi qu'un conseil amical – « Ne reste pas là, mon garçon. Si j'étais toi j'irais n'importe où mais surtout pas ici » –, Lobo lut et relut le billet jusqu'à le connaître par cœur. Puis il le froissa en boule et le fourra dans sa bouche. Le papier collait au palais et avait un goût horrible. Très lentement, Lobo commença à mâcher.

Cinq minutes plus tard, il avait avalé les derniers fragments du billet. Il inspira alors profondément et mit de l'ordre dans ses pensées. Ce faisant, un changement subtil s'opéra en lui. Deux jeunes filles devinrent muettes quand le garçon aux cheveux embroussaillés qu'elles observaient en gloussant cessa de ressembler à un garçon pour évoquer un loup. Elles pressèrent le pas, se tenant par le bras, et racontèrent plus tard à leurs amies qu'elles avaient vu un vrai sorcier devant la porte du coven.

Lobo s'était retranché dans son monde crépusculaire et sauvage, comme toujours face au danger. Il examina la porte de la maison des sorcières avec une conscience accrue de tout ce qui l'entourait. Il y avait trois heurtoirs placés l'un au-dessus de l'autre. Celui du bas représentait un chaudron miniature en fer, celui du milieu une queue de rat roulée en argent, et celui du haut, un gros crapaud verruqueux d'apparence très réaliste.

Lobo tendit le bras vers le crapaud, qui bougea. Il retira sa main comme s'il avait été mordu. C'était un vrai crapaud ! Posé sur le heurtoir, il fixait le jeune garçon de ses petits yeux noirs. Lobo détestait tout ce qui était visqueux – ce qui expliquait sans doute pourquoi il n'appréciait guère la cuisine de tante Zelda – mais il savait qu'il devait toucher le crapaud, et que ce ne serait probablement pas la pire épreuve qu'il aurait à subir. Serrant les dents, il tendit à nouveau le bras vers le heurtoir. Le crapaud enfla jusqu'à doubler de volume, puis il se mit à siffler. Cette fois, Lobo ne retira pas la main. Soudain le crapaud cessa de siffler et retrouva sa taille normale. La main crasseuse du jeune garçon, avec la marque de brûlure laissée par la balle traceuse de Simon, avait quelque chose de **ténébreux** qui lui était familier.

Prenant Lobo par surprise, le crapaud lui échappa, souleva le heurtoir et le laissa retomber avec fracas. Puis il reprit sa place et ferma les yeux.

Lobo s'était préparé à attendre, mais il entendit aussitôt des pas lourds qui venaient dans sa direction. La porte s'ouvrit violemment. Une jeune femme vêtue d'une robe noire déchirée, la tête entourée d'une serviette de bain rose, fixa ses grands yeux bleus sur lui. Elle était sur le point de l'expédier quand elle se rappela que c'était le crapaud **ténébreux** qui avait frappé. Veillant à garder sa serviette en équilibre, elle se redressa et adopta un ton cérémonieux pour demander, d'une voix étrangement aiguë :

– Qu'est-ce qui t'amène en ces lieux ?

Lobo resta muet. Le goût des feuilles de chou pressées et des scarabées écrasés lui remonta dans la bouche. Que devait-il dire ? Il regarda la jeune femme. Elle n'était pas trop effrayante, avec ses grands yeux bleus et son nez un peu tordu. En fait, elle avait presque l'air gentille, malgré un je-ne-sais-quoi de bizarre. Soudain Lobo remarqua un truc gris et flasque qui dépassait de sa serviette et il se demanda ce que ça pouvait être.

La jeune sorcière, Dorinda, commença à refermer la porte.

Lobo retrouva brusquement la mémoire.

– Je suis venu nourrir le grim, débita-t-il.

– Quoi ? s'exclama Dorinda. C'est une plaisanterie ?

Puis elle se rappela ce qu'elle était censée répondre. Elle rajusta sa serviette et reprit de sa voix haut perchée :

– Entre donc, nourrisseur du grim.

Malheureusement ce n'était pas une plaisanterie, songea Lobo avec regret quand la porte de la maison se referma derrière lui. Il aurait tout donné pour pouvoir regagner la rue ensoleillée et courir d'une traite jusqu'aux marais, où il se sentait en sécurité. Cette pensée lui rappela que sa présence dans cet endroit horrible était liée aux marais et à tout ce qu'il aimait là-bas. Il garda cela à l'esprit tandis qu'il suivait Dorinda le long du couloir qui traversait la maison. Il était déterminé à faire ce pour quoi il était venu, tentacules ou pas.

Le couloir était obscur et semé d'embûches. Lobo se guidait sur le frôlement de la robe de Dorinda sur le bois brut du plancher. Il évita de justesse un trou béant duquel s'élevait une odeur fétide, mais essuya une soudaine attaque de **casse-pieds**, dont un très piquant. Lobo fit des moulinets des bras pour les chasser, suscitant les gloussements de Dorinda. Mais la nouvelle qu'il avait touché le crapaud **ténébreux** se répandit comme une traînée de poudre au sein de la communauté des **casse-pieds**, et ceux-ci se tinrent à distance respectable.

Lobo et Dorinda finirent par arriver devant un rideau noir dissimulant une porte. Dorinda le tira, soulevant un nuage de poussière qui fit tousser Lobo. La poussière avait le goût infect des choses mortes depuis longtemps. Puis Dorinda poussa la porte, qui avait été fendue à coups de hache, et Lobo la suivit dans la cuisine.

Celle-ci n'avait pas changé depuis le jour où Lobo s'était enfui de la maison avec Septimus, Jenna et Nicko, les mains brûlées par Mouchard[2]. Les fenêtres étaient voilées par des pans d'étoffe noire et par une épaisse couche de crasse qui empêchaient la lumière du jour d'entrer. La pièce n'était éclairée que par le rougeoiement d'un vieux poêle et par les reflets d'une nuée d'yeux phosphorescents (ceux des chats du coven), tous rivés sur l'intrus, qui flottaient à travers la cuisine tels des feux follets.

La pièce semblait remplie de tas d'ordures et de chaises cassées. Au centre se dressait une échelle menant à un grand trou irrégulier dans le plafond. Il y régnait une odeur atroce, mélange de graillon, de déjections félines et de ce que Lobo identifia avec un pincement au cœur comme de la viande de glouton en décomposition. Le jeune garçon se sentait **observé**, et pas seulement par les chats. Son regard perçant balaya la cuisine jusqu'à ce qu'il distingue deux autres sorcières en train de l'épier, tapies près de la porte de la cave.

Dorinda considérait Lobo avec intérêt : elle aimait la façon dont ses yeux bruns scrutaient la pièce. Elle esquissa un rictus qui découvrit ses dents.

– Je te prie de m'excuser, minauda-t-elle en rajustant sa serviette, mais je viens de me laver les cheveux.

Les deux autres sorcières ricanèrent. Dorinda les ignora.

– Tu es bien sûr de vouloir nourrir le grim ? murmura-t-elle.

– Oui, répondit Lobo.

Le regard de Dorinda s'attarda sur lui.

– Dommage, soupira-t-elle. Tu es plutôt mignon.

Puis elle prit une profonde inspiration et s'écria :

---

2. Voir *Magyk Livre Deux : Le Grand Vol.*

– Le nourrisseur du grim est là !

Un bruit de course retentit au-dessus de leurs têtes, et quelques secondes plus tard, l'échelle trembla sous le poids non négligeable des deux dernières sorcières du coven – Pamela, la Grande Mère en personne, et Linda, sa protégée. Tels deux corbeaux, Pamela et Linda descendirent laborieusement l'échelle dans un bruissement de soie noire. Lobo recula et marcha sur l'orteil de Dorinda, qui glapit et lui planta un doigt osseux dans le dos. Les deux sorcières tapies dans l'ombre – Veronica et Daphné – se placèrent de chaque côté de l'échelle et aidèrent la Grande Mère à prendre pied dans la cuisine, non sans mal.

La Grande Mère était imposante. Elle-même qualifiait ses formes de « généreuses », et les couches successives de soie noire qui l'habillaient la faisaient paraître encore plus large, mais en réalité, elle était à peine plus grande que Lobo. Il convenait de retrancher à sa taille au moins trente centimètres, en raison des semelles compensées de ses bottes. Ces dernières, conçues par la Grande Mère elle-même, étaient hérissées de piques métalliques qui lui servaient à éperonner les capricornes géants infestant la maison. Un système efficace, comme en témoignait l'énorme quantité de capricornes empalés sur les piques. La Grande Mère éprouvait un plaisir extrême à arpenter les couloirs en quête de nouvelles victimes. Mais si Lobo ne pouvait détacher son regard de Pamela, ce n'était pas à cause de ses bottes : la Grande Mère était allergique aux capricornes géants et elle recouvrait son visage d'une épaisse couche de fard blanc pour dissimuler les plaques rouges qui la défiguraient. Au milieu de ce masque blafard qui se craquelait le long des rides du front et aux commissures des lèvres, deux petits yeux d'un bleu glacial fixaient Lobo.

– Qu'est-ce que c'est que *ça* ? demanda-t-elle d'un ton cinglant, comme si elle avait trouvé de la crotte de chat empalée sur une pointe de ses bottes.

– Il est entré au moyen du crapaud **ténébreux**, Grande Mère... commença Dorinda, pleine d'enthousiasme.

– *Il* ? l'interrompit la Grande Mère qui, abusée par la pénombre et les cheveux longs de Lobo, avait pris celui-ci pour une fille. Un garçon ? Ne sois pas ridicule, Dorinda.

– Si, c'est un garçon, Grande Mère, protesta Dorinda avec nervosité.

Elle se tourna vers Lobo.

– N'est-ce pas ?

– Oui, répondit Lobo d'une voix aussi virile que possible.

Puis il s'éclaircit la gorge et prononça la formule rituelle :

– Je suis venu nourrir le grim. Qu'allez-vous me donner ?

La Grande Mère le regarda sans répondre. Lobo serra et desserra les poings. Ses paumes scarifiées ne pouvaient plus transpirer, mais un filet de sueur froide lui coulait dans le dos.

La Grande Mère éclata de rire, et ce son n'avait rien d'agréable.

– Alors, nourris-le ! ricana-t-elle.

Elle se tourna ensuite vers les autres sorcières et dit :

– Je crois que nous savons toutes ce que nous allons lui donner à manger.

Tout le coven rit à l'unisson.

Lobo entendit Dorinda murmurer à une autre sorcière :

83

– Bien fait pour elle !

– La sale petite peste ! Tu as entendu comment elle m'a appelée hier ?

– Silence ! ordonna la Grande Mère. Linda, va chercher l'« en-cas » du grim.

Les rires redoublèrent. Linda, qui présentait le même masque blanc que la Grande Mère, traversa la cuisine, écarta une tenture graisseuse et disparut par la porte de la cave.

Elle revint presque aussitôt, tirant Lucy Gringe par ses tresses.

✠ 9 ✠
LE GRIM

Lucy Gringe, sale et trempée jusqu'aux os, se débattait et hurlait.

– Lâche-moi, espèce de vache ! cria-t-elle en donnant un coup de pied dans le tibia de Linda.

Le reste du coven, Grande Mère comprise, retint son souffle. Aucune d'elles n'aurait osé traiter Linda de vache.

Linda se figea, et un silence de mort s'abattit sur la cuisine. Puis la sorcière tira violemment les tresses de Lucy, lui arrachant un hurlement. Elle plissa les yeux et deux aiguilles de lumière bleue percèrent la pénombre pour venir jouer sur le visage pâle de sa captive.

– Tu mériterais que je te tue, fesses de rat, grondat-elle. Mais tu-sais-quoi s'en chargera pour moi.

Elle tira de nouveau sur les cheveux de Lucy. Celleci fit volte-face et, sous le regard admiratif de Lobo, elle tenta de décocher un coup de poing à son adversaire, qui l'esquiva prestement.

Lobo n'en revenait pas. Lucy Gringe, la petite amie de Simon ! Rien d'étonnant à ce que celui-ci ait échoué à la retrouver. Il se détendit un peu. Petite amie de Simon ou pas, il avait maintenant une alliée. Il percevait chez les sorcières une dimension inhumaine, signe d'une allégeance à une force étrangère. Sans doute les voyageurs égarés dans la Forêt ressentaient-ils la même chose quand ils se retrouvaient seuls face aux gloutons. Mais à présent il n'était plus seul... Il y avait un autre être humain dans la pièce.

Linda traîna Lucy à travers la cuisine, repoussant les ordures du pied. Elle s'arrêta à côté de Lobo et lui colla les tresses de la jeune fille dans la main, comme si elle lui confiait les rênes d'un cheval. Lobo les prit à contrecœur et adressa un regard contrit à Lucy, qui rejeta la tête en arrière avec colère, tel un poney impétueux.

Lobo s'interrogeait toujours sur les intentions des sorcières quand la Grande Mère s'approcha en vacillant sur ses bottes surélevées. Elle s'arrêta si près de lui qu'il sentit son haleine de chat et distingua les plaques rouges sous son fard blanc.

Elle pointa un ongle long et noir vers Lucy.

– Donne *ça* au grim, cracha-t-elle alors.

Puis elle pivota sur ses talons hérissés de pointes et se dirigea péniblement vers l'échelle.

– Non ! protesta Lobo, horrifié.

La Grande Mère s'arrêta.

– Que dis-tu ? demanda-t-elle d'un ton glacial.

86

Les autres sorcières s'agitèrent, mal à l'aise. Quand la Grande Mère employait ce ton, c'était le signe qu'il allait y avoir du grabuge. Mais Lobo tint bon. Un passage du billet de tante Zelda lui était revenu en mémoire : *Tu pourras refuser ce qui est d'origine humaine.*

– Non, répéta-t-il d'une voix plus ferme.

– Grande Mère, laissez-moi jeter ce petit crétin au grim, dit Linda.

La Grande Mère la regarda avec fierté. Elle avait choisi une héritière digne d'elle.

– Soit, dit-elle.

Linda eut un de ses horribles sourires que la Grande Mère aimait tant.

Lobo vit Lucy se raidir, comme un glouton prêt à bondir, et il devina qu'elle cherchait une issue. Pour s'être déjà trouvé dans cette situation, il savait qu'il n'y en avait aucune – hormis la porte qui menait à la cave. Deux sorcières s'étaient postées devant l'autre porte et Dorinda se tenait au pied de l'échelle.

Les deux jeunes gens se trouvaient à proximité d'un tas de déchets pestilentiels que Linda avait entrepris de disperser à coups de pied. Lobo tira doucement sur les tresses de Lucy et tous deux reculèrent pour éviter les morceaux de navets gluants et de lapin putréfié qui volaient dans leur direction. Le sol fut bientôt entièrement jonché d'ordures. Une tête de poulet s'était coincée dans un pli du turban de Dorinda. Il ne restait du tas d'ordures qu'une croûte noirâtre d'os et de vieilles épluchures de légumes.

Linda contempla son œuvre avec satisfaction, puis elle se tourna vers Lucy.

– Dégage ça, langue de crapaud, siffla-t-elle en désignant la dernière couche d'ordures.

Lucy ne bougea pas. Dorinda – qui avait une peur bleue de Linda et s'efforçait toujours de rendre service – alla chercher une pelle dans un coin et la tendit à Lucy. Linda lui lança un regard noir : ce n'était pas ce qu'elle avait en tête pour sa captive. Celle-ci saisit la pelle, mais Linda n'était pas idiote. Devant l'expression furieuse de Lucy, elle se ravisa brusquement.

– Je vais le faire, annonça-t-elle, arrachant la pelle des mains de la jeune fille.

En quelques pelletées, elle mit au jour un chat crevé, un nid contenant trois bébés rats – qu'elle aplatit avec la pelle – et enfin une énorme trappe en métal rouillé.

– Ooh ! fit Dorinda, impressionnée.

Le silence retomba. Tous les regards étaient fixés sur la trappe. Personne – pas même la Grande Mère – ne savait ce qui se trouvait dessous. Certes, elles avaient toutes entendu des histoires, et si celles-ci ne contenaient ne fût-ce qu'une parcelle de vérité, il ne fallait pas s'attendre à une agréable découverte. Avec une lenteur extrême – elle aimait ménager ses effets – Linda leva les bras et se mit à psalmodier :

– Mirg... Mirg... Mirg iot-ellievér, iot-ellievér, Mirg... Mirg... Mirg iot-ellievééééééér !

Lobo en avait appris assez avec tante Zelda pour reconnaître une incantation **inversée**, mais même s'il n'en avait rien su, la façon dont Linda scandait les mots lui aurait glacé le sang. Lucy frissonna et lui jeta un regard par-dessus son épaule. Pour la première fois, elle semblait avoir peur.

L'incantation cessa, et une attente pesante s'installa. Soudain le sol trembla. Connaissant l'état de délabrement de la maison, Lobo ne fut pas rassuré. Dorinda gémit.

Les yeux brillants d'excitation, Linda reprit la pelle et en frappa le bord de la trappe, délogeant un serpent noir momifié qui s'était logé entre le volet et le plancher. Le serpent vola à travers la pièce pour rejoindre la tête de poulet dans la serviette de Dorinda. Utilisant la pelle comme levier, Linda entreprit alors d'ouvrir la trappe.

Lobo s'aperçut qu'il retenait son souffle depuis un moment. Quand il prit une inspiration, une odeur de poisson pourri et d'eau croupie envahit ses narines. Puis un gargouillis caverneux parvint à ses oreilles, trahissant la présence d'une grande quantité de liquide sous la maison.

Fascinés, les occupants de la cuisine (dont les chats qui, pour une fois, en oubliaient de feuler) regardaient la trappe se soulever peu à peu, révélant une grille métallique. Linda s'agenouilla, ôta la grille et la jeta de côté avant de scruter l'intérieur du trou. Trois mètres plus bas, elle distingua une étendue d'eau huileuse agitée par un léger clapotis. Irritée par ce calme apparent, elle se pencha davantage : où était donc le grim ?

Comme pour lui répondre, la surface de l'eau se déforma soudain et un long tentacule sombre se dressa avant de s'abattre violemment sur le sol de la cuisine. Dorinda hurla. Lobo recula en titubant, car le tentacule empestait la **Ténèbre**. Dans un éclat de rire, Linda écrasa sa pelle dessus. Lobo grimaça : pour **ténébreuse** qu'elle fût, la créature avait dû avoir mal. Le tentacule se laissa glisser à l'intérieur de la trappe et retomba dans l'eau avec un grand plouf. Quelques bulles éclatèrent et des volutes de sang dérivèrent paresseusement à la surface du bassin.

Linda se tourna vers Lucy avec un sourire triomphant.

– C'était le grim, peau de lapin. Il va bientôt revenir, et quand il sera là, tu pourras lui dire bonjour. Si tu es polie, peut-être qu'il fera preuve de bonté et qu'il te noiera avant de te réduire en bouillie... ou pas. Ha, ha !

Lucy fusilla Linda du regard, ce qui déplut à la sorcière. Elle aimait voir ses victimes trembler de peur, crier et implorer sa pitié, de préférence tout à la fois, mais Lucy lui refusait ce plaisir. De colère, elle saisit le bras de la jeune fille et y planta ses ongles. Lucy ne broncha même pas.

Lobo réfléchit à toute vitesse. L'attitude de Lucy allait causer sa perte d'une minute à l'autre ; il devait agir. Ce qu'il s'apprêtait à faire n'allait pas plaire à la jeune fille, mais il n'avait pas le choix. Il répéta :

– Je suis venu nourrir le grim. Qu'allez-vous me donner ?

Linda lui lança un regard noir – que mijotait-il ? – mais elle connaissait les règles du coven et souhaitait d'autant moins les enfreindre qu'elle le voyait déjà comme sa propriété.

– Puis-je répondre, Grande Mère ? demanda-t-elle.

La Grande Mère considérait tout ce cérémonial comme une corvée. Sa mémoire faiblissait, elle se faisait vieille et n'aimait pas qu'on change ses habitudes. Surtout, elle n'aimait pas les tentacules du grim.

– Soit, répondit-elle sans prendre la peine de dissimuler son soulagement.

Linda montra les dents, comme un chien qui sait qu'il a gagné mais qui refuse de cesser le combat.

– Nous te donnons ceci, dit-elle en enfonçant sa pelle dans le dos de Lucy. Qu'as-tu à dire ?

Lobo prit une profonde inspiration avant de répondre :

– Oui.

Lucy fit volte-face, furieuse.

– Roooooh… fit Dorinda, admirative.

Linda sembla décontenancée. Elle était décidée à pousser Lucy dans le trou sitôt que le garçon aurait refusé de la donner au grim, comme elle était persuadée qu'il le ferait, et elle attendait ce moment avec impatience. Pour tout dire, elle avait décidé de pousser également le garçon. Grande lectrice de récits criminels, Linda savait combien il était important de se débarrasser des témoins. Mais pas question de se soustraire aux règles.

– Alors, prends-la, soupira-t-elle.

– Bien ! s'exclama joyeusement la Grande Mère, comme si on venait de lui annoncer que le dîner était servi. L'affaire est réglée. Venez, les filles. Il est temps de nous retirer.

Linda avait oublié ce détail : le nourrisseur du grim devait opérer seul et sans témoin. Soudain son sang-froid l'abandonna – croyez-le ou non, mais Linda avait fait preuve jusquelà d'une bonne dose de sang-froid avec Lucy – et elle se mit à trépigner en criant :

– Nonnnnnnnn !

– Allons, dit la Grande Mère d'un ton désapprobateur. Laisse le nourrisseur du grim faire son travail.

Puis elle ajouta à voix basse :

– Nous allons écouter de là-haut. C'est beaucoup plus amusant et moins salissant ainsi.

Linda se retint de lui rétorquer que la partie salissante du spectacle était justement sa préférée, qu'elle rêvait d'y assister depuis l'instant où elle avait extrait Lucy de la cave. D'un air renfrogné, elle grimpa à l'échelle derrière la Grande Mère, se faisant la réflexion qu'elle n'accepterait plus très longtemps de recevoir des ordres.

Lobo et Lucy regardèrent les bottes hérissées de piques de la Grande Mère disparaître dans le plafond, puis ils entendirent Linda la hisser à l'intérieur du grenier (Pamela avait les genoux raides) et les sorcières se rassembler pour écouter le repas du grim.

Au même moment, trois tentacules surgirent de la fosse et s'abattirent bruyamment sur le sol.

– N'y pense même pas, espèce de rat, gronda Lucy à l'adresse de Lobo, ou c'est toi qui vas finir dans ce trou.

– Je n'avais pas le choix, lui souffla Lobo. Sinon, elles t'auraient balancée au grim. Au moins, nous avons gagné un peu de temps. Maintenant, il faut trouver un moyen de sortir d'ici.

Il savait que les sorcières tendaient l'oreille au grenier et qu'elles n'attendraient pas longtemps. Si elles redescendaient et découvraient la jeune fille entière, il n'imaginait que trop leur réaction : ils serviraient tous deux de repas au grim.

– On n'a pas beaucoup de temps, reprit-il. J'ai un plan, mais tu devras faire tout ce que je dis. D'accord ?

– Faire tout ce que tu dis ? Et pourquoi donc ?

Soudain le sol trembla et une gerbe d'eau sale jaillit de la trappe. Le grim avait fait surface.

– D'accord, murmura Lucy. Je ferai tout ce que tu voudras. Promis.

– Bien. Alors écoute-moi : tu vas devoir crier. Tu peux faire ça ?

Les yeux de Lucy s'illuminèrent.

– Oh oui ! Je peux crier. Fort ?

– Le plus fort possible.

– Tu es sûr ?

Lobo acquiesça avec impatience.

– Alors, c'est parti. Aaaaaaaaaaaaaaaaaaaaaaaaaaaahhhhh ! Aaaaaaaaaaaaaaaaaahhhhhhh ! Aaaaaaaaaaaaaaaaaahhhhh hhhhhhhhhhhhhhhhh !

Le grim battit en retraite, projetant des éclaboussures nauséabondes. Tout **ténébreux** qu'il fût, il menait une vie paisible dans les eaux fétides des égouts du Port, lesquels suivaient le tracé de la rue de l'Étrave pour s'élargir ensuite et former un bassin confortable sous la maison des sorcières du Port. Le grim était habitué au doux clapotis des égouts, pas aux cris de Lucy Gringe. Il plongea profondément et enfonça l'extrémité de ses tentacules dans ses multiples conduits auditifs.

– Aaah ! Aaaaaaaaaaaahh ! Aaah ! Aaaaaaaaaaaaaaaaaaaa aaaaah !

Treize chats étaient tapis dans l'obscurité de la cuisine. Tous étaient issus d'une même portée de chatons vampires qu'on avait jetés à l'eau après qu'ils eurent vidé de son sang le mousse du navire qui les transportait. Devinant leur nature,

Linda avait arraché un filet des mains d'un petit garçon afin de repêcher les chatons qu'elle avait ensuite ramenés triomphalement au coven, d'où ils sortaient parfois pour attaquer des bébés et de jeunes enfants.

– Aaaaaaaaaaaaah ! Aaaaaaaaaaaah ! Aaaaaaaaaaaah ! Aaaaaaaaaaaaaaaaaaaaaah !

Cachés derrière les ordures, les chats observaient les efforts désespérés de Lobo pour trouver de quoi nourrir le grim. Le jeune garçon sentait leurs yeux incandescents rivés sur lui. Son instinct de bête sauvage le conduisit directement à la source de ces regards. Il lui fallut moins de trente secondes pour débusquer deux chats sous l'évier, derrière une moisissure géante.

– Miaouuuuuuuuuuuuuuuuuuuuuuuuuuuuuuu !

– Aaaaaaaaaaaaaaaaaaaaaaaahhhhhhhhhhhhhh !

Par chance, les cris de Lucy étouffèrent les feulements.

Tenant à bout de bras les chats qui se débattaient et tentaient de le griffer, Lobo courut vers la trappe. La surface de l'eau était agitée, mais il n'y avait aucune trace du grim. Celui-ci percevait les vibrations des cris de Lucy et rien n'aurait pu le faire émerger, pas même la perspective d'un chat vivant.

Les cris de Lucy commencèrent à faiblir.

– Aaaaa... aaa... eurgh !

Elle toussa et porta une main à sa gorge.

– Je perds ma voix, articula-t-elle.

Ses cris cessèrent de se propager jusqu'au fond de l'eau. Le grim ôta ses tentacules de ses tubes auditifs – qui lui servaient également de narines – et sentit alors une appétissante odeur de chair fraîche. Sous la trappe, l'eau huileuse se troubla et soudain une grosse tête luisante creva la surface. Lobo lâcha les chats.

Le grim bascula en arrière, révélant un énorme bec béant. Une forêt de tentacules emprisonna les chats hurlants et un bruit répugnant de succion retentit dans toute la cuisine quand le grim commença à déguster son premier vrai repas depuis presque cinquante ans. La dernière fois qu'il avait mangé de la viande, celle-ci lui avait été servie par la jeune Zelda. Les sorcières lui avaient offert la chèvre du coven et elle l'avait acceptée, soulagée qu'elles ne lui aient pas proposé le petit garçon de la maison voisine, comme elles l'avaient fait à la précédente gardienne, Betty Crackle. Betty ne s'était jamais vraiment remise de cette épreuve et elle avait toujours refusé de révéler si elle avait ou non livré l'enfant au monstre. Zelda craignait que ce fût le cas.

Le grim, mis en appétit par la chair fraîche, sortit quelques tentacules et chercha s'il y en avait davantage. (Par le passé, il lui était arrivé d'en trouver. Toutes les gardiennes présomptives n'étaient pas revenues de leur **mission**.) Voyant les épais tentacules aux puissantes ventouses ramper vers lui, Lobo fut tenté de rabattre la trappe et de prendre la fuite, mais il lui restait une chose à faire. Rassemblant son courage, il s'agenouilla et sortit un petit couteau en argent de sa poche. Sous le regard stupéfait de Lucy, il sectionna l'extrémité d'un tentacule. Le grim ne remarqua rien : à cause d'une bizarrerie de l'évolution, chacun de ses tentacules contenait une partie de son cerveau, si bien que chaque fois qu'une gardienne présomptive s'acquittait de sa **mission**, il devenait un peu plus stupide.

Serrant dans sa main le morceau du cerveau du grim dégoulinant de sang et de **Ténèbre**, Lobo rabattit le volet qui heurta le sol avec un grand fracas. Il regretta son geste quand la voix stridente de Dorinda traversa le plafond :

– Ooooh, il l'a fait ! Il a donné la fille à manger au grim !

Soudain un tonnerre de bruits de bottes fit trembler le plafond et une averse de plâtre s'abattit sur Lucy et Lobo. Les sorcières n'allaient pas tarder !

⊹⊹ IO ⊹⊹
SAUVÉS !

Il faut filer d'ici, murmura Lobo en se dirigeant vers la porte de la cuisine.

Il saisit la poignée et tira. Celle-ci lui resta dans la main et il partit à la renverse tandis que la tige tombait de l'autre côté de la porte. Comment allaient-ils sortir à présent ?

– Laisse ça, idiot ! lui souffla Lucy. Viens !

Elle attrapa la main de Lobo – celle qui ne tenait pas le morceau de tentacule – et lui fit traverser la cuisine jonchée d'ordures détrempées sous le regard des chats qui les **observaient** en silence. À peine venaient-ils d'atteindre la porte de la cave que l'échelle se mit à vibrer. Lobo se retourna et vit les bottes garnies de piques de la Grande Mère émerger du trou dans le plafond. Il n'opposa aucune résistance quand Lucy l'entraîna à l'extérieur de la pièce.

Il referma la porte et fit mine de pousser l'énorme verrou.

– Non, murmura Lucy. Laisse-le ouvert. Sinon elles vont deviner que nous sommes ici.

– Mais...

– Dépêche-toi !

Lucy dévala l'escalier de la cave en tirant Lobo derrière elle. À chaque marche, le jeune garçon se sentait davantage piégé – que fabriquait la jeune fille ?

Au pied des marches, ils se retrouvèrent face à une vaste étendue d'eau sale infestée de crapauds bruns. Choqué, Lobo se demanda si c'était là que Lucy avait été retenue prisonnière. Il s'arrêta un instant, craignant que la mare soit profonde. Il n'aimait pas beaucoup l'eau ; on aurait dit qu'elle faisait exprès de lui barrer le chemin quand les choses tournaient mal. Lucy, imperturbable, entra dans l'eau qui, au grand soulagement de Lobo, n'arrivait qu'à ses genoux.

– Allons, dit Lucy en écartant un crapaud d'un coup de pied. Ne reste pas là à bader. On dirait un poisson crevé.

Au-dessus d'eux, les sorcières descendaient l'une après l'autre l'échelle. Le martèlement de leurs bottes incita Lobo à affronter la mare infestée de crapauds. Avançant avec une lenteur désespérante, comme dans un cauchemar – un cauchemar particulièrement affreux –, il suivit Lucy, s'efforçant d'éviter les jets de bave des crapauds. Au fond de la cave, Lucy s'arrêta et montra fièrement le mur où manquaient quelques briques.

– C'est l'ancienne goulotte à charbon. Ces folles ont voulu la murer, mais regarde le mortier : il est beaucoup trop friable.

Joignant le geste à la parole, Lucy lui fit une démonstration de la piètre qualité du mortier, mais l'attention de Lobo était tout entière dirigée vers les bruits de pas au-dessus de leurs têtes. Lucy prit deux briques et les lui tendit.

– Zut ! s'exclama Lobo, constatant qu'il avait toujours le morceau de tentacule à la main. Attends !

Il fourra son trophée dans la bourse en cuir que tante Zelda lui avait fait accrocher à sa ceinture, puis il prit les briques et les posa doucement dans l'eau.

– J'ai passé toute la journée d'hier et celle d'aujourd'hui à faire ça, expliqua Lucy. J'étais à deux doigts de sortir d'ici quand cette sale vache est venue me chercher.

Elle enleva rapidement deux autres briques.

– D'ici on peut atteindre la rue, poursuivit-elle. Heureusement que tu n'es pas épais. Je passerai devant et je te hisserai. D'accord ?

Au même moment, des éclats de voix leur parvinrent de la cuisine. Lobo aida Lucy à se glisser dans le trou. Bientôt il ne vit plus que les semelles trempées de ses bottes, puis elle disparut complètement. Il risqua un coup d'œil à l'intérieur du trou et reçut un paquet de poussière sur la tête. Il se frotta les paupières et sourit. Au-dessus de lui, il distinguait le visage noirci de Lucy et, derrière elle, un petit morceau de ciel bleu.

– Viens, dit-elle d'un ton impatient. Il y a une espèce de folle qui me demande ce que je fabrique. Vite !

Soudain un hurlement rageur s'éleva dans la cuisine :

– Du sang ! Du sang ! Je sens l'odeur du sang du grim !

– Oooh ! fit la voix de Dorinda.

Puis :

– Le sang... il mène droit à la cave. Ils ont emmené notre grim à la cave !

Un tonnerre de pas se fit entendre dans la cuisine et se déplaça vers l'escalier de la cave.

– Dépêche-toi ! cria Lucy. Qu'est-ce que tu attends ?

Tandis que les sorcières dévalaient l'escalier, Lobo se faufila dans le conduit. Ce n'était pas aussi facile que Lucy le lui avait laissé croire. Malgré sa minceur, Lobo avait les épaules larges, et la goulotte était étroite. Il leva les bras au-dessus de sa tête et, en s'écorchant les coudes et les genoux sur les briques rugueuses, il tenta de se hisser vers la lumière. Lucy lui tendait les mains mais, malgré ses efforts, Lobo ne parvenait pas à les attraper. Il était coincé.

Le cri furieux de Linda retentit derrière lui.

– Sale petit cafard ! Je te vois. Ne crois pas que tu vas t'en tirer comme ça, espèce de... de tueur de grim.

Lobo entendit alors patauger. Linda traversait la cave et elle était rapide. Désespéré, Lobo se mit dans la peau d'un animal sauvage. Il était un glouton piégé dans un terrier. Le propriétaire de ce dernier, une créature de la nuit, s'était réveillé. Il devait absolument retrouver la lumière du jour. *Tout de suite.* Soudain les mains de Lucy saisirent les siennes et le tirèrent vers la lumière, l'arrachant au terrier tandis que la créature de la nuit tentait de mordre ses talons et tirait sur ses bottes, poussant des glapissements à cause de la bave de crapaud qui lui brûlait les mains.

À plat ventre sur les pavés, Lobo s'efforçait de chasser le glouton de son esprit, mais Lucy refusait de le laisser en paix.

– Debout, imbécile, souffla-t-elle. Elles seront là d'un instant à l'autre. Viens.

Lobo laissa Lucy le relever et l'entraîner à sa suite, pieds nus, dans la lumière de la fin d'après-midi. Il lui sembla entendre les serrures et les verrous de la porte du coven s'ouvrir tandis que le crapaud **ténébreux** les suivait du regard.

Tout le coven – hormis Linda – se retrouva dehors avant que Lucy et Lobo n'aient tourné le coin de la rue. Dorinda resta en arrière, craignant de perdre sa serviette au cours d'une poursuite. Les autres sorcières se lancèrent aux trousses des fuyards, mais la Grande Mère ne dépassa pas la maison voisine. Ses bottes n'étaient pas faites pour courir. Il ne restait plus que Daphné et Veronica, mais en les regardant courir en canard, Dorinda eut la certitude qu'elles ne rattraperaient jamais les fugitifs. Cette constatation ne l'aurait pas tant tracassée si elle n'avait pas éprouvé une telle jalousie à la vue de Lobo et Lucy fuyant main dans la main. Elle alla alors chercher Linda.

Linda surgit de la cave à la vitesse de l'éclair. Si plus aucune sorcière ne chevauchait de balai, celles du Port utilisaient une **planche volante** pour leurs déplacements, et Linda excellait dans cet exercice. Le principe en était à la fois simple et dangereux : il suffisait d'une planche de bois équipée d'un **propulseur** à libération lente. Une fois en équilibre sur la planche, il ne restait plus qu'à démarrer le **propulseur** et à prier pour que personne ne vienne se mettre en travers de votre chemin.

En général, personne ne se mettait en travers du chemin de Linda quand elle chevauchait sa **planche volante**. Sous le regard admiratif de Dorinda et de la Grande Mère, elle s'élança dans un grondement de tonnerre. Des flammes jaillirent de sous la planche (en réalité, la tablette de la coiffeuse de Dorinda), dispersant un groupe de vieilles femmes et embrasant la carriole de la petite livreuse de *La Gazette du Port*. Linda dépassa Daphné et Veronica au moment où elles atteignaient l'angle de la rue et les envoya rouler au pied de l'escalier qui descendait vers la cave d'une poissonnerie. Elles remontèrent un peu plus tard, couvertes de tripes de poissons.

Lucy et Lobo étaient hors de vue, mais Linda ne se découragea pas pour autant. Elle avait une technique infaillible pour retrouver les fugitifs. Elle se mit à parcourir méthodiquement le dédale de ruelles menant aux docks. De cette manière, elle s'assurait que ses proies seraient toujours devant elle. C'était un peu comme rassembler des moutons dans un enclos – des moutons destinés à être accompagnés de pommes de terre au four et de sauce à la menthe. Cela ne ratait jamais.

✛ II ✛

SUR LES DOCKS

Pendant que Lobo tentait d'éviter de jeter Lucy au grim, Simon, suivant le conseil de Maureen, surveillait le quai d'un air sombre, assis sur un bollard.

La vaste chaussée pavée était bordée sur trois côtés de hautes maisons entre lesquelles étaient coincés quelques magasins. En plus de la célèbre Tourterie-des-Docks, il y avait une petite boutique décrépite qui vendait du matériel pour artistes, une minuscule bouquinerie spécialisée dans les manuscrits maritimes et la chandellerie de Joe la droiture. Cette dernière occupait le rez-de-chaussée de trois bâtiments attenants, à côté de la majestueuse maison de briques rouges du capitaine du port. Ses portes grandes ouvertes déversaient jusque sur le quai tout un bric-à-brac de cordages, de cales, de filets, de gaffes, d'espars et de voiles. Le capitaine du port se disputait continuellement avec Joe, dont la marchandise tendait à envahir les marches de son monumental perron à colonnes.

Tel un spectateur de théâtre attentif, Simon observait les allées et venues. Il vit le capitaine du port – un homme imposant, vêtu d'une veste bleue abondamment ornée de galons dorés – sortir de chez lui, enjamber avec précaution trois rouleaux de corde sur son seuil et entrer dans la boutique de Joe. Un groupe d'écoliers passa en file indienne, bavardant et serrant leurs cahiers contre eux, avant de pénétrer dans le petit musée des Douanes. Le capitaine du port, légèrement plus rouge qu'auparavant, ressortit de la chandellerie et rentra chez lui, donnant un coup de pied dans un rouleau de corde et claquant la porte derrière lui. Quelques minutes plus tard, Joe la droiture émergea de sa boutique. Il enroula de nouveau la corde, la replaça sur le seuil et ajouta quelques gaffes pour faire bonne mesure. Simon assista à la scène sans broncher, espérant que Lucy finirait par passer sur le quai.

De temps à autre, quand tout devenait silencieux, Simon levait les yeux vers une petite fenêtre au dernier étage du bureau des douanes, un grand bâtiment avec une façade en stuc. C'était la fenêtre de la chambre mansardée que Lucy et lui avaient louée quelques jours auparavant, après avoir quitté le Château avec un peu plus de précipitation qu'ils ne l'auraient souhaité.

C'était une chambre agréable. Lucy s'était montrée enthousiaste quand ils l'avaient visitée, expliquant comment elle allait repeindre les murs en rose avec des rayures vertes (Simon avait émis quelques réserves à ce sujet) et tisser des tapis assortis. À peine installée, elle avait annoncé son intention d'aller au marché, pour jeter un coup d'œil à « cette échoppe rigolote » qui vendait « des tissus et des fanfreluches ». Devant la grimace de Simon, elle avait éclaté de rire.

« Tu as raison, avait-elle dit. Tu risques de t'ennuyer. Tu n'as qu'à m'attendre ici, je n'en ai pas pour longtemps. À tout à l'heure ! »

Après lui avoir envoyé un baiser, elle était sortie.

Non, pensa Simon, Lucy n'était pas en colère à ce moment-là. Si tel avait été le cas, il n'aurait pas flâné ensuite le long des rues, heureux et insouciant. Il s'était rendu chez le bouquiniste de l'allée de la Saumure pour voir s'il avait de vieux livres de **Magyk** susceptibles de l'intéresser. Il avait eu la chance de dénicher un recueil de **sorts** très ancien qui sentait le moisi. Un examen attentif lui avait révélé des grosseurs suspectes indiquant la présence de **charmes** entre les pages collées par l'humidité.

Ensuite, Simon avait été tellement occupé à récupérer les **charmes** et à découvrir les merveilles que recelait sa récente acquisition qu'il avait été surpris en constatant qu'il se faisait tard et que Lucy n'était toujours pas rentrée. Il savait que le marché fermait une heure avant le coucher du soleil, et il avait d'abord pensé qu'elle s'était perdue. Puis il s'était rappelé que Lucy connaissait le Port mieux que lui – elle avait vécu et travaillé pendant six mois à la Tourterie-des-Docks, avec Maureen – et l'inquiétude l'avait envahi.

Simon n'avait pas passé une bonne nuit. Il avait fouillé sans relâche les rues sombres et dangereuses du Port. Deux tire-laine l'avaient agressé et il avait été pris en chasse par le tristement célèbre Gang du 21 – une bande d'adolescents, dont beaucoup avaient servi dans la Jeune Garde, qui occupaient illégalement l'entrepôt numéro 21. À l'aube, il avait regagné la chambre, désespéré. Lucy avait disparu.

Les jours suivants, Simon avait cherché sa bien-aimée sans répit. Soupçonnant les sorcières du Port, il était allé tambouriner à leur porte, sans obtenir de réponse. Il s'était même faufilé à l'arrière de la maison, mais tout était tranquille. Il était resté devant toute la journée, à **épier** le moindre bruit, en vain.

Au fil des heures, il avait peu à peu acquis la certitude que Lucy s'était enfuie avec un autre. Il ne lui en voulait pas vraiment : après tout, que pouvait-il lui offrir ? Il ne deviendrait jamais magicien, et ils seraient bannis du Château pour toujours. Il était fatal qu'elle rencontre un jour quelqu'un qu'elle pourrait présenter à ses parents et dont elle serait fière. Seulement, il ne s'attendait pas à ce que cela arrive aussi vite.

L'après-midi avançait, et Simon était toujours assis sur son bollard. Le port s'animait. Une vague de fonctionnaires en uniformes bleus plus ou moins chargés de dorures traversa le quai. Ils contournèrent les gaffes et les cordes qui leur barraient l'entrée de la maison du capitaine où se déroulait l'Assemblée annuelle du port, abandonnant l'espace public à l'habituelle foule de marins et d'employés de boutique, de pêcheurs et de fermiers, de mères de famille accompagnées d'enfants, de dockers et de matelots. Certains allaient d'un pas pressé, d'autres flânaient, certains paraissaient affairés, d'autres désœuvrés, quelques uns saluaient Simon, la plupart l'ignoraient, mais aucun d'entre eux n'était Lucy Gringe.

Aussi immobile qu'une statue, Simon attendait. Comme la marée remontait, les bateaux de pêche prêts à prendre le large commencèrent à se rassembler. Simon reporta son attention sur ceux-ci et sur leurs équipages.

Le jeune homme ignorait à quel point son air sombre et ses yeux verts de magicien inquiétaient les pêcheurs supersti- tieux. Ses vêtements le distinguaient également de la popula- tion ordinaire du Port. Il portait ce jour-là une robe ayant appartenu à son ancien maître, le **nécromancien** DomDaniel, à l'époque où celui-ci était plus jeune et beaucoup plus svelte. Simon l'avait découverte dans une malle et avait trouvé qu'elle lui allait comme un gant. Il n'avait pas conscience de l'effet produit par les symboles **ténébreux** brodés dessus, même s'ils étaient à peine visibles : le tissu s'était décoloré, virant peu à peu au gris terne, et les symboles eux-mêmes s'effilochaient.

La plupart des pêcheurs étaient trop craintifs pour l'ap- procher, mais le capitaine du bateau le plus proche – un grand navire de pêche à la coque noire baptisé *Le Maraudeur* vint vers lui et gronda :

– On veut pas des gens de ton espèce ici. Ça fait fuir le pois- son. Dégage !

Simon leva les yeux vers le visage tanné du capitaine, beau- coup trop proche à son goût. Son haleine empestait le poisson et ses petits yeux porcins avaient un regard menaçant. Ses che- veux gris se dressaient sur sa tête comme si la présence du jeune homme les offensait personnellement. Une veine de son cou noueux palpitait sous un perroquet tatoué, donnant l'impression que l'oiseau riait. Simon n'avait aucune envie de se battre. Avec une certaine dignité, il s'enveloppa dans sa robe élimée et se dirigea lentement vers le bureau des douanes. Il monta l'escalier qui menait à sa chambre en traînant les pieds et reprit sa surveillance depuis la fenêtre.

Celle-ci donnait sur le quai où régnait à présent un calme relatif, entre la bousculade de la journée et l'animation de la nuit. La seule activité qui valait la peine d'être observée avait lieu sur le *Maraudeur*. Simon vit le capitaine crier des ordres à son équipage, un gamin d'environ quinze ans et un homme maigre au crâne rasé et à la mine patibulaire, qui se rendirent aussitôt chez Joe la droiture. Une grande femme aux cheveux courts et hérissés sortit de la maison du capitaine du port et se dirigea vers le quai, où elle entra en grande conversation avec le patron du *Maraudeur*. Simon était certain de l'avoir déjà vue quelque part. Il fouilla sa mémoire et son nom lui revint brusquement : Una Brakket. Il avait eu affaire à elle pour une malheureuse histoire d'ossements, un épisode qu'il aurait aimé oublier. Il se demanda ce qu'Una Brakket fabriquait avec le capitaine. Puis les deux marins revinrent, les bras chargés de cordages. Le jeune garçon en portait tellement qu'on aurait dit un tas de cordages sur pattes. Le capitaine les renvoya en chercher d'autres et reprit sa conversation.

Simon trouvait que le capitaine et Una Brakket formaient un couple improbable, mais la vie est pleine de surprises. Après tout, qui aurait pensé que Lucy et lui... Il secoua la tête et s'interdit de penser à Lucy. Il devait se faire à l'idée qu'elle était partie avec un autre. Il regarda Una Brakket donner un petit paquet au capitaine et s'éloigner à grands pas après un bref salut. Des adieux pas très romantiques, pensa-t-il, mais peu importait. L'amour était une perte de temps.

Perte de temps ou non, Simon ne parvenait pas à s'arracher à la fenêtre. Les ombres s'allongeaient et le vent s'était levé, poussant çà et là sur les pavés un papier ayant servi à emballer une tourte. Sur l'eau, l'excitation battait son plein. On rangeait les derniers filets, et des pêcheurs déployaient leurs voiles. À la proue du *Maraudeur,* la lourde trinquette en toile rouge était déjà en place et on hissait la grand-voile.

Simon sentit ses paupières devenir lourdes. Il avait très peu dormi depuis la disparition de Lucy. Il appuya son front contre la vitre froide et ferma les yeux un court instant. Des cris le réveillèrent en sursaut.

– Hé !

– Malheur ! Ne regardez surtout pas !

– Larguez les amarres, larguez les amarres !

Les marins du *Maraudeur* étaient en train de s'agiter sur le quai. Simon se demandait ce qui pouvait les affoler quand un garçon et une fille sales et trempés traversèrent son champ de vision en courant, main dans la main. La fille tirait le garçon derrière elle, ses tresses flottant dans son dos comme celles de Lucy, et...

Simon se précipita sur le palier, dévala l'escalier étroit du bureau des douanes, bouscula le groupe d'écoliers qui revenaient du musée et déboula à l'extérieur juste comme sa Lucy et son compagnon sautaient à bord du *Maraudeur* quittant le quai.

– Lu... cria Simon.

Il s'interrompit. Un grondement de tonnerre s'éleva derrière lui et une force **ténébreuse** le poussa sur le côté. Il trébucha sur un paquet de cordage, se cogna la tête sur une ancre et bascula dans les eaux vertes du Port avant de couler lentement jusqu'au fond.

12

DANS LA GUEULE DU LOUP

Simon gisait sur les cailloux à quatre mètres cinquante de profondeur, se demandant ce qui lui avait pris de s'allonger dans un endroit aussi humide et inconfortable. Il contempla d'un œil rêveur la surface trouble au-dessus de lui. Les coques sombres des bateaux de pêche se balançaient paresseusement dans la houle, et de longues algues pendaient de leurs quilles incrustées de bernacles. Une anguille traversa son champ de vision et quelques poissons curieux se frottèrent à ses pieds. La rumeur de la mer se mêlait au bruit des pierres roulant au fond et à celui, lointain et sourd, des coques s'entrechoquant. *Comme c'est étrange*, pensa-t-il en regardant sa robe tournoyer dans l'eau glacée.

Simon ne ressentait pas le besoin de respirer. L'art **ténébreux** de la suspension, que le squelette de DomDaniel lui avait fait pratiquer quotidiennement, la tête plongée dans un seau, était devenu chez lui un réflexe. Simon

111

sourit en reprenant lentement ses esprits. Il aimait cette sensation de maîtrise absolue, à présent presque oubliée, mais... Il fronça les sourcils, d'où s'échappèrent quelques bulles qui remontèrent paresseusement vers la surface. Il avait quelque chose à faire... quelque chose d'important. Lucy !

Au souvenir de sa fiancée, Simon perdit le contrôle de sa respiration. Une douleur aiguë lui transperça les poumons. Pris de panique, il tenta de s'arracher au fond, mais il ne parvenait pas à bouger. Sa robe... elle était accrochée à quelque chose, mais quoi ?

Ses doigts glacés tirèrent désespérément sur le bas effiloché de son vêtement qui s'était pris dans une vieille ancre, et juste comme ses poumons menaçaient d'éclater, il repoussa violemment le sol rocailleux du pied et remonta vers la surface. Quelques secondes plus tard, il jaillissait de l'eau sous les regards médusés de quelques badauds attroupés.

L'attroupement en question ne s'était pas formé pour le voir, mais quand il émergea du bassin du Port en toussant et en crachant, la tête couverte d'algues, les curieux détournèrent rapidement leur attention de Linda et de sa **planche**. Simon nagea jusqu'à un escalier qui lui permit de regagner le quai. Les symboles **ténébreux** ressortaient sur sa robe trempée et l'éclat de ses yeux verts suscita un certain émoi chez une partie des spectatrices. Profitant de la diversion, Linda ramassa sa **planche volante** et s'éclipsa discrètement.

Linda n'avait pas reçu un bon accueil quand elle s'était immobilisée au bord du quai. Une petite foule s'était rapidement rassemblée autour d'elle, parmi laquelle une majorité de personnes désireuses de la pousser à l'eau. Le coven des sorcières du Port n'avait pas bonne réputation, et tandis qu'elle s'enfonçait dans l'allée de la Saumure, Linda était consciente de l'avoir échappé belle. Le sel et la **Ténèbre** ne font pas bon ménage. Une sorcière aussi endurcie que Linda risquait de se liquéfier en quelques secondes au contact de l'eau de mer. C'est la raison pour laquelle vous ne verrez jamais une sorcière **ténébreuse** verser de larmes. Sachant cela, Lucy Gringe avait fait le pari que Linda ne s'aventurerait pas au-delà du quai, et elle avait eu raison.

Mais Lucy n'avait pas réfléchi plus loin, et tandis que le *Maraudeur* s'éloignait, la jeune fille commença à se demander si, comme aurait dit sa mère, elle n'avait pas « sauté de la marmite pour tomber dans le feu ». Lucy et Lobo s'étaient invités à bord d'un des pires bâtiments du Port, commandé par un capitaine profondément désagréable et superstitieux. S'il y avait bien une chose que le capitaine détestait, c'était de voir une femme à son bord, surtout si elle avait des tresses. Théodophile Fortitude Fry, le capitaine du *Maraudeur*, n'aimait pas les femmes – ni les jeunes filles – avec des tresses. Théodophile Fortitude Fry avait eu huit sœurs qui portaient toutes des tresses. Et la plus grande et la plus autoritaire attachait les siennes avec une flopée de rubans, exactement comme Lucy.

Le capitaine Fry considéra ses passagers inattendus avec effroi, puis il hurla :

– Jette-la par-dessus bord ! Vite !

Sa réaction, pour compréhensible qu'elle fût, parut très excessive à Lobo et Lucy, particulièrement à cette dernière.

L'équipage du *Maraudeur* se composait de deux marins. L'un était le fils du capitaine, Jacky Fry, un adolescent couvert

de taches de rousseur, aux yeux verts et à l'expression perpé-
tuellement inquiète. Jacky pensait avoir quatorze ans, même
si personne n'avait jamais pris la peine de lui indiquer son
âge exact.

L'autre marin était un des frères Crowe, dit le maigre. Les
jumeaux Crowe étaient en principe identiques, mais l'un
était gros et l'autre maigre, et cela depuis leur naissance. Leur
intelligence n'excédait pas celle d'un casier à poissons,
quoique certains casiers auraient pu leur en remontrer. À
part leur différence de poids, les deux frères se ressemblaient
comme deux gouttes d'eau. Ils avaient les mêmes yeux pâles
et inexpressifs qu'un poisson sur un étal, la tête recouverte
d'un court duvet noir et de marques de coupures dues au
rasoir, et portaient une tunique crasseuse à la couleur indé-
terminée sur un pantalon de cuir. Les jumeaux Crowe servaient à tour de rôle sur le *Maraudeur*. Le capitaine Fry les
appréciait car ils étaient assez bêtes et méchants pour exécu-
ter tous ses ordres sans poser de questions.

Donc, quand le capitaine Fry cria « Jette-la par-dessus
bord », il savait que Crowe le maigre obéirait sans la moindre
hésitation. Le capitaine Fry détestait les hésitations.

Crowe le maigre était sec, avec des muscles pareils à des
câbles d'acier. Il attrapa Lucy par la taille, la souleva et se dirigea vers le bord du bateau d'un pas décidé.

– Lâchez-moi ! protesta Lucy.

Lobo bondit sur Crowe le maigre, qui l'attrapa à son tour.

– Jette-les tous les deux ! reprit le capitaine Fry.

Lobo sentit son sang se figer. Il avait horreur de tomber à
l'eau depuis un bateau.

Crowe le maigre jeta Lobo et Lucy par-dessus bord, comme il le faisait chaque jour pour les détritus. Mais dans la précipitation du départ, ni lui ni ses compagnons n'avaient remarqué qu'une corde d'ancrage pendait le long du flanc du navire. Lobo et Lucy parvinrent à la saisir et restèrent à se balancer au bout tandis que le *Maraudeur* filait sur les flots.

D'un geste qui dénotait une longue habitude, Crowe le maigre se pencha par-dessus le bastingage et tenta de faire lâcher prise à Lobo. Quelqu'un de plus intelligent aurait coupé la corde, mais cette idée ne lui traversa même pas l'esprit. Le capitaine Fry, qui perdait patience, y pensa, lui.

– Coupe la corde, abruti, vociféra-t-il. Ils n'ont qu'à rentrer à la nage !

– Je ne sais pas nager ! hurla Lucy.

– Alors, tu n'as qu'à te noyer ! rétorqua le capitaine avec une grimace édentée.

À la barre, Jacky Fry observait la scène d'un air consterné. Le *Maraudeur* allait bientôt atteindre la pleine mer. À moins d'être un excellent nageur, personne n'avait la moindre chance de regagner le rivage à une telle distance du Port. Les deux intrus – surtout la fille – l'intriguaient. Il lui semblait que leur présence rendrait plus supportable la compagnie de son imprévisible père et de cette brute de Crowe. En plus, Jacky n'approuvait pas qu'on jette les gens par-dessus bord, même les filles.

– Non, p'pa ! cria-t-il. S'ils se noient, ça nous portera encore plus malheur que la sorcière !

– Ne parle pas de la sorcière ! hurla Fry, qui redoutait le mauvais sort plus qu'aucun autre capitaine.

115

– Empêche-le de couper la corde, p'pa. Empêche-le ou je retourne au Port.

– Tu ne ferais pas ça !

– Oh si !

Sur ce, Jacky Fry repoussa brutalement la barre ; la bôme de la grand-voile changea de bord et le *Maraudeur* amorça un demi-tour.

Le capitaine Fry rendit les armes. Retourner au Port avec la même marée qu'à son départ était le plus grand malheur qui puisse arriver à un bateau.

– Laisse-les ! cria-t-il à Crowe.

Celui-ci était occupé à cisailler la corde avec son vieux couteau émoussé. Il y prenait beaucoup de plaisir et n'avait aucune envie d'arrêter.

– J'ai dit : « Laisse-les » ! hurla le capitaine. C'est un ordre, Crowe. Remonte-les et descends-les à fond de cale !

Jacky Fry sourit. Il ramena la barre vers lui, et tandis que le *Maraudeur* reprenait son cap, il regarda Crowe pousser Lucy et Lobo vers la cale. Une fois l'écoutille refermée, le jeune homme se mit à siffloter un air joyeux. La traversée promettait d'être beaucoup plus intéressante que d'habitude.

Simon éluda les questions inquiètes des badauds et, pressé de regagner sa mansarde, refusa poliment les propositions de trois jeunes femmes qui l'invitaient à venir se sécher chez elles.

– Simon. Simon !

Simon reconnut la voix qui l'interpellait, pourtant il l'ignora. Il voulait être seul. Mais Maureen ne se laissait pas facilement décourager. Elle le rattrapa et posa une main sur son bras. Elle eut un choc quand il se retourna vers elle : ses lèvres étaient bleues et son visage aussi blanc que les assiettes sur lesquelles elle posait ses tourtes.

– Simon, tu es gelé ! Tu vas venir avec moi et te réchauffer près des fours. Je vais te préparer un bon chocolat chaud.

Simon refusa, mais Maureen se montra inflexible. Elle le saisit fermement par le bras et le conduisit à la tourterie. Une fois à l'intérieur, Maureen accrocha la pancarte FERMÉ à la poignée de la porte et poussa Simon vers la cuisine.

– Maintenant, assis ! ordonna-t-elle comme si elle s'adressait à un labrador assez bête pour avoir sauté depuis le quai.

Simon s'assit docilement dans le fauteuil de Maureen, à côté du grand four. Soudain il se mit à grelotter de façon incontrôlable.

– Je vais chercher des couvertures, déclara Maureen. Retire donc ce truc mouillé, je le ferai sécher cette nuit.

Cinq minutes plus tard, Simon était emmitouflé dans de vieilles couvertures en laine. De temps à autre un frisson le parcourait, mais il avait retrouvé ses couleurs.

– Alors, tu as vu Lucy ? demanda Maureen.

Simon hocha tristement la tête.

– Hélas, oui. Elle s'enfuyait avec un autre. Je te l'avais bien dit. Je ne lui en veux pas.

Il prit sa tête dans ses mains et un nouveau frisson le secoua.

Maureen avait l'esprit pratique, et elle n'acceptait pas que quelqu'un reste longtemps triste. Elle pensait aussi que les choses n'étaient pas toujours aussi graves qu'elles en avaient l'air.

– Ce n'est pas ce que j'ai entendu, dit-elle. On m'a rapporté que le jeune homme et elle fuyaient le coven. On a tous vu la sorcière.

Simon releva la tête.

– Quelle sorcière ?

– Celle qui est vraiment méchante. Celle qui a **rétréci** la pauvre Florrie Bundy à la taille d'un sachet de thé, à ce qu'on prétend.

– Quoi ?

– D'un sachet de thé. Donc, la sorcière au sachet de thé poursuivait Lucy et le jeune homme sur sa **planche volante**, un engin très dangereux.

– Elle poursuivait Lucy ?

Simon observa un silence. Par le passé, il lui était arrivé de rendre visite au coven du Port. Il ne l'avait pas fait par plaisir, mais à l'époque il respectait la puissance **ténébreuse** des sorcières. Il respectait tout particulièrement Linda qui – cela lui revenait à présent – passait en effet pour avoir **rétréci** sa voisine. Mais même lui avait été effrayé par sa noirceur d'âme, et l'idée qu'elle avait pu poursuivre Lucy lui faisait froid dans le dos.

Maureen lui tendit une autre couverture.

– Cela explique qu'ils aient sauté à bord du *Maraudeur*, dit-elle en se levant pour s'occuper de la bouilloire suspendue au-dessus du feu. Personne ne voudrait s'y embarquer, à moins de ne pas avoir le choix.

Simon fronça les sourcils.

118

– Que veux-tu dire ?

– Rien, répondit un peu trop rapidement Maureen – à quoi bon alarmer Simon alors qu'il ne pouvait agir ?

– Explique-toi, insista Simon en la regardant dans les yeux.

Au lieu de répondre, Maureen se leva et se dirigea vers le petit poêle sur lequel elle avait mis une casserole de lait à chauffer. Elle s'appliqua à faire fondre trois carrés de chocolat dans le lait chaud et apporta le bol brûlant à Simon.

– Bois ceci, dit-elle, et ensuite je te raconterai.

Encore assailli de temps à autre par un frisson, Simon sirota le chocolat tandis que Maureen prenait place sur un petit tabouret à côté du four.

– C'est étrange, dit-elle, mais beaucoup de gens ont l'air de croire qu'on n'entend pas ce qu'ils disent de l'autre côté du comptoir. J'ai appris beaucoup de choses en vendant mes tourtes – des choses que je n'étais pas censée savoir.

– Qu'as-tu appris au sujet du *Maraudeur ?* demanda Simon.

– En fait, c'est plutôt au sujet de son capitaine...

– Qu'est-ce qu'il a, ce capitaine ?

– C'est une crapule. Les gens d'ici l'ont connu quand il n'était encore que Joe Grub, l'héritier d'une famille de naufrageurs. Mais maintenant qu'il y a davantage de phares, il n'est plus aussi facile de provoquer des naufrages, et c'est tant mieux, si tu veux mon avis. C'est un crime affreux de leurrer le pilote d'un bateau pour qu'il aille se fracasser sur les rochers. Comme il n'y avait plus rien à gagner de ce côté-là, Grub s'est embarqué sur un des navires de pirates qui accostent ici parfois. Il est revenu avec un sac d'or et un nouveau nom. Certains

119

affirment qu'il tiendrait l'un et l'autre d'un malheureux qu'il aurait jeté par-dessus bord. Mais d'autres disent...

Maureen s'interrompit, répugnant à poursuivre.

– Qu'est-ce qu'ils disent ? la pressa Simon.

Maureen secoua la tête.

– Je t'en prie, insista Simon. Si je veux pouvoir aider Lucy, je dois en savoir le plus possible.

Maureen était toujours réticente, notamment parce qu'évoquer ces choses-là était réputé porter malheur.

– Eh bien, d'autres attribuent ce changement de nom à un changement de maître. Ils disent que le nouveau maître du capitaine est un fantôme du Château, et que c'est là l'origine de son argent. Mais je n'en crois pas un mot. Imagine un peu, travailler pour un fantôme... Quelle horreur !

– L'homme d'un fantôme, murmura Simon.

– Quoi ? demanda Maureen en se levant pour remettre une bûche dans le foyer du four.

– L'ombre d'une ombre, l'instrument d'un revenant... Il me semble que le terme exact est « esclave d'un esprit ». Il désigne quelqu'un qui se vend à un spectre.

– Grands dieux ! s'exclama Maureen. Pourquoi quelqu'un ferait-il une chose pareille ?

– Pour de l'or, dit Simon, songeant à la fois où Tertius Fumée lui avait fait une offre similaire. Cent soixante-neuf pièces, pour être précis. Mais ils finissent tous par le regretter. Une fois qu'ils ont empoché le prix, ils sont **hantés** jusqu'à la fin de leurs jours.

– Seigneur ! soupira Maureen. Certains sont vraiment prêts à tout.

– En effet, acquiesça Simon. Euh, Maureen...

– Oui ?

– Quel est le nouveau nom du capitaine ?

– Oh, il est parfaitement ridicule : Théodophile Fortitude Fry. Quand tu penses qu'au départ, il s'appelait simplement Joe Grub...

– T.F.F., murmura Simon, la mine sombre. Les mêmes initiales que ce cher vieux Fumée... Lucy, qu'as-tu fait ?

Maureen s'efforça de trouver quelque chose de réconfortant à dire, mais le résultat ne fut guère convaincant :

– Le fils de Fry, Jacky... c'est un bon garçon.

Sans répondre, Simon reposa son bol vide et regarda d'un air morne ses pieds nus qui pointaient sous les couvertures.

Au bout d'un long moment, Maureen reprit :

– Lucy est une jeune fille pleine de ressources. Et courageuse, avec ça. Je suis sûre qu'elle s'en sortira.

– Vraiment ? Comment pourrait-elle s'en sortir, coincée sur un bateau avec un capitaine pareil ?

Ne sachant quoi dire, Maureen se leva et prépara un lit pour Simon sur l'un des bancs de la cuisine. Le lendemain matin, quand elle descendit pour mettre en route la première fournée de tourtes, juste après l'aube, le jeune homme était parti. Elle n'en fut pas étonnée. Elle se mit à pétrir la pâte, souhaitant intérieurement bonne chance à Simon et Lucy. Ils allaient en avoir besoin.

✠ ✠ 13 ✠ ✠
À DOS DE DRAGON

Le fanal de la Double Dune était fixé au sommet d'un bâti métallique branlant, à l'extrémité d'un banc de sable particulièrement traître. Vue du ciel, la tour paraissait si frêle qu'on l'aurait dite prête à se renverser au moindre souffle de vent, mais Septimus savait que vue du sol, elle était impressionnante.

Arrivé au fanal, Septimus fit décrire à Boutefeu un arc de quarante-cinq degrés vers la gauche, en direction de la mer. En réalité, il n'avait nul besoin d'indiquer le chemin au dragon car celui-ci, jusque-là, avait simplement refait à l'envers le trajet qu'il avait effectué quelques jours plus tôt. Mais Septimus frissonnait de plaisir chaque fois qu'il répondait à ses ordres. Au sol, il avait souvent l'impression désagréable que c'était le dragon qui le commandait, tandis que dans les airs, les rôles étaient inversés. Boutefeu devenait docile et il exécutait – et même anticipait – ses moindres désirs, au point que Septimus se demandait parfois s'il ne lisait pas dans ses pensées.

Il n'avait pas complètement tort à ce sujet : un dragon perçoit les plus infimes contractions musculaires de son maître et souvent, il devine la direction que celui-ci va lui indiquer avant même qu'il ne le sache lui-même. Grâce à cela, deux jours plus tôt, Boutefeu avait emmené Marcia Overstrand à la Maison des Foryx sans commettre la moindre erreur. C'était d'autant plus méritoire que la magicienne extraordinaire avait compris de travers les règles élémentaires du pilotage de dragon. Naturellement, elle croyait dur comme fer que c'étaient ses talents innés de pilote qui leur avaient permis d'atteindre leur destination, et non la capacité innée de Boutefeu à ignorer ses instructions.

À l'approche de la haute mer, les petits nuages blancs se dissipèrent et tout devint bleu, le ciel qui les enveloppait comme la mer scintillante au-dessous. Émerveillé, Septimus contemplait le tracé mouvant des courants marins et les formes sombres des baleines qui peuplaient les profondeurs.

En cette fin de printemps, l'air était froid à cette altitude, mais la chaleur de Boutefeu créait autour de Septimus un microclimat assez agréable, à condition de faire abstraction de son haleine que le vent soufflait dans sa direction. Bercé par le vol régulier du dragon, Septimus ne tarda pas à sombrer dans un état de torpeur, la tête bruissant de couplets **magiques** et de mélodies dragonnesques. Plusieurs heures s'écoulèrent ainsi, puis il se réveilla en sursaut.

« Septimus, Septimus… »

Il se redressa brusquement. Quelqu'un l'avait appelé par son prénom ! Comment était-ce possible ? Il se secoua et marmonna :

– C'était un rêve, idiot.

Puis il reporta son attention sur l'océan et eut le souffle coupé.

Loin au-dessous de lui s'étalait un groupe d'îles pareilles à des joyaux – une grande entourée de six plus petites, toutes d'un vert éclatant, avec des criques de sable blanc, et séparées par des chenaux peu profonds dont les eaux turquoise scintillaient. Fasciné, Septimus eut subitement envie d'aller s'asseoir sur le versant ensoleillé d'une colline et de boire l'eau d'une des sources qui bouillonnaient entre les rochers moussus. L'espace d'une seconde – pas davantage –, il caressa l'idée de diriger Boutefeu vers l'une des criques et de se poser sur le sable. Le dragon réagit aussitôt et commença à descendre, mais Septimus revint immédiatement à la raison.

– Non, Boutefeu, dit-il à regret.

Boutefeu reprit son rythme de croisière tandis que Septimus se retournait pour regarder s'éloigner les îles exquises. Quand elles disparurent tout à fait, il éprouva un étrange sentiment d'abandon. Boutefeu et lui étaient de nouveau seuls.

L'après-midi tirait à sa fin, et ils poursuivaient leur route. Au-dessus d'eux des nuages allaient et venaient, et, à la surface de l'océan, un bateau inscrivait de temps à autre son sillage blanc dans le motif perpétuel des vagues, mais ils ne virent plus aucune île.

À l'approche du soir, les nuages s'épaissirent pour former un épais plafond gris. La température chuta et un froid glacial

124

envahit Septimus. Il s'enveloppa plus étroitement dans sa pelisse, mais il était toujours gelé. Il lui fallut dix bonnes minutes pour se rappeler que Marcia avait insisté pour lui confier un « kit de survie ». Elle avait elle-même chargé sur le dos de Boutefeu les lourdes sacoches en tapisserie contenant les six **capes chauffantes** qu'elle avait dénichées, à sa grande satisfaction, à la friperie pour magiciens de M. Bott.

Il fallut encore dix minutes à Septimus pour ouvrir une des sacoches – Marcia les avait fermées avec des nœuds très serrés – et glisser sa main glacée à l'intérieur pour en sortir une **cape** étrangement plissée. À peine se fut-il enroulé dedans qu'il se sentit baigné dans une douce chaleur et que son cerveau se remit à fonctionner normalement.

La lumière déclinait rapidement. Septimus apercevait au-dessus de l'horizon une barre sombre qui trahissait l'approche de la nuit. Une pluie fine commença à tomber, mais apparemment la **cape chauffante** était aussi imperméable. Septimus coiffa son vieux bonnet rouge, qu'il avait fourré dans sa poche avant de partir. Il était devenu un peu petit, mais cela n'importait guère. Aucun autre bonnet ou chapeau ne le valait. À présent Septimus était complètement protégé contre l'eau et le vent.

Il regarda à nouveau l'horizon. La barre sombre s'était élargie et il lui sembla distinguer un chapelet de lumières à l'intérieur. Celles-ci gagnaient en intensité à mesure qu'ils s'en approchaient. Un frisson de joie parcourut Septimus : il avait réussi. Il avait retrouvé la route du Poste de traite, et une de ces lumières correspondait à Jenna, Nicko, Snorri et Moustique, qui attendaient dans leur petit hangar humide qu'il vienne à leur secours. Le jeune garçon sourit : décidément, Boutefeu et lui formaient une bonne équipe.

Une demi-heure plus tard, la nuit était tombée et ils avaient atteint la terre. Boutefeu survolait la côte à vive allure et à basse altitude. Le ciel s'était dégagé et la lune projetait une clarté argentée et de longues ombres sur le sable. Parmi les dunes, Septimus aperçut des maisons de pêcheurs aux fenêtres éclairées par des bougies ainsi que des petits bateaux qu'on avait tirés sur la plage pour la nuit. Plus loin, le chapelet de lumières du Poste de traite brillait plus fort que jamais.

Boutefeu ralentit et descendit encore. Ils se trouvaient au-dessus du premier port – le numéro quarante-neuf, d'après les souvenirs de Septimus. Mais comme leur destination était le Port numéro trois, ils avaient encore de la route à faire.

Battant des ailes à un rythme régulier, Boutefeu survola chaque port l'un après l'autre. Septimus scrutait avec impatience les formes indistinctes des bateaux amarrés le long des quais éclairés par des rangées de lanternes et de torches. Des foules de gens s'activaient, chargeant ou déchargeant les bateaux, marchandant ou vendant. La rumeur de leurs voix s'élevait jusqu'à lui – une cacophonie de langues inconnues, de rires et de discussions parfois ponctuées de cris. Personne ne remarquait la silhouette sombre du dragon dans le ciel, pas plus que son ombre qui glissait en silence sur le sol. Septimus flatta l'encolure de Boutefeu et lui murmura :

– Bravo, mon vieux. On y est presque.

Le Poste de traite s'était développé le long d'un rivage abrité, en bordure des vastes étendues vierges qui accueillaient – parmi quantité d'autres prodiges – la Maison des Foryx. Il était devenu un important centre commercial, pour les marchands du Nord et pour d'autres venus d'encore plus loin. Au printemps, sans attendre la fonte des neiges, les trappeurs des Contrées Glacées poussaient leurs barques étroites le long des ruisseaux gelés serpentant à travers les forêts, jusqu'aux canaux dégelés qui finissaient par les mener au Poste de traite. Des marchands de haute taille, aux costumes éclatants, descendus des Collines des Déserts Arides, traversaient la mer sur leurs bateaux aux couleurs vives, et parfois on voyait même des voyageurs originaires de pays situés au-delà des Plaines Enneigées de l'Est, avec de grands chapeaux pointus et des voix saccadées qui ressortaient dans le brouhaha.

Tandis que Boutefeu poursuivait sa route, Septimus cherchait du regard le Port numéro trois – un des plus petits de la chaîne, situé tout à l'extrémité du Poste de traite, juste après un bras de mer réputé mener de l'autre côté du monde. Septimus savait qu'il était facile à reconnaître en raison de sa forme de fer à cheval. Ses eaux étant peu profondes, il accueillait surtout de petits bateaux de pêche qui reposaient sur le sable à marée basse.

Bientôt, ils survolèrent le bras de mer et Septimus eut la joie d'apercevoir le petit port en fer à cheval. Boutefeu se mit à décrire des cercles au-dessus du quai, cherchant un endroit où atterrir, mais les caisses de poisson et les tas de filets occupaient presque tout l'espace. Or n'importe quel dragon répugnerait à se poser à proximité d'un filet de peur de s'empêtrer dedans, une crainte archaïque qui trouvait son origine dans les grandes chasses au dragon des siècles passés.

La marée se retirait, et Septimus repéra une bande de sable vide dans l'ombre du mur du port. Il dirigea le dragon vers le large et le ramena ensuite vers le rivage en rasant l'eau. Au terme d'une gracieuse descente en plané, Boutefeu se posa en douceur, puis il allongea le cou sur le sable humide, permettant ainsi à Septimus de descendre de son dos. Le jeune garçon secoua ses pieds afin de les dégourdir. D'un pas mal assuré, il alla ensuite caresser le nez velouté et glacé du dragon.

– Merci, Boutefeu, murmura-t-il. Tu es le meilleur.

Le dragon éternua. Une seconde plus tard, une femme s'exclama sur le quai au-dessus d'eux :

– Tu n'as pas honte ? Espèce de malpoli !

– Mais je n'ai rien fait ! protesta une voix d'homme.

– Ben voyons... Cette fois, en tout cas, tu ne peux pas accuser le chien !

Le couple s'éloigna en se disputant, et Boutefeu s'endormit presque aussitôt. Septimus regarda la mer qui continuait à se retirer et estima qu'il pouvait dormir sans danger pendant au moins six heures. Il ouvrit ensuite les sacoches de Marcia, en sortit quatre poulets rôtis et un sac de pommes qu'il déposa à côté de la gueule du dragon au cas où il aurait un petit creux durant la nuit.

– Attends-moi ici, Boutefeu, murmura-t-il. Je serai bientôt de retour.

Boutefeu ouvrit un œil trouble et se rendormit.

Septimus chargea les lourdes sacoches sur ses épaules et, d'un pas las, gravit les marches qui permettaient d'accéder au quai. Il ne lui restait plus qu'à retrouver le hangar où Nicko avait élu domicile.

⊹⊦ 14 ⊦⊹
Au Poste de Traite

Septimus s'immobilisa en haut des marches et regarda autour de lui. Le couple avait disparu. Le quai, désert, était éclairé par une unique torche plantée au sommet d'un poteau, en face d'une rangée de cabanes en bois très hautes et étroites. Malgré le vent et quelques gouttes de pluie, la flamme de la torche, protégée par un écran de verre épais, était stable et répandait une douce clarté jaune sur les pavés. Septimus se rappela qu'elle signalait l'entrée de la ruelle dans laquelle les avait entraînés Nicko deux jours plus tôt. Souriant à l'idée de bientôt revoir son frère, il redressa les sacoches et se dirigea vers la torche, se frayant un chemin parmi les caisses et les tonneaux qui encombraient le quai.

Il pénétra dans la ruelle, maintenant tant bien que mal les sacoches en équilibre sur ses épaules. Les premiers mètres, son

129

ombre vacillante s'étirait devant lui, puis la ruelle fit un brusque détour et il se retrouva dans l'obscurité. Mais cela ne dura que quelques secondes, car aussitôt l'anneau dragon qu'il portait à son index droit se mit à luire. Après un nouveau tournant, il s'arrêta devant un bâtiment de quatre étages à l'odeur nauséabonde dont la porte d'entrée, récemment forcée, tenait debout grâce à une corde. Septimus posa les lourdes sacoches et leva les yeux vers les minuscules fenêtres aux vitres cassées ou manquantes. Il était certain de ne pas se tromper de hangar, mais il ne distinguait aucune lumière et n'entendait aucun bruit à l'intérieur. Il était prêt à céder à l'inquiétude quand son regard tomba sur un morceau de papier fixé à la porte par une épingle. Il reconnut aussitôt la grande écriture ronde de Jenna.

Le billet disait :

Salut, Sep !
J'espère que tu as fait bon voyage ! Nous sommes à bord de la Cerys, un gros bateau très facile à repérer, au Port numéro douze.
À plus !!!
Bisous, Jen.

Septimus sourit à la vue des points d'exclamation qui émaillaient le message de Jenna, puis il fronça les sourcils. Comment allait-il se rendre au Port numéro douze ?

Une demi-heure plus tard, après avoir lutté contre le vent et essuyé un grain violent sur l'immense pont découvert qui enjambait le bras de mer, Septimus, fatigué, atteignait l'entrée du Port numéro quatre. Les échos d'une activité frénétique lui parvenaient à travers l'épaisse porte en bois. Il s'apprêtait à pousser celle-ci quand, à sa grande surprise, un garde émergea d'une guérite qu'il avait prise pour une échoppe.

– Halte-là, gamin ! Avant de passer, tu dois lire cet avis.

L'homme, vêtu d'un uniforme de marin à gros boutons dorés, tendit le bras vers une pancarte accrochée au mur. Éclairée par deux lanternes en cuivre, elle déclinait en plusieurs langues le même message rédigé en grandes lettres rouges.

Septimus se rembrunit. Il n'aimait pas qu'on l'appelle « gamin » et était habitué à davantage de respect.

– Pas la peine de faire cette tête, gronda le garde. Lis la pancarte jusqu'au bout ou retourne d'où tu viens. Compris ?

Septimus acquiesça sèchement. Il brûlait de dire à l'homme d'aller se faire voir, mais il devait absolument traverser le Port numéro quatre. Il se tourna vers la pancarte :

PORT NUMÉRO QUATRE
ATTENTION !
VOUS QUITTEZ MAINTENANT LE PORT NUMÉRO TROIS,
LE DERNIER DES PORTS MINEURS (PM)
POUR PÉNÉTRER DANS LE RÉSEAU DES PORTS MAJEURS (RPM).
EN PASSANT CE PORTAIL, VOUS VOUS ENGAGEZ À RESPECTER
LE RÈGLEMENT DE L'ASSOCIATION DES PORTS MAJEURS
DU POSTE DE TRAITE (APMPT)
AINSI QUE LES RECOMMANDATIONS DES
OFFICIELS, GROUPEMENTS & SOCIÉTÉS DU PORT (OGSP)

Ce préambule était suivi d'une longue liste d'interdictions. Septimus n'aimait pas les listes écrites en rouge et dont

chaque ligne commençait par la formule IL EST INTERDIT DE...
Elles lui rappelaient trop la Jeune Garde. Mais sous le regard
vigilant de la sentinelle, il déchiffra la pancarte jusqu'au bout.

– D'accord, dit-il ensuite. J'accepte les conditions.

– Tu n'as pas tout lu, objecta le garde.

– Je lis vite.

– Tu me prends pour un idiot ? Allez, finis.

– J'ai fini. Vous, ne me prenez pas pour un idiot, rétorqua
Septimus, oubliant toute prudence.

– C'est bon, fit le garde d'un ton coupant. Tu es interdit
d'entrée dans le RPM.

– Quoi ?

– Tu as bien entendu. Tu es interdit d'entrée. Tu peux
retourner d'où tu viens.

La colère envahit Septimus. Il leva le bras droit et montra
du doigt ses insignes d'apprenti senior qui chatoyaient dans la
lumière de la lanterne.

– Je suis en mission officielle, dit-il très lentement. Ces
insignes prouvent que je ne suis pas ce que vous croyez. Si vous
tenez à votre place, je vous conseille de me laisser passer.

L'autorité avec laquelle il avait prononcé ces paroles troubla le garde, et l'éclat **magique** de ses insignes acheva de le
déstabiliser. Il ouvrit la porte et inclina presque impercepti-
blement la tête quand Septimus la franchit. Celui-ci le remarqua mais fit comme s'il n'avait rien vu.

Sitôt la porte refermée derrière lui, il lui sembla qu'il
venait de pénétrer dans un autre monde. Le Port numéro
quatre était un port d'eaux profondes, conçu pour accueillir
des navires de gros tonnage. Le quai qui lui faisait face était

éclairé par une vingtaine de torches et grouillait de monde. Des dockers déchargeaient un grand bateau de pêche, d'autres ravitaillaient deux trois-mâts. Une sensation de lassitude presque accablante submergea Septimus. Comment allait-il se frayer un chemin parmi cette foule ? Regrettant de ne pas avoir laissé ses sacoches à Boutefeu, il les posa un instant.

Aussitôt, une voix bourrue s'éleva dans son dos :

– Ne bloque pas le passage, petit. Il y a des gens qui travaillent, ici.

Septimus s'écarta. Un marin râblé transportant une pile de casiers branlante le bouscula et trébucha sur les sacoches, envoyant le contenu des casiers voler dans les airs. Sous une pluie de harengs et d'injures qu'il n'avait encore jamais entendues, Septimus ramassa les sacoches et se fondit dans la cohue. Quand il regarda derrière lui, la foule s'était refermée sur son passage et le pêcheur était hors de vue. Il sourit. Les foules ont parfois du bon. Puis il prit une profonde inspiration et entreprit de longer le quai du Port numéro quatre jusqu'à la porte du Port numéro cinq. Celle-ci, à son grand soulagement, n'était pas gardée, mais elle arborait la même pancarte au ton comminatoire. Ignorant l'avertissement, Septimus pénétra dans le Port numéro cinq.

Une heure plus tard, Septimus touchait presque au but. Il se tenait devant un panneau l'informant qu'il quittait le Port numéro onze pour entrer au Port numéro douze. Il était épuisé et furieux contre Jenna. Pourquoi diable était-elle allée se pavaner sur un bateau de luxe ? Pourquoi les autres et elle ne l'avaient-ils pas attendu dans le hangar, comme convenu ?

Il ne leur était même pas venu à l'idée que le voyage l'aurait fatigué. Il avait dû traverser huit ports pour les rejoindre, et cela n'avait pas été facile. Dans certains, il s'était heurté à des gens réticents à laisser passer un jeune garçon dépenaillé et chargé de grosses sacoches. Dans un autre, complètement désert et obscur, il avait été obligé, tel un poney de cirque, de sauter les rouleaux de corde qui encombraient le quai. À deux reprises, il avait dû s'extraire d'un véritable dédale de tonneaux et de caisses. Et dans la plupart, il avait senti qu'il n'était pas le bienvenu.

À bout de forces, Septimus s'arrêta pour se repérer. Le Port numéro douze, le plus grand de tous ceux qu'il avait traversés jusque-là, était particulièrement animé. Il observa l'effervescence qui régnait sur le quai et aperçut une forêt de grands mâts aux voiles ferlées, dressés vers le ciel étoilé. Des torches diffusaient une clarté orangée qui transformait les gouttes de pluie en diamants et la nuit en un écrin de velours indigo.

Le Port numéro douze respirait une richesse et un faste que Septimus n'avait pas rencontrés dans les précédents. Il grouillait de fonctionnaires tous plus chargés de galons dorés les uns que les autres. Leurs courts pantalons d'uniforme bleu marine laissaient voir des jambières dorées et de grosses chaussures ornées d'une multitude de boucles argentées. Mais ce qui étonna le plus Septimus, c'étaient leurs perruques – du moins il supposa qu'il s'agissait de perruques, car personne n'avait assez de cheveux pour donner lieu à des coiffures aussi hautes et compliquées. D'un blanc éclatant, elles présentaient une profusion de boucles, de toupets et de tresses. En outre, chacune arborait un insigne doré rappelant un peu les trophées qui décoraient le box de Domino, le cheval de Jenna. Septimus sourit, imaginant les fonctionnaires du port formant un cercle devant des jurés chargés de déterminer lequel avait le plus joli nez.

Septimus rassembla le peu de forces qui lui restaient avant d'affronter une dernière fois la cohue. Il ignorait à quoi ressemblait la *Cerys*, même si, à la réflexion, le nom du navire lui paraissait familier. Il prit une longue inspiration, ramassa les sacoches – on aurait dit que quelqu'un y avait glissé une poignée de cailloux à son insu – et avança. Quelques secondes plus tard, il fut rudement poussé sur le côté par deux dockers en uniforme qui ouvraient un passage à une grande femme toute d'or vêtue. Elle regardait droit devant elle avec une expression dédaigneuse, attentive uniquement au magnifique oiseau multicolore perché sur son poignet. Durant l'heure qui venait de s'écouler, Septimus avait beaucoup appris sur l'art de se frayer un chemin à travers la foule. Saisissant la chance au vol, il se glissa dans le sillage de la femme en prenant garde à ne pas marcher sur sa traîne chatoyante.

Quelques minutes plus tard, la femme gravit la passerelle d'un trois-mâts richement décoré, un des plus imposants parmi les navires que Septimus avait aperçus dans le port. Seul son voisin paraissait encore plus grand et luxueux. Recru de fatigue, le jeune garçon s'arrêta au pied d'une torchère dorée et considéra la longue rangée de bateaux dont l'extrémité se perdait dans la nuit. Certains étaient même amarrés en double file. Un sentiment d'impuissance envahit Septimus : comment allait-il trouver la *Cerys* ? Et à supposer que la *Cerys* fût l'un des bateaux amarrés en double file, comment y accé-

derait-il ? Les gens acceptaient-ils qu'on traverse leur navire ?
Fallait-il leur demander la permission ? Et s'ils refusaient ?
Absorbé dans ses réflexions, il n'entendit pas qu'on l'appelait
par son nom.

– Septimus ! Sep... ti... mus !

La voix reprit, avec une pointe d'impatience :

– Sep, espèce de sourdingue, on est là !

Septimus dressa l'oreille. Une seule personne l'appelait
« espèce de sourdingue ». Il jeta des regards désespérés autour
de lui.

– Jen ! Jen, où es-tu ?

– Ici ! Non, ici !

Septimus repéra alors Jenna sur sa droite. Penchée par-dessus la proue du magnifique navire, elle souriait et faisait de
grands signes. Soulagé, il lui sourit en retour, et son énerve-
ment s'envola. C'était tout Jenna, ça : elle avait trouvé le
moyen de s'inviter à bord du plus beau bateau du port.
Septimus joua des coudes pour se frayer un chemin parmi un
groupe de badauds qui admiraient la figure de proue de la
Cerys et, conscient des regards envieux, il s'avança vers le
marin qui gardait l'entrée de la passerelle.

Le marin s'inclina.

– Vous êtes Septimus Heap ? demanda-t-il.

– Oui, répondit le jeune garçon, soulagé.

– Bienvenue à bord, monsieur.

– Merci.

Se rappelant que Nicko lui avait dit que cela portait malheur de monter pour la première fois à bord d'un bateau sans
faire une offrande quelconque, Septimus plongea la main

136

dans la poche de sa pelisse et en sortit la première chose qu'il trouva, soit un hareng.

Il déposa le poisson dans la main du marin, hissa les sacoches sur ses épaules et gravit la passerelle, laissant l'homme et le poisson médusés se regarder dans le blanc des yeux.

✢ 15 ✢
LA CERYS

Septimus se réveilla le lendemain matin, persuadé d'entendre Marcia l'appeler. Il se dressa sur son séant, les cheveux ébouriffés, son prénom résonnant toujours dans ses oreilles. Où était-il ? Puis la mémoire lui revint.

Il était monté à bord de la *Cerys* et Jenna l'avait serré dans ses bras en riant. Puis elle l'avait pris par la main et l'avait conduit auprès de son père, Milo Benda. C'était lui le propriétaire de la *Cerys,* ce qui expliquait pourquoi le nom du bateau n'était pas inconnu à Septimus.

Et quel bateau ! Très fière, Jenna le lui avait fait visiter, et il se rappelait – malgré son extrême fatigue – sa stupéfaction devant ses couleurs chatoyantes, ses dorures à la feuille d'or, ses innombrables rouleaux de cordages impeccablement rangés, ses boiseries, ses cuivres éclatants et son équipage aux uniformes irréprochables qui s'affairait en silence.

Jenna avait fini par s'apercevoir qu'il était exténué. Elle l'avait alors conduit à une grande écoutille fermée par des portes dorées. Un homme d'équipage surgi de nulle part avait ouvert les portes en s'inclinant devant eux. Une fois sur le pont intermédiaire, Jenna avait guidé son frère adoptif jusqu'à un escalier aux marches cirées, menant à une cabine éclairée par une myriade de bougies. Des cris de joie avaient salué l'entrée de Septimus. Moustique, hilare, l'avait salué d'une claque dans le dos, Nicko l'avait soulevé du sol, pour prouver qu'il était toujours son grand frère, et Snorri, qui se tenait en retrait avec Ullr, lui avait adressé un sourire timide. Il avait tout oublié de la suite.

Septimus promena un regard trouble autour de sa cabine. Celle-ci était petite mais très confortable. Sa couchette était large, moelleuse et garnie de plusieurs épaisseurs de couvertures. La lumière y pénétrait par un large hublot en laiton, à travers lequel Septimus apercevait un mur sombre qui se découpait sur le bleu miroitant de la mer. Il se rallongea et contempla les reflets mouvants sur le plafond en bois poli. À l'évidence, ce n'était pas Marcia qui venait de l'appeler, et il s'en réjouissait. Septimus était un lève-tôt, mais pour une fois, il appréciait de pouvoir faire la grasse matinée. Dans un demi-sommeil, il se demandait combien de lieues Boutefeu et lui avaient parcourues la veille quand il sursauta violemment : Boutefeu !

Il lui fallut à peine trente secondes pour enfiler sa tunique et jaillir de sa cabine. Il se précipita le long de la coursive dont les planches résonnaient sous ses pas, jusqu'à un escalier au sommet duquel une écoutille ouverte laissait entrevoir le ciel bleu. Alors qu'il courait, il heurta Jenna de plein fouet. Sous le choc, ils tombèrent tous deux à la renverse.

Jenna fut la première à se relever et elle aida Septimus à en faire autant.

– Où vas-tu si vite ? lui demanda-t-elle.

– Boutefeu !

Il se remit à courir, monta l'escalier quatre à quatre et déboula sur le pont, suivi de près par Jenna.

– Quoi, Boutefeu ?

Septimus secoua la tête et voulut poursuivre, mais Jenna le retint par la manche.

– Septimus, qu'est-ce qui se passe avec Boutefeu ? Dis-le-moi !

– Je l'ai laissé endormi sur le sable il y a des heures de ça, débita Septimus d'une traite. Depuis, la mer a dû remonter...

Il se dégagea et traversa le pont à toute vitesse. Mais Jenna, plus rapide, lui barra le chemin comme il atteignait la passerelle.

– Laisse-moi descendre ! lui cria-t-il. Je t'en prie, il faut que je retrouve Boutefeu !

– Eh bien, tu l'as trouvé – ou plutôt, il t'a trouvé. Il est ici.

– Où ? demanda Septimus, se tournant en tous sens. Je ne le vois pas.

– Viens, je vais te montrer.

Jenna le prit par la main et le guida vers l'avant du bateau. Étendu sur le pont fraîchement récuré, Boutefeu dormait paisiblement, la queue reposant sur le plat-bord et l'extrémité trempant dans l'eau. Des curieux s'étaient massés sur le quai pour admirer le spectacle. Tous appartenaient au Club des observateurs de dragons du Port de traite, une association créée dans l'espoir jusque-là toujours déçu de voir un jour un dragon.

– Il est arrivé cette nuit, alors que tu venais de t'endormir, raconta Jenna. Tu étais tellement fatigué que tu ne t'es même pas réveillé quand il s'est posé. Pourtant, le bateau a tangué. J'ai cru qu'il allait couler. L'équipage est devenu fou, mais j'ai expliqué que mon dragon...

– *Ton* dragon ? releva Septimus.

Jenna prit un air contrit.

– N'oublie pas que je suis sa navigatrice. Et je savais qu'on l'accepterait mieux si je disais qu'il était à moi. Quoi que je fasse ici, tout le monde trouve ça bien. C'est chouette, non ?

Elle sourit, mais Septimus n'était pas convaincu.

– N'empêche que c'est *mon* dragon, Jen.

– Oh, ne sois pas idiot ! Je sais que c'est ton dragon. Je le dirai à tout le monde, si c'est ce que tu veux. Mais ce n'est pas moi qui l'ai laissé sur la plage alors que la mer montait...

– Elle descendait.

– Peu importe. Le cuisinier est allé à terre pour chercher des poulets et tout ce qu'il faut pour son petit déjeuner. Et toi, tu veux déjeuner ?

Septimus acquiesça, et, la mine renfrognée, il suivit Jenna sur le pont inférieur.

141

La journée à bord de la *Cerys* ne se déroula pas comme l'aurait souhaité Septimus. Il s'attendait à être de nouveau accueilli en sauveur, mais on aurait dit que Milo Benda lui avait volé la vedette et que personne n'avait envie de regagner le Château avec lui sur le dos de Boutefeu. Tous préféraient faire le voyage de retour en bateau – « pour une question de standing », avait expliqué Jenna, et aussi, avait ajouté Moustique, « de confort olfactif ».

Après un petit déjeuner ennuyeux en compagnie de Jenna et Milo, durant lequel ce dernier lui rebattit les oreilles de ses exploits récents et de la « prodigieuse cargaison » qu'il attendait d'un moment à l'autre, Septimus remonta sur le pont. Il fut content d'y trouver Nicko et Snorri, assis sur le bastingage, les jambes pendant au-dessus de l'eau. Ullr, sous sa forme diurne de petit chat roux, dormait au soleil. Septimus s'assit à côté d'eux.

– Salut, Sep, dit Nicko. Bien dormi ?

– Oui. Trop bien. J'en ai oublié Boutefeu...

– Tu étais très fatigué, remarqua Snorri. Parfois on a besoin d'une bonne nuit de sommeil. Et Boutefeu va bien. Il dort aussi, je crois ?

Au même moment, un ronflement sonore fit trembler le pont, et Septimus rit.

– Ça fait rudement plaisir de te voir, Nick, dit-il.

– Toi aussi, petit frère.

– On pourrait repartir cet après-midi avec Boutefeu. Qu'en dites-vous ?

Nicko ne répondit pas immédiatement et, quand il le fit, sa réponse n'était pas celle qu'espérait Septimus.

– Non merci, Sep. Snorri et moi, on va rentrer à bord de la *Cerys,* avec Milo. Histoire de passer un peu de temps en mer...

– Tu ne peux pas faire ça, protesta Septimus.

– Et pourquoi ? demanda Nicko avec une pointe d'agacement.

– Maman est inquiète. Je lui ai promis de te ramener sain et sauf.

Septimus avait imaginé des dizaines de fois leur retour : l'atterrissage de Boutefeu sur les pelouses du palais, Sarah et Silas accourant à leur rencontre, accompagnés d'Alther et de Marcia, et peut-être même de tante Zelda. Ce moment aurait été en quelque sorte le couronnement de la quête qu'il avait entreprise avec Jenna, il y avait de cela une éternité, pour retrouver leur frère. Le refus de celui-ci lui fit l'effet d'une trahison.

– Désolé, Sep, reprit Nicko. Snorri et moi avons besoin d'un peu de temps pour nous réhabituer à ce monde. Je ne veux pas revoir maman tout de suite. Je n'aurais pas la force de répondre à ses questions, ni de me montrer joyeux et poli avec tout le monde. Je sais que papa ne m'en voudra pas, lui. J'ai... j'ai juste besoin d'un peu de temps pour réfléchir. Pour être libre, pour me retrouver. D'accord ?

Septimus n'était pas d'accord, mais il aurait été cruel de le faire savoir. Il préféra donc se taire, et Nicko en fit autant. Septimus resta un moment à regarder la mer et à s'interroger sur le changement survenu chez son frère. Nicko était devenu indolent, comme si les aiguilles de sa montre se déplaçaient plus lentement, et il paraissait indifférent aux autres. Également, Snorri et lui semblaient le plus souvent frappés de mutisme, alors qu'avant Nicko avait toujours quelque chose à raconter. Septimus regrettait l'ancien Nicko, celui qui riait toujours à contretemps et parlait sans réfléchir. À présent, il donnait l'impression de peser chaque mot, et quand il finissait par ouvrir la bouche, il était ennuyeux à mourir. Après un long silence, Septimus se leva et s'éloigna. Ni Nicko ni Snorri ne semblèrent le remarquer.

Dans l'après-midi, après que Milo eut passé le déjeuner à leur faire le récit de ses voyages, Septimus, d'humeur maussade, alla s'asseoir sur le pont, adossé à Boutefeu qui dormait toujours. En fait, à part engloutir une demi-douzaine de poulets, un sac de saucisses et la meilleure poêle à frire du cuisinier, le dragon n'avait fait que dormir depuis son arrivée à bord. Septimus avait chargé les sacoches sur son dos, dans l'espoir d'un départ prochain. Chauffé par le soleil et bercé par la respiration lente de Boutefeu, il contemplait d'un air morose le mur du Port. Le ciel était dégagé, avec une légère brise – le temps idéal pour un vol à dos de dragon. Il avait tenté en vain de réveiller Boutefeu. Même les vieilles ruses, comme lui souffler dans les narines et lui chatouiller les oreilles, n'avaient pas fonctionné. Septimus donna un coup de pied rageur dans un rouleau de corde rouge vif et se fit mal au gros orteil. Tout ce dont il avait envie, c'était partir immédiatement et rentrer seul au Château. Si seulement cet idiot de dragon avait bien voulu se réveiller...

– Holà, « Votre Seniorerie » ! lança soudain Moustique d'un ton joyeux.

144

– Hin-hin, très drôle ! fit Septimus. Bon sang, Moustique, qu'est-ce que c'est que ce truc ?

Moustique devint tout rouge.

– Oh ! dit-il. Tu as remarqué.

Septimus considéra la courte veste bleu marine ornée d'une pléthore de soutaches et de galons dorés que portait son ami.

– Difficile de faire autrement, répondit-il. C'est quoi ?

– Une veste.

– De capitaine ?

– Non, d'amiral. Si tu en veux une, il y en a plein les boutiques du port.

– Euh, non merci.

Moustique contourna prudemment la tête de Boutefeu pour rejoindre Septimus. Son sourire s'évanouit à la vue de l'expression de son ami.

– Boutefeu va bien ? demanda-t-il.

– Oui.

– Alors, qu'est-ce que tu as ?

Septimus haussa les épaules sans répondre.

– Tu t'es disputé avec Nicko ? insista Moustique.

– Non.

– Ça ne m'aurait pas étonné. Il est un peu à cran, tu ne trouves pas ?

– Il a changé, lui concéda Septimus. Je ne le reconnais plus. Même Jenna est devenue bizarre. Elle prend de grands airs et se comporte comme si le bateau lui appartenait.

Moustique gloussa.

– Sans doute parce que c'est le sien, dit-il.

– Non. C'est le bateau de Milo.

– C'*était* le bateau de Milo, jusqu'à ce qu'il lui en fasse cadeau.

– Quoi, tout le bateau ?

Moustique acquiesça.

– Mais pourquoi ?

– Qu'est-ce que j'en sais ? Parce qu'il est son père ? Je suppose que c'est le genre de choses que font les pères. Mais si tu veux mon avis, c'était pour gagner son affection.

– Peuh ! fit Septimus avec une expression qui rappelait étonnamment celle de Silas Heap quand il était question de Milo.

– Ouais. Tu sais, c'était bizarre, comme coïncidence. On était en train de manger quand Milo nous est tombé dessus. Il était content de voir Jenna, mais j'ai senti que ce n'était pas réciproque. Quand il a appris qu'on campait dans un vieux hangar délabré, il a insisté pour qu'on vienne avec lui. Nicko et Snorri étaient pour – tu connais l'amour de Nicko pour les bateaux – mais Jenna a refusé. Elle a dit qu'on était très bien dans le hangar.

– Ça c'est vrai, dit Septimus, songeant que c'était la première parole sensée qu'avait prononcée Jenna depuis bien longtemps.

Moustique grimaça.

– C'était horrible, oui ! Ça sentait le poisson pourri. Comme il y avait un trou dans le toit, tout était trempé. Je suis passé à travers le plancher et je suis resté coincé là une éternité.

– J'imagine que c'est à ce moment-là que Milo a offert son bateau à Jen pour la faire changer d'avis.

Moustique acquiesça de la tête.

– En gros, c'est ce qui s'est passé.

– Elle va rentrer au Château avec lui ?

– C'est tout de même son père. Mais si tu veux bien de ma compagnie, je serais content de faire le voyage de retour avec toi.

– Quoi, sur le dos d'un dragon puant ?

– Oui. C'est vrai qu'il pue, tu ne peux pas dire le contraire.

– Non, c'est faux. Je ne vois pas pourquoi vous dites tous ça.

– D'accord, d'accord. N'empêche que je voudrais rentrer avec toi.

– Sans rire ?

– Sans rire. Quand veux-tu partir ?

– Dès que Boutefeu sera réveillé. L'ambiance à bord commence à me taper sur les nerfs. Si Jen veut rester, grand bien lui fasse. Pareil pour Nicko et Snorri.

– Peut-être que Jenna voudra nous accompagner, dit Moustique, plein d'espoir. Sait-on jamais ?

Septimus haussa les épaules.

– Ça m'est égal, dit-il.

Quand le soir vint, Septimus avait abandonné tout espoir de réveiller Boutefeu et s'était résigné à passer une deuxième nuit à bord de la *Cerys*. Accoudés au bastingage, Moustique et lui regardaient le crépuscule tomber. Des points lumineux s'allumaient de plus en plus nombreux, sur les bateaux et sur le quai où les tavernes s'apprêtaient à accueillir les premiers clients de la soirée. Le brouhaha du port s'apaisait peu à peu, les cris des dockers avaient laissé place à des conversations apaisées.

Cependant, quelque chose taraudait Septimus.

– J'avais promis à Marcia de rentrer ce soir avant minuit, confia-t-il à son ami. C'était ma première promesse en tant qu'apprenti senior, et je ne la tiendrai pas.

– C'est dur, les responsabilités, plaisanta Moustique.

– Arrête ça, tu veux ?

– Eh, du calme ! Je suis sûr que tu as amplement mérité tes galons et bien plus encore... C'est bon ?

– C'est bon.

– De toute manière, il n'est pas encore minuit, ajouta Moustique, sortant sa précieuse montre. Et il ne sera pas minuit au Château avant longtemps.

– Cela ne change rien. Je ne serai jamais rentré à temps.

– Tu n'auras qu'à dire à Marcia que tu as été retardé. Elle comprendra.

– Comment pourrais-je l'avertir avant minuit ?

– Envoie-lui un pigeon, suggéra Moustique. Tout le monde le fait ici. Le service est vraiment très rapide, surtout si tu prends l'option livraison en express.

– Je crois que je vais faire ça. Marcia m'a accordé sa confiance. Je ne voudrais pas la décevoir.

– Viens, je vais te montrer où se trouve le bureau de la Poste colombophile.

⊹⊹ 16 ⊹⊹

LA POSTE COLOMBOPHILE

La Poste colombophile occupait un long bâtiment en pierre à la limite des Ports numéros douze et treize. Le bureau ouvert au public se trouvait au rez-de-chaussée tandis que l'étage abritait plusieurs centaines d'oiseaux. Deux grosses lampes surmontées chacune d'un pigeon flanquaient la porte à deux battants du bureau de poste, et leur lumière se réfléchissait sur le toit blanc du bâtiment. En approchant, Septimus constata que la couleur de ce dernier provenait d'une épaisse couche d'excréments. L'odeur n'était pas franchement agréable. Moustique et Septimus durent baisser la tête pour franchir le seuil du bureau, échappant de peu à un lâcher de fiente.

Une activité tranquille régnait à l'intérieur. Une rangée de lampes blanches crachotaient au plafond. La salle comportait sept guichets, signalés chacun par une pancarte :

EXPÉDITIONS, RETRAITS, RETARDS, DÉCLARATIONS DE PERTE, MESSAGES TROUVÉS, MESSAGES ABÎMÉS et RÉCLAMATIONS. Une ou deux personne attendaient devant chaque guichet, mais une longue file s'étirait devant celui des réclamations.

Les deux amis se dirigèrent vers le guichet des expéditions. Ils attendirent patiemment derrière un jeune marin, qui fut vite servi, et moins patiemment derrière un vieil homme, qui passa un long moment à rédiger son message et à contester les tarifs. Il finit par s'éloigner en ronchonnant et rejoignit la file des réclamations.

Quand leur tour arriva enfin, un employé à l'air pincé – un homme gris et terne dont la chevelure présentait des traces blanches suspectes – leur tendit un crayon et un formulaire que Septimus s'appliqua à remplir.

DESTINATAIRE : *Marcia Overstrand, magicienne extraordinaire*

ADRESSE : *dernier étage, tour du Magicien, le Château, le Petit Pays Pluvieux au-delà des Mers*

EXPÉDITEUR : *Septimus Heap*

ADRESSE : *la* Cerys, *cinquième couchette, Port numéro douze, le Poste de traite*

MESSAGE (une lettre, un espace ou un signe de ponctuation <u>par case</u>) :

CHÈRE MARCIA. BIEN ARRIVÉ. TROUVÉ TOUT LE MONDE MAIS RETOUR REPORTÉ. BOUTEFEU TRÈS FATIGUÉ. SOMMES SUR LE BATEAU DE MILO. REPARTONS DÈS QUE POSSIBLE. AFFECTUEUSEMENT. VOTRE APPRENTI SENIOR, SEPTIMUS. P-S : DITES À MME MOUSTIQUE QUE SON FILS VA BIEN.

LIVRAISON (un seul choix possible) :

À NOTRE CONVENANCE

EXPRESS

Septimus entoura EXPRESS et rendit le formulaire à l'employé qui le parcourut et fronça les sourcils. Pointant un index réprobateur vers le champ EXPÉDITEUR et la signature du jeune garçon, tellement tarabiscotée qu'elle en était illisible, il demanda :

– Qu'est-ce que c'est que ça ?

– Mon nom, répondit Septimus. Vous voulez que je le réécrive ?

– Je vais le faire, répliqua sèchement l'employé.

– D'accord.

– Alors ?

– Alors quoi ?

L'employa soupira.

– Ton nom, mon garçon. Vois-tu, j'ai besoin de le connaître pour pouvoir l'écrire.

Septimus comprenait à présent la raison de la longue file d'attente devant le guichet des réclamations.

– Septimus Heap, dit-il.

Avec des gestes d'une lenteur exaspérante, l'employé sortit un pot de colle et recouvrit la signature fautive d'un morceau de papier. Il demanda trois fois à Septimus d'épeler son nom et éprouva les plus grandes difficultés à l'écrire. Quand il eut enfin terminé, il glissa le formulaire dans une boîte marquée

À expédier. Un soupir de soulagement collectif s'éleva dans le dos de Septimus quand il s'éloigna du guichet.

– Hé, vous ! Septimus Heap ! fit une voix.

Septimus se retourna et vit l'employé du guichet des retraits lui faire signe.

– J'ai un message pour vous.

Ce nouveau guichetier, un ancien capitaine de navire à la barbe blanche et broussailleuse, était nettement plus engageant que son collègue.

– Vous êtes bien Septimus Heap ? reprit-il.

Septimus acquiesça, intrigué.

– Oui, mais je n'attends aucun message.

– Eh bien, on dirait que c'est votre jour de chance.

Le guichetier tendit à Septimus une petite enveloppe sur laquelle son nom était imprimé.

– Signez là, s'il vous plaît, dit-il en poussant un morceau de papier vers Septimus.

Septimus signa avec un brin d'appréhension et repoussa le papier vers l'employé, qui ne fit aucun commentaire.

– Merci, dit-il.

– De rien, répondit le guichetier en souriant. Nous sommes ouverts jusqu'à minuit, au cas où vous voudriez poster la réponse. Suivant !

Septimus et Moustique s'arrêtèrent sous un lampadaire à bonne distance du bureau de poste. Après avoir vérifié qu'aucun pigeon n'était perché au-dessus d'eux, Septimus ouvrit l'enveloppe, qui portait la mention MESSAGE NON STANDARD ENVELOPPE DE SÉCURITÉ tamponnée en rouge vif, et en sortit une feuille de papier. Tandis qu'il lisait, la perplexité se peignit sur son visage.

– Qu'est-ce que ça raconte ? demanda Moustique.

– Je ne comprends pas... C'est une recette de soupe au chou.

– Retourne la feuille. Il y a quelque chose de l'autre côté.

– Oh ! Ça vient de tante Zelda. Mais comment sait-elle...

– Qu'est-ce qu'elle dit ?

– « Cher Septimus, tu trouveras ci-joint les instructions pour ton **amulette**. J'ai oublié de les donner à Barney Pot. N'hésite pas à l'utiliser en cas de besoin. Elle te sera loyale et fidèle. Très affectueusement, tante Zelda. » Zut, zut, zut...

– Qu'est-ce qu'il y a ?

– L'**amulette**... Un petit garçon, Barney Pot, a tenté de me la donner, mais j'ai refusé. Il était hors de question que j'accepte une prétendue amulette d'un inconnu, pas après avoir commis l'erreur d'accepter la **pierre de Queste** de quelqu'un que je croyais connaître.

– Elle ne venait pas d'un inconnu, mais de tante Zelda, objecta Moustique.

– À ce moment-là, je l'ignorais, répondit sèchement Septimus. Barney m'a seulement dit qu'une « dame » l'avait chargé de me la remettre. Ç'aurait pu être n'importe qui.

– Bah ! Ce n'est pas grave. Qu'est-ce que tu ferais d'une **amulette**, de toute manière ?

– Tante Zelda semble penser que je vais en avoir besoin.

Moustique ne prononça plus un mot jusqu'à ce qu'ils atteignent la *Cerys*, à présent entièrement illuminée.

– En quoi consistent les instructions de tante Zelda, au juste ? demanda-t-il alors.

Septimus haussa les épaules.

– Quelle importance ? Je n'ai pas l'**amulette**.

Mais Moustique, que le sujet passionnait et qui avait espéré devenir un jour le spécialiste en **amulettes** du Manuscriptorium, était d'un autre avis. Devant son insistance, Septimus déplia un second morceau de papier que tante Zelda avait rédigé avec autant de soin que le billet qu'elle avait remis à Lobo. Pendant que Septimus lisait, son indifférence céda la place à la stupéfaction.

– Qu'est-ce que ça dit ? demanda Moustique, impatient.

– Ça dit : « Fais bon usage de cette **amulette** et elle te servira à jamais. Voici les instructions :

« 1. Ouvre la fiole dans un lieu aéré, de préférence à l'extérieur.

« 2. Si tu l'ouvres à l'extérieur, assure-toi que l'endroit est abrité du vent.

« 3. Une fois le génie sorti de... »

– Un génie ! s'exclama Moustique. Elle t'a fait envoyer une **amulette** vivante ! Incroyable !

Septimus ne dit rien. Il lut la suite des instructions en silence, en proie à d'amers regrets.

– Je n'arrive pas à croire que tu aies refusé un génie, reprit Moustique.

– Oui, eh bien, c'est trop tard maintenant, lui rétorqua Septimus.

Il replia les instructions et les glissa dans sa ceinture d'apprenti.

– J'ai toujours pensé que ça devait être extra d'avoir un génie sous ses ordres, poursuivit Moustique. Ils sont devenus rarissimes. La plupart ont été libérés et plus personne ne sait comment les faire retourner dans leurs fioles – à part d'autres

154

génies, et ils se gardent bien de trahir le secret. Pffff... c'est trop bête d'avoir laissé passer une chance pareille !

C'était plus que Septimus ne pouvait en supporter.

– Tu vas te taire, oui ? explosa-t-il. D'accord, je n'ai pas pris l'**amulette**. J'ai peut-être été idiot, mais ce qui est fait est fait.

– Eh, du calme ! Je ne t'ai jamais traité d'idiot. Mais peut-être que...

– Peut-être que quoi ?

– Tu devrais envoyer un message à tante Zelda pour lui dire que tu n'as pas pris son **amulette**. Elle serait bien inspirée de la récupérer au plus vite. Imagine que le gosse ouvre la fiole ?

Septimus balaya la question d'un geste agacé.

– C'est important, Sep. Si tante Zelda te destinait le génie, elle l'aura **réveillé** en lui racontant plein de choses sur toi – à quoi tu ressembles, combien tu es merveilleux, quel privilège ce serait pour lui de te servir pour le restant de ses jours, etc. En réalité, c'est comme un contrat entre deux parties. Si l'autre partie n'est pas là à sa sortie, le génie considère qu'il est libre. Alors, si ce Barney Pot se montre trop curieux et libère le génie, il va y avoir du grabuge. Le génie pourra faire tout ce qui lui passera par la tête, et tu peux être sûr qu'il ne s'en privera pas. Dans ce cas-là, la seule personne capable de le contrôler est celle qui l'a **réveillé**.

– Tante Zelda...

– Elle-même. C'est pourquoi tu dois la mettre au courant.

Entre-temps, Septimus et Moustique avaient atteint le pied de la passerelle de la *Cerys*. Le marin en uniforme immaculé s'inclina devant Septimus quand il s'engagea sur celle-ci, puis à nouveau quand il fit demi-tour.

– Tu as raison, soupira Septimus. Je vais envoyer un message à tante Zelda. Et si ce maudit guichetier essaie encore de faire le malin, je le...

Moustique passa son bras sous celui de son ami.

– Tu peux compter sur mon aide, l'assura-t-il.

✦ 17 ✦
LE COFFRE

Pendant que Septimus et Moustique s'exposaient de nouveau à un bombardement de fiente, Jenna, elle-même perchée comme un pigeon sur la vergue de misaine, les jambes
ballantes, assistait au chargement de la cargaison tant atten-
due par Milo. Suspendu au bras d'une grue, un grand coffre en
ébène bardé de fer se balançait et tournoyait tandis qu'on le
descendait lentement dans la cale de la *Cerys*.

Milo Benda surveillait l'opération, debout au bord de la
cale, les bras croisés, le liseré doré de sa longue tunique rouge
étincelant au soleil. Ses cheveux bruns bouclés qui lui tombaient aux épaules étaient retenus par un large bandeau doré
dont il affirmait qu'il lui donnait de l'autorité (surtout, il laissait des marques sur son front quand il le retirait pour la nuit).
À cet instant précis, Milo Benda ressemblait à un homme qui
avait réussi et qui en était fier.

Loin sous les pieds de Milo, la cale de la *Cerys* était éclairée par six matelots nerveux qui tenaient des torches et guidaient la mise en place du précieux coffre. La cale n'était remplie qu'à moitié. Outre le bric-à-brac ordinaire de curiosités destinées au palais, on y trouvait des marchandises que Milo avait l'intention de vendre au Port – des balles d'étoffe de laine, un assortiment de colliers de perles provenant des îles des Hauts-Fonds, des peaux de rennes des Terres des Longues Nuits et dix caisses contenant de la vaisselle, des bottes, des tuniques de coton et des souricières qu'il s'était procurées à très bas prix lors d'une vente à la bougie.

Il y avait aussi une caisse de timbales en argent dont Milo pensaient qu'elles feraient meilleur effet sur la table du palais que les vieux gobelets en terre cuite que Sarah s'entêtait à utiliser, et des objets censés égayer (selon les propres termes de Milo) le promenoir : deux statues peintes achetées un bon prix à des commerçants des Terres des Sables Chantants ainsi que plusieurs de ces horribles jarres destinées aux touristes et remplies d'un prétendu sable chantant qui avait la fâcheuse habitude de rester silencieux une fois enfermé. On remarquait également toute une collection de tableaux de coquillages et une famille entière de serpents de mer géants empaillés, que Milo espérait accrocher au plafond du promenoir (ce en quoi il faisait preuve d'un optimisme excessif, comme on le verra par la suite).

Si Milo était enchanté de ces acquisitions, ce n'était pas pour elles que le *Cerys* mouillait à grands frais dans le Port numéro douze depuis plusieurs semaines. La raison de cette escale prolongée était en train de descendre dans les entrailles du bateau devant le regard vigilant de son nouveau propriétaire. Un sourire se dessina sur les lèvres de Milo quand, guidé par les matelots, le coffre se logea parfaitement dans l'espace qui lui était assigné.

Milo fit signe à Jenna, toujours à son poste d'observation. Avec l'agilité d'un vrai marin, elle se laissa glisser le long d'un cordage et atterrit en douceur sur le pont. Milo la regarda d'un air attendri, songeant à la fois où sa mère était montée sur le toit du palais en s'accrochant à la vigne vierge pour récupérer une balle de tennis et s'était ensuite laissée glisser jusqu'au sol. Elle riait, couverte de brindilles et d'égratignures, et avait gagné le match malgré ce contretemps. Jenna ressemblait tant à Cerys... Chaque jour que Milo passait en compagnie de sa fille lui rappelait un peu plus sa défunte femme, même s'il aurait parfois préféré ne pas devoir affronter certains souvenirs.

Se ressaisissant, Milo entreprit de descendre l'échelle qui menait à la cale, suivi par sa fille. Plus ils s'enfonçaient dans les entrailles du navire et plus l'air devenait froid et humide. Jenna voyait se rapprocher la clarté vacillante des torches et l'effervescence qui régnait autour de la nouvelle acquisition de Milo, pourtant leur descente semblait ne devoir jamais s'achever. Elle était loin de soupçonner qu'une aussi grande partie du bateau baignait sous la ligne de flottaison. Ils finirent par atteindre le bas de l'échelle et, guidés par un matelot qui éclairait leurs pas avec sa torche, ils se dirigèrent vers le coffre.

Jenna resta en retrait. Une aura d'étrangeté entourait le coffre, et elle n'était pas certaine d'apprécier cela.

Milo lui sourit.

– Tu peux le toucher, lui dit-il. Il ne va pas te mordre.

Prudemment, Jenna approcha et effleura le coffre de la main. Le bois en était aussi froid et dur que du métal et son éclat d'un noir profond, en réfléchissant la lumière des torches, donnait l'illusion du mouvement. Les bandes de fer qui l'entouraient étaient piquetées de rouille et pleines d'entailles. À l'évidence, ce coffre avait traversé bien des épreuves. Dressée sur la pointe des pieds, Jenna en apercevait à peine le dessus, décoré d'une large plaque gravée de trois lignes de hiéroglyphes.

– Ça a l'air intéressant, remarqua-t-elle. Qu'est-ce que ça dit ?

– Oh, ne fais pas attention à ces vieilleries, répondit Milo d'un air dédaigneux. Laissez-nous, ajouta-t-il à l'intention des matelots.

Ceux-ci se retirèrent après un bref salut.

Milo attendit que le dernier homme ait atteint le sommet de l'échelle pour se tourner vers Jenna avec une lueur triomphante dans le regard. Jenna connaissait assez son père à présent pour deviner qu'il préparait un discours. Elle réprima un soupir.

– Nous vivons là un moment historique, commença Milo. Depuis le jour où j'ai rencontré ta mère, je n'ai eu de cesse de chercher ce...

– Ma mère ? s'étonna Jenna.

Pourquoi Sarah Heap aurait-elle demandé à Milo de rechercher un vieux coffre abîmé ? Elle comprit alors que Milo parlait de la reine Cerys, sa « première mère », ainsi que l'appelait Sarah Heap.

– Oui, ta très, *très* chère mère. Oh, Jenna, comme tu lui ressembles ! Tu sais, elle avait exactement la même expression que toi en ce moment quand je lui parlais de mes projets. Ceux-ci ont enfin porté leurs fruits, et ces fruits... euh, ce coffre est à présent en sécurité à bord de la *Cerys*. Et en plus, ma princesse a assisté à son arrivée. Un excellent présage, ne trouves-tu pas ?

Milo avait passé tellement d'années en mer qu'il avait adopté nombre des superstitions des marins.

Jenna, qui ne s'intéressait guère aux présages, ne répondit pas.

Milo posa les mains sur le couvercle du coffre et sourit à sa fille.

– Je crois que nous devrions l'ouvrir, qu'en dis-tu ?

Jenna acquiesça sans conviction. Si elle était très curieuse de savoir ce que contenait le coffre, elle ne parvenait pas à se défaire du malaise qu'il lui inspirait.

Sans attendre sa réponse, Milo avait déjà pris l'épissoir qui pendait de sa ceinture et entrepris de desserrer les sangles de cuir durci qui maintenaient les bandes de fer. La première bande céda avec un bruit sec qui fit sursauter Jenna ; la seconde tomba sur le pied de Milo, qui réprima un juron. Les dents serrées, il prit le couvercle à deux mains et le souleva lentement.

– Regarde, dit-il fièrement. Tout cela est à toi.

Jenna se hissa sur la pointe des pieds et jeta un coup d'œil à l'intérieur du coffre.

– Oh ! fit-elle.

– Ne sois pas déçue, lui dit Milo. C'est un trésor plus précieux que tu ne pourrais l'imaginer.

Jenna doutait que ce fût possible – elle pouvait faire preuve d'une imagination presque infinie en matière de trésors. Perplexe, elle inspecta l'intérieur du coffre. Le bois vermoulu n'était même pas doublé d'argent, comme celui de la plupart des coffres à trésor. Celui-ci contenait de minuscules tubes en plomb alignés sur des plateaux en bois soigneusement empilés. Chaque tube était scellé et gravé d'un gribouillis. Ils formaient des lots de douze, chaque lot étant désigné par le même gribouillis. Tout cela était remarquablement ordonné, mais on était loin du tas de pièces d'or et de pierres précieuses auquel s'attendait Jenna.

– Tu n'es pas impressionnée ? demanda Milo, déçu.

Jenna tâcha de dire quelque chose de positif.

– Il y en a vraiment beaucoup. Euh, je suis sûre que ça a été difficile d'en trouver autant.

– Tu n'imagines pas à quel point, dit Milo en contemplant, fasciné, le contenu du coffre. Mais cela en valait la peine.

Il se tourna vers Jenna, les yeux brillants.

– Ton avenir en tant que reine est à présent assuré. Ah ! si seulement je l'avais trouvé à temps pour ta chère mère...

Jenna regarda mieux l'intérieur du coffre, se demandant si quelque chose lui avait échappé.

– Y a-t-il quelque chose de spécial caché sous ces, euh... tubes ? demanda-t-elle.

Milo parut irrité.

– Ils ne sont pas assez spéciaux pour toi ?

– Mais enfin, qu'est-ce qu'ils ont de particulier ?

– J'espère que tu n'auras jamais à le découvrir, répondit Milo en refermant le coffre d'un geste plein de révérence.

Jenna fut agacée. Elle aurait aimé que Milo fasse moins de mystères. Il fallait toujours qu'il lève un coin du voile, mais seulement un coin, la laissant pleine d'interrogations. Discuter avec lui revenait à tenter d'attraper des ombres.

Pendant ce temps, Milo s'affairait à fixer les bandes de fer autour du coffre.

– Quand nous serons de retour au Château, je l'emmènerai directement dans la salle du trône du palais.

– La salle du trône ? Mais je ne veux pas que...

– Jenna, j'insiste. Et tu ne dois dire à personne ce que contient ce coffre. Ce sera notre secret.

– Je n'ai aucun secret pour Marcia, rétorqua Jenna.

– Bien sûr, nous en parlerons à Marcia. Nous aurons besoin qu'elle nous accompagne dans la chambre forte du Manuscriptorium, où je récupérerai le dernier, euh, élément de cette livraison. Mais personne à terre ou à bord de ce bateau ne doit être au courant. D'autres avant moi ont cherché ce coffre, mais je suis le seul à l'avoir trouvé et j'entends bien le rester. Tu comprends, n'est-ce pas ?

– Je comprends, répondit Jenna de mauvaise grâce.

Elle décida que, quoi qu'en dise Milo, elle parlerait du coffre à Septimus.

– Bien ! Maintenant, nous allons nous assurer que le coffre soit en sécurité jusqu'à la fin du voyage.

Milo éleva la voix :

– Holà, des hommes !

Dix minutes plus tard, de retour sur le pont, Jenna regarda les portes de la cale se refermer, leurs planches de teck s'alignant parfaitement avec celles du pont. Après avoir vérifié qu'elles étaient bien closes, Milo adressa un signe à un jeune matelot qui faisait fondre du goudron au-dessus d'une flamme. Le jeune homme apporta la petite casserole à Milo.

Jenna vit son père fouiller dans une poche de sa tunique et en sortir une petite fiole noire.

– Tiens la casserole droite, Jem, dit-il au matelot. Je vais ajouter ceci au goudron. Surtout, ne respire pas.

– Qu'est-ce que c'est ? demanda le matelot, inquiet.

– Quelque chose que tu n'as encore jamais vu, répondit Milo. En tout cas, je l'espère. Je n'aimerais pas que le médecin du bord joue avec. Jenna, éloigne-toi, s'il te plaît.

Jenna recula. Milo déboucha prestement la fiole et en versa le contenu dans le goudron. Un petit nuage de vapeur noire s'éleva. Jem détourna la tête et toussa.

– Fais chauffer le mélange jusqu'à ce qu'il bouille, lui dit Milo, puis utilise-le pour sceller la cale.

– Bien, monsieur.

Le matelot retourna poser la casserole sur le feu tandis que Milo rejoignait Jenna.

– C'était quoi, ce truc ? demanda-t-elle.

– Oh, une bricole achetée à l'épicerie **ténébreuse** du Port numéro treize, répondit Milo. Histoire de m'assurer que notre coffre voyagera en sécurité. Je ne veux pas que quelqu'un descende dans cette cale.

– Ah ! bien, fit Jenna.

Elle ne croyait pas un instant que Milo fût mêlé à la **Ténèbre**, et cela l'aurait ennuyée qu'il le pense. En silence, elle regarda Jem éloigner la casserole du feu et, avec mille précautions, verser un mince filet de goudron étincelant dans les interstices entre la trappe et les planches du pont. Bientôt, l'entrée de la cale ne fut plus signalée que par deux anneaux en laiton et une fine ligne de goudron.

Milo passa un bras autour des épaules de Jenna, ce qui eut le don de l'énerver, et l'entraîna vers le côté du pont opposé au quai et au petit groupe de badauds toujours rassemblés devant la *Cerys*.

– Je sais que tu penses que je t'ai négligée, dit-il. Tu as peut-être raison, mais voici la cause de mes absences répétées. Bientôt, si les vents et les éléments nous sont favorables, le coffre se trouvera en sécurité au palais... et toi aussi.

– Je ne comprends toujours pas ce qu'il a de si spécial, dit Jenna.

– Tu le sauras le moment venu, répondit Milo.

Ignorant que sa fille mourait d'envie de hurler : « Pourquoi ne réponds-tu jamais correctement à mes questions ? » il poursuivit :

– Viens, Jenna. Il me semble qu'une petite fête s'impose.

Jenna se fit violence pour ne pas lui décocher un coup de pied.

Tandis que Milo emmenait Jenna, Jem considérait avec perplexité le résidu noir collé au fond de la casserole. Après mûre réflexion, il jeta celle-ci par-dessus bord. Le jeune homme n'avait pas toujours été un simple matelot. Il avait été l'apprenti d'un médecin réputé des Terres des Longues Nuits, puis la fille de son maître était tombée sous le charme de son sourire et de ses boucles brunes, et la vie était devenue un peu trop compliquée à son goût. Si Jem n'avait pas achevé son apprentissage, il en avait appris assez pour savoir qu'il était déconseillé de garder des substances **ténébreuses** à bord d'un bateau. Enjambant prudemment la mince ligne de goudron qui délimitait les portes de la cale, il se rendit à l'infirmerie où il rédigea une pancarte recommandant à l'équipage d'éviter de marcher sur celles-ci.

Dans les profondeurs du navire, le contenu de l'antique coffre en ébène **attendait** dans l'obscurité.

✠ 18 ✠
UN BANQUET SPECTACULAIRE

La fête annoncée par Milo prit la forme d'un banquet extrêmement embarrassant, en pleine vue du quai. Sous un
dais écarlate, on avait dressé sur le pont de la *Cerys* une longue
table tendue d'une nappe blanche et disposé dessus des timbales d'argent, des couverts en or, des piles de fruits (certains
factices) ainsi qu'une myriade de
chandelles. Six chaises
dont le haut dossier
était orné d'un motif
ressemblant étrange-
ment à une couronne
entouraient la table. Milo
présidait, Jenna et Septimus
étant assis à sa droite. Moustique, resplendissant dans
sa veste d'amiral, était un
peu isolé en bout de table,
près de Boutefeu, toujours
endormi, qui lui soufflait
son haleine dans le dos.

À gauche de Milo, on trouvait Snorri, avec Ullr sagement allongé à ses pieds sous sa forme nocturne, puis Nicko.

Milo alimentait à lui seul la conversation, ce qui valait
mieux, les autres étant trop gênés pour parler. Sur le quai, une
foule de plus en plus nombreuse observait le spectacle avec
l'intérêt amusé des visiteurs d'un zoo devant l'enclos des
chimpanzés. Jenna tenta d'attirer l'attention de Septimus,
mais celui-ci ne détachait pas les yeux de son assiette. Elle promena ensuite son regard autour de la table, sans plus de succès. Même Moustique semblait fasciné par le sommet du mât
le plus proche.

Mal à l'aise, Jenna se prit à regretter d'avoir rencontré Milo
dans une taverne minable du Port numéro un. L'invitation à
monter à bord de la *Cerys*, la joie de Nicko et de Snorri, le sentiment merveilleux d'être choyée après les journées exté-
nuantes qu'ils venaient de vivre, la satisfaction de dormir dans
un lit confortable et de se réveiller en sécurité, tout cela lui
avait paru très excitant sur le moment. Puis Milo lui avait
annoncé qu'il lui offrait la *Cerys*, même s'il avait un peu gâché
son plaisir en ajoutant que naturellement, le navire ne lui
appartiendrait vraiment que quand elle aurait atteint l'âge de
vingt-cinq ans. C'était la même chose avec tous les cadeaux de
Milo : ce qu'il donnait d'une main, il s'arrangeait pour le
reprendre de l'autre. Jenna eut brusquement honte. Elle voya-
geait en compagnie de trois personnes qu'elle aimait plus que
tout (Snorri ne faisait pas partie de la liste), et celles-ci étaient
obligées de s'exhiber parce qu'elle n'avait pas su résister aux
attentions de Milo.

Le banquet se déroulait avec une lenteur insupportable. Leur hôte, selon son habitude, les abreuva de récits maritimes qu'ils avaient déjà entendus pour la plupart et qui s'achevaient immanquablement par son triomphe.

Et tandis qu'il pérorait, on leur apporta une succession de mets de plus en plus élaborés, à la manière des perruques des fonctionnaires du Port numéro douze. Chaque nouveau plat était introduit par les courbettes des matelots qui les servaient, en uniforme d'apparat bleu et blanc, et accompagné d'un discours de Milo, qui insista pour dédier chacun à l'un de ses invités, en commençant par Jenna.

Le temps qu'ils arrivent au dessert – lequel devait être dédié à Moustique –, des commentaires de moins en moins élogieux s'élevaient de la foule massée sur le quai. Moustique n'avait qu'une envie : disparaître sous la table. Il rougit jusqu'aux oreilles quand il vit un matelot jaillir d'une écoutille, portant bien haut ce qui avait tout l'air d'une méduse ou d'une moisissure géante. Tous considérèrent avec stupeur la création du cuisinier, avant de comprendre que celui-ci avait voulu représenter un insecte bouilli, pelé et posé sur un lit d'algues – peut-être même s'agissait-il d'un authentique insecte.

Verre en main, Milo se leva sous les sifflets sporadiques de la foule afin de porter un toast à Moustique, qui songeait sérieusement à se jeter par-dessus bord. Mais au moment où il ouvrit la bouche pour réciter son compliment, Boutefeu bondit.

Durant de longues années, Moustique allait chérir le souvenir de cet instant.

Boutefeu s'était réveillé avec une faim dévorante. Étirant le cou, il darda sa longue langue verte à travers la table. Snorri poussa un cri. Milo se leva d'un bond et se mit à donner des coups de serviette sur le museau de Boutefeu, qui avala goulûment le dessert puis la serviette. Toutefois, il en fallait davantage pour rassasier un dragon affamé. Plein d'espoir, Boutefeu continua à aspirer et bientôt la vaisselle et les couverts furent engloutis dans un bruit de cataracte.

– Pas les timbales ! hurla Milo.

Un éclat de rire monta de la foule qui grossissait rapidement. Voyant la nappe disparaître peu à peu dans la gueule baveuse de Boutefeu, Milo lâcha les timbales qu'il tentait de protéger, attrapa l'extrémité de la nappe et tira. Des cris d'encouragement fusèrent.

Aucun des autres convives n'avait bougé le petit doigt. Avec une esquisse de sourire, Septimus regardait son assiette se déplacer le long de la table malgré les efforts de Milo. Il lança un coup d'œil à Nicko et fut heureusement surpris de le voir réprimer un fou rire. Dans un vacarme assourdissant, tout ce qui se trouvait sur la table disparut brusquement dans la gueule de Boutefeu. Nicko tomba de sa chaise, s'étranglant de rire. Snorri, qui avait l'habitude de le voir sérieux, lui lança un regard interdit tandis que l'hilarité gagnait rapidement la foule sur le quai.

Milo considérait le désastre d'un air atterré. Boutefeu considérait la table vide d'un air dépité. Les couverts s'entrechoquaient dans son estomac et il avait toujours faim. Milo, ignorant si le dragon consommait ou non de la chair humaine, saisit la main de Jenna dans le doute et tenta de la faire lever.

– Arrête ! dit-elle sèchement en se dégageant.

Milo parut surpris et blessé.

– Peut-être faudrait-il songer à loger ton dragon ailleurs, suggéra-t-il.

– Ce n'est pas mon dragon, rétorqua Jenna.

– Ah ? Mais tu as dit…

– Je sais. Je n'aurais pas dû. Je ne suis que sa navigatrice. C'est le dragon de Sep.

– Dans ce cas, tu dois comprendre que le règlement de quarantaine du Poste de traite s'applique également à lui. Pas tant qu'il demeurera à bord, bien sûr. Mais dès qu'il aura posé le pied à terre…

Milo marqua une pause, le temps de s'assurer que Boutefeu avait des pieds, puis il enchaîna :

–… il devra être escorté en quarantaine.

– Ce ne sera pas nécessaire, dit Septimus en se levant. Nous sommes sur le départ. Merci pour votre accueil, mais à présent que Boutefeu est réveillé, nous allons y aller. Pas vrai, Moustique ?

Moustique était occupé à repousser le museau baveux du dragon.

– Dégage, Boutefeu. Oh ! oui, en effet. Merci beaucoup, monsieur Benda. C'est très aimable à vous de nous avoir permis de séjourner sur votre bateau. Je veux dire, sur le bateau de Jenna. C'était très… intéressant.

Milo s'inclina poliment.

– Tout le plaisir fut pour moi, scribe.

Il se tourna vers Septimus.

– Apprenti, tu ne comptes pas nous quitter céans ? Car, pour avoir parcouru les Sept Mers durant de longues années, je puis t'assurer que je sens venir une tempête.

Septimus en avait assez entendu sur les Sept Mers, et plus encore sur les talents de météorologue de Milo.

– On passera au-dessus, répondit-il. N'est-ce pas, Moustique ?

Moustique acquiesça sans conviction.

– Au-dessus ? fit Milo, perplexe. Mais il n'y a rien au-dessus d'une tempête !

Septimus haussa les épaules et flatta le museau du dragon.

– Bah ! Ce n'est pas une petite tempête qui arrêtera Boutefeu. Pas vrai, mon vieux ?

Boutefeu éternua, projetant sur les précieux insignes pourpres de Septimus un filet de morve qui y laisserait à jamais une tache sombre.

Cinq minutes plus tard, Boutefeu était juché telle une énorme mouette sur le plat-bord du navire, face au large, pour la plus grande joie de la foule à présent immense et très excitée qui se pressait sur le quai. Septimus s'était glissé dans le creux en avant de ses épaules tandis que Moustique s'insérait entre les sacoches et la queue, laissant vacante la place du navigateur.

Jenna s'approcha d'eux, étroitement enroulée dans sa cape pour se protéger du vent glacial qui s'était levé.

– Reste jusqu'à demain, Sep, supplia-t-elle. Boutefeu peut dormir une nuit de plus sur le pont. Je n'ai pas envie que Moustique et toi voyagiez par ce temps...

– Il faut qu'on y aille, répondit Septimus. Boutefeu n'aura pas sommeil cette nuit. Il va encore faire des bêtises. Et si on

172

le met en quarantaine... Je préfère ne pas y penser. De toute façon, nous voulons partir, n'est-ce pas, Moustique ?

Moustique observait les nuages noirs qui glissaient devant la lune et la houle qui grossissait.

– Jenna a raison, dit-il. On devrait peut-être passer la nuit ici.

– Attendez jusqu'à demain, intervint Milo. Mes hommes vont enchaîner le dragon au grand mât ce soir.

Moustique, Septimus et Jenna échangèrent des regards horrifiés.

– Et demain matin, poursuivit Milo, nous déjeunerons tous sur le pont afin de fêter dignement votre départ. Qu'en pensez-vous ?

Cette proposition renforça Septimus dans sa conviction.

– Non merci, répondit-il. Boutefeu, en route !

Boutefeu déploya ses ailes et étira le cou. La *Cerys* pencha dangereusement vers tribord. Quelqu'un sur le quai poussa un cri.

– Attention ! cria Milo, agrippant le bastingage.

– Tu nous accompagnes ? demanda Septimus à Jenna.

Jenna secoua la tête, mais le regret qui se lisait sur son visage encouragea Moustique à insister :

– Viens avec nous ! dit-il.

Jenna hésita. Elle détestait voir Septimus partir sans elle, mais elle avait annoncé qu'elle ferait le voyage de retour à bord de la *Cerys*. Également, elle avait envie de rester avec Nicko. Indécise, elle se tourna vers son grand frère qui lui sourit, un bras passé autour des épaules de Snorri.

– S'il te plaît, Jenna, reprit Moustique. Viens avec nous.

Il avait parlé très simplement, sans supplier.

– Il n'est pas question qu'elle parte avec vous, répliqua sèchement Milo. Sa place est ici, sur son bateau, auprès de son père.

C'en était trop.

– On dirait bien que ce n'est pas mon bateau, en fin de compte, répliqua Jenna en lançant un regard noir à Milo. Et d'abord, ce n'est pas toi mon vrai père. C'est papa !

Sur ces paroles, elle serra Nicko dans ses bras.

– Pardon, Nicko, mais je pars. Bon voyage. On se reverra au Château.

– Bon voyage à toi aussi, Jen, répondit Nicko. Sois prudente.

Prenant appui sur une crête osseuse, Jenna se hissa sur le dos du dragon juste derrière Septimus, à la place du navigateur.

– On peut y aller, dit-elle une fois installée.

– Attendez ! cria Milo.

Mais Boutefeu n'obéissait qu'à son maître et parfois, quand il était de bonne humeur, à sa navigatrice. En tout cas, il n'avait aucune intention d'obéir à un homme qui avait proposé de l'enchaîner pour la nuit.

Toute activité cessa dans le Port numéro douze le temps que Boutefeu prenne son envol. Devant plusieurs centaines de regards, le dragon se pencha en avant, agita les ailes et s'éleva lentement dans les airs. Un souffle d'air chaud qui sentait la sueur balaya le pont, provoquant des quintes de toux et des haut-le-cœur chez Milo et ses hommes tandis que la foule applaudissait.

Boutefeu battit puissamment des ailes pour prendre de l'altitude, puis il décrivit une large courbe au-dessus du port, volant au ras de la forêt de grands mâts. Les nuages s'écartèrent un court instant, et une clameur émerveillée s'éleva du quai quand la silhouette du dragon traversa paisiblement le cercle blanc de la lune en direction du large.

Milo le suivit longuement du regard, puis il s'engouffra par une écoutille, laissant Nicko et Snorri avec l'équipage qui s'affairait à nettoyer le pont.

– J'espère que tout se passera bien pour eux, murmura Snorri.

– Moi aussi, dit Nicko.

Quand la silhouette lointaine du dragon finit par disparaître derrière un nuage, ils reportèrent leur attention sur le pont à présent rangé et désert. Serrés l'un contre l'autre pour se protéger du froid, ils regardèrent le mince ruban de lumières qui s'étirait le long de la côte se réduire peu à peu à la seule clarté des torches et écoutèrent la rumeur des voix décroître jusqu'à ce qu'ils n'entendent plus que les grincements des coques des navires, le clapotis des vagues et le bruissement des cordes malmenées par le vent.

– Demain, on lève l'ancre, dit Nicko en contemplant la mer avec désir.

– Oui, acquiesça Snorri. Demain.

Ils restèrent assis là jusqu'au cœur de la nuit, enveloppés dans les couvertures moelleuses qu'ils avaient trouvées dans un coffre sur le pont. Ils virent les étoiles s'évanouir une à une, avalées par le banc de nuages qui approchait. Puis ils s'endormirent, blottis contre Ullr.

Au-dessus d'eux, les ténèbres s'amassaient.

LA TEMPÊTE

Moustique ne se trouvait pas dans la position la plus confortable pour voyager à dos de dragon. Boutefeu utilisant sa queue comme gouvernail, il n'arrêtait pas de monter et descendre comme un Yo-Yo. D'un autre côté, il était bien calé entre deux crêtes osseuses et tâchait de se persuader qu'il ne risquait pas de tomber.

Aussitôt après le décollage, Moustique s'était retourné et avait vu les bateaux du port devenir de plus en plus petits, jusqu'à ressembler à de minuscules jouets. Au départ, les lumières du Poste de traite scintillaient tel un collier de perles le long de la côte. Puis leur éclat avait peu à peu faibli et, quand la nuit s'était refermée derrière eux, il avait resserré

sa **cape chauffante** autour de lui avec un frisson. Toutefois, il savait que ce n'était pas le froid qui le faisait trembler ainsi. C'était la peur.

D'aussi loin qu'il se souvenait, Moustique n'avait jamais connu la peur. Les premières fois où il avait parcouru les tunnels de glace, il lui était arrivé de ressentir un vague malaise, de même lorsqu'il avait traversé la forêt enneigée avant d'atteindre la Maison des Foryx, mais rien de comparable à la terreur qui s'était lovée dans son ventre tel un gros serpent.

Les heures passèrent ; si elles parurent interminables à Moustique, sa peur ne s'atténua pas. En revanche, il finit par en comprendre la cause. Il avait déjà volé sur Boutefeu avec Septimus lors d'escapades interdites dans la campagne (un jour, ils avaient même poussé jusqu'à la crique Funeste, et Moustique devait avouer que cette fois-là, il avait eu la chair de poule), et il occupait la même place lors du trajet qui les avait conduits de la Maison des Foryx au Poste de traite. Mais jusque-là, il avait toujours volé à basse altitude, sans jamais perdre la terre de vue. À cette hauteur, il se sentait noyé dans le vide immense qui les entourait et avait l'impression que sa vie ne tenait qu'à un fil. Le vent n'arrangeait rien, et quand une bourrasque particulièrement violente fit tanguer Boutefeu, le serpent se lova encore plus étroitement dans le ventre de Moustique.

Il décida d'arrêter de scruter la nuit pour se concentrer sur ses compagnons, mais il ne pouvait voir que Jenna, et encore ne distinguait-il pas grand-chose d'elle. Si une longue mèche brune ne s'était pas échappée de temps en temps de la **cape chauffante** qui l'enveloppait tout entière, rien n'aurait permis d'affirmer que c'était elle. Septimus était hors de vue, logé dans le creux à la base du cou du dragon. Moustique n'aurait pas été surpris de découvrir soudain qu'il était seul sur le dos de Boutefeu.

À l'inverse de son ami, Septimus se sentait parfaitement à l'aise. Boutefeu avançait à une allure régulière, et même les rafales de vent, dont la force et la fréquence augmentaient, ne semblaient pas le déranger. À un moment, il lui sembla bien entendre le tonnerre gronder au loin, mais il se rassura en attribuant ce bruit aux ailes de Boutefeu. Même quand une averse glaciale s'abattit sur eux, il ne s'inquiéta pas outre mesure. Puis la pluie se changea brièvement en grêle sans que Boutefeu ne ralentisse. Mais l'éclair qui fendit soudain le ciel lui ouvrit les yeux.

Avec un bruit assourdissant, la foudre jaillit des nuages juste devant eux. Durant une fraction de seconde, les ailes de Boutefeu devinrent translucides, laissant voir son squelette, tandis que le visage de ses passagers virait au blanc spectral.

Boutefeu fut brusquement projeté en arrière. Terrifié, Moustique se sentit glisser. Il empoigna la crête osseuse devant lui pour se rétablir tandis que Boutefeu, tête baissée, poursuivait sa route.

La confiance de Septimus commença à s'effriter. À présent, le roulement du tonnerre était permanent et des bataillons d'éclairs zébraient le ciel. Il dut admettre que Milo avait raison. Ils allaient droit vers une tempête.

Jenna posa une main sur son épaule.

– Tu crois qu'on peut la contourner ? cria-t-elle.

Septimus se retourna juste comme un éclair striait le ciel derrière eux, manquant de peu la queue de Boutefeu. Il était trop tard, la tempête les encerclait.

– ... descendre... ras de l'eau... moins de vent...

Ce fut tout ce que Jenna entendit de la réponse de Septimus, car le vent emporta le reste.

Soudain Moustique sentit que Boutefeu tombait comme une pierre et il crut qu'il avait été frappé par la foudre. Le serpent logé dans son ventre commença à s'agiter. Il ferma les yeux. Le grondement des vagues se rapprochait, et des embruns salés se collaient à son visage. Il se raidit, attendant l'impact inévitable. Au bout d'un moment, comme rien ne venait, il se risqua à rouvrir les yeux. Il le regretta aussitôt. Un mur d'eau aussi haut qu'une maison fonçait droit vers eux.

Septimus l'avait également vu.

– Remonte ! Remonte, Boutefeu ! hurla-t-il en donnant de grands coups de pied dans le flanc droit du dragon.

Boutefeu n'avait pas besoin qu'on lui dise ce qu'il devait faire, ni qu'on lui donne des coups de pied. Lui non plus n'aimait pas les murs d'eau. Il remonta juste à temps, et l'énorme vague poursuivit sa course en les aspergeant d'écume.

Septimus les ramena à une altitude où ils ne sentaient plus les embruns et baissa les yeux vers la mer. Jamais il ne l'avait vue ainsi : de profondes dépressions succédaient à des montagnes d'eau coiffées de longues traînes d'écume soufflée par le vent. Pas de doute, l'heure était grave.

– Courage, Boutefeu ! cria-t-il. On en sera bientôt sortis !

Mais ils n'étaient pas encore tirés d'affaire. Septimus n'aurait jamais imaginé qu'une tempête puisse être aussi étendue.

Surtout, il commençait à se demander si elle se déplaçait dans la même direction qu'eux ou si elle croisait leur route.

Tant bien que mal, ils continuèrent à avancer. Le vent hurlait, les vagues se dressaient vers le ciel avec des grondements de fauves, essayant de les happer. Septimus prit brusquement conscience de la fragilité des ailes de Boutefeu, avec leurs os légers et leurs membranes fines. Chaque fois qu'une rafale les frappait, ils basculaient sur le côté ou pire, en arrière, au grand effroi de Moustique. Le long cou de Boutefeu ployait sous la fatigue et Septimus sentait ses muscles las et noués sous ses mains.

Il s'efforça de l'encourager, jusqu'à se briser la voix :

– Allez, Boutefeu, allez !

Ils luttaient pied à pied contre le vent et la pluie battante, sursautant à chaque roulement de tonnerre, tressaillant à chaque éclair.

Soudain Septimus crut apercevoir la lumière d'un phare au loin. Il cligna les yeux, voulant s'assurer que ce n'était pas un éclair, mais la lueur qui illuminait l'horizon brillait d'un éclat constant. Reprenant espoir, il dirigea Boutefeu vers elle, les exposant un peu plus à la morsure du vent.

Assis à l'arrière, Moustique perçut ce brusque changement de cap. Il se demandait quelle en était la raison quand il aperçut également la lumière et crut reconnaître le fanal de la Double Dune. Son moral remonta aussitôt en flèche. Fou de joie à l'idée de se retrouver bientôt au Port, il se prit même à espérer que la Tourterie-des-Docks soit encore ouverte. Avec un peu de chance, il pourrait peut-être persuader un de ses cousins de leur offrir à tous un lit pour la nuit.

Tandis que Moustique rêvait, Septimus tentait de se persuader que la tempête s'apaisait. Il les fit remonter encore un peu afin de voir où ils allaient.

Il sourit. À présent, il savait où ils se trouvaient. Il apercevait deux lumières proches, exactement comme dans les descriptions de Nicko. Bientôt, ils furent assez près pour qu'il distingue deux pointes au sommet du phare. Mais alors qu'il faisait prendre de l'altitude à Boutefeu avant de lui faire modifier sa trajectoire, la tempête leur joua un dernier tour. Juste au-dessus d'eux, un éclair déchira le ciel et, cette fois, il atteignit sa cible. Une odeur âcre de chair de dragon brûlée les enveloppa.

Tandis qu'ils tombaient en direction de la mer déchaînée, Moustique constata avec effroi que ce qu'il avait pris pour le fanal de la Double Dune était en réalité une tour de brique noircie surmontée de deux pointes qui lui évoquèrent des oreilles de chat.

Ce n'était pas le Port qui s'étendait sous eux, constellé de lumières rassurantes, mais l'obscurité insondable.

⊹⊹ 20 ⊹⊹

MIARR

iarr se trouvait sur la plate-forme d'observation du phare de CattRokk. Celui-ci se dressait sur un rocher au milieu de la mer, et son sommet avait la forme d'une tête de chat, avec des oreilles pointues et deux faisceaux lumineux qui jaillissaient de ses yeux.

Miarr était de garde, une fois de plus. À sa demande, Miarr assurait toutes les gardes de nuit ainsi qu'une grande partie des gardes de jour. Sa confiance en son coéquipier était proportionnelle à la distance sur laquelle il aurait pu le porter, et compte tenu de leur différence de poids, il ne l'aurait pas porté longtemps, à moins que... Un petit sourire retroussa les lèvres minces de Miarr tandis qu'il s'adonnait à sa rêverie préférée : il soulevait sans effort

182

Crowe le gros et le jetait du haut du phare, par un des yeux. À quelle distance se trouvaient les rochers en contrebas ? Miarr connaissait la réponse par cœur : à exactement cent quatre mètres.

Miarr secoua la tête pour en chasser cette idée si tentante. Crowe le gros serait incapable d'atteindre le sommet du phare. Jamais il n'aurait pu se faufiler par la minuscule ouverture en haut du mât reliant la plate-forme d'observation à l'**Arène de lumière**. Crowe le maigre, en revanche, n'aurait eu aucun mal à s'y hisser telle une fouine. Miarr frissonna. S'il avait dû choisir entre les jumeaux Crowe – et il espérait n'avoir jamais à le faire –, il aurait pris le gros sans la moindre hésitation. Le maigre était pire qu'un serpent.

Miarr tira son casque en peau de phoque afin qu'il couvre ses oreilles et s'enveloppa étroitement dans sa cape. Il faisait froid au sommet du phare. Il colla son petit nez plat contre la vitre et scruta la nuit de ses gros yeux ronds. Le vent hurlait, la pluie fouettait le verre épais des fenêtres de la plate-forme. Les deux faisceaux de lumière éclairaient le dessous des nuages noirs, si bas qu'on aurait dit que les oreilles du phare les touchaient. Une nappe d'éclairs silencieux transperça les nuages, et l'électricité fit crépiter la fourrure de Miarr. Une soudaine averse de grêle cingla la vitre, le faisant sursauter. C'était la tempête la plus violente qu'il avait vue depuis longtemps. Il plaignit quiconque se trouvait en mer par ce temps.

Miarr fit lentement le tour de la plate-forme, inspectant l'horizon. Par une nuit pareille, les vagues auraient eu vite fait de pousser un bateau trop près de la côte. Si cela se produisait, il devrait monter à bord de la chaloupe de sauvetage et tenter de guider le bateau vers une zone moins dangereuse, ce qui ne serait pas facile.

Les ronflements sonores de Crowe le gros, qui dormait dans la minuscule cabine de couchage, plusieurs étages plus bas, résonnaient dans l'immense cage d'escalier du phare. Miarr soupira. Il avait besoin d'aide, mais il ignorait pourquoi le capitaine du port lui avait envoyé les jumeaux Crowe. Son précédent coéquipier, son cousin Mirano, le dernier membre de leur famille encore en vie avec lui, avait disparu la nuit où était apparu le nouveau navire de ravitaillement, le *Maraudeur*. Depuis cette nuit, Miarr était obligé de partager son phare avec des créatures qu'au premier contact, il avait crues à peine plus évoluées que des singes. Toutefois, Miarr avait révisé depuis son jugement sur les singes. À présent il situait les Crowe à peine au-dessus des limaces, avec lesquelles ils présentaient d'ailleurs une ressemblance frappante.

Miarr poussa un grognement de dépit, imaginant Crowe le gros en train de ronfler, douillettement couché sous un édredon en plumes, dans la cabine qu'il partageait autrefois avec Mirano... Comme tous les gardiens de phare, les deux cousins se relayaient pour dormir sur la même couchette. Ils ne passaient que quelques heures ensemble chaque soir, quand ils dégustaient leurs poissons sur la plate-forme avant le changement de quart. À présent Miarr dormait – du moins, il essayait – sur un tas de sacs, dans un réduit au bas du phare. Il fermait toujours sa porte à clé, mais sachant qu'un Crowe rôdait en liberté dans son beau phare, il n'arrivait pas à se détendre.

Miarr se ressaisit. Inutile de repenser à l'époque bénie où la côte possédait encore quatre phares en activité et où Miarr avait plus de cousins, de frères et de sœurs qu'il n'avait de doigts et d'orteils pour les compter. Inutile de songer à Mirano, car il ne le reverrait jamais. Miarr n'était pas aussi bête que les Crowe le pensaient ; il n'avait pas cru un instant à l'histoire qu'ils lui avaient racontée : fatigué de sa compagnie, Mirano aurait embarqué sur leur bateau, attiré par les lumières du Port. Miarr savait que son cousin était, suivant l'expression des gardiens de phare, en train de nager avec les poissons.

Il s'accroupit devant la fenêtre et scruta l'obscurité. Très loin en contrebas, il voyait les vagues enfler, monter à l'assaut du ciel et s'écraser ensuite avec fracas, projetant des gerbes d'écume qui éclaboussaient parfois les vitres de la plate-forme d'observation. Miarr devinait que la base du phare était à présent immergée, aux secousses et aux coups sourds qui se répercutaient dans le granit et se propageaient depuis ses coussinets jusqu'au sommet de sa tête casquée. À tout le moins, le vacarme étouffait les ronflements de Crowe le gros, et les plaintes du vent chassèrent de l'esprit de Miarr le souvenir de son cousin disparu.

Le gardien plongea la main dans la sacoche imperméable en peau de phoque qui pendait de sa ceinture et en sortit son dîner : trois petits poissons et un biscuit. Tout en mastiquant, il observa les deux pinceaux de lumière qui balayaient les énormes montagnes d'eau, et se dit que la nuit promettait d'être passionnante.

Il venait à peine d'avaler le dernier poisson (tête, queue et arêtes comprises) quand une vision soudaine vint confirmer son intuition. D'ordinaire, Miarr accordait toute son attention à la mer – que pouvait-il y avoir d'intéressant dans le ciel ? –

mais cette nuit-là, les vagues démesurées brouillaient la frontière entre l'eau et le ciel. Alors qu'il était occupé à déloger
une arête de poisson d'entre ses dents pointues, la silhouette
d'un dragon se découpa brièvement dans un des faisceaux
lumineux. Quand il regarda à nouveau, le dragon n'était plus
là. Miarr sentit l'inquiétude le gagner. Lorsqu'un gardien de
phare se mettait à imaginer des choses, c'était le signe qu'il
était au bout du rouleau. Lui parti, qui garderait le phare ?
Mais l'instant d'après, les craintes de Miarr s'évanouirent. Le
dragon venait de réapparaître et, tel un papillon de nuit géant
attiré par une flamme, il se dirigeait droit vers le phare.
Stupéfait, Miarr laissa échapper un miaulement car à présent,
il distinguait également les passagers du dragon.

Au même moment, un coup de tonnerre retentit juste au-
dessus du phare, qui trembla sur ses fondations. Un serpent de
lumière à l'éclat aveuglant s'abattit sur la queue du dragon.
Horrifié, Miarr vit celui-ci et ses passagers, leurs silhouettes
découpées par un arc électrique chatoyant, foncer droit vers la
plate-forme d'observation. Le faisceau du phare illumina brièvement leurs visages terrifiés. Miarr se jeta instinctivement à
terre, attendant la collision inévitable entre le dragon et la vitre.

Mais rien ne vint.

Miarr se releva prudemment. Les deux pinceaux lumineux
n'éclairaient plus que le ciel strié de pluie et la mer déchaînée.
Le dragon et ses passagers avaient disparu.

✢ 21 ✢
LA CHUTE

Même les yeux fermés, Moustique comprit ce qui arrivait en sentant la chair de dragon brûlée. Cette odeur n'a rien d'agréable quand on se trouve sur le dos d'un dragon en flammes à une altitude de cent cinquante mètres. À vrai dire, elle n'a rien d'agréable quelles que soient les circonstances, surtout pour le dragon.

Quand la foudre avait frappé Boutefeu, ses passagers avaient été secoués par une violente décharge électrique. Après, tout était allé extrêmement vite, même si, quand il se repasserait la scène plus tard, Moustique aurait l'impression qu'elle s'était déroulée au ralenti. Il avait vu l'éclair se déployer dans leur direction, et Boutefeu dresser brusquement la tête au moment de l'impact. Après une embardée, le dragon entama une chute verti- gineuse, fonçant droit vers le phare. À cet instant,

Moustique aperçut au sommet de celui-ci un petit homme qui les regardait avec une expression horrifiée, et il ferma les yeux. Ils allaient s'écraser sur le phare et il ne voulait pas voir cela.

Septimus n'avait pas eu cette chance. Ses yeux étaient restés grands ouverts, et de même que Moustique, il avait repéré le petit homme au sommet du phare. L'espace d'une seconde, alors que Boutefeu fonçait vers la tour, leurs regards se croisèrent, et ils crurent tous deux que c'était la dernière chose qu'ils verraient de leur vie. Mais quand, à la toute dernière minute, Septimus parvint à les faire dévier de leur trajectoire, il oublia aussitôt le gardien du phare pour consacrer ses dernières forces à maintenir Boutefeu en vol.

Le dragon dépassa la tour ruisselant de pluie, traversa le faisceau lumineux et replongea dans l'obscurité totale. Puis, à la faveur d'une brèche dans les nuages, Septimus distingua un pâle croissant de sable qui reflétait le clair de lune.

Il se tourna vers Jenna, livide de terreur, et pointa l'index devant lui.

– Terre ! s'exclama-t-il. On va y arriver, je le sais !

Jenna n'entendit pas un mot de ce qu'il disait, mais elle lut le soulagement sur son visage et leva le pouce. Puis elle se retourna vers Moustique et fut saisie d'horreur. La queue de Boutefeu pendait dans le vide, et on n'apercevait plus que le sommet du crâne de leur ami. Son optimisme s'évanouit. Le dragon était blessé. Combien de temps pourrait-il encore voler ?

De la voix, Septimus dirigea Boutefeu vers la bande de sable qui se rapprochait de seconde en seconde. Boutefeu continua courageusement d'avancer, mais sa queue à présent inutile l'entraînait vers la surface turbulente de la mer.

La tempête s'éloignait. Bientôt, ses éclairs se déchaîneraient au-dessus du Port, et une pluie torrentielle s'abattrait sur Simon Heap, qui s'était endormi à l'abri d'une haie le long de la route du Château. Mais le vent était toujours fort, et tandis que Boutefeu s'efforçait d'éviter les vagues déchaînées, ses forces commencèrent à l'abandonner.

Septimus noua ses bras autour du cou du dragon.

– Boutefeu, lui murmura-t-il à l'oreille, on y est presque. Presque !

La forme d'une île cernée d'une bande de sable blanc se rapprochait, cruellement tentante.

– Encore un effort, Boutefeu. Tu peux y arriver, je sais que tu le peux...

Péniblement, le dragon déploya ses ailes déchirées, regagnant un peu le contrôle de sa queue et, tandis que ses trois passagers priaient pour qu'il tienne bon, il frôla la crête d'une vague déferlante et se laissa tomber sur le sable moelleux, manquant de peu un banc de rochers.

Personne ne bougea. Personne ne parla. Aucun d'eux n'osait croire à la présence du sable sous leurs pieds, ou plutôt, sous le ventre de Boutefeu : les pattes largement écartées, le dragon reposait de tout son poids dans un creux du sol, épuisé.

Les nuages s'écartèrent à nouveau et la lune découpa les contours d'une île et d'une plage en arc de cercle. Le sable brillait d'un éclat argenté et tout semblait merveilleusement paisible, même si le vacarme des vagues s'écrasant sur les rochers et les embruns salés qui leur fouettaient le visage leur rappelaient ce à quoi ils venaient d'échapper.

Avec un long soupir tremblant, Boutefeu posa sa tête sur le sable. Septimus se secoua et sauta à terre, aussitôt imité par Jenna et Moustique. Pendant une seconde, il crut que le dragon avait les vertèbres brisées. Même dans son sommeil le plus profond, même quand l'air vibrait de ses ronflements, le cou de Boutefeu conservait un tonus musculaire, alors qu'à présent, il paraissait flasque. Septimus s'agenouilla et caressa le crâne trempé du dragon. Il n'entrouvrit pas les yeux au contact de la main de son maître, comme il le faisait toujours. Septimus refoula ses larmes. L'état de Boutefeu lui rappelait celui du bateau dragon après que Simon lui eut décoché un **éclair fulgurant**.

– Boutefeu, oh, Boutefeu. Tu es... tu vas bien ? murmura-t-il.

Boutefeu émit une sorte de grognement étranglé que Septimus n'avait encore jamais entendu et son souffle souleva le sable devant lui. Septimus se redressa et brossa de la main sa **cape chauffante**.

– Il... il va mal, pas vrai ? demanda Jenna.

Elle frissonnait, et ses cheveux dégoulinaient.

– Je... ne sais pas, répondit Septimus.

– Sa queue a l'air salement amochée, remarqua Moustique. Tu ferais bien d'y jeter un coup d'œil.

En effet, la queue de Boutefeu était en piteux état. La foudre l'avait touchée juste avant la pointe, qu'elle avait bien failli sectionner. Septimus s'accroupit afin de l'examiner. Ce qu'il vit lui déplut. Les écailles au point d'impact étaient noires et des éclats d'os brillaient dans le clair de lune. Là où le sang du dragon s'était répandu, le sable était sombre et poisseux. Septimus appliqua doucement sa main sur la blessure. Boutefeu poussa un nouveau grognement et tenta de dégager sa queue.

Murmurant des paroles apaisantes, Septimus retira sa main et la regarda. Elle était pleine de sang.

– Qu'est-ce que tu comptes faire ? interrogea Moustique.

Septimus fit appel à ses connaissances en **Physik**. Marcellus Pye lui avait dit que toutes les créatures vertébrées étaient bâties « selon le même plan », et que les lois qui fonctionnaient pour les hommes étaient également valables pour elles. Il lui avait aussi appris à traiter les brûlures par une immersion immédiate et aussi prolongée que possible dans l'eau salée. Mais Septimus n'était pas certain qu'on puisse immerger une plaie ouverte. Il resta là, indécis, sachant que Jenna et Moustique attendaient qu'il agisse.

Boutefeu grogna de nouveau et essaya de remuer la queue. Septimus prit une décision. Boutefeu était brûlé. Il souffrait. L'eau froide et salée apaiserait la douleur. Elle était également, s'il avait bonne mémoire, un bon antiseptique.

– Nous allons plonger sa queue dans l'eau, dit Septimus en indiquant une large flaque entre les rochers qu'ils avaient manqués de justesse.

– Ça ne va pas lui plaire, remarqua Moustique.

Il passa une main dans ses cheveux, comme toujours quand il était confronté à un problème, et constata qu'ils se dressaient sur sa tête comme les crins d'un balai. Il savait le moment mal choisi pour penser à ses cheveux, toutefois il espéra que Jenna n'avait rien remarqué.

Jenna avait bien remarqué l'état des cheveux de Moustique. Cela l'avait fait sourire pour la toute première fois de la soirée, mais elle avait préféré ne rien dire.

– Tu devrais parler à Boutefeu, suggéra-t-elle à Septimus. Dis-lui ce que nous allons faire. Ensuite Moustique et moi lèverons sa queue et la déposerons dans la flaque.

– Elle est vraiment très lourde, objecta Septimus.

– Et nous sommes vraiment très forts. Hein, Moustique ?

Moustique acquiesça, priant pour que ses cheveux ne remuent pas trop. C'était le cas, mais Jenna garda les yeux délibérément fixés sur la queue de Boutefeu.

– D'accord, dit Septimus.

Il retourna s'agenouiller près de la tête inerte du dragon et lui parla à l'oreille :

– Boutefeu, il faut qu'on stoppe la brûlure. Pour ça, Jenna et Moustique vont soulever ta queue et la plonger dans l'eau froide. Ça risque de picoter, mais ensuite tu te sentiras mieux. Tu vas devoir bouger un peu, d'accord ?

Au grand soulagement de Septimus, Boutefeu ouvrit alors les yeux. Il le fixa d'un regard vitreux pendant quelques instants, puis ses paupières se refermèrent.

– Vous pouvez y aller ! cria Septimus à ses deux compagnons.

– Tu en es sûr ? demanda Moustique.

Comme Septimus acquiesçait, il saisit la partie la plus lourde de la queue blessée tandis que Jenna en attrapait l'extrémité, qui était encore chaude.

– À trois, on soulève, annonça Moustique. Prête ? Un, deux, trois... Ouch ! Ce que c'est lourd !

Titubant sous le poids de l'énorme queue écailleuse, Jenna et Moustique reculèrent pas à pas vers la flaque dont la surface immobile étincelait dans le clair de lune. Les muscles de leurs bras tiraient sous l'effort, mais ils n'osèrent pas lâcher prise avant d'avoir atteint l'eau.

– Sep, il faudrait qu'il... se tourne, dit Jenna, essoufflée.

– Qu'il se tourne ?

– C'est ça.

– Vers la droite ou vers la gauche ?

– Euh... vers la droite. Non, la gauche !

Guidé par Septimus, Boutefeu pivota péniblement d'un quart de tour vers la gauche tandis que sa queue se déplaçait dans le sens opposé, entraînant les deux porteurs chancelants avec elle.

– Maintenant, en arrière !

Avec une extrême lenteur, Boutefeu, Jenna et Moustique reculèrent le long d'un couloir étroit qui conduisait à la flaque entre les rochers.

– Encore... un... peu, ahana Moustique.

La queue de Boutefeu retomba lourdement dans la flaque, soulevant une gerbe d'eau salée. Le dragon redressa la tête et poussa un grognement de douleur. Cela piquait plus que ce que lui avait dit son maître. De la vapeur s'éleva tandis que la chaleur logée dans la chair du dragon s'évacuait au contact de l'eau. Une colonie de petites pieuvres virèrent subitement au rouge et se réfugièrent dans une crevasse, où elles passèrent une triste nuit, tremblant de peur, la queue de Boutefeu leur coupant toute possibilité de retraite.

Boutefeu commença à se détendre. L'eau froide apaisait la brûlure et engourdissait les nerfs de sa queue. Pour lui exprimer sa reconnaissance, il poussa du museau l'épaule de son maître, qui tomba à la renverse. Boutefeu rouvrit les yeux au moment où Septimus se relevait, puis il posa la tête sur le sable. Septimus constata avec soulagement que le cou du dragon avait retrouvé son tonus. Une minute plus tard, des ronflements retentirent, et pour une fois, tout le monde s'en réjouit.

Jenna, Moustique et Septimus s'écroulèrent auprès du dragon endormi. Ils ne parlèrent pas beaucoup. Ils contemplèrent les reflets de la lune sur les vagues qui déferlaient à présent avec moins de violence sur le rivage. Ils distinguèrent au loin le double faisceau lumineux de l'étrange phare qui les avait guidés vers la terre ferme, et Septimus se demanda ce que le petit homme qu'ils avaient aperçu à la fenêtre pouvait bien faire à cet instant.

Jenna se leva, retira ses bottes et se dirigea vers la mer, pieds nus sur le sable fin. Elle s'arrêta à la limite de l'eau et regarda autour d'elle. Quand Moustique la rejoignit, elle l'accueillit avec un sourire.

– Nous sommes sur une île, dit-elle.

– Ah ? fit Moustique.

Il supposa qu'elle avait aperçu l'île du ciel et eut honte d'avoir fermé les yeux.

– C'est une impression, reprit Jenna. On se sent... isolés. Tu sais, il est question d'îles dans mon manuel d'histoire secrète. Je me demande si c'est l'une d'elles.

– Histoire secrète ? demanda Moustique, intrigué.

– Des trucs de reine. La plupart du temps, c'est très ennuyeux. Bouh, l'eau est froide ! J'ai les pieds engourdis. On va voir ce que fait Septimus ?

– D'accord.

Moustique mourait d'envie d'interroger Jenna à propos de ces « trucs de reine », mais il n'osa le faire.

En leur absence, Septimus avait descendu les sacoches trempées du dos de Boutefeu et en avait étalé le contenu sur le sable. Ce qu'il avait trouvé l'avait à la fois stupéfié et touché. À cet instant, il avait compris que, lorsqu'il évoquait devant elle ses souvenirs de la Jeune Garde, durant leurs longues soirées d'hiver au coin du feu, non seulement Marcia l'écoutait avec attention, mais elle prenait des notes mentalement. Ainsi, au grand étonnement du jeune garçon, elle lui avait préparé un kit de survie en terrain hostile en tous points conforme à ceux des élèves officiers, jusqu'au camouflage des sacoches, en y apportant quelques améliorations très appréciables : une dose de **frutibulle** autorégénérant, un assortiment de bonbons de chez Mamie Frangipane et un **ondin**. Il n'aurait pas mieux fait. Il promenait un regard satisfait sur cet équipement quand Moustique et Jenna s'assirent à ses côtés.

– En voyant ça, leur dit-il, on pourrait croire que Marcia a servi dans la Jeune Garde. Elle a mis dans ces sacoches tout ce que j'y aurais mis moi-même.

– Peut-être qu'elle était vraiment dans la Jeune Garde, dit Jenna en souriant. Elle crie assez fort pour ça.

Septimus ramassa une petite boîte surmontée d'un cercle en métal.

– Regardez, on a un réchaud avec le sort qu'elle a mis au point, le **vit'flam**. Il suffit de le toucher du doigt, comme ça...

Il joignit le geste à la parole. Une flamme jaune jaillit du sommet de la boîte et se répandit tout autour du cercle.

– Aïe, ça brûle !

Septimus posa rapidement le réchaud toujours allumé sur le sable et indiqua le reste du contenu des sacoches.

– Regardez, on a des vivres pour au moins une semaine, des gamelles, des pots, des casseroles, des tasses, de quoi construire un abri de fortune, et même un **ondin** !

Septimus leva devant ses yeux une figurine représentant un petit homme barbu coiffé d'un chapeau pointu.

– Il dit des gros mots ? demanda Moustique.

Septimus éclata de rire.

– Venant de Marcia, ça m'étonnerait ! Mais de l'eau sort de son arrosoir. Vous voyez ?

Septimus inclina la figurine et, aussitôt, un filet d'eau pure jaillit de son minuscule arrosoir. Jenna prit une tasse en cuir, la remplit sous le jet et la vida d'un trait.

– Elle est délicieuse, dit-elle.

En mêlant le contenu de différents paquets, Septimus leur confectionna un « ragoût à la mode de la Jeune Garde, en mieux ». Puis ils s'assirent et regardèrent le ragoût mijoter sur le réchaud. Quand le fumet qui s'en dégageait fut devenu irrésistible, ils le dévorèrent avec du pain **toujours frais** et firent glisser le tout avec un chocolat chaud préparé par Jenna au moyen de quelques coquillages et de son **charme chocolaté**.

Assis autour du réchaud, ils savourèrent leur boisson dans un silence satisfait. Septimus se rappela la première fois où il avait bu du chocolat chaud, assis devant un feu sur une autre plage, cela sans craindre les réprimandes. Il chérissait ce souvenir car il marquait le début de sa nouvelle vie, même si, sur le moment, il avait eu le sentiment que son monde s'écroulait.

Jenna était heureuse. Nicko était en sécurité. Il aurait bientôt regagné le Château, et son retour mettrait un terme à la série de malheurs qui avait commencé quand elle avait conduit Septimus devant le **miroir du temps**, dans le vestiaire royal. Elle pourrait alors cesser de se faire des reproches.

Moustique, pour sa part, nageait dans l'euphorie. Si quelqu'un lui avait dit quelques mois plus tôt qu'il admirerait un jour le clair de lune avec la princesse Jenna sur une plage déserte – si l'on faisait abstraction d'un dragon ronfleur et de son meilleur ami –, il lui aurait répondu d'arrêter de se moquer de lui et de chercher plutôt à se rendre utile, par exemple en nettoyant la réserve des livres dangereux du Manuscriptorium. Et pourtant, il était là, assis juste à côté de Jenna. Le clair de lune, le doux clapotis des vagues et... aaargh ! Qu'est-ce que c'était que cette horreur ?

– Boutefeu ! s'exclama Septimus en se levant d'un bond. Ouf, quelle puanteur ! Il doit être un peu dérangé. Je ferais mieux d'aller enterrer ça.

Par bonheur, Marcia avait pensé à leur fournir une pelle.

✛ 22 ✛
L'ÎLE

Jenna, Moustique et Septimus se réveillèrent le lendemain matin sous la tente qu'ils avaient improvisée avec leurs **capes chauffantes** quand la fatigue avait fini par les submerger. Ils en sortirent à quatre pattes et s'assirent sur la plage pour respirer la brise salée et se réchauffer au soleil. La vue qui s'offrait à leurs yeux était d'une beauté à couper le souffle.

La tempête semblait avoir purifié l'air, et il n'y avait pas un nuage dans le ciel d'un bleu éclatant. Des millions de points scintillants dansaient à la surface de la mer dont les vagues se brisaient dans un soupir avant de se retirer, découvrant le sable humide et luisant. Une longue plage légèrement incurvée s'étirait sur leur gauche, bordée de dunes au-delà desquelles on apercevait un plateau herbeux semé de rochers, puis une colline boisée. À leur droite se trouvaient les rochers sur lesquels ils avaient failli s'écraser la veille ainsi que la flaque de Boutefeu.

– C'est magnifique, murmura Jenna dans l'intervalle de silence entre deux vagues.

– Oui, acquiesça Moustique d'un ton rêveur.

Septimus se leva et s'approcha de Boutefeu. Le dragon dormait toujours, couché dans un creux derrière les rochers, à l'abri du soleil. Sa respiration était régulière et ses écailles étaient tièdes au toucher. Soulagé, Septimus dirigea son regard vers la flaque, et son cœur se serra. L'eau boueuse avait une vilaine teinte rougeâtre, et l'aspect de la queue de Boutefeu n'était pas fait pour le rassurer. Elle retombait mollement, la pointe reposant sur le sable au fond de la flaque. En temps normal, l'extrémité de la queue de Boutefeu était toujours dressée. Septimus sentit le sol se dérober sous ses pieds quand il comprit qu'elle était cassée.

Pire encore, les écailles au-delà de la fracture – dans la partie distale de la queue, aurait dit Marcellus – étaient vertes tandis que la pointe, pour ce qu'il en voyait, était presque noire. Des fragments d'écailles flottaient à la surface, et quand Septimus s'allongea sur un rocher pour y regarder de plus près, il constata qu'une odeur fétide s'élevait de la flaque. Il fallait faire quelque chose.

Jenna et Moustique se défiaient mutuellement de se jeter à l'eau quand Septimus apparut entre les rochers. Il eut un peu l'impression d'être Jillie Djinn interrompant les jeux d'une bande de scribes chahuteurs.

– Sa queue est dans un sale état, annonça-t-il.

Jenna était en train de pousser Moustique vers la mer. Elle s'immobilisa.

– C'est-à-dire ? demanda-t-elle.

– Vous feriez bien de venir voir.

Debout près des rochers, les trois amis observaient la flaque d'un air consterné.

– Beurk, fit Moustique.

– Tu peux le dire, acquiesça Septimus. Si son état s'aggrave, il va perdre le bout de sa queue... ou pire. Il faut agir sans tarder.

– C'est toi l'expert. Dis-nous quoi faire et on le fera. Hein, Jenna ?

Jenna, bouleversée par ce qu'elle voyait, approuva de la tête.

Septimus s'assit sur un rocher et réfléchit.

– Voici ce que je propose, déclara-t-il au bout d'un moment. D'abord, on va ramasser des algues et chercher un morceau de bois long et droit. Ensuite – ça ne va pas être une partie de plaisir – on va entrer dans l'eau et soulever la queue afin que je l'examine. Je vais également devoir la nettoyer. Ce ne sera pas très agréable pour Boutefeu, aussi pendant ce temps vous resterez près de sa tête et lui parlerez. Puis j'entourerai la plaie d'algues, parce qu'elles contiennent plein de bonnes choses. Si la queue est cassée, ce dont je suis presque sûr, il faudra lui mettre une attelle – vous savez, l'immobiliser avec le morceau de bois. Après cela, il ne restera plus qu'à prier pour que Boutefeu se remette et que la pointe de sa queue...

Il laissa sa phrase en suspens.

200

– Quoi donc ? demanda Moustique.

– Pour qu'elle ne se détache pas. Ou pire, qu'elle ne soit pas atteinte de ce que Marcellus appelait « la bourbe noire qui pue et qui tue ».

– « La bourbe noire qui pue et qui tue » ? répéta Moustique, impressionné. Qu'est-ce que c'est ?

– Ça dit bien ce que ça veut dire. La plaie devient toute…

– Tais-toi, lui ordonna Jenna. Je ne veux pas en entendre davantage.

– Explique-nous simplement ce qu'on doit faire, reprit Moustique, et on le fera. Boutefeu va s'en sortir, tu verras.

Deux heures plus tard, Jenna, Moustique et Septimus étaient assis sur les rochers, trempés et épuisés. Au-dessous d'eux était étendu un dragon avec une queue très étrange. On aurait dit, fit observer Moustique, un serpent qui aurait avalé un rocher, avec l'intérêt supplémentaire que quelqu'un avait entouré la bosse formée par le rocher d'un grand morceau d'étoffe rouge noué comme un paquet-cadeau.

– N'importe quoi, objecta Septimus.

– D'accord, ce n'est pas vraiment un paquet-cadeau, lui concéda Moustique. C'est juste un très gros nœud.

– Je devais m'assurer que les **capes chauffantes** restent en place. Il ne faudrait pas que du sable se glisse à l'intérieur du pansement.

– Boutefeu a été très courageux, remarqua Jenna.

– C'est un bon dragon, acquiesça Septimus. Il comprend quand la situation est grave et qu'il doit obéir.

– Tu ne le crois pas encore tiré d'affaire ? demanda Moustique.

Septimus haussa les épaules.

– J'ai fait ce que j'ai pu. La plaie avait meilleur aspect une fois nettoyée, et...

– Tu veux bien nous épargner les détails ? l'interrompit Jenna.

Elle se leva et inspira profondément pour chasser son malaise.

– Vous savez, reprit-elle, quitte à rester coincés quelque part pendant plusieurs semaines, autant que ce soit ici. Cet endroit est tellement beau !

– J'imagine que nous sommes coincés ici jusqu'à ce que Boutefeu aille mieux, dit Moustique.

Soudain il prit conscience de la chance qu'il avait : il allait passer plusieurs semaines à ne rien faire dans un endroit magnifique, en compagnie de la princesse Jenna – et de Septimus, bien entendu. Ça paraissait trop beau pour être vrai.

– Partons en exploration, proposa Jenna, qui ne tenait pas en place. On n'a qu'à marcher le long du rivage et voir ce qu'il y a derrière ces rochers, tout au bout de la plage.

Moustique se leva d'un bond.

– Excellente idée. Tu viens, Sep ?

Septimus secoua la tête.

– Je dois veiller sur Boutefeu. Je ne veux pas le laisser seul aujourd'hui. Allez-y sans moi.

Laissant Septimus auprès de son dragon, Jenna et Moustique commencèrent à longer le cordon d'algues, de bois flotté et de coquillages que la tempête avait rejetés sur le rivage.

– Est-ce que tu as lu quelque chose sur cette île dans ton manuel d'histoire secrète ? demanda Moustique.

Il ramassa une grosse coquille hérissée de piquants et la leva jusqu'à ses yeux pour en regarder l'intérieur.

– Par exemple, poursuivit-il, est-ce qu'elle est habitée ?

– Je ne sais pas, répondit Jenna en riant. Tu n'as qu'à la secouer pour voir s'il en sort quelque chose.

– Quoi ? Oh, très drôle. À vrai dire, je ne crois pas que j'aimerais ce qui vit là-dedans. Je parie que c'est plein de piquants.

Moustique reposa la coquille sur le sable ; un petit crabe en jaillit et déguerpit.

– J'y repensais justement ce matin, dit Jenna, avant que la queue de Boutefeu ne nous donne tous ces soucis. Mais j'ignore s'il vit quelqu'un ici. En fait, je n'ai lu que la première partie du chapitre consacré aux îles. Après, il y a eu ce fichu **miroir**, on a perdu Nicko... À mon retour, mon professeur était ennuyé que j'aie manqué autant de cours, alors il est passé directement au sujet suivant et je n'ai jamais lu le reste. La barbe !

Agacée, Jenna donna un coup de pied à un paquet d'algues.

– Tout ce dont je me souviens, c'est qu'il existe sept îles. Au départ, elles n'en formaient qu'une puis la mer est montée et a inondé toutes les vallées. Mais il doit y avoir un mystère derrière tout ça, parce que le chapitre s'intitule « Le secret des sept îles ». C'est trop bête ! On m'oblige à apprendre des tas de trucs rasoir, et le seul qui m'aurait été utile, c'est justement celui que je n'ai pas pu lire.

Moustique sourit.

– Eh bien, nous allons devoir découvrir nous-mêmes ce secret.

– Il est sans doute très ennuyeux, dit Jenna. Comme la plupart des secrets, une fois qu'on les connaît.

Elle entreprit de franchir un tas d'algues pour atteindre le sable plus ferme. Moustique la suivit.

– Pas tous, objecta-t-il. Certains secrets du Manuscriptorium sont incroyablement intéressants. Mais bien sûr, je ne suis pas censé en parler, ou plutôt, je ne l'étais pas. En fait, je ne suis toujours pas censé en parler.

– Alors, ce sont toujours des secrets, donc ils sont toujours intéressants. De toute façon, Moustique, tu aimes ce genre de trucs. Tu es si intelligent... Moi, ça me barbe !

Elle rit, puis elle demanda :

– On fait la course ?

– Ya-hou ! s'exclama Moustique avant de s'élancer derrière elle.

Jenna le trouvait intelligent ! Pour une révélation, c'en était une !

Septimus était assis sur les rochers tièdes, appuyé contre le cou frais de Boutefeu qui dormait paisiblement. La respiration d'un dragon endormi avait quelque chose de très reposant, surtout quand devant soi s'étendait une plage de sable blanc et, au-delà, une mer bleue et calme. À présent que Jenna et Moustique avaient disparu derrière les rochers qui fermaient la crique, Septimus n'entendait plus que le lent va-et-vient des vagues, ponctué de temps à autre par le ronflement nasal de Boutefeu. La fatigue accumulée commençait à avoir raison de sa résistance. Bercé par la chaleur du soleil, il ferma les yeux et son esprit se mit à divaguer.

« Septimus... »

La voix d'une jeune fille, légère et mélodieuse, s'insinua dans son demi-sommeil.

« Septimus, appelait-elle doucement. Septimus... »

Septimus entrouvrit les yeux, vit la plage déserte et laissa retomber ses paupières.

« Septimus, Septimus... »

– Laisse-moi, Jen. Je dors, marmonna-t-il.

« Septimus... »

Septimus ouvrit les yeux à contrecœur et les referma aussitôt. Personne. Il était en train de rêver.

Depuis les dunes qui surplombaient les rochers, une mince jeune fille vêtue de vert regardait le dragon et le jeune garçon. Elle se laissa glisser le long d'une dune et, sans bruit, gagna un rocher plat où elle s'assit afin d'**observer** Septimus qui, épuisé, dormait au soleil.

✠ 23 ✠
DRAGON EN COLLERETTE

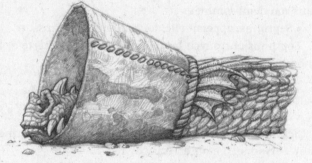

Septimus dormait toujours quand le soleil atteignit son zénith. Fascinée, la jeune fille en vert n'avait cessé de l'**observer** sur son rocher. Au bout d'un moment, et bien qu'il fût profondément endormi, la sensation d'être **observé** commença à s'immiscer dans l'esprit de Septimus, et il bougea. Aussitôt la jeune fille se releva et s'éclipsa.

Le soleil réchauffait lentement le sang de Boutefeu, et sa circulation s'accélérant, sa queue recommença à le faire souffrir. Il poussa une longue plainte. Septimus se réveilla et fut aussitôt sur pied.

– Boutefeu, qu'est-ce qu'il y a ?

Boutefeu se retourna brusquement, et avant que Septimus n'ait pu l'en empêcher, il saisit sa queue dans sa gueule.

– Non ! Non, Boutefeu. Arrête, arrête !

206

Septimus agrippa le museau du dragon et tira dessus de toutes ses forces.

– Lâche ça ! cria-t-il, tentant d'éloigner les crocs de Boutefeu des **capes** enroulées.

Mais Boutefeu refusait de lâcher prise.

– Boutefeu, reprit Septimus d'un ton sévère, je t'ordonne de laisser ta queue tranquille. Tout de suite !

Le dragon, n'étant pas d'humeur à lui tenir tête, obtempéra. En plus, il n'aimait pas le goût de sa queue.

Soulagé, Septimus l'obligea à détourner la tête.

– Tu ne dois pas mordre ta queue, lui dit-il. C'est interdit.

Il enroula tant bien que mal les lambeaux des **capes chauffantes** autour de la queue, sous le regard désapprobateur de Boutefeu, puis il releva la tête et ses yeux plongèrent dans ceux du dragon.

– N'y pense même pas ! Tu ne dois pas toucher à ton pansement. Ta queue ne guérira jamais si tu n'arrêtes pas de la mordre. Allez, regarde par là. Plus vite que ça !

Septimus empoigna la crête au sommet du crâne de Boutefeu et tira. Il lui fallut dix minutes pour éloigner la tête du dragon de sa queue. Il s'accroupit ensuite près de lui et lui parla :

– C'est bien, mon vieux. Je sais que c'est douloureux, mais ça ira bientôt mieux. Je te le promets.

Il saisit l'**ondin** et versa un filet d'eau dans la gueule de Boutefeu.

– Dors maintenant, lui dit-il alors.

À sa grande surprise, le dragon ferma docilement les yeux.

Septimus se sentait poisseux après les efforts qu'il venait de fournir. La mer lui parut fraîche et attirante, et il décida d'aller y tremper ses pieds. Il s'assit sur le rocher de Boutefeu, ignorant que celui-ci avait ouvert un œil et l'observait avec intérêt, ôta ses bottes et ses épaisses chaussettes puis agita ses orteils sur le sable chaud, envahi par un merveilleux sentiment de liberté. Il se dirigea lentement vers la grève, traversa la bande de sable ferme et humide laissée par la marée descendante et s'arrêta à la limite de l'eau. Il regarda ses pieds s'enfoncer un peu dans le sable et attendit qu'une vague vienne les lécher. Quand elle survint, il fut surpris de constater combien l'eau était froide. En attendant la vague suivante, il emplit ses poumons d'air salé et éprouva brièvement un bonheur indescriptible.

Du coin de l'œil, il perçut un mouvement furtif derrière lui.

Il fit volte-face et hurla :

– Non !

Boutefeu serrait à nouveau sa queue dans ses mâchoires et cette fois, il mastiquait. Septimus retraversa la plage en un éclair, sauta sur le rocher et recommença à tirer la tête du dragon pour lui faire lâcher prise.

– Vilain ! le gronda-t-il après avoir réussi à libérer le pansement en charpie. Je t'ai déjà dit de ne pas mordre ta queue. Sinon elle ne guérira jamais et...

«... et nous serons coincés ici pour toujours », avait-il failli ajouter.

Mais il ne dit rien. Selon tante Zelda, les choses arrivaient plus facilement quand on les annonçait à voix haute.

–... et tu le regretteras, acheva-t-il piteusement.

Pour l'heure, Boutefeu ne semblait pas regretter quoi que ce soit. Ignorant le regard noir qu'il lui jetait, Septimus refit le pansement à l'aide des derniers lambeaux de **capes chauffantes** et demeura sur ses gardes tandis qu'il cherchait une solution. Il lui tardait que Moustique et Jenna reviennent. La situation lui aurait paru plus supportable avec un peu d'aide et de compagnie, mais ils étaient invisibles. Il fallait qu'il empêche Boutefeu de mordre sa queue, et cela sans tarder – il ne croyait pas qu'elle survivrait à un nouvel assaut. Une main fermement posée sur le museau du dragon, il s'assit et réfléchit.

Il se rappela un incident impliquant le chat de la mère de Moustique, survenu quelques mois plus tôt. Le chat en question, un animal agressif que Moustique n'avait jamais aimé, avait été blessé à la queue après une terrible bagarre. La mère de Moustique l'avait bandé avec soin, mais il avait réagi de la même manière que Boutefeu. Mme Moustique avait eu plus de patience que Septimus. Elle était restée auprès du chat pendant trois jours et trois nuits, avant que Moustique n'insiste pour la relayer pendant qu'elle prendrait un peu de repos. Cependant, Moustique n'était pas aussi dévoué que sa mère. Il avait découpé le fond d'un vieux seau d'enfant et passé la tête du chat à l'intérieur, l'empêchant ainsi d'atteindre le pansement qui entourait sa queue. À son réveil, Mme Moustique avait été horrifiée de voir son cher matou ainsi affublé, mais elle avait dû reconnaître l'efficacité de la méthode. Par la suite, elle n'avait eu de cesse de présenter ses excuses au chat, qui l'ignorait délibérément. La queue avait guéri, le chat avait fini par se débarrasser du seau et par arrêter de bouder. Ce qui avait marché avec un chat grincheux marcherait sans doute avec un dragon tout aussi grincheux. Mais où trouver un seau assez grand ?

Septimus se résigna à l'idée d'en fabriquer un. Il sortit une tasse en cuir de la sacoche de Marcia, en découpa le fond et pratiqua une deuxième incision sur le côté, le long de la couture. Puis, après avoir averti Boutefeu qu'il n'avait pas intérêt à bouger sans quoi il passerait un mauvais quart d'heure, il déposa sur le sable la bande de cuir et la soumit à sept reprises à un **sort grossissant**, limitant ainsi les risques de rupture qu'aurait pu entraîner une croissance trop rapide. Au terme du processus, il avait obtenu une bande de cuir d'environ trois mètres de long sur un mètre vingt de large.

Mais le plus difficile restait à faire. Septimus s'approcha de Boutefeu, traînant la bande de cuir sur le sable. Le dragon dressa la tête et le toisa d'un œil méfiant. Septimus soutint bravement son regard.

– Boutefeu, déclara-t-il d'un ton cérémonieux, en tant que ton maître, je t'ordonne de ne pas bouger.

Le dragon eut l'air surpris mais, au grand étonnement de Septimus, il obéit. Ne sachant combien de temps dureraient ses bonnes dispositions, le jeune garçon se mit rapidement au travail. Il enroula tant bien que mal la bande de cuir autour du cou du dragon et **scella** la couture au moyen d'un **sort**.

Quand son maître finit par le libérer et recula pour contempler son œuvre, Boutefeu arborait à la fois un air furieux et une collerette géante en cuir.

Tandis que Septimus regardait Boutefeu, il sentit qu'il était lui-même **observé**.

« Septimus... »

Il se retourna vivement. Personne.

« Septimus... Septimus... »

Il frissonna. C'était la même voix qu'il avait entendue l'appeler alors qu'il faisait route vers le Poste de traite.

Il se rapprocha instinctivement de Boutefeu et, le dos tourné vers le dragon, il décrivit un cercle autour de celui-ci en fouillant du regard les rochers, la plage, la mer, les dunes et, au-delà, les rochers et la colline. Il fit un deuxième tour, utilisant une technique de la Jeune Garde consistant à regarder droit devant soi tout en prêtant attention à ce qui se trouvait à la limite de son champ de vision afin de détecter d'éventuels mouvements. Soudain, il aperçut quelque chose. Une silhouette – non, deux silhouettes marchant dans l'herbe derrière les dunes.

– Jenna ! Moustique ! cria-t-il.

Submergé par un intense sentiment de libération, il courut vers ses amis qui dévalaient la dernière dune afin de le rejoindre.

– Ça va, Sep ? fit Jenna.

Septimus sourit.

– Maintenant, oui. Vous vous êtes bien amusés ?

– Oh oui ! Le paysage est tellement beau et... Eh, c'est quoi, autour du cou de Boutefeu ?

– C'est une collerette pour dragon, dit Moustique. Pas vrai, Sep ?

Le sourire de Septimus s'élargit. C'était si bon, d'avoir retrouvé Jenna et Moustique. Il fallait bien l'admettre : cette île vous donnait la chair de poule quand on s'y retrouvait isolé.

Durant l'après-midi, Septimus aménagea un refuge.

La sensation d'être **observé** l'avait déstabilisé, et ses vieux réflexes de la Jeune Garde étaient en train de reprendre le dessus. La situation lui apparaissait à présent sous un jour nouveau : ils étaient piégés dans un endroit étrange plein de dangers inconnus, peut-être même invisibles, et ils devaient agir en conséquence. Pour commencer, il fallait qu'ils disposent d'un endroit sûr pour passer les nuits.

Avec le kit de survie fourni par Marcia, et avec l'aide réticente de Jenna et de Moustique, qui aimaient dormir sur la plage et ne comprenaient pas ce qui le tracassait, Septimus construisit un abri dans les dunes. Il choisit un emplacement qui leur permettait d'embrasser toute la baie du regard, et en même temps assez proche de Boutefeu pour garder un œil sur lui.

Les deux garçons se relayèrent pour creuser un trou dont ils renforcèrent les parois en pente avec du bois flotté. Marcia avait également prévu des piquets télescopiques que Septimus planta tout autour du trou. Puis il tendit dessus la toile de **camouflage** qu'il avait trouvée roulée au fond d'une des sacoches. Elle se confondait si bien avec le sable que Moustique faillit marcher dessus et tomber dans le trou. Par précaution, Septimus la recouvrit d'une épaisse couche d'herbe arrachée dans les dunes, parce qu'il avait toujours vu faire ainsi dans la Jeune Garde et qu'il lui aurait paru mal de ne pas le faire. Il recula ensuite pour admirer son œuvre et fut satisfait. Il avait aménagé un abri parfait, selon les critères de la Jeune Garde.

L'intérieur était étonnamment spacieux. Ils revêtirent les parois de longues herbes et tapissèrent le sol avec les sacoches ouvertes. Jenna fut conquise par le résultat.

– Un vrai nid douillet, remarqua-t-elle.

L'entrée de l'abri était presque invisible de l'extérieur. À peine distinguait-on entre deux dunes une fente étroite offrant une vue parfaitement dégagée sur la mer. Une fois qu'ils l'auraient également recouverte d'herbe, nul ne pourrait soupçonner quoi que ce soit.

Ce soir-là, ils firent griller du poisson sur la plage.

Le kit de survie de l'élève officier de la Jeune Garde comprenait évidemment du fil de pêche, des hameçons et des appâts secs. Marcia y avait également pensé. Quand la marée montante avait poussé un banc de poissons noir et argent vers le rivage, Moustique s'était installé sur un rocher et en avait attrapé six à la suite. Les brandissant d'un air triomphant, il était revenu et avait aidé Jenna à allumer un feu avec du bois flotté.

Ils firent cuire les poissons selon la méthode de Sam Heap, en les enfilant sur des bâtons humides et en les tenant au-dessus des braises rougeoyantes. Ils complétèrent leur repas avec du pain **toujours frais** et des fruits secs, et l'**ondin** leur permit de confectionner plus de **frutibulle** qu'ils ne purent en boire.

Ils restèrent jusqu'au cœur de la nuit à mastiquer des oursons banane et des rhubarboules, regardant la mer se retirer et le sable étinceler au clair de lune. À l'extrémité de la crique, ils distinguaient une longue rangée de récifs noirs menant à un rocher isolé qui se dressait telle une colonne et que Jenna baptisa le Pinacle. À droite, au-delà des rochers de Boutefeu, ils apercevaient le sommet rocailleux d'une deuxième île, situé dans le prolongement d'une pointe de terre. Jenna renonça à la baptiser, car elle avait le sentiment que l'île savait comment elle s'appelait et qu'elle n'apprécierait pas qu'on lui donne un autre nom. En réalité, elle s'appelait l'île de l'Étoile.

Mais la plupart du temps, ils regardaient droit devant eux, en direction du phare dont les lumières les avaient attirés vers la côte, leur sauvant la vie. Ils parlèrent du petit homme qu'ils avaient aperçu au sommet, se demandèrent qui il était et comment il était arrivé là. Puis, beaucoup plus tard, ils se glissèrent dans leur abri et s'endormirent rapidement.

Aux premières heures du jour, la mince silhouette d'une jeune fille vêtue de vert dévala la colline et se pencha au-dessus de leur abri, **écoutant** les bruits de leur sommeil.

Septimus s'agita. Quelqu'un l'appelait en songe. Il rêva qu'il mettait un seau sur sa tête et cessa de l'entendre.

⊹ 24 ⊹
DU COURRIER

À la tour du Magicien, Marcia prenait un petit déjeuner tardif. Sur la table, à côté des miettes de pain et d'une cafetière renfrognée (elle s'était disputée avec le porte-toasts pour une question de préséance), on trouvait une capsule en verre ouverte suivant des pointillés rouges ainsi qu'une mince bande de papier enroulée. Posé aux pieds de Marcia, un pigeon picorait des graines.

L'état de la cuisine témoignait des péripéties de la semaine écoulée. Une pile d'assiettes sales traînait dans l'évier, et le sol, pour la plus grande joie du pigeon, était jonché de miettes de toutes sortes. Marcia elle-même était un peu distraite – tandis qu'elle **remuait** son porridge ce matin-là, la cafetière avait réussi à faire tomber le porte-toasts de la table sans qu'elle ne le remarque.

215

La magicienne extraordinaire ne semblait pas au mieux de sa forme. Ses yeux verts étaient soulignés d'ombres, sa tunique pourpre était froissée et ses cheveux pas aussi bien coiffés que d'ordinaire. Et il ne lui était encore jamais arrivé de déjeuner à une heure aussi tardive, sauf peut-être le jour de la fête du solstice d'hiver. Mais Marcia n'avait pas beaucoup dormi. Une fois expiré le délai que Septimus avait lui-même fixé pour son retour, elle avait passé le reste de la nuit à scruter le ciel par la petite fenêtre dans le toit de la bibliothèque de la pyramide, espérant voir approcher un dragon. Puis, aux premières lueurs du jour, elle avait aperçu un pigeon qui volait en direction de la tour du Magicien.

Le pigeon était porteur d'un message. Marcia avait poussé un soupir de soulagement quand, en ouvrant la capsule, elle avait lu le nom de Septimus sur le rouleau de papier étrangement poisseux. Elle avait pris connaissance du message puis, rassurée, elle s'était aussitôt endormie sur son bureau.

Elle relut le billet en avalant sa dernière gorgée de café :

CHÈRE MARCIA. BIEN ARRIVÉ. TROUVÉ TOUT LE MONDE MAIS RETOUR REPORTÉ. BOUTEFEU TRÈS FATIGUÉ. SOMMES SUR LE BATEAU DE MILO. REPARTONS DÈS QUE POSSIBLE. AFFECTUEUSEMENT. VOTRE APPRENTI SENIOR, SEPTIMUS. P-S : DITES À MME MOUSTIQUE QUE SON FILS VA BIEN.

Marcia n'avait eu aucun mal à déchiffrer le message car chaque lettre était soigneusement inscrite dans une case. Peut-être, pensa-t-elle avec un sourire, devrait-elle demander à Septimus d'écrire toujours ainsi à l'avenir. Elle sortit un crayon de sa poche afin de rédiger une réponse, et ses manches balayèrent les dernières miettes de pain éparpillées sur la table. Agacée, elle hurla à la balayette et à la pelle de venir faire leur travail. Tandis que le duo s'activait, Marcia remplit soigneusement la grille de réponse au dos du message.

MESSAGE REÇU. BON RETOUR. T'ATTENDRAI AU PORT À L'ARRIVÉE DE LA CERYS. AFFECTUEUSEMENT, MARCIA.

Marcia enroula la bande de papier et la replaça dans la capsule. Puis elle maintint les deux moitiés de celle-ci l'une contre l'autre jusqu'à ce qu'elle soient **scellées**.

Sans prendre garde à la balayette qui avait fermement poussé le porte-toasts paniqué vers la pelle et refusait de l'en laisser sortir, Marcia ramassa le pigeon et fixa la capsule à sa patte. Serrant entre ses mains l'oiseau qui picorait des miettes égarées sur sa manche, elle s'approcha de la minuscule fenêtre et l'ouvrit.

Lâché sur le rebord de la fenêtre, le pigeon secoua ses plumes puis, dans un grand froissement d'ailes, il s'envola en direction de l'Enchevêtre. Tandis que la pelle déversait son contenu dans le vide-ordures et que la cafetière victorieuse esquissait un pas de danse parmi les assiettes sales, Marcia regarda le pigeon survoler la mosaïque des toits jardins, traverser la rivière, puis disparaître derrière un rideau d'arbres sur la berge opposée.

À présent, elle devait s'occuper d'un autre message.

Les aiguilles de la pendule de la cuisine (une poêle à frire transformée par Alther que Marcia n'avait pas eu le cœur de remiser) indiquaient midi moins le quart. Marcia se précipita dans son petit salon et prit sur la grande étagère semi-circulaire fixée au-dessus de la cheminée un carton appuyé contre un chandelier. Elle n'aimait pas les messages qui venaient du palais : la plupart du temps, ils lui étaient adressés par Sarah Heap qui la submergeait de questions sur Septimus. Mais ce message-là, quoique largement aussi exaspérant, n'émanait pas de Sarah. Il provenait de Zelda, et était rédigé avec une encre noire épaisse reconnaissable entre toutes.

Marcia,
Je dois vous voir de toute urgence. Je viendrai à la tour aujourd'hui à midi.
Zelda Heap,
Gardienne.

Marcia relut le carton avec une pointe d'agacement, comme chaque fois qu'elle avait affaire à Zelda Heap. Elle avait un rendez-vous important au Manuscriptorium à midi passé de trois minutes. Il était contraire à ses principes d'arriver en avance à un rendez-vous avec Jillie Djinn, mais pour une fois, cela en valait la peine. En se pressant, elle pourrait être au Manuscriptorium avant que Zelda ne pointe son nez. Elle n'était pas d'humeur à supporter les élucubrations d'une sorcière blanche à moitié folle. À vrai dire, elle n'était jamais d'humeur à supporter les élucubrations d'une sorcière blanche à moitié folle.

Marcia jeta sur ses épaules sa nouvelle cape d'été en laine fine doublée de soie et jaillit si brusquement de ses appartements que la grande porte pourpre fut prise au dépourvu.

Celle-ci se referma délicatement tandis qu'elle se dirigeait d'un pas rapide vers l'escalier à vis en argent, car Marcia avait horreur d'entendre claquer les portes. L'escalier s'immobilisa, au grand déplaisir des magiciens ordinaires qu'il transportait déjà, qui durent attendre en trépignant d'impatience que la magicienne extraordinaire, au dernier étage de la tour, prenne pied sur la première marche.

– Vite ! ordonna Marcia à l'escalier.

Mais à l'idée de se trouver nez à nez avec Zelda, elle rectifia :

– Mode évacuation d'urgence !

L'escalier se remit en mouvement, tournant sur lui-même à une vitesse telle que les magiciens arrêtés aux étages inférieurs furent projetés en avant. Deux d'entre eux, qui n'avaient pas eu le temps de se cramponner à la rampe, atterrirent sur le palier suivant. Les autres furent propulsés au sommet de la tour avant de pouvoir redescendre une fois que Marcia fut arrivée en bas. Trois formulaires de plainte furent remis au magicien de permanence, qui les ajouta à la pile des réclamations concernant l'usage de l'escalier par la magicienne extraordinaire.

Marcia traversa en hâte la cour des Magiciens, soulagée de ne pas y trouver Zelda, qui était aussi facile à repérer qu'un chapiteau en patchwork. Elle s'engagea sous la Grande Arche dont les murs de lapis-lazuli répercutaient le martèlement de ses bottines en python pourpre sur le sol. Juste comme elle jetait un coup d'œil à sa montre, elle entra en collision avec une masse molle et bariolée.

– Ouf ! lâcha tante Zelda. Vous pourriez regarder où vous allez.

– Vous êtes en avance, grogna Marcia.

Au même moment, le tintement du carillon de l'horloge de la cour des Drapiers s'éleva au-dessus des toits.

– Comme vous pouvez le constater, je suis parfaitement à l'heure, rétorqua tante Zelda tandis que l'horloge sonnait douze coups. Vous avez eu mon message ?

– Oui. Mais compte tenu de l'incurie actuelle du service des rats coursiers et du temps nécessaire à un magicien ordinaire pour acheminer un message au fin fond des marais, je n'ai malheureusement pas pu vous faire savoir que j'avais déjà un rendez-vous.

– Dans ce cas, c'est une chance que je me sois cognée à vous.

– Vous trouvez ? J'aurais adoré faire un brin de causette, mais je dois y aller.

Marcia se remit en marche ; cependant Zelda, qui pouvait être rapide quand elle le voulait, lui barra le passage.

– Pas si vite, Marcia. Ce que j'ai à vous dire devrait vous intéresser. C'est à propos de Septimus.

Marcia soupira. Toutefois elle s'arrêta.

La gardienne l'attira au soleil. Elle savait que lorsqu'on parlait sous la Grande Arche, les voix pouvaient porter jusqu'à la tour, et elle ne voulait pas qu'un magicien indiscret les entende – et selon l'opinion de tante Zelda, tous les magiciens étaient indiscrets.

– Il se passe des choses, murmura Zelda, une main posée sur le bras de Marcia comme si elle voulait l'empêcher de fuir.

La perplexité se peignit sur le visage de Marcia.

– Comme toujours, Zelda.

– Ne faites pas la maligne, Marcia. Je veux parler de Septimus.

– Eh bien, c'est normal. Il est parti seul pour le Poste de traite. Ce n'est pas rien.

– Et il n'en est pas revenu ?

Marcia ne voyait pas de quoi Zelda se mêlait. Elle fut tentée de lui répondre que Septimus était rentré, mais elle se rappela le Code des magiciens extraordinaires, section 1, clause *iiia* (« Un magicien extraordinaire n'énoncera jamais de faussetés en connaissance de cause, même devant une sorcière »).

– Non, répondit-elle sèchement.

Tante Zelda se pencha vers Marcia d'un air de conspiratrice. La magicienne recula d'un pas. La vieille femme empestait le chou, le feu de bois et les marais.

– J'ai **vu** Septimus, murmura Zelda.

– Vous l'avez vu ? Où ça ?

– Je ne sais pas. C'est bien là le problème. Mais je l'ai **vu**.

– Oh ! Je comprends...

– Inutile d'être aussi méprisante, Marcia. Les **visions** sont réelles. Et parfois, elles se révèlent exactes. Avant le départ de Septimus, j'ai **vu** une chose terrible. Alors j'ai donné à Barney Pot...

– Barney Pot ! Qu'est-ce que le neveu de Billy vient faire dans cette histoire ?

– Si vous arrêtiez de m'interrompre, vous finiriez par le savoir, rétorqua tante Zelda.

Elle se retourna comme si elle cherchait quelque chose.

– Ah, te voilà, Barney chéri ! Allons, ne sois pas timide. Dis à dame Marcia ce qui t'est arrivé.

221

Barney Pot surgit de derrière tante Zelda, rouge comme une pivoine. La vieille femme le poussa en avant.

– Vas-y, mon chéri. Elle ne va pas te mordre.

Barney ne sembla pas convaincu.

– Je... je... balbutia-t-il.

Marcia manifesta son impatience par un soupir. Elle allait être en retard, et elle n'avait pas de temps à perdre avec les bégaiements d'un Barney Pot.

– Désolée, Zelda. Je ne doute pas que Barney ait des choses passionnantes à raconter, mais je dois y aller.

Marcia repoussa la main de Zelda, toujours posée sur son bras.

– Attendez ! J'ai demandé à Barney de remettre à Septimus mon **amulette** vivante.

Marcia s'arrêta net.

– Dieu du ciel, Zelda ! Une **amulette** vivante ? Vous voulez dire... un génie ?

– Vous avez bien entendu.

– J'ignorais que vous aviez ce genre de choses !

– Elle appartenait à Betty Crackle. Je n'ose imaginer comment elle se l'était procurée. Mais le fait est que Septimus l'a refusée. Et hier, j'ai reçu ceci de Barney.

Tante Zelda fouilla dans ses poches et en sortit un morceau de papier froissé, imprégné d'une odeur que Marcia soupçonna être celle du crottin de dragon. Elle le fourra dans la main de la magicienne, malgré la réticence de cette dernière.

Tenant la feuille à bout de bras (parce que son odeur l'indisposait, mais aussi parce qu'elle ne voulait pas que Zelda voie qu'elle avait besoin de lunettes), Marcia lut :

Cher mademoiselle Zelda,

j'esperre que vous orez ce messaj je suis trè désolé mais ~~l'apranti~~ aprenti na pa voulu l'amulète que vous m'avé doné et aprè un scribe la prise et je veu que vous le saviez pasque je ne veu pa ètre un lézar

Barney Pot

P-S dite-moi si je peu aidé pasque je voudré bien.

Marcia jeta un regard intrigué à Barney et demanda :

– Un lézard ?

– Je ne veux pas en être un, murmura Barney.

– Comme tout le monde, remarqua Marcia.

Elle rendit le message à la gardienne.

– Je ne vois pas pourquoi vous faites tant d'histoires, Zelda. Grâce à Dieu, Septimus n'a pas pris l'**amulette**. Après sa mésa-venture avec la **pierre de Queste**, je n'en attendais pas moins de lui. C'est une bonne chose que ce scribe l'ait récupérée. Au moins, avec lui, elle sera en sécurité. Franchement, quelle idée de vouloir confier une **amulette** vivante à un garçon aussi jeune que Septimus ! En aucun cas je ne l'autoriserais à en pos-séder une. Nous avons déjà assez de problèmes avec son hor-rible dragon sans qu'un génie ne vienne nous empoisonner la vie. À présent, il faut vraiment que je vous laisse. J'ai rendez-vous au Manuscriptorium.

Sur ces paroles, Marcia s'éloigna à grands pas.

Tante Zelda fusilla du regard des badauds qui avaient suivi leur altercation avec intérêt et brûlaient à présent de régaler leurs connaissances avec le récit de la victoire de Marcia.

223

La gardienne se fraya impatiemment un chemin à travers leur groupe, traînant derrière elle Barney Pot qui se cramponnait à sa robe comme une moule à un rocher.

Soudain le petit garçon exclama :

– Là ! C'est le scribe qui m'a volé l'**amulette** !

Au milieu de la voie du Magicien, un adolescent vêtu d'un uniforme sale de scribe, voyant un chapiteau bariolé émerger d'un attroupement, fit volte-face et se mit à courir.

– Merrin ! cria tante Zelda d'une voix qui résonna sous la Grande Arche. Merrin Mérédith, j'ai deux mots à te dire !

✛ 25 ✛
EN SUIVANT MARCIA

Marcia poussa la porte du Manuscriptorium et entra, déclenchant la sonnette et le compteur de visiteurs qui afficha aussitôt le nombre treize. La boutique était vide et semblait abandonnée. Marcia se fit la réflexion qu'à l'époque où Moustique était encore préposé à l'accueil, elle était toujours propre et bien rangée. Même les piles de livres et de papiers (auxquelles s'ajoutait parfois un sandwich à la saucisse) derrière la vitrine paraissaient entretenues.

Marcia alla droit au comptoir, qui était couvert de miettes et de papiers de bonbon, et le frappa du plat de la main. Puis elle inspecta sa paume avec une grimace de dégoût : elle était collante et sentait la réglisse. Marcia détestait la réglisse.

– Holà, quelqu'un ! appela-t-elle d'un ton impatient.

La porte qui séparait la boutique du Manuscriptorium proprement dit s'ouvrit brusquement et la première scribe hermétique, Jillie Djinn, apparut dans un bruissement soyeux.

– Ceci est un lieu d'étude et de concentration, dame Marcia, dit-elle avec humeur. Veuillez le respecter. Êtes-vous venue régler votre facture ?

– Ma facture ? répondit Marcia avec raideur. Quelle facture ?

– Pour la vitrine. Je vous rappelle que la facture numéro 0000003542678b est toujours en souffrance.

– Il me semble que nous sommes en désaccord à ce sujet.

– Si désaccord il y a, il est uniquement de votre fait. En ce qui me concerne, il n'y a pas matière à litige.

– N'importe ! trancha Marcia. J'ai rendez-vous pour descendre à la chambre forte.

Tandis que Marcia attendait, tapant du pied, Jillie Djinn chercha le « Journal des audiences » sur le comptoir. Elle finit par le trouver sous une pile de papiers et en tourna les pages avec une lenteur délibérée.

– Voyons voir... Ah oui ! Vous avez manqué l'heure de votre rendez-vous de deux minutes et...

La première scribe hermétique consulta la montre qui pendait de sa ceinture.

–... cinquante-deux secondes.

Marcia poussa un soupir exaspéré que Jillie Djinn feignit d'ignorer.

– Je peux vous en proposer un nouveau dans dix-sept jours, à... quinze heures trente et une minutes *précises*, acheva-t-elle.

– Hors de question, protesta Marcia. Vous allez me conduire à la chambre forte immédiatement.

– Impossible.

– Si Moustique était encore là...

– M. Moustique ne fait plus partie de la maison, dit Jillie Djinn d'un ton glacial.

– Où est votre nouveau préposé à l'accueil ?

Jillie Djinn parut gênée. Cela faisait deux jours que Merrin ne s'était pas présenté à son poste, et même elle commençait à se demander si elle avait été bien avisée de l'embaucher.

– Il est... occupé ailleurs.

– Vraiment ? Quelle surprise ! Eh bien, puisque vous êtes à court de personnel, il semblerait que je doive me rendre seule à la chambre forte.

– Non. Ce n'est pas réglementaire.

La première scribe hermétique croisa les bras et regarda la magicienne extraordinaire droit dans les yeux, la défiant de la contredire.

Marcia soutint son regard.

– Mademoiselle Djinn, comme vous le savez, j'ai le droit de me rendre à la chambre forte quand bon me semble, et c'est par pure politesse que je prends rendez-vous pour cela. Hélas, la politesse semble faire défaut ici. J'ai l'intention de descendre à la chambre forte immédiatement.

– Mais vous y êtes descendue pas plus tard que la semaine dernière ! protesta Jillie Djinn.

– En effet. Et je le ferai toutes les semaines, tous les jours et toutes les heures si cela me paraît nécessaire. Écartez-vous, je vous prie.

Sur ces paroles, Marcia dépassa Jillie Djinn, très digne, et ouvrit la porte donnant accès à l'arrière-boutique du Manuscriptorium. Vingt et un scribes levèrent la tête comme un seul homme. Marcia s'arrêta sur le seuil, réfléchit un instant, puis jeta une pièce d'or de deux couronnes sur le comptoir.

– Ceci devrait suffire à remplacer votre vitrine, mademoiselle Djinn. Et gardez la monnaie pour vous faire coiffer.

Les scribes échangèrent des regards furtifs en réprimant des sourires. Marcia avança à grands pas entre les rangées de pupitres surélevés, parfaitement consciente que vingt et une paires d'yeux l'observaient. Elle ouvrit une seconde porte dissimulée dans les rayonnages et disparut dans le passage qui menait à la chambre forte.

– Miaouuuu ! fit Bécasseau quand la porte se fut refermée derrière elle.

Pour le plus grand plaisir du jeune homme, Romilly Badger, la nouvelle préposée à l'inspection des tunnels, pouffa.

Dans la chambre forte, Marcia fit deux découvertes, l'une agréable, l'autre beaucoup moins.

La surprise agréable était l'absence de Tertius Fumée, le fantôme arrogant et discourtois qui gardait l'entrée de la chambre forte. Pour une fois, Marcia put pénétrer dans celle-ci sans devoir subir ses brimades. Ravie de se trouver seule à l'intérieur, elle **alluma** les lampes, en laissant une sur la table près de la porte et emportant l'autre avec elle. Elle s'enfonça dans la longue salle voûtée, aux murs couverts de moisissure, située sous la voie du Magicien. D'ordinaire, par politesse, un scribe accompagnait la magicienne extraordinaire à la chambre forte et allait lui chercher tout ce qu'elle désirait, mais ce jour-là, comme Marcia avait pu le remarquer, la politesse n'était pas de mise au Manuscriptorium. Cependant, elle possédait un plan de l'endroit, et elle n'eut aucun mal à se diriger parmi la multitude de coffres, de malles et de tubes de conservation en métal, tous soigneusement empilés et étiquetés, dont les plus anciens se trouvaient là depuis plusieurs millénaires.

La chambre forte abritait les archives du Château, et sa collection n'avait rien à envier à celle de la tour du Magicien. Elle était un motif d'orgueil pour les premiers scribes hermétiques successifs, mais aussi une cause de profond désagrément car les magiciens extraordinaires avaient le droit de s'y rendre à tout moment. Sur certaines cartes très anciennes (cachées dans le bureau de la première scribe hermétique), la chambre forte était même indiquée comme faisant partie de la tour du Magicien.

Marcia trouva rapidement ce qu'elle cherchait : le tube argenté renfermant « La carte vivante de tout ce qui gît dessous ». Quelque temps auparavant, certaines des trappes d'accès aux tunnels de glace avaient été **descellées**, et Marcia prenait cette affaire très au sérieux. À la clarté de sa lampe, elle détacha le cachet de cire qui fermait le cylindre et en sortit un parchemin qu'elle déroula avec le plus grand soin. La carte couvrait l'ensemble du réseau des tunnels de glace, y compris ceux qui n'apparaissaient pas sur le plan rudimentaire fourni au clerc préposé à l'inspection. Marcia la consulta et n'en crut pas ses yeux : le tunnel principal, qui s'étendait jusqu'à l'extérieur du Château, était **descellé** à ses deux extrémités.

Quelques minutes plus tard, la porte dissimulée dans les rayonnages s'ouvrit brutalement, et Marcia fit irruption dans le Manuscriptorium. Tous les scribes relevèrent la tête. Tenant en l'air leur porte-plume qui s'égouttait sur leur travail, ils regardèrent la magicienne extraordinaire se faufiler rapidement entre les pupitres avant de disparaître dans l'étroit couloir qui tournait sept fois sur lui-même et menait au cabinet hermétique.

Des chuchotements excités se répandirent à travers la salle : comment la première scribe allait-elle réagir à cette intrusion ? Personne, pas même la magicienne extraordinaire, ne pénétrait dans le cabinet hermétique sans autorisation. Les scribes attendirent l'inévitable explosion de cris.

À leur grand étonnement, il n'y eut rien de tel. Jillie Djinn apparut simplement à l'entrée du couloir, l'air agitée.

– Mademoiselle Badger, dit-elle, veuillez venir, je vous prie.

Accompagnée par des regards compatissants, Romilly Badger se laissa glisser de son siège.

– Ah, mademoiselle Badger ! s'exclama Marcia quand la jeune femme franchit le seuil du cabinet hermétique à la suite de Jillie Djinn.

Le cabinet, une petite pièce circulaire blanchie à la chaux, ne comportait qu'un antique miroir appuyé contre le mur et une table en son centre. Jillie Djinn trouva refuge derrière la table tandis que Marcia arpentait la pièce telle une panthère en cage – une panthère pourpre, espèce particulièrement dangereuse.

– Oui, dame Marcia ? fit Romilly, convaincue qu'elle n'allait pas tarder à connaître le même sort que son prédécesseur, renvoyé de manière expéditive.

– Selon Mlle Djinn, la **clef** servant à **sceller** les trappes des tunnels de glace ne serait plus en votre possession. En d'autres termes, elle est perdue. Est-ce exact ?

Romilly resta muette. Tout ce qu'elle savait, c'était que sa nomination remontait à quatre jours à peine et qu'elle n'avait pas encore mis les pieds dans les tunnels en raison d'un « souci technique », selon les termes de la première scribe hermétique.

– Mademoiselle Badger, avez-vous vu la **clef** depuis que vous avez pris vos nouvelles fonctions ? demanda Marcia.

– Non, dame Marcia.

– Et cela ne vous a pas paru étrange ?

– Eh bien, je...

Romilly croisa le regard de Jillie Djinn et perdit toute contenance.

– Mademoiselle Badger, insista Marcia, cette affaire est de la plus haute importance, et j'apprécierais beaucoup que vous me communiquiez toutes les informations dont vous disposez, aussi insignifiantes puissent-elles vous paraître.

Romilly prit une profonde inspiration. Elle était au pied du mur. D'ici quelques minutes, elle se retrouverait à la rue, serrant son porte-plume entre ses doigts, et devrait se mettre en quête d'un nouvel emploi. Toutefois, elle devait dire la vérité.

– C'est le nouveau scribe, le gamin boutonneux que certains disent s'appeler Merrin Mérédith, bien qu'il prétende être Daniel Le Chasseur. Le lendemain du départ de Moustique – c'est-à-dire le jour où j'ai été chargée de l'inspection des tunnels –, je suis allée jeter un coup d'œil au coffre dans lequel on conserve la **clef** et j'ai trouvé Daniel Le Chasseur devant. Quand il m'a vue, il a fourré quelque chose dans sa poche et il

231

a filé. J'en ai parlé à Mlle Djinn, mais elle m'a dit qu'il n'y avait pas lieu de s'inquiéter. Je l'ai crue, même si l'attitude du gamin m'avait paru louche...

Romilly se troubla de nouveau. Elle savait qu'elle venait de commettre une faute impardonnable aux yeux de Jillie Djinn.

Celle-ci lui lança un regard furieux.

– Si vous insinuez que M. Le Chasseur a pris la **clef**, je peux vous assurer que c'est impossible, dit-elle d'un ton coupant. Le coffre est protégé par un **sort** que seul le premier scribe hermétique peut **lever**.

– À moins que... commença Romilly.

Marcia l'encouragea à poursuivre :

– Oui, mademoiselle Badger ?

– À moins que monsieur... euh, Le Chasseur, ne soit capable de le **lever**.

– C'est absurde ! protesta Jillie Djinn.

– Le fantôme de la chambre forte lui a peut-être expliqué comment faire, avança Romilly.

– Ne soyez pas ridicule !

Romilly réagit vivement à l'insulte :

– À vrai dire, mademoiselle Djinn, je suis à peu près certaine qu'il l'a fait. J'ai entendu M. Le Chasseur se vanter que le fantôme de, euh...

– Tertius Fumée, lui souffla Marcia.

–... que le fantôme de Tertius Fumée et lui étaient « comme les deux doigts de la main ». Il a ajouté que le fantôme lui avait révélé tous les arcanes du Manuscriptorium. Vulpin, je veux dire M. Vulpin, ne l'a pas cru. Il a alors demandé à M. Le Chasseur quel est le **code** qui ouvre le placard des **charmes**

rares, et M. Le Chasseur le connaissait. Furieux, M. Vulpin est allé le répéter à Mlle Djinn.

– Et comment Mlle Djinn a-t-elle réagi, je vous prie ? demanda Marcia.

– Il me semble qu'elle a donné l'ordre à M. Vulpin de changer le **code**. Après cela, M. Le Chasseur n'a pas cessé de nous répéter que si on avait besoin d'un renseignement, c'était à lui qu'il fallait le demander, parce qu'il en savait plus que la première scribe hermétique elle-même.

Jillie Djinn émit un grognement digne d'un chameau en colère.

– Merci beaucoup, mademoiselle Badger, dit Marcia. J'apprécie votre honnêteté. Je me doute qu'elle pourrait vous causer des ennuis, mais je suis certaine qu'il n'en sera rien. Toutefois, dans le cas contraire, sachez qu'il y aura toujours une place pour vous à la tour du Magicien. Je vous souhaite une bonne journée, mademoiselle Djinn. Des affaires urgentes m'appellent.

Marcia sortit du Manuscriptorium et remonta à toute allure la voie du Magicien. Au moment où elle passait sous la Grande Arche, une silhouette se mit en travers de son chemin.

– Zelda, pour l'amour du ciel, écartez-vous de...

Marcia s'interrompit. Ce n'était pas Zelda Heap qui se cachait dans l'ombre de la Grande Arche, mais, enveloppé dans une couverture bariolée, le petit-neveu de la gardienne, Simon Heap.

✛ 26 ✛
EN SUIVANT ZELDA

Merrin Mérédith avait fait l'erreur de se réfugier dans l'embrasure de la porte de l'Officine de traduction des langues mortes de Larry. Larry n'aimait pas les rôdeurs, et il avait surgi de sa boutique comme une araignée qui aurait senti une mouche succulente s'agiter dans sa toile. Il fut déconcerté de se trouver face à un scribe du Manuscriptorium.

– C'est pour une traduction ? grommela-t-il.

– Hein ? couina Merrin, faisant volte-face.

Larry était un homme corpulent, aux cheveux roux, avec dans le regard une lueur farouche consécutive à l'étude de trop nombreux textes violents rédigés dans des langues mortes.

– C'est pour une traduction ? répéta-t-il. Oui ou non ?

Dans son affolement, Merrin se sentit menacé et il s'écarta.

– Le voilà ! fit la voix suraiguë de Barney. Il est chez M. Larry !

Merrin envisagea un instant de s'engouffrer dans l'officine de Larry, mais celui-ci lui bloquait le passage, aussi tenta-t-il le tout pour le tout en se précipitant dans la voie du Magicien.

Quelques secondes plus tard, Barney Pot se cramponnait à la robe de Merrin comme un minuscule fox-terrier. Merrin se débattit, mais Barney tint bon, jusqu'à ce qu'un énorme rottweiler vêtu de patchwork vienne lui prêter main-forte. Merrin lâcha une grossièreté.

– Merrin Mérédith, pas devant les petits enfants !

Tante Zelda planta son regard dans celui de Merrin, qui détourna les yeux.

– Je sais ce que tu as fait, dit-elle d'un air sévère. Alors, je ne veux pas entendre de mensonges.

– J'ai rien fait, protesta Merrin en cherchant par tous les moyens à éviter le regard de tante Zelda.

Il se tourna vers un groupe de curieux qui s'était formé autour d'eux (la plupart avaient suivi tante Zelda après sa dispute avec Marcia) et les interpella :

– Qu'est-ce que vous avez à me regarder comme ça, têtes de thon ? Fichez le camp !

Les badauds l'ignorèrent. Ils passaient un excellent moment et n'allaient pas laisser un morveux gâcher leur plaisir. Un ou deux s'assirent même sur un banc pour mieux jouir du spectacle.

– Maintenant, écoute-moi, Merrin Mérédith...

– C'est pas mon nom, répliqua Merrin d'un ton boudeur.

– Bien sûr que si !

– Non !

– Bon, quel que soit ton nom, tu vas m'écouter. Tu vas faire deux choses avant que je ne te laisse partir...

Merrin releva la tête. La vieille sorcière avait l'intention de le relâcher ? Sa crainte d'être ramené sur l'île qui empestait les marécages et de devoir manger des sandwichs au chou le restant de sa vie commença à se dissiper.

– Quelles choses ? demanda-t-il.

– D'abord, tu vas t'excuser auprès de Barney de ce que tu lui as fait.

Merrin regarda ses pieds.

– J'lui ai rien fait...

– Oh, cesse ce petit jeu, Merrin. Tu sais très bien de quoi je parle. Tu l'as agressé, pour l'amour du ciel ! Et tu lui as pris son – ou plutôt mon – **amulette**.

– Tu parles d'une **amulette** ! bougonna Merrin.

– Donc, tu reconnais l'avoir prise. Maintenant, excuse-toi.

L'attroupement grossissait, et Merrin n'avait qu'une envie : partir.

– Désolé, marmonna-t-il.

– Mieux que ça, ordonna tante Zelda.

– Hein ?

– Je propose : « Barney, je regrette sincèrement d'avoir fait une chose aussi horrible, et j'espère que tu me pardonneras. »

À contrecœur, Merrin répéta.

– C'est bon, dit Barney d'un ton enjoué. Je te pardonne.

– Je peux y aller, maintenant ? demanda Merrin, agacé.

– J'ai parlé de *deux* choses, Merrin Mérédith.

Tante Zelda se tourna vers les badauds et leur dit :

– Si vous voulez bien m'excuser, braves gens, j'aimerais m'entretenir en privé avec ce jeune homme. Pourriez-vous nous laisser un instant ?

Les badauds eurent l'air déçus.

– C'est une affaire importante qui concerne le Manuscriptorium, ajouta Merrin à leur intention. Top secrète et tout le bazar. Au revoir.

À contrecœur, les curieux se dispersèrent.

Tante Zelda secoua la tête, exaspérée : ce garçon ne manquait pas de culot. Sans lui laisser le temps de souffler, elle posa sa botte sur l'ourlet de sa robe de scribe qui traînait par terre.

– Quoi ? fit Merrin, sur la défensive.

Tante Zelda baissa la voix.

– Maintenant, rends-moi la fiole.

Merrin regarda de nouveau ses pieds.

– Donne-la-moi, Merrin.

Merrin se résigna à sortir la petite fiole dorée de sa poche et la tendit à tante Zelda. Elle l'examina et fut consternée de constater que le sceau avait été brisé.

– Tu l'as ouverte ! s'exclama-t-elle, furieuse.

La culpabilité se peignit sur le visage de Merrin.

– Je croyais qu'elle contenait du parfum, expliqua-t-il. Mais c'était horrible. J'aurais pu mourir !

– En effet, convint tante Zelda.

Elle fit rouler la fiole vide, à présent beaucoup plus légère, sur la paume de sa main.

– Écoute-moi bien, Merrin. C'est important. Je ne veux pas de mensonges, compris ?

Merrin hocha la tête d'un air maussade.

– As-tu dit au génie que tu étais Septimus Heap ?

– Ben, oui. C'est comme ça que je m'appelle.

Zelda soupira.

– Ce n'est pas ton vrai nom, dit-elle d'un ton patient. Ce n'est pas celui que ta mère t'a donné.

– Je le porte depuis plus longtemps que *lui*, rétorqua Merrin.

Malgré sa colère, tante Zelda eut pitié du jeune garçon. En effet, on l'avait appelé Septimus Heap pendant les dix premières années de sa vie. Il n'avait pas eu une existence facile, mais cela ne lui donnait pas le droit de terroriser et de voler des petits enfants.

– Suffit ! dit-elle. Maintenant, je veux que tu me répètes ce que tu as répondu au génie quand il t'a demandé quel était ton vœu.

– Euh...

– Euh quoi ?

Tante Zelda n'imaginait que trop le genre de vœux que Merrin aurait pu demander à un génie d'exaucer.

– Je lui ai répondu que je voulais qu'il parte.

Zelda ressentit un immense soulagement.

– Vraiment ?

– Oui. Il m'a traité d'idiot, alors je lui ai dit de partir.

– Et il est parti ?

– Oui. Puis il m'a enfermé. J'ai cru que je n'arriverais jamais à sortir. C'était horrible.

– Bien fait pour toi, répliqua sèchement tante Zelda. Maintenant, une dernière chose et tu pourras t'en aller.

– Quoi encore ?

– À quoi ressemblait ce génie ?

– À une banane.

Merrin pouffa avant d'ajouter :

– À une stupide banane géante !

Sur ces paroles, il parvint à se libérer et se mit à courir vers le Manuscriptorium.

Tante Zelda le laissa filer.

– J'imagine que cette description réduit le champ de nos recherches, murmura-t-elle.

Puis elle prit Barney Pot par la main et lui dit :

– Barney, voudrais-tu m'aider à chercher une stupide banane géante ?

Un grand sourire éclaira le visage de Barney.

– Oh oui, madame, répondit-il.

Pendant ce temps, sous la Grande Arche, Marcia était à deux doigts de s'étouffer de surprise.

– Simon Heap, dit-elle d'un ton glacial. File immédiatement, avant que je...

– Marcia, je vous en prie, écoutez-moi, la supplia Simon. C'est important.

Peut-être était-elle encore sous le choc des révélations concernant les trappes **descellées** et la **clef** perdue, à moins qu'elle n'ait été sensible au désespoir farouche qui se lisait dans le regard du jeune homme, toujours est-il que Marcia se laissa fléchir.

– D'accord. Parle, et ensuite va-t'en.

Simon hésita. Il brûlait de demander à Marcia de lui rendre Mouchard, sa balle traceuse, afin de la lancer sur la piste de Lucy, mais à présent qu'il se trouvait devant elle, il savait que c'était impossible. S'il voulait que Marcia l'écoute, il devait oublier Mouchard.

– J'ai entendu au Port une nouvelle qui devrait vous intéresser, commença-t-il.

– Ah oui ? fit Marcia, tapant du pied par terre.

– Il se trame quelque chose au phare de CattRokk.

Marcia accorda brusquement toute son attention au jeune homme.

– Au phare de CattRokk ?

– Oui.

– Allons plus loin, dit Marcia. Ici, les murs ont des oreilles. Nous n'avons qu'à descendre la voie du Magicien. Je suppose que tu comptes reprendre le bac à la porte Sud. Tu me raconteras ton histoire en chemin.

C'est ainsi que Simon se retrouva à marcher aux côtés de la magicienne extraordinaire au vu et au su de tous les habitants du Château, une chose qu'il n'aurait jamais imaginée, même dans ses rêves les plus fous.

– Le fantôme de la chambre forte, Tertius Fumée... je crois qu'il est mêlé à cette affaire.

– Continue, fit Marcia, de plus en plus intéressée.

– Comme vous le savez, j'avais l'habitude de... euh, de venir au Manuscriptorium chaque semaine...

Simon rougit et parut subitement fasciné par les pavés de la voie du Magicien.

– Pour y livrer des os, dit Marcia d'un ton acerbe. Oui, je suis au courant.

– Je... je le regrette sincèrement. Je ne sais pas pourquoi j'ai...

– Je ne veux pas de tes excuses. Seuls les actes m'importent, pas les paroles.

– Oui, bien sûr. Un jour où j'étais là-bas, Tertius Fumée m'a demandé si je voulais le **servir**. J'ai refusé.

– Tu estimais que ce n'était pas digne de toi, sans doute ? demanda Marcia.

La gêne de Simon s'accentua. Marcia avait raison. Plein de morgue, il avait rétorqué à Tertius Fumée qu'il avait mieux à faire.

– Hum ! Toujours est-il que quelques semaines plus tard, j'ai aperçu Tertius Fumée sur le débarcadère du Manuscriptorium. Il parlait à quelqu'un qui avait tout l'air d'un pirate. Un anneau d'or à l'oreille, un perroquet tatoué dans le cou, vous voyez le genre. Je me suis alors dit que le vieux bouc – pardon, Tertius Fumée – avait trouvé son **serviteur**.

– Va pour « le vieux bouc ». Maintenant, dis-moi, Simon Heap, que sais-tu de CattRokk ?

– Eh bien, je sais ce qui brille au-dessus... et ce qui gît dessous.

Marcia leva les sourcils.

– Ah oui ?

– Désolé, reprit Simon, mais à cause de l'endroit où j'ai atterri quand j'ai, disons, un peu perdu la tête, je sais des tas de trucs. Des trucs que je ne devrais pas savoir, mais ce qui est fait est fait. Et je ne peux pas m'empêcher de les savoir, si vous voyez ce que je veux dire. Mais si je pouvais en faire bon usage maintenant, peut-être... que je pourrais réparer certaines choses.

Simon regarda Marcia à la dérobée, mais la magicienne extraordinaire resta de marbre.

– Je sais des trucs sur les îles de la **Syrène**, sur les Abysses et, euh, d'autres trucs.

– Vraiment ? répliqua froidement Marcia. Alors pourquoi es-tu venu me trouver ? Et pourquoi maintenant ?

– Lucy s'est enfuie avec un garçon, gémit Simon. Depuis, je me suis rappelé où je l'avais déjà vu. C'est un ami de... de mon frère, votre apprenti. Un jour, il m'a blessé près de l'œil avec un lance-pierres. Pas votre apprenti, son ami. Bref, il s'est enfui avec ma Lucy, et ils se trouvent à bord d'un bateau qui appartient au capitaine Fry, celui qui a un perroquet tatoué dans le cou, dont les initiales sont T. F. F. et qui ravitaille CattRokk.

Il fallut un moment à Marcia pour digérer ces informations.

– Donc, si j'ai bien suivi, tu es en train de me dire que le **serviteur** de Tertius Fumée est en route pour le phare de CattRokk ?

– C'est ça. Et avant son départ, je l'ai vu parler avec Una Brakket. Elle lui a donné un paquet.

Marcia eut une grimace de dégoût.

– Una Brakket ?

– Oui. Et comme vous le savez certainement, ni elle ni Tertius Fumée ne sont des amis du Château.

– Hum... Et quand ce capitaine Fry a-t-il pris la mer ?

– Il y a deux jours. Je suis venu dès que possible, mais il y a eu une tempête terrible, et...

– Merci, l'interrompit Marcia. C'était très intéressant.

– Oh ! Eh bien, si je peux faire quoi que ce soit...

– Non, merci. Si tu te dépêches, tu vas pouvoir regagner le Port avec le prochain bac. Au revoir.

Ayant dit, Marcia tourna les talons et remonta la voie du Magicien.

242

Simon pressa le pas afin d'attraper le bac, complètement découragé. Même s'il n'entretenait guère d'illusions, il n'avait pu s'empêcher d'espérer que Marcia lui demanderait son avis, et même qu'elle l'autoriserait à rester au Château pour la nuit. Mais elle n'en avait rien fait, et il ne pouvait lui en tenir rigueur.

Marcia remonta la voie du Magicien, perdue dans ses pensées. Sa visite au Manuscriptorium, à quoi s'ajoutait sa rencontre fortuite avec Simon Heap, lui donnait beaucoup à réfléchir. Il ne faisait aucun doute à ses yeux que Tertius Fumée avait quelque chose à voir avec le **descellement** du tunnel secret, et ce n'était sans doute pas une coïncidence si son **serviteur** faisait route au même moment vers le phare de CattRokk. Tertius Fumée mijotait quelque chose.

– Maudit vieux bouc, marmonna-t-elle.

Elle était tellement absorbée que lorsqu'un homme grand et mince, coiffé d'un ridicule chapeau jaune, passa devant elle en courant, elle ne put l'éviter. Sous le choc, tous deux tombèrent à la renverse. Avant que Marcia n'ait pu se relever, elle se trouva entourée d'une foule de badauds inquiets et quelque peu excités. Trop stupéfaits pour lui porter secours, ils restaient plantés là à regarder la magicienne extraordinaire, étendue les quatre fers en l'air au beau milieu de la voie du Magicien. Pour une fois, Marcia fut heureuse d'entendre la voix de Zelda Heap.

– Et hop là ! fit la vieille femme en aidant Marcia à se relever.

– Merci, dit celle-ci.

Elle brossa sa cape de la main, fusillant les curieux du regard.

– Vous n'avez rien de mieux à faire ? leur lança-t-elle d'un ton coupant.

Tous s'éloignèrent, penauds, songeant déjà au récit qu'ils feraient à leurs proches de l'incident. (De là naquit la légende du mystérieux magicien jaune qui, au terme d'une bataille épique, laissa la magicienne extraordinaire sans connaissance sur la voie publique, avant d'être capturé par un héroïque petit garçon.)

Une fois l'attroupement dispersé, Marcia aperçut alors un homme étrange, coiffé d'un des chapeaux les plus bizarres qu'elle avait jamais vus – et Dieu sait si elle en avait vu –, qui faisait des efforts désespérés pour se relever tandis que Barney Pot, agenouillé sur ses chevilles, le maintenait au sol.

– Nous le tenons ! s'écria triomphalement tante Zelda. Bravo, Barney !

Barney sourit. Il aimait beaucoup la dame coincée dans le chapiteau. Il ne s'était jamais autant amusé de sa vie. Ensemble, ils avaient pourchassé l'homme banane à travers le Château, et pas un seul instant Barney ne l'avait perdu de vue. À présent ils l'avaient rattrapé, sauvant du même coup la magicienne extraordinaire.

– Marcia, reprit tante Zelda, qui savait comment contrôler un génie, attrapez-le par un bras. Je me charge de l'autre. Je vous avertis, il ne va pas être content. Vous avez toujours un cachot **scellé** à la tour ?

– Oui. Bon sang, Zelda, qu'est-ce qui se passe ici ?

– Faites ce que je vous dis et ne posez pas de questions. C'est le génie de Septimus qui s'est échappé.

– Quoi ?

Marcia se tourna vers Eugène Ni, qui lui décocha un sourire enjôleur.

– De grâce, madame, ne vous méprenez point, dit-il. Je ne suis qu'un pauvre voyageur venu d'une lointaine contrée. J'admirais les boutiques le long de cette magnifique avenue, assurément le joyau de votre délicieux Château, quand une folle déguisée en chapiteau m'a abordé et a lâché ce sauvageon sur moi. Laisse-moi, veux-tu ?

Eugène Ni agitait désespérément les pieds, sans parvenir à en déloger Barney.

– Vous êtes sûre de ne pas vous tromper ? demanda Marcia à tante Zelda qui avait immobilisé le bras d'Eugène Ni.

– Sûre et certaine. Mais s'il vous faut une preuve, la voici.

Avec une lenteur délibérée, tante Zelda sortit la fiole dorée de sa poche et la déboucha. Le génie blêmit.

– Non, pitié ! gémit-il. Je ne veux pas retourner là-dedans !

Marcia s'agenouilla aussitôt à côté de tante Zelda, et le génie se retrouva de fait « en détention préventive », selon les termes de la magicienne extraordinaire.

Eugène Ni remonta la voie du Magicien, encadré par Marcia et tante Zelda, tandis que Barney Pot ouvrait fièrement la marche. À leur passage, les gens interrompaient leurs activités pour les regarder. Un cortège se forma derrière eux et les suivit jusqu'à la Grande Arche, mais Marcia ne le remarqua pas. Elle était trop occupée à former des projets pour le génie, et plus ses projets se précisaient, plus elle était persuadée de leur bien-fondé. Mais pour les mettre en œuvre, elle devait obtenir l'aval de tante Zelda, qui avait **réveillé** le génie.

Comme ils s'enfonçaient dans l'ombre de l'Arche, Marcia demanda :

– Zelda, cela vous dirait-il de monter prendre le thé dans mes appartements avec Barney ?

Zelda accueillit l'invitation avec méfiance.

– En quel honneur ?

– Cela fait une éternité que nous n'avons pas eu de vraie conversation, et je souhaite vous remercier de m'avoir si aimablement accordé votre hospitalité il y a de ça plusieurs années. Que de bons moments nous avons vécus alors !

Tante Zelda gardait un souvenir nettement moins idyllique du séjour de Marcia à son cottage. Elle fut tentée de refuser, mais il lui sembla qu'elle devait d'abord demander son avis à Barney.

– Barney, qu'est-ce que tu en dis ?

Le petit garçon acquiesça de la tête, le visage rayonnant de plaisir.

– C'est d'accord, dit tante Zelda.

Au moment où elle prononçait ces mots, elle était certaine de les regretter.

Pendant qu'Eugène Ni se languissait dans le cachot **scellé** de la tour du Magicien, Marcia installa Barney devant un plateau de Pagaille Poursuite miniature et une part de gâteau au chocolat, puis elle exposa son plan à tante Zelda. Pour parvenir à ses fins, elle dut se montrer polie jusqu'à la nausée, mais le jeu en valait la chandelle. Elle finit par obtenir ce qu'elle voulait.

Mais Marcia obtenait généralement ce qu'elle voulait quand elle y mettait du sien.

⊹⊹ 27 ⊹⊹
LE PHARE DE CATTROKK

Le lendemain matin, très loin de la tour du Magicien, un bateau noir aux voiles rouge sombre approcha du phare de CattRokk. Personne ne le remarqua, excepté le gardien, qui le regardait avec effroi.

– On est presque arrivés. Vous pouvez sortir.

Jacky Fry avait passé la tête dans l'écoutille, faisant pénétrer dans la cale un rai de lumière qui transperça l'obscurité tel un coup de poignard. Lucy Gringe et Lobo clignèrent des yeux, éblouis. Il leur semblait qu'ils n'avaient pas vu la lumière depuis des années, même si cela faisait à peine plus de trois jours en réalité. Pour être tout à fait honnête, il convient de préciser que Jacky était descendu chaque soir avec une bougie pour leur apporter un maigre souper composé de poisson – Lucy avait le poisson en horreur –

et pour jouer aux cartes avec eux, mais selon ses règles à lui, ce qui signifiait que, quoi qu'il arrive, il était sûr de gagner.

– P'pa a dit de faire vite, leur souffla Jacky. Prenez vos affaires et magnez-vous.

– On n'a pas d'affaires à prendre, rétorqua Lucy, qui avait tendance à chipoter quand elle était de mauvaise humeur.

– Magnez-vous quand même.

Au même moment, un cri retentit sur le pont, et la tête de Jacky disparut.

– Ouais, p'pa, ils arrivent. Ouais, tout de suite.

Jacky repassa la tête dans l'écoutille.

– Montez, sinon ça va être not' fête à tous.

Lucy et Lobo parvinrent à gravir l'échelle en dépit du roulis et se hissèrent péniblement sur le pont. Ils inspirèrent l'air frais avec émerveillement : comment l'air pouvait-il sentir aussi bon ? Et comment le soleil pouvait-il briller autant ? Lucy mit une main en visière et regarda autour d'elle, essayant de se repérer. Elle étouffa un cri de surprise. Une tour massive se dressait vers le ciel d'azur. C'était un phare, et il semblait surgir de la roche tel un arbre géant. Depuis la base, il était constitué successivement d'énormes blocs de granit recouverts de goudron et incrustés de bernacles, puis de briques goudronnées. Lucy se demanda comment on avait pu bâtir une tour de cette taille malgré les coups de boutoir incessants des vagues. Mais le plus fascinant était le sommet : il évoquait une tête de chat, avec deux triangles de brique en guise d'oreilles et deux fenêtres oblongues d'où jaillissaient des faisceaux lumineux si puissants qu'ils rivalisaient avec le soleil.

Soudain le *Maraudeur* plongea entre deux vagues et une pénombre glacée s'abattit sur eux. Puis le navire remonta et Lucy se retrouva face à la base couverte d'algues du phare. Quelques secondes plus tard, ils replongèrent dans un creux bouillonnant. Le cœur au bord des lèvres, Lucy n'eut que le temps de se précipiter vers le bord pour vomir. Le capitaine Fry, appuyé nonchalamment à la barre, éclata de rire.

– Les femmes et les bateaux... gloussa-t-il. Y a pas moyen !

Lucy fit volte-face, des éclairs dans les yeux.

– Qu'est-ce que vous avez...

Lobo avait passé assez de temps en compagnie de Lucy pour deviner qu'elle était sur le point d'exploser. Il la retint par le bras. La jeune fille furieuse le repoussa et marcha droit vers le capitaine. Le cœur de Lobo se serra. C'était la fin. Lucy allait se faire jeter par-dessus bord.

Mais Jacky aimait bien Lucy, même si elle le traitait de tête de punaise et de cervelle de cafard. Voyant venir le danger, il se jeta devant elle.

– Faut que tu viennes m'aider, lui ordonna-t-il. T'es forte. Lance-nous la corde, vu ?

Lucy s'immobilisa.

– S'il vous plaît, mademoiselle Lucy, reprit le jeune garçon à voix basse. Le mettez pas en rogne. S'il vous plaît...

Dix minutes plus tard, avec l'aide de Lucy (qui s'était révélée une experte en lancer de corde), le *Maraudeur* était amarré à deux énormes poteaux de fer plantés dans la roche, au-dessus d'un petit port creusé au pied du phare. Jacky Fry baissa les yeux vers le bateau, se demandant avec inquiétude s'il avait laissé la bonne longueur de corde. Si elle était trop longue, le *Maraudeur* allait dériver et se fracasser sur les rochers ; si elle était trop courte, il se retrouverait suspendu dans le vide quand la marée se retirerait, et dans un cas comme dans l'autre, les choses tourneraient mal.

– Monte-moi cette échelle, cria le capitaine à Lucy.

La jeune fille regarda l'échelle en fer couverte de rouille et d'algues, au sommet de laquelle les attendait Jacky Fry.

– Tu as entendu ? Monte-moi cette échelle. Plus vite que ça !

– Dépêche-toi, Lucy, insista Lobo, qui mourait d'envie de retrouver la terre ferme, même si ce n'était qu'un rocher perdu au milieu de la mer.

Éclaboussée par l'écume des vagues qui s'écrasaient sous eux, Lucy gravit l'échelle, suivie par Lobo et le capitaine Fry. Resté seul en bas, Crowe le maigre batailla avec quatre énormes rouleaux de corde, pour finalement les hisser sur l'échelle avec l'aide de Jacky et de Lobo.

À la suite du capitaine Fry, ils gravirent un étroit sentier creusé dans la roche qui serpentait jusqu'au phare. Le soulagement que Lobo avait éprouvé en retrouvant la terre ferme fut de courte durée. Au bout du chemin, il apercevait une porte en fer rouillée et, tandis qu'il avançait dans l'ombre glacée du phare, pliant sous le poids de la corde qu'il était obligé de porter, il eut le sentiment qu'on les menait droit en prison.

Le capitaine Fry fut le premier à atteindre la porte. Sur un signe de lui, Crowe lâcha ses rouleaux de corde, empoigna une petite roue en métal au centre de la porte et tenta de la faire tourner. Pendant quelques secondes, rien ne bougea. Sous l'effort, les yeux de Crowe le maigre parurent vouloir jaillir de leurs orbites (Lobo aurait bien aimé que ce fût le cas). Puis la roue se mit à tourner avec un crissement sonore. Crowe appuya son épaule contre le battant et poussa. Centimètre par centimètre, la porte rouillée s'ouvrit en grinçant, et une odeur de renfermé parvint à leurs narines.

– Entrez, grommela le capitaine Fry. Grouillez-vous.

Il poussa Lobo en avant mais eut la sagesse de laisser Lucy tranquille.

L'intérieur du phare ressemblait à une grotte souterraine. L'eau ruisselait le long des murs visqueux, et un bruit de goutte-à-goutte se répercutait dans l'espace. Au-dessus de leurs têtes s'ouvrait un immense puits d'ombre auquel s'accrochait un fragile escalier en spirale. Crowe repoussa la porte qui se referma en claquant, et ils se retrouvèrent dans le noir complet.

Avec un juron, le capitaine Fry lâcha son rouleau de corde, qui toucha le sol avec un bruit sourd.

– Combien de fois t'ai-je dit de ne pas fermer la porte avant que je n'aie allumé la lampe, tête de lard ? cria-t-il.

Il sortit son briquet et tenta en vain de l'allumer.

– J'vais le faire, p'pa, proposa Jacky d'un ton nerveux.

– Tu crois que chuis pas capable d'allumer une saleté de lampe ? Dégage, abruti.

Lucy et Lobo tressaillirent en entendant Jacky heurter violemment le mur. Profitant de l'obscurité, Lucy avança à tâtons vers le jeune garçon et passa un bras autour de ses épaules. Jacky s'efforça de ne pas renifler.

Soudain une porte claqua loin au-dessus d'eux et des pas lourds dont l'écho se propageait jusqu'à la base de la tour firent trembler le fragile escalier métallique. Lobo et Lucy suivirent des yeux une minuscule lumière qui grossissait un peu plus à chaque révolution autour du phare.

Cinq longues minutes plus tard, le jumeau de Crowe le maigre atteignit le pied de l'escalier au moment où le capitaine Fry parvenait enfin à allumer la lampe. La flamme bondit et éclaira le visage de Crowe le gros, lequel, malgré les bourrelets de graisse, ressemblait étonnamment à son frère. À son tour, il leva sa lampe afin de mieux voir Lucy et Lobo.

– Qu'est-ce qu'ils fichent là ? gronda-t-il d'une voix identique à celle de Crowe le maigre.

– Rien d'utile, répondit son frère. T'es prêt, face de cochon ?

– Un peu, tête de rat ! Il m'rend dingue.

– Plus pour très longtemps, ricana Crowe le maigre.

Le visage du capitaine Fry présentait une vilaine teinte cireuse à la lueur de sa lampe.

– Alors, bouge tes fesses, dit-il. Et fais ça proprement. J'veux pas de preuves.

Lucy et Lobo échangèrent un regard inquiet. Des preuves de quoi ?

– Il vient ? demanda Crowe le gros en montrant Lobo, qui mourait d'envie de poser son rouleau de corde.

– Pis quoi encore ? rétorqua le capitaine. À ces deux-là, j'leur confierais même pas un maquereau pourri. Prends cette corde et amène-toi.

– Pourquoi ils sont là, alors ? interrogea Crowe le gros.

– Pour rien. Vous vous occuperez d'eux plus tard.

Un rictus déforma le visage de Crowe le gros.

– Avec plaisir, capitaine, déclara-t-il.

Lucy lança un regard paniqué à Lobo, dont la gorge se serra brusquement. Il ne s'était pas trompé. Le phare était bien une prison.

Les jumeaux Crowe et Jacky s'engagèrent dans l'escalier.

– Attendez ! leur cria le capitaine.

Les trois matelots s'immobilisèrent.

– Pour un peu, vous oublieriez vos têtes, bougonna Fry.

Il sortit de sa poche des rubans noirs emmêlés auxquels étaient attachées des petites plaques ovales de verre bleu nuit.

– Vous deux, dit-il aux jumeaux, prenez-en une paire chacun. C'est pas le moment de devenir aveugles, on a du boulot.

Crowe le maigre étendit le bras et prit une paire de lunettes de protection.

– Et moi, p'pa ? demanda Jacky, inquiet.

– C'est un travail d'hommes. Toi, tu portes les cordes et tu fais ce qu'on te dit, compris ?

– Oui, p'pa. Mais elles vont servir à quoi, les cordes ?

– Pose pas de questions, et je dirai pas de mensonges. Maintenant, file !

Jacky entreprit de gravir l'escalier, chancelant sous le poids des rouleaux de corde et laissant Lobo et Lucy sous la garde de son père.

Au bout de quelques minutes d'un silence tendu, seulement troublé par le bruit de l'eau gouttant sur le sol et celui, de plus en plus lointain, des pas des trois matelots, une pensée désagréable s'insinua dans l'esprit du capitaine Fry : il était seul contre deux. Dans des circonstances ordinaires, Théodophile Fortitude Fry n'aurait jamais considéré une fille comme un adversaire potentiel, mais il savait qu'il n'avait pas intérêt à sous-estimer Lucy Gringe. En plus, le garçon avait un côté sauvage qui le mettait mal à l'aise. Soudain un frisson le parcourut et le perroquet tatoué dans son cou parut s'animer. Il n'avait pas envie de passer une seconde de plus seul avec Lobo et Lucy Gringe.

– Vous deux, vous montez aussi, ordonna-t-il en poussant Lobo dans le dos.

Lobo laissa Lucy passer la première et s'engagea dans l'escalier, suivi de près par Théodophile Fortitude Fry dont le souffle saccadé se mêlait aux pas qui résonnaient au-dessus d'eux. L'ascension semblait interminable, et la respiration de Fry devenait de plus en plus sifflante tandis que les deux jeunes gens gardaient une allure constante.

L'escalier était interrompu par un palier toutes les sept révolutions. Chaque palier possédait une porte. Lucy et Lobo s'arrêtèrent brièvement au quatrième pour reprendre leur souffle. Au même moment, un trait de lumière aveuglante tomba du sommet du phare, puis un hurlement terrifiant – ou terrifié – déchira le silence. Lucy et Lobo échangèrent un regard horrifié.

– Qu'est-ce que c'était ? murmura Lobo.

– Un chat, répondit Lucy sur le même ton.

– On aurait dit plutôt un être humain...

– Ou les deux, ajouta Lucy.

⊹⊹ 28 ⊹⊹

PRIS EN TENAILLES

Lucy avait raison : Miarr, être humain **apparenté-chat** depuis de nombreuses générations, défendait chèrement sa vie.

Miarr était petit et léger – il était cinq fois moins lourd que Crowe le gros et moitié moins que son frère. En d'autres termes, dans le combat qui l'opposait aux jumeaux, le ratio était de sept contre un.

Miarr se trouvait sur la plate-forme d'observation quand les Crowe et Jacky Fry avaient émergé de l'escalier, titubant sous le poids des cordes qu'ils avaient aussitôt jetées sur le sol. Miarr leur avait demandé à quoi ils les destinaient.

« Là où tu vas, t'auras pas besoin de le savoir », s'était-il entendu répondre.

L'expression terrifiée de Jacky Fry

était suffisamment éloquente. Rapide comme l'éclair, Miarr avait escaladé le poteau muni d'échelons, ouvert la trappe et trouvé refuge dans un endroit où, en temps normal, nul n'aurait osé le suivre : l'**Arène de lumière**.

Ce nom désignait l'espace circulaire tout au sommet du phare. Son centre était occupé par une énorme sphère de lumière blanche entourée par un étroit trottoir de marbre blanc. De part et d'autre de la **Lampe**, on trouvait une plaque d'argent en forme de parabole et deux immenses lentilles de verre que Miarr polissait quotidiennement. Ces lentilles étaient fixées à environ un mètre de deux ouvertures oblongues – les « yeux » du phare.

Miarr verrouilla la trappe. Une douce brise d'été imprégnée d'embruns pénétrait par les deux ouvertures. La tristesse envahit l'homme-chat. Il se demanda si c'était la toute dernière fois qu'il respirait l'air du large.

Le seul espoir de Miarr était que les Crowe aient trop peur pour monter le rejoindre. Au fil des générations, la famille du petit gardien s'était adaptée à sa fonction grâce à des paupières secondaires qui leur permettaient de voir sans perdre la vue. Quiconque regardait la **Lampe** sans cette protection avait la rétine brûlée et conservait jusqu'à la fin de ses jours une tache aveugle au centre de son champ visuel.

Mais quand la trappe se mit à trembler sous des coups violents, Miarr comprit que son espoir était vain. Il s'accroupit près de la mince plaque de métal conçue pour bloquer l'éclat de la **Lampe**, et non pour résister longtemps aux coups d'une paire de jumeaux enragés.

Soudain les gonds cédèrent, et le crâne rasé de Crowe le maigre apparut au ras du sol. Avec les verres bleu nuit qui dissimulaient ses yeux, il ressemblait aux insectes géants qui peuplaient les cauchemars de Miarr. L'homme-chat terrifié comprit que les Crowe avaient soigneusement préparé leur coup. Quand Crowe le maigre prit pied sur le trottoir en marbre, Miarr attendit de voir quelle direction il prenait afin de fuir du côté opposé. Mais il renonça à son projet quand la tête de Crowe le gros, également affublée d'yeux d'insecte, surgit de la trappe. Crowe le maigre aida son frère à se hisser sur le trottoir où il resta étendu, hors d'haleine, tel un poisson obèse sur un étal de marché.

Miarr ferma les yeux. Cette fois, c'était la fin.

À présent, les Crowe entamaient une manœuvre qu'ils avaient expérimentée avec succès dans quantité de ruelles obscures du Port. La manœuvre commençait par une lente approche latérale. Terrifiée, la victime regardait tour à tour chacun des deux frères, cherchant désespérément une issue. Au moment où elle se décidait pour un côté, les Crowe s'élançaient vers elle et la tenaille se refermait.

Acculé contre le mur face à la trappe, Miarr vit ses pires cauchemars se concrétiser à travers ses paupières secondaires : lentement, très lentement, les deux frères avançaient de part et d'autre de leur proie, se rapprochant inexorablement.

Miarr se déplaça vers les yeux du phare, comme les jumeaux savaient qu'il le ferait, et jeta un coup d'œil aux rochers en contrebas. La chute serait longue, très longue. Il adressa un adieu muet à sa chère **Lampe**.

Soudain les Crowe bondirent. Dans une unisson parfaite (cela leur arrivait rarement), ils saisirent Miarr et le soulevèrent du sol. C'est alors que l'homme-chat poussa un cri de terreur qui parvint jusqu'aux oreilles de Lucy et de Lobo, sur le quatrième palier. Surpris de le trouver aussi léger, les Crowe le laissèrent échapper quand il se débattit violemment, crachant moins comme un chat que comme un serpent. Sur sa lancée, Miarr traversa l'œil gauche du phare. Pendant une fraction de seconde qui lui sembla durer une éternité, il resta suspendu dans le vide et aperçut son reflet démultiplié dans les verres des lunettes des Crowe : on aurait dit qu'il volait. Après un ultime regard à la **Lampe**, il se sentit tomber comme une pierre et vit défiler le mur du phare à une vitesse proprement vertigineuse.

À la manière d'un chat, Miarr se retourna instinctivement de façon à se retrouver face au sol, bras et jambes écartés, tandis que sa cape en peau de phoque se déployait comme les ailes d'une chauve-souris. Sa chute se transforma en un vol plané et, si une rafale de vent ne l'avait pas projeté contre le phare, il aurait certainement atterri sur le pont du *Maraudeur*, amarré juste au-dessous de lui.

C'est ainsi que Miarr perdit une de ses neuf vies, ce qui lui en laissait encore six (il en avait perdu une tout bébé, en tombant depuis un quai, et une autre quand son cousin avait disparu).

Heureusement pour Lucy et Lobo, le bruit des pas de Théodophile Fortitude Fry approchant dans leur dos leur évita d'entendre Miarr s'écraser contre le phare. L'effroyable hurlement de l'homme-chat les avait cloués sur place. Avant que le capitaine ne franchisse le dernier tournant qui le séparait du palier, Lobo murmura à sa compagne :

– Après, ce sera notre tour.

Les yeux écarquillés, Lucy acquiesça.

Lobo poussa la porte derrière eux et, à sa grande surprise, elle s'ouvrit. Les deux jeunes gens se dépêchèrent de la franchir et se retrouvèrent dans une minuscule pièce meublée de trois couchettes et d'un placard. Lobo referma doucement la porte. Il s'apprêtait à donner un tour de clé quand Lucy l'arrêta.

– Si tu fais ça, il saura que nous sommes entrés, lui glissa-t-elle à l'oreille. Notre seule chance, c'est qu'il nous cherche ici et ne nous trouve pas. Il croira alors que nous avons continué à monter.

Les pas étaient à présent tout proches.

Lobo réfléchit. Il savait que Lucy avait raison. Il savait aussi que Théodophile Fortitude Fry allait inspecter chaque pouce de la pièce et il ne voyait pas où ils auraient pu se dissimuler. On ne voyait ni couverture ni matelas sur les couchettes métalliques. La seule cachette possible était le placard, et le capitaine ne manquerait pas de regarder à l'intérieur.

Les pas s'arrêtèrent sur le palier.

Lobo prit Lucy par le bras, la poussa dans le placard et s'y glissa près d'elle avant de fermer la porte.

– Qu'est-ce qui t'a pris ? murmura la jeune fille, atterrée. Il va forcément nous chercher ici.

– Tu avais une meilleure idée ? lui rétorqua Lobo.

– Lui sauter dessus et l'assommer.

Lobo posa un doigt sur ses lèvres.

– Chut ! Fais-moi confiance.

Lucy n'avait pas vraiment le choix. Elle entendit la porte s'ouvrir et le pas lourd du capitaine se diriger vers le placard, puis elle perçut sa respiration sifflante.

– Vous feriez mieux de sortir d'là tout de suite, grogna-t-il. J'ai mieux à faire que de jouer à cache-cache.

Il n'obtint pas de réponse.

– Écoutez-moi, vous deux. Jusque-là, j'ai été gentil avec vous. Mais ça pourrait bien changer si vous ne sortez pas d'là.

La poignée de la porte fut violemment secouée.

– Tant pis pour vous. Vous pourrez pas dire que je vous ai pas prévenus.

La porte s'ouvrit brusquement.

Lucy ouvrit la bouche pour crier.

Théodophile Fortitude Fry ouvrit la porte du placard et surprit un cri étouffé.

– Trouvés ! exulta-t-il. Ça alors, où qu'ils sont ?

Perplexe, le capitaine scruta du regard la pénombre étrangement mouvante du placard. Il aurait juré que les deux gamins s'y trouvaient.

Par-dessus l'épaule de Lobo, Lucy vit l'expression effarée du capitaine et comprit qu'il ne pouvait les voir. Elle réprima un nouveau cri et veilla à ne pas bouger un cheveu. Elle remarqua soudain que l'immobilité de Lobo avait quelque chose de surnaturel. Sa concentration était presque palpable, et elle aurait juré que c'était lui qui les avait rendus invisibles aux yeux de Fry. Apparemment, Lobo avait des talents cachés...

Elle tira la langue. Théodophile Fortitude Fry ne broncha pas, mais son sourcil gauche fut agité de tressaillements.

Lucy se retint de rire. Le sourcil du capitaine ressemblait à une grosse chenille poilue, et le perroquet tatoué dans son cou s'agitait comme s'il cherchait à la gober.

Lobo se concentrait si fort qu'il ne remarqua ni le sourcil ni le perroquet. Tante Zelda lui avait enseigné quelques **sorts** de protection élémentaires, tout comme elle l'avait fait à Jenna, Septimus et Nicko. Lobo avait trouvé cela compliqué, mais il avait écouté avec attention et s'était exercé quotidiennement. En revanche, c'était la première fois qu'il utilisait son **bouclier d'invisibilité** dans des conditions réelles, et il se réjouissait de voir qu'il fonctionnait.

C'est pourquoi, quand Théodophile Fortitude Fry avait regardé à l'intérieur du placard, il n'avait distingué qu'un léger tremblement. Toutefois, il avait deviné qu'il y avait de la **Magyk** là-dessous. Le capitaine Fry avait souvent été confronté à la **Magyk** au cours de son existence mouvementée, et elle avait sur lui un effet étrange : elle faisait tressaillir son sourcil gauche.

En homme pragmatique, Fry avança une main vers le placard pour vérifier qu'il était aussi vide qu'il en avait l'air. Soudain, une terreur indescriptible s'empara de lui à l'idée de se faire arracher le bras par un glouton, et il recula vivement la main. Puis il resta immobile. Il était certain d'avoir entendu un bruit. Peut-être était-ce la porte du placard qui avait couiné ? Pour s'en assurer, il la fit pivoter sur ses gonds à plusieurs reprises. La première fois, il n'entendit rien, puis Lucy Gringe comprit ce qu'il était en train de faire, et la porte grinça docilement à chaque aller-retour.

262

Théodophile Fortitude Fry renonça. Il avait mieux à faire que de chercher deux morveux. Il se fichait bien qu'ils restent pourrir dans ce satané phare. Furieux, il referma brutalement le placard, quitta la pièce et reprit sa longue ascension vers le sommet du phare.

Lobo et Lucy sortirent du placard, secoués par des hoquets de rire silencieux.

– Comment as-tu fait ? demanda Lucy. C'était incroyable ! Il n'a rien vu !

– Et toi, quand tu t'es mise à grincer... C'était trop fort !

– En effet, c'était drôle. Oh, oh, ooooooh !

– Chut, il va entendre. Aïe ! Lâche mon bras.

– Il y a quelque chose qui essaie d'entrer par la fenêtre, murmura Lucy. Regarde !

– Oh !

Lobo et Lucy reculèrent. Deux fines mains ensanglantées, aux ongles longs et courbes, s'agrippaient au rebord extérieur de la fenêtre. Les deux jeunes gens horrifiés les virent progresser vers l'appui intérieur, centimètre par centimètre, et s'y raccrocher. Quelques secondes plus tard, la tête casquée de Miarr apparut dans l'encadrement. Il parvint à se hisser sur l'appui et, telle une chauve-souris se glissant sous un avant-toit, il franchit la fenêtre en rampant sur le ventre et s'écroula sur le sol, épuisé.

Lucy Gringe se précipita vers lui. Elle considéra son visage couvert d'une fourrure rase, ses yeux en amande et ses petites oreilles pointues qui dépassaient de son casque en phoque, se demandant si ce dernier faisait partie de lui, puis elle se tourna vers Lobo.

– Qu'est-ce que c'est ? murmura-t-elle.

Lobo se raidit. La créature étendue sur le sol sentait le chat, même si sa silhouette évoquait celle d'une chauve-souris.

– Je n'en sais rien, répondit-il. Ça a l'air humain.

Miarr entrouvrit ses yeux jaunes et posa un doigt sur ses lèvres.

– Chut, souffla-t-il.

Lucy et Lobo reculèrent sous l'effet de la surprise.

– Chut ! répéta Miarr d'un ton pressant.

Il savait que le son se répercutait d'une manière étrange à l'intérieur du phare. On pouvait tenir une conversation depuis la plate-forme d'observation avec quelqu'un qui se trouvait au pied du phare en ayant l'impression qu'il était juste à côté. Il savait aussi que dès que le bruit des pas du capitaine aurait cessé, les Crowe entendraient parfaitement les murmures à l'intérieur de la petite pièce où ils se cachaient. Et quelque chose lui disait que ces deux créatures dépenaillées (Lucy et Lobo n'étaient pas à leur avantage) ne souhaitaient pas non plus être découvertes. Mais il devait s'en assurer.

Il s'assit avec peine et demanda, pointant un doigt vers le sommet du phare :

– Vous... avec eux ?

– Sûrement pas ! répondit Lucy.

Miarr sourit, faisant bouger ses petites oreilles et dévoilant deux longues canines inférieures. En le regardant, Lucy eut une pensée horrible.

– Ils vous ont jeté du haut du phare ? demanda-t-elle.

Miarr acquiesça.

– Maudits assassins, marmonna Lobo.

– On va vous aider, reprit Lucy. Si on se dépêche de descendre, on peut leur piquer leur bateau et les laisser tous là. Ils n'auront qu'à se jeter les uns les autres à la mer, ça nous rendra service.

Miarr secoua la tête.

– Impossible. Il n'est pas question que je laisse la **Lampe**. Mais vous, partez.

Lucy hésita. Elle savait qu'ils étaient en train de perdre de précieuses minutes, et qu'à tout moment ils risquaient d'entendre quatre paires de bottes descendre l'escalier pour venir les chercher, mais elle répugnait à laisser le petit homme blessé affronter seul... Dieu savait quoi.

– S'il veut rester, ça le regarde, lui murmura Lobo. Tu l'as entendu ? Il faut qu'on y aille, Lucy. C'est notre seule chance.

À regret, Lucy se retourna pour partir.

– Miarr vous dit adieu, fit le petit homme.

Lucy s'arrêta net.

– Miarr ?

– Miarr, répéta l'homme-chat d'une voix plus féline qu'humaine.

– J'ai l'impression d'entendre mon cher vieux matou, remarqua la jeune fille.

Lobo l'appela depuis le palier :

– Viens vite, Lucy.

Lançant un regard plein de regrets à Miarr, Lucy courut le rejoindre, mais au moment où elle atteignait la porte, un bruit de pas dans l'escalier leur indiqua que Théodophile Fortitude Fry et son fils étaient en train de descendre. Lobo étouffa un juron. Trop tard !

Il tira Lucy vers l'intérieur de la pièce et repoussa très doucement la porte de manière à cacher Miarr aux deux hommes si, avec un peu de chance, ils passaient devant sans s'arrêter. Le cœur battant, Lucy et Lobo écoutèrent les pas se rapprocher. Apparemment, Théodophile Fortitude Fry avait moins de mal à descendre l'escalier qu'à le monter. Il lui fallut moins d'une minute pour atteindre le quatrième palier. Les deux jeunes gens et l'homme-chat retinrent leur souffle.

Le capitaine dépassa la porte sans même ralentir, immédiatement suivi par Jacky, et attaqua la volée de marches suivante. Un immense sourire éclaira aussitôt les visages de Lucy et Lobo et découvrit les canines de Miarr. Ils attendirent sans parler ni bouger que la porte du phare se soit refermée derrière le capitaine et son fils.

Soudain, des coups sourds et rythmés provenant du sommet du phare leur parvinrent par la fenêtre ouverte. Miarr leva les yeux vers le plafond avec une expression inquiète. Quelque chose heurtait violemment le mur extérieur.

Miarr s'assit avec difficulté. Il tira une clé de sous sa cape et la tendit à Lucy.

– Vous pouvez encore fuir, murmura-t-il. Prenez la chaloupe de sauvetage. Il y a deux portes sous l'escalier par lequel vous êtes arrivés. Une noire et une rouge. La rouge vous conduira à une cale de lancement. Vous trouverez les instructions sur le mur. Lisez-les attentivement. Bonne chance.

« Bang... bang... » Les coups se rapprochaient.

– Merci, dit Lucy en prenant la clé. Merci beaucoup.

« Bang... »

– Adieu, répéta Miarr.

« Bang... bang... clang ! »

– Venez avec nous, monsieur Miarr, supplia Lucy.

Miarr secoua la tête. Au même moment, un coup particulièrement violent fit trembler le mur, et un rai de lumière blanche pénétra par la fenêtre.

– Ma **Lampe** ! hurla Miarr. Fermez les yeux, vite !

Lucy et Lobo plaquèrent leurs mains sur leurs yeux tandis que Miarr abaissait ses paupières secondaires. Tel un pendule géant, l'éblouissante sphère lumineuse se balançait à présent devant la fenêtre, suspendue par un harnais de cordes nouées comme seuls les marins savent le faire.

– Ils ont volé ma **Lampe**, dit Miarr, incrédule.

La **Lampe** poursuivit lentement sa descente, apparaissant et disparaissant au gré de ses balancements. Chaque fois qu'elle heurtait le mur du phare, Miarr fermait les yeux comme s'il avait mal pour elle. Incapable d'en supporter davantage, il finit par se rouler en boule sur le sol, la tête recouverte de sa cape.

Lucy et Lobo coururent à la fenêtre, mais Miarr sortit la tête de sous sa cape pour les avertir :

– Attendez que la **Lampe** se soit éloignée, puis regardez-la à travers vos doigts. Surtout, ne posez pas directement les yeux sur elle. Ensuite... s'il vous plaît, dites-moi ce qu'ils en font.

Il se roula à nouveau en boule.

Lucy et Lobo attendirent impatiemment que les coups frappés contre le mur du phare s'estompent et glissèrent un regard entre leurs doigts. Au-dessus d'eux, deux têtes sombres avec de gros yeux d'insectes se découpaient sur le ciel tandis que les frères Crowe manœuvraient les cordes avec précaution, guidant la précieuse sphère depuis les yeux du phare.

Les deux jeunes gens observèrent ensuite le sol et virent le capitaine Fry agiter les bras comme un moulin à vent devenu fou, donnant des indications aux jumeaux, jusqu'à ce que la sphère se pose en douceur sur les rochers au-dessus du *Maraudeur*.

Lucy et Lobo reculèrent juste à temps pour éviter les cordes que les Crowe venaient de lâcher. Puis de lourdes bottes à bouts ferrés firent vibrer l'escalier, étouffant le feulement furieux de Miarr. Les Crowe passèrent devant leur porte sans lui accorder un regard.

Lucy et Lobo passèrent ensuite une demi-heure à décrire ce qu'ils voyaient à Miarr, qui ponctuait leur récit de gémissements. Ils virent la sphère lumineuse, toujours entourée de cordes, rouler jusqu'au bord des rochers, puis tomber à la mer avec un grand bruit et danser sur les flots qui devenaient d'un beau vert translucide à son contact. Ils virent les Crowe attacher solidement l'extrémité des cordes à la poupe du *Maraudeur* avant de rembarquer. Enfin, ils virent Jacky Fry larguer les amarres et sauter à bord. Jacky hissa les voiles, et le *Maraudeur* s'éloigna de la côte, traînant son butin derrière lui tel un gigantesque ballon de plage.

– On dirait qu'ils ont volé la Lune, murmura Lucy.

– C'est le Soleil qu'ils ont volé, geignit Miarr. Mon Soleil ! J'aurais préféré mourir que de les voir emporter ma **Lampe**...

Sur cet aveu, il poussa un cri de désespoir à glacer le sang.

Lucy s'écarta de la fenêtre et vint s'agenouiller près du malheureux qui, toujours blotti sous sa cape, ressemblait à un énorme hérisson qui aurait perdu ses piquants.

– Ne dites pas de bêtises, le gronda-t-elle. De toute manière, vous n'avez rien vu. Vous étiez allongé là, les yeux fermés.

– Je n'ai pas besoin de voir. Je le ressens ici, répondit Miarr en se frappant la poitrine. Ces bandits m'ont arraché le cœur. Je préférerais être mort. Mort !

– Mais vous ne l'êtes pas, lui rétorqua Lucy. Et si vous l'étiez, vous n'auriez aucune chance de récupérer votre précieuse **lampe**. Alors que vivant, vous le pouvez.

– Mais comment ? Comment ?

– Nous allons vous aider. Pas vrai ? ajouta Lucy en se tournant vers Lobo.

Celui-ci la regarda comme s'il la soupçonnait d'avoir perdu la tête.

– Aïeeeeeeeeee ! hurla Miarr au même moment.

Lucy était elle-même une crieuse hors pair. Afin de calmer Miarr, elle endossa le rôle de sa propre mère, Mme Gringe.

– Ça suffit, monsieur Miarr, dit-elle d'un ton sévère. Arrêtez ça tout de suite. Personne ne vous écoute.

Surpris, Miarr se tut. Personne ne lui avait parlé ainsi depuis la mort de sa vieille grand-mère.

– C'est mieux, reprit Lucy, toujours en mode « Mme Gringe ». Maintenant, asseyez-vous, mouchez-vous et comportez-vous en adulte. Ensuite nous pourrons réfléchir.

Comme un enfant obéissant, Miarr se redressa, s'essuya le nez sur sa cape et leva un regard plein d'espoir vers Lucy.

– Comment comptez-vous récupérer la **Lampe** ? demanda-t-il d'un air grave.

– Eh bien... pour ça, nous aurons besoin de la chaloupe de sauvetage, naturellement, et aussi d'un...

Elle chercha de l'aide du côté de Lobo.

– D'un plan, dit celui-ci avec un sourire narquois. Naturellement.

Lucy lui tira la langue. Ce n'étaient pas un morveux et un homme-chat geignard qui allaient l'empêcher de régler ses comptes avec deux assassins et un goujat de pirate. Certainement pas.

30
LA *TORPILLE ROUGE*

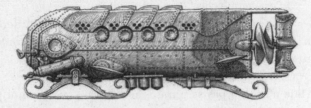

Miarr tenta de se relever, mais ses jambes le trahirent. Il se rassit, tout tremblant.

– Laissez-moi, pleurnicha-t-il. Je suis condamné.

– C'est avec une attitude pareille que vous croyez sauver votre **Lampe** ? le houspilla Lucy. Nous allons vous porter.

– *Nous ?* fit Lobo.

– Tu as bien entendu.

Et en effet, ils portèrent Miarr (qui, par chance, était encore plus léger qu'il n'en avait l'air) dans l'escalier branlant, jusqu'au pied du phare. Là, ils le posèrent délicatement et reprirent leur respiration.

– Par ici, dit l'homme-chat.

Il indiquait du doigt deux portes étroites – une noire, une rouge – cachées dans l'ombre de l'escalier.

– Allez ouvrir la porte rouge, puis revenez me chercher. J'ai besoin de quelques secondes de repos.

Lobo décrocha la lampe du mur et la tint au-dessus de la tête de Lucy tandis qu'elle se penchait vers la serrure. La clé tourna

271

aisément. À peine la jeune fille eut-elle poussé la porte que l'odeur du large parvint à leurs narines et qu'ils entendirent le fracas des vagues en contrebas. Lucy retint son souffle. Lobo, d'ordinaire peu impressionnable, émit un petit sifflement.

– Qu'est-ce que c'est ? demanda-t-il.

– C'est la *Torpille Rouge*, fit la voix de Miarr, loin derrière eux. La chaloupe de sauvetage, ajouta-t-il avec une intonation amusée.

– Ce n'est pas une chaloupe, objecta Lucy. C'est...

Elle n'acheva pas sa phrase, ne trouvant pas de mot pour décrire l'énorme machine rouge qui se trouvait devant elle.

Lobo s'avança vers la *Torpille Rouge* et la toucha du doigt.

– Du métal, remarqua-t-il.

– Comment un bateau peut-il être en métal ? s'interrogea Lucy.

Lobo gratta une écaille de rouille avec son ongle.

– En tout cas, celui-ci l'est. Ça me rappelle ces histoires où des gens volent jusqu'à la Lune dans des engins de ce genre.

– N'importe quoi, répliqua Lucy. Comment pourrait-on voler jusqu'à la Lune ?

– Tu as raison. C'est n'importe quoi... naturellement.

Lucy fit une grimace.

– Quand même, j'aimais bien ces histoires, reprit Lobo en frappant le flanc de la *Torpille Rouge*, qui résonna comme une cloche. Pendant un temps, Sep et moi, on a servi sous les ordres d'un élève officier sympa. Quand les gradés ont découvert qu'il l'était, ils l'ont laissé dans une fosse à gloutons pendant une semaine. C'est lui qui nous racontait des tas d'histoires sur la Lune.

La *Torpille Rouge* était calée par deux charpentes métalliques qui s'arrêtaient à mi-hauteur de son fuselage. Lobo estima sa longueur à quatre mètres cinquante. Ses flancs étaient percés d'une rangée de minuscules hublots en verre très épais et l'avant d'une baie plus vaste. À travers un hublot, Lobo distingua des sièges à haut dossier.

L'appareil reposait sur deux rails qui plongeaient brusquement dans les ténèbres six mètres plus loin. Quand Lobo et Lucy se penchèrent au-dessus du vide, leur lampe éclaira des barres métalliques qui s'enfonçaient sous l'eau

– Hors de question que je monte dans ce truc, décréta Lucy.

Sa voix retentit à l'intérieur de la caverne.

– Et comment veux-tu quitter cet endroit ? demanda Lobo. À la nage ?

– Et zut, soupira Lucy.

Pour une fois, elle ne trouva rien à ajouter.

Miarr franchit la porte rouge d'une démarche vacillante et les rejoignit devant la *Torpille Rouge*.

– Ouvrez la trappe du pilote, s'il vous plaît, dit-il en désignant la plus petite et la plus éloignée des quatre ouvertures ménagées dans le toit de l'appareil. Pour ça, il faut appuyer sur un bouton noir.

Quand il se pencha sur la *Torpille Rouge* et pressa un bouton en caoutchouc noir encastré dans son toit, Lobo eut la sensation de vivre l'une des histoires de l'élève officier. Avec un léger chuintement, la trappe ovale s'ouvrit, libérant une odeur de métal et de cuir humide.

Avec la souplesse d'un chat, Miarr sauta à l'intérieur. À travers les hublots, Lobo et Lucy virent sa silhouette brouillée s'attacher sur le siège à l'avant de l'habitacle et régler d'une main experte l'assortiment de cadrans placés devant lui. Voyant la trappe se refermer lentement, Lucy se demanda s'il avait l'intention de partir sans eux. À vrai dire, quand elle jetait un coup d'œil au bas de la paroi vertigineuse, cette perspective lui était presque agréable. Mais la voix étrangement désincarnée de Miarr résonna soudain autour d'eux – par quel moyen ? Elle n'aurait su le dire.

– Embarquement immédiat !

La trappe située derrière le siège du pilote s'ouvrit.

– Dépêchez-vous, reprit Miarr. Le départ aura lieu dans une minute.

– Une minute ? s'exclama Lucy.

– Cinquante-neuf secondes, cinquante-huit, cinquante-sept...

Lobo et Lucy restèrent cloués sur place.

– Cinquante, quarante-neuf, quarante-huit...

– Zut ! fit Lucy, paniquée. Si on ne se décide pas, on va rester coincés ici.

– Ouais...

– Quarante et un, quarante, trente-neuf...

– Coincés ici pour toujours.

– Ouais...

– Trente-trois, trente-deux, trente et un...

– Et on a dit à Miarr qu'on l'aiderait à récupérer sa **Lampe**.

– C'est toi qui l'as dit.

– Vingt-cinq, vingt-quatre, vingt-trois...

– Bon, on y va.

– Toi d'abord.

– Dix-neuf, dix-huit, dix-sept...

– Viiiiiiite !

Lucy se hissa tant bien que mal sur le toit bombé de la *Torpille*, inspira profondément et se laissa tomber à travers la trappe. Elle atterrit sur le siège derrière celui du pilote, dont le large appuie-tête rembourré lui cachait son occupant. Elle se tourna vers le hublot et vit Lobo hésiter sur le quai.

– Onze, dix, neuf...

La voix de Miarr était parfaitement nette à l'intérieur de la capsule.

– Monte ! hurla Lucy en frappant la vitre.

– Sept, six...

– Pour l'amour du ciel, monte immédiatement !

Lobo savait qu'il n'avait pas le choix. Disant adieu à la vie, il sauta à l'intérieur et atterrit lourdement à côté de Lucy. Quand la trappe se referma au-dessus de sa tête, il lui sembla qu'on clouait le couvercle de son cercueil.

– Veuillez attacher vos ceintures, je vous prie. Tous les membres de l'équipage doivent boucler leur ceinture de sécurité avant le départ.

Lucy et Lobo bataillèrent avec les épaisses sangles de cuir fixées à leurs sièges tandis que l'homme-chat achevait son compte à rebours sans se retourner.

– Trois, deux, un... c'est parti !

La *Torpille* parcourut environ six mètres avec une lenteur trompeuse avant de basculer en avant. Lucy sentit son estomac se soulever. Lobo ferma les yeux. Le nez de la capsule heurta les rails avec un fracas métallique, puis ce fut la chute.

À peine deux secondes plus tard, ils plongèrent sous l'eau dans un bruit assourdissant puis, au grand effroi de Lobo, ils continuèrent à s'enfoncer dans les ténèbres, de plus en plus profond, comme la nuit où il était tombé dans la rivière lors d'un exercice de la Jeune Garde, des années plus tôt.

Soudain, de même que cette nuit-là, l'eau relâcha sa pression autour de la capsule et celle-ci remonta tel un bouchon. Une magnifique couleur verte apparut derrière les hublots, puis ils crevèrent la surface dans un bouillonnement d'écume et la lumière du jour inonda l'intérieur de la capsule.

Lobo ouvrit les yeux, tout étonné d'avoir survécu.

Il se tourna vers Lucy. Aussi pâle qu'une morte, elle parvint à esquisser un sourire.

– Lancement achevé, annonça Miarr. Émersion réussie. Ouvertures sécurisées. Entamons plongée contrôlée.

À la grande déception de Lucy et Lobo, la *Torpille* replongea. Son environnement passa du vert à l'indigo, puis de l'indigo à l'obscurité. Une clarté rougeâtre se répandit dans l'habitacle, atténuant à peine la sensation de froid qui sourdait des profondeurs marines.

Miarr se retourna vers ses passagers. Son casque en peau de phoque se confondait avec la pénombre et son visage plat avait l'éclat blafard d'une petite lune. Ses grands yeux jaunes brillaient d'excitation quand il sourit, dévoilant une fois de plus ses canines acérées. Lucy frissonna. À cet instant, il paraissait très différent de la pathétique créature à laquelle elle

276

avait offert son aide. Elle se demanda si elle n'avait pas commis une terrible erreur.

– Pourquoi avons-nous... coulé ? demanda-t-elle, tentant de réprimer le tremblement de sa voix.

Miarr fit une réponse sibylline :

– Pour trouver la lumière, il faut d'abord traverser les ténèbres.

– Il est devenu fou, murmura Lucy à Lobo tandis que Miarr se concentrait sur le pilotage de l'appareil.

– Fou à lier, renchérit Lobo, qui avait de plus en plus l'impression d'être enfermé dans un cercueil. Complètement cinglé, givré, azimuté.

✠ 31 ✠
SYRAH SYARA

Ni Jenna, ni Moustique, ni Septimus n'assistèrent à l'arrivée du *Maraudeur* ce matin-là, car ils dormaient tous profondément dans leur abri. L'épaisse couche d'herbe que Septimus avait étalée sur la toile avait empêché la chaleur de les réveiller, et il était presque midi quand ils finirent par ouvrir les yeux.

La mer étant basse, Moustique pataugea jusqu'à un gros rocher plat qu'il jugeait idéal pour la pêche. En l'espace d'une demi-heure, il attrapa trois poissons noir et argent pareils à ceux dont ils s'étaient régalés la veille. Pendant que Moustique pêchait, Septimus avait ranimé le feu, et à présent il retournait le poisson au-dessus des braises rougeoyantes. Pour passer le temps, Moustique dessinait dans le sable avec l'**ondin** tandis que Jenna observait la mer d'un air préoccupé.

– C'est bizarre, dit-elle.

278

– J'ai voulu représenter la luge de l'apprenti extraordinaire, expliqua Moustique. Mais ce n'est pas évident de diriger le jet d'eau.

– Je ne parlais pas de ton dessin. Regarde...

Jenna pointa le doigt vers l'horizon.

– Quoi ? demanda Moustique, qui était un peu myope.

– Le phare... il est tout noir.

– Normal, répondit Moustique en s'efforçant de rectifier les patins de sa luge. On enduit les briques de goudron pour empêcher les infiltrations.

Septimus se leva et mit une main au-dessus de ses yeux.

– On ne voit plus la lumière, remarqua-t-il.

– C'est bien ce qu'il me semblait, dit Jenna.

– Je me demande pourquoi.

– Peut-être que le soleil brille trop fort ?

– Peut-être...

Ils accompagnèrent leur poisson de pain **toujours frais** et le firent descendre avec un chocolat chaud. Après manger, Moustique annonça son intention de pêcher de plus gros poissons.

– La mer est profonde de ce côté, dit-il en montrant le Pinacle. J'ai bien envie d'aller y tremper ma ligne. Vous venez avec moi ?

– J'arrive, dit Jenna.

– Sep ?

Septimus secoua la tête.

– Allons, insista Jenna. Tu n'as encore rien vu de cette île.

– Je crois qu'il vaut mieux que je reste avec Boutefeu, reprit Septimus avec une pointe de regret. Il n'a pas l'air bien. Il n'a même pas bu ce matin. Allez-y tous les deux.

– D'accord, soupira Jenna. Si tu en es sûr...

S'il y avait une chose dont Septimus était sûr, c'était qu'il devait veiller sur Boutefeu, même s'il lui en coûtait de demeurer seul à nouveau.

– J'en suis sûr, affirma-t-il. Je reste.

Septimus regarda Jenna et Moustique s'éloigner le long de la plage, escalader les rochers à l'extrémité de celle-ci et agiter la main dans sa direction. Il leur rendit leur salut. Quand ils eurent disparu, il retourna auprès de Boutefeu.

Il commença par examiner la queue du dragon. Les **capes chauffantes** étaient raides et collaient aux écailles. Après avoir hésité, il les laissa en place, craignant de causer plus de mal que de bien en les retirant. La blessure ne sentait pas très bon, mais il pensa que l'odeur provenait des algues qu'il avait étalées dessus. Il décida que si elle s'aggravait dans le courant de l'après-midi, il en chercherait activement la cause.

Le spectacle qui l'attendait à l'extrémité opposée du dragon ne contribua pas à le rassurer. Boutefeu avait les yeux clos et il ne réagit pas quand Septimus tenta de le réveiller pour le faire boire. Le jeune garçon se dit qu'il boudait peut-être à cause de la collerette, mais il n'en était pas convaincu. Également, la respiration du dragon lui parut un peu laborieuse. Il pensa qu'il avait peut-être trop chaud, mais l'ombre des rochers le recouvrait presque entièrement et ses écailles étaient fraîches au toucher. Septimus saisit l'**ondin**, écarta légèrement la lèvre inférieure de Boutefeu et fit couler un mince filet d'eau dans sa gueule, mais il n'aurait su dire s'il avalait quelque chose car l'eau ruisselait sur les rochers où elle formait des taches sombres. Désespéré, il s'assit et caressa le museau du dragon.

– Tu vas guérir, Boutefeu, lui murmura-t-il. Je te le promets. Et je ne te laisserai pas tant que tu n'iras pas mieux.

Soudain il entendit du bruit derrière lui. Il se releva d'un bond.

– Montrez-vous, cria-t-il avec toute l'assurance dont il était capable à cet instant.

Il plissa les yeux, scruta les dunes les plus proches et **vit** quelque chose. Une jeune fille (il était certain qu'il s'agissait d'une fille) vêtue de vert.

Comme si elle savait qu'elle avait été **vue**, l'inconnue se montra alors. Sa tête apparut d'abord entre deux dunes, puis elle s'avança jusqu'à la plage. Septimus vit qu'elle était mince et élancée, vêtue d'une tunique verte en loques, les pieds nus.

Il contourna la collerette de Boutefeu et sauta de son rocher. Comme l'inconnue continuait d'approcher, Septimus distingua sur sa tunique des traces de symboles magiques brodés qui révélaient une origine très ancienne. Les deux bandes pourpres défraîchies qui bordaient ses manches indiquaient qu'elle était également apprentie senior. Ses cheveux noirs dépeignés encadraient un visage constellé de taches de rousseur. Septimus eut la nette impression de l'avoir déjà vue, mais où ?

L'inconnue s'immobilisa face à lui. Ses yeux verts le regardèrent avec un peu d'inquiétude, puis elle exécuta une petite révérence. Septimus se rappela brusquement que les apprentis avaient coutume de se saluer ainsi à l'époque de Marcellus.

– Septimus Heap, dit-elle.

– Oui ? fit Septimus, méfiant.

– Nous nous sommes... déjà rencontrés. C'est... bon... de te revoir.

Elle s'exprimait avec difficulté, comme si elle avait perdu l'habitude de parler.

– Qui es-tu ? l'interrogea Septimus.

– Je m'appelle... Syrah. Syrah Syara.

Le nom était également familier à Septimus.

– Tu ne te souviens pas de moi ?

– Il me semble que si, mais...

– La tour du Magicien ? lui souffla Syrah.

C'était donc ça ! Septimus se rappela les images animées qu'il avait aperçues sur les murs de la tour **assiégée** juste avant de fuir celle-ci[3]. En particulier, il se souvenait d'une apprentie qui avait tenté de décocher un coup de poing à Tertius Fumée. Mais il ne pouvait s'agir de la même jeune fille : ces événements avaient eu lieu plusieurs siècles auparavant.

– Je t'ai dit bonjour, reprit Syrah.

– Tu m'as dit bonjour ?

– Oui. Tu es... l'apprenti alchimique, celui qui a mystérieusement disparu. Je te félicite. À ce que je vois, tu es revenu et tu as pris ma place auprès de Julius.

– Julius ?

– Julius Pike, qui est maintenant *ton* magicien extraordinaire.

Syrah soupira avant d'ajouter :

---

3. Voir *Magyk Livre Quatre : La Quête.*

– Qu'est-ce que je ne donnerais pas pour revoir ce cher Julius...

Septimus sentit sa raison vaciller. Cette... Syrah était-elle en train de lui dire qu'il avait de nouveau été projeté dans le passé ? Il s'efforça de rester calme. Rien de ce qu'il avait vécu récemment ne semblait indiquer qu'il avait remonté le temps, à moins que... à moins que la tempête n'y ait été pour quelque chose, ou l'étrange phare sur lequel ils avaient failli s'écraser, ou peut-être même l'éclair qui les avait frappés ? Si ça se trouvait, une fois qu'on avait séjourné dans une époque, on pouvait y être ramené à tout moment sans même s'en apercevoir. Non, impossible. La seule explication, c'était que Syrah était un fantôme. Un fantôme à l'apparence très réelle, certes, mais manifestement, la vie insulaire réussissait aux spectres.

– Tu as un dragon, constata Syrah.

– En effet.

– J'ai un aveu à te faire. Cela fait un moment que je vous observe, toi et ton dragon.

– Je sais. Pourquoi ne t'es-tu pas montrée plus tôt ?

Syrah ne répondit pas.

– Ton dragon a le cou coincé dans un seau, reprit-elle. Tu devrais le lui retirer.

– Pas question, protesta Septimus. J'ai eu assez de mal à le lui mettre.

– C'est toi qui as fait ça ? C'est terriblement cruel.

Septimus soupira.

– Mon dragon est gravement blessé à la queue. Cette collerette l'empêche d'arracher son pansement.

– Oh, je vois ! J'avais un chat qui...

– Ah oui ?

Septimus était conscient d'avoir interrompu Syrah d'une manière assez grossière, mais il désirait qu'elle parte. Fantôme ou pas, sa présence le mettait mal à l'aise. Il scruta les rochers au loin, espérant que Jenna et Moustique allaient apparaître et le ramener à la réalité. Mais où donc étaient-ils ?

Cependant, Syrah ne semblait pas vouloir partir. Visiblement fascinée par Boutefeu, elle était montée sur les rochers et marchait lentement autour de lui.

– Il a besoin de repos, lui lança Septimus, agacé par son manège. Il ne faut pas le déranger.

Syrah s'arrêta et le regarda.

– Ton dragon est en train de mourir, déclara-t-elle.

– QUOI ?

– Sa queue sent la pourriture noire.

– Je croyais que ça venait des algues...

Syrah secoua la tête.

– Non, c'est la pourriture noire. C'est sans doute pour cela qu'il essayait de l'arracher. Un dragon sent ces choses-là.

– Non... protesta faiblement Septimus.

Mais au fond de lui-même, il savait que Syrah avait raison.

La jeune fille lui toucha gentiment le bras. Septimus sur-sauta, horrifié. Sa main était chaude. Syrah était vivante... Et si elle était vivante, dans quelle époque se trouvaient-ils ? Dans son émotion, il mit un moment à comprendre ce qu'elle lui disait.

– Septimus, je peux sauver la vie de ton dragon.

– C'est vrai ? Oh, merci, merci !

– Mais à une condition.

La joie de Septimus retomba aussitôt.

– Ah !

– Je voudrais que tu fasses quelque chose pour moi en retour. Et autant te prévenir, ce sera dangereux.

– Que veux-tu que je fasse ?

– Je ne peux pas te le dire.

Septimus plongea ses yeux dans ceux de Syrah. Il ne savait que penser de cette étrange jeune fille qui le regardait avec le même mélange d'espoir et de désespoir qu'il ressentait lui-même.

– Et si je refuse de faire cette chose mystérieuse, tu sauve-ras quand même Boutefeu ?

Syrah prit une profonde inspiration avant de répondre :

– Non.

Septimus considéra Boutefeu, le dragon pataud, contra-riant et encombrant qu'il avait vu sortir de son œuf, un œuf offert par Jenna. Le dragon goinfre et un peu bête qui avait mangé presque toutes les capes des magiciens ordinaires de la tour, sauvé Marcia de son **ombre** et souillé son tapis, son beau dragon était en train de mourir. Même s'il n'avait pas voulu se l'avouer, il le savait depuis que Boutefeu avait refusé de boire, ce matin là. Sa gorge se serra. Il ne pouvait pas le laisser partir ainsi. S'il y avait la moindre chance pour que Syrah le sauve, il devait la saisir. Il n'avait pas le choix.

– Je ferai tout ce que tu voudras, dit-il. Peu importe de quoi il s'agit. Mais fais en sorte que Boutefeu vive. S'il te plaît.

Avec des gestes vifs et précis, Syrah commença par débar-rasser Boutefeu de ses pansements. Au moment où le dernier lambeau de cape chauffante tomba sur le sol, Septimus chancela. L'odeur de pourriture était irrespirable. La plaie baignait dans une mer de pus où les os pointaient par endroits. Des écailles auparavant saines tombaient comme des feuilles mortes, révélant davantage de chairs noircies. En plus de l'effroi que lui inspirait l'état de la queue de Boutefeu, Septimus se sentait mortifié d'avoir échoué à le soigner.

Syrah lut le dépit sur son visage.

– Je sais que Marcellus t'a enseigné la **Physik**, dit-elle. Je suis certaine que tu as fait de ton mieux, mais tu n'es pas à blâmer. Comme le dit l'adage, la pourriture noire survient tel un loup dans la nuit et enlève leurs patients même aux meilleurs physiciens.

– Que comptes-tu faire contre elle ?

– Associer la **Magyk** et la **Physik**, ainsi que me l'a enseigné ce cher Julius. Une méthode très efficace, mise au point conjointement par Julius et Marcellus. C'est la toute dernière chose que j'ai apprise. Julius m'a montré comment procéder la veille même du **tirage au sort**...

Syrah se perdit un instant dans ses souvenirs.

Dix minutes plus tard, Boutefeu était environné d'un cocon magique. Septimus avait regardé Syrah transformer l'infecte bouillie noirâtre en une vapeur nauséabonde, dont la puanteur avait continué à planer autour d'eux même après qu'elle se fut dissipée. Tandis que la jeune fille s'activait avec l'habileté d'un chirurgien consommé, il lui tendait des instruments – couteaux, fourchettes, cuillères – trouvés dans le kit de survie de Marcia qui lui servaient à extraire toutes sortes de choses innommables (Septimus avait noté mentalement de ne pas réutiliser ces ustensiles au dîner). Il l'avait ensuite vue verser sur la plaie quelques gouttes d'une huile verte contenue dans une minuscule fiole argentée, faisant apparaître un brouillard pourpre teinté de vert qui s'était répandu sur la queue blessée pour former un gel transparent et scintillant tel que Septimus n'en avait encore jamais vu. Syrah lui fit remarquer que les écailles noircies retrouvaient déjà leur couleur d'origine et que la chair commençait à se reconstituer et à recouvrir les os. Une odeur fraîche de menthe poivrée flottait à présent autour du dragon.

– Prends ceci, dit Syrah en lui tendant la fiole. C'est un élixir qui accélère la cicatrisation. J'ai vu que les ailes de ton dragon étaient déchirées. Quand il aura repris des forces, conduis-le dans un lieu où il pourra les déployer et verse une goutte d'élixir sur chaque déchirure. L'effet est instantané. Mais pour l'heure, laisse-le dormir le temps que sa queue guérisse.

Elle esquissa un sourire avant d'ajouter :

– Ne t'inquiète pas, Septimus. Il survivra.

– Je... eh bien, merci.

Submergé par l'émotion, Septimus courut chercher l'**ondin**. Cette fois-ci, Boutefeu but. Il but jusqu'à ce que le bras de Septimus soit fatigué de porter l'**ondin**, mais le jeune garçon n'y prêta pas attention. Boutefeu allait vivre, c'était tout ce qui importait.

Syrah regarda Boutefeu boire. Quand Septimus finit par reposer l'**ondin**, elle remarqua :

– Marcellus a offert un de ces gnomes à Julius pour la fête du solstice d'hiver, mais il ne ressemblait pas à celui-ci. Il était plutôt...

– Malpoli ? fit Septimus.

Syrah sourit franchement pour la première fois.

Septimus secoua la tête. Toutes ses certitudes s'écroulaient. Si Marcellus avait pu offrir un **ondin** malpoli au magicien extraordinaire, alors tout était possible.

– J'ai tenu ma promesse, reprit Syrah. Tiendras-tu la tienne ?

– Que veux-tu que je fasse ?

– Possèdes-tu toujours ta **clef** alchimique ?

Septimus acquiesça, surpris.

– Comment sais-tu que je l'ai ?

– Tout le monde le sait, répondit Syrah.

Son visage s'éclaira au souvenir des jours heureux.

– Après ton départ, beaucoup de gens ont cru que tu t'étais enfui, mais le bruit a couru à la tour que Marcellus t'avait donné sa **clef** pour sceller un pacte secret. On n'a parlé que de cela durant des semaines.

Septimus sourit. La tour du Magicien n'avait pas changé ; elle était toujours un terreau fertile pour les commérages.

– Mais, tu sais, Marcellus a toujours refusé d'en parler, même à Julius, qui était pourtant son meilleur ami. Je crois que Julius en a été extrêmement peiné.

Le visage de Syrah s'assombrit, puis elle reprit :

– Pourrais-tu me montrer la **clef**, s'il te plaît ? J'aimerais beaucoup la voir.

Septimus glissa une main à l'intérieur de sa tunique, en sortit la **clef** alchimique qui pendait à son cou et la posa sur sa paume afin que Syrah puisse la voir. Le disque doré orné du symbole alchimique du soleil – un point entouré d'un cercle – resplendissait.

– Elle est magnifique, murmura Syrah.

– Maintenant, que veux-tu que je fasse ? demanda Septimus en rangeant la **clef**.

– Viens avec moi, et je te l'expliquerai. Ton dragon va dormir jusqu'à notre retour.

Septimus caressa le museau de Boutefeu pour lui dire au revoir, puis il sauta des rochers et suivit Syrah en direction des dunes.

Si l'état de Boutefeu ne lui inspirait plus aucune crainte, il commençait à avoir peur pour lui-même.

✠ 32 ✠
LE BARRAGE MENTAL

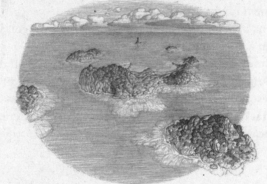

Septimus parcourut les dunes et escalada derrière Syrah le plateau herbeux semé de rochers. Il avait l'estomac noué, et il savait pourquoi. Ce n'était pas le fait de se diriger vers un danger inconnu qui l'inquiétait – cela, il pouvait l'affronter –, mais celui de ne plus savoir dans quelle époque il se trouvait.

Syrah lui imposait une allure rapide. Il devait presque courir pour ne pas se laisser distancer. Ils atteignirent bientôt le pied de la colline qui se dressait au centre de l'île, ainsi que l'entrée d'un sentier qui montait en serpentant à travers les rochers. Comme il n'était pas assez large pour deux, Syrah passa devant, progressant par bonds avec l'agilité d'une chèvre. Septimus suivait plus lentement.

Il fit une halte à mi-parcours et se retourna, espérant voir Boutefeu, mais le dragon était déjà caché par les dunes. Ayant repris son souffle, il entreprit de rejoindre Syrah, qui l'attendait, aussi immobile que le rocher sur lequel elle était assise.

Tout en avançant, Septimus s'efforçait de comprendre la situation : Syrah était-elle dans son temps à lui, ou bien était-il dans son temps à elle ? Il se demanda de nouveau si la jeune fille était un esprit ; mais elle n'en avait vraiment pas l'air. En réalité, elle correspondait trait pour trait à l'image qu'on pouvait se faire d'une naufragée restée longtemps seule sur une île déserte : maigre, le teint hâlé et vêtue de haillons.

Quand il fut près d'elle, Syrah glissa ses cheveux noirs derrière ses oreilles et lui sourit exactement comme le ferait une vraie fille. À ses pieds, une source bouillonnait entre des rochers plats et moussus. Septimus frissonna en la découvrant : c'était celle qui lui était apparue si nettement en imagination tandis qu'il survolait les îles. Syrah retira une tasse en fer-blanc cabossée d'entre les rochers et la remplit à la source avant de l'offrir à Septimus. Assis près d'elle, le jeune garçon but la tasse d'un trait. L'eau fraîche était cent fois meilleure que le liquide tiède, au goût vaguement métallique, produit par l'**ondin**.

Après avoir vidé trois tasses, Septimus eut les idées beaucoup plus claires.

– Quand tu m'as **appelé**, tu étais assise ici même, dit-il.

Syrah acquiesça.

– C'est l'endroit de l'île que je préfère. Ce matin-là, en inspectant les environs, j'ai vu ton dragon et j'ai su que c'était toi. Et je me suis dit que si c'était bien toi, tu aurais peut-être encore la **clef**.

– Mais... comment savais-tu que c'était moi ?

Syrah parut surprise.

– Tous les apprentis se **connaissent** entre eux, répondit-elle.

Son regard se posa sur les insignes d'apprenti senior de Septimus qui, après la tempête et les soins qu'il avait prodigués à Boutefeu, avaient perdu leur éclat et leur aspect neuf.

– Je suis étonnée que Julius ne t'ait pas encore appris cela, mais il le fera. C'est un excellent professeur, tu ne trouves pas ?

Septimus ne répondit pas, refusant d'envisager seulement l'idée qu'il avait peut-être remonté le temps jusqu'à l'époque de Syrah. Il se leva brusquement, espérant plus que tout apercevoir Jenna et Moustique. Il voulait croire que tout rentrerait dans l'ordre s'il pouvait les voir. Mais ils restaient invisibles, et il fut envahi par la sensation horrible d'être à nouveau coincé dans un autre siècle que le sien, et de surcroît sur une île déserte.

Syrah contemplait la mer avec ravissement, ignorant que Septimus était sur le point de céder à la panique.

– Je ne me lasse jamais de ce spectacle, murmura-t-elle. Je peux me lasser de tout, mais pas de cela.

Septimus regarda le paysage qui s'étendait à ses pieds. Quatre îles verdoyantes, mouchetées de rochers gris et bordées de sable blanc, émergeaient de la mer étincelante. En les survolant, il en avait repéré deux autres plus petites au-delà de la colline, ce qui, en comptant celle où il se trouvait, faisait un total de sept îles. En effet, le spectacle était d'une beauté époustouflante, mais une seule question occupait son esprit : quel siècle était-ce ?

Syrah se leva à son tour, mit sa main en visière et se tourna vers le phare de CattRokk.

– Ce matin, on a volé la **Lampe** du phare, dit-elle. Alors je suis venue te trouver. C'est le début.

Septimus ne répondit pas, occupé à tenter de repérer le moment où il aurait pu changer de siècle. Était-ce avant ou après que Jenna et Moustique soient partis pêcher ? Se trouvaient-ils dans la même époque que lui ? Plus il y réfléchissait, plus il avait le vertige.

– Syrah, dit-il enfin.

– Mmm ?

– Comment es-tu arrivée ici ?

– Sur un dauphin.

– Sur un dauphin ?

– C'est une longue histoire. Laisse-moi te donner un conseil, Septimus. Si tu as le malheur de tirer la **pierre de Queste**, sauve-toi tant qu'il en sera encore temps.

– Oui, je sais. C'est ce que j'ai fait.

– Vraiment ?

– C'est aussi une longue histoire.

Syrah considéra Septimus avec respect. Ce jeune apprenti ne laissait pas de la surprendre. Elle tira d'une poche de sa tunique un petit livre gondolé, relié en tissu bleu délavé. La couverture, illustrée de signes et de symboles manuscrits pour la plupart inconnus de Septimus, comportait un titre en grandes lettres dorées :

Journal de ~~Syrah~~ Syrène
Dédié à ~~Julius Pike~~,
~~magicien extraordinaire~~ mes îles

– C'était le journal de bord d'un navire, expliqua Syrah. Je l'ai trouvé sur le rivage. Jusqu'à ton arrivée, c'était ma seule compagnie. J'y ai écrit mon histoire, afin de ne pas oublier qui je suis – et qui j'étais. Prends-le, s'il te plaît, et donne-le à Julius quand tu le reverras. C'est aussi pour lui que je l'ai écrit.

Septimus considéra les noms sur la couverture et demanda :

– Tu t'appelles Syrah ou Syrène ?

– Ici, je suis Syrah.

– Ici ?

– Lis-le, répondit Syrah, et tu comprendras. Plus tard, ajouta-t-elle comme Septimus soulevait la fragile couverture. Pour le moment, nous devons poursuivre notre route.

Passé la source, le sentier s'élargissait, et Septimus put cheminer aux côtés de Syrah. Ils approchaient du sommet de la colline quand la jeune fille se tourna vers lui et dit :

– Le service que je vais te demander n'est pas pour moi, mais pour le Château. Si tu savais de quoi il s'agit, je pense que tu voudrais le faire de toute manière.

Elle regarda Septimus, plissant ses yeux verts à cause du soleil qui nimbait la chevelure du jeune garçon d'un halo doré, et sourit.

– J'en suis même certaine.

– Si tu en es tellement sûre, pourquoi ne me dis-tu pas de quoi il retourne ? demanda Septimus.

– Je ne peux pas.

Septimus perdit patience.

– Et pourquoi ? Si je dois courir un danger, tu pourrais au moins me dire lequel au lieu de jouer avec moi.

294

– Si je te le dis, tu sauras. Et si tu sais, alors la **syrène** saura aussi...

– La **syrène** ?

Septimus regarda de nouveau la couverture du journal : **Syrène**... C'était le nom que Syrah avait écrit après avoir barré le sien. Il frissonna, saisi par un mauvais pressentiment.

– Si tu ne peux pas m'expliquer ce que tu attends de moi, reprit-il à voix basse, alors dis-moi au moins à qui ou à quoi j'ai affaire.

Tout en parlant, ils avaient atteint la limite des arbres qui poussaient au sommet de la colline.

– D'accord, dit Syrah. Mais avant de te parler de la **syrène**, j'ai une question à te poser : sais-tu créer un **barrage mental** ? Sinon, crois-moi, il vaut mieux que tu n'en saches pas davantage pour le moment.

Septimus était parfaitement capable de créer un **barrage mental**.

Il n'avait pas oublié dans quelles circonstances Marcia lui avait enseigné cette technique. Ce jour-là, après qu'il eut fini de ranger la bibliothèque de la pyramide, il avait eu l'impression irréelle que sa tutrice anticipait les moindres de ses actes et paroles. Elle achevait ses phrases à sa place, répondait à des questions qu'il ne lui avait pas posées, lui apportait un livre avant qu'il n'aille le chercher, entre autres facéties. À la fin de la matinée, Septimus avait l'impression d'être devenu fou : comment Marcia faisait-elle pour deviner ses pensées et ses intentions ?

Puis, au lieu de le laisser descendre au réfectoire de la tour, comme à son habitude, Marcia avait insisté pour qu'il déjeune avec elle dans ses appartements. Assis dans la petite cuisine, Septimus avait mangé en silence, refusant de prendre part à la conversation, concentrant ses pensées sur son assiette et sur chaque bouchée de l'excellent plat du jour que Marcia leur avait fait livrer. Quand Marcia l'avait regardé avec un petit sourire amusé, au lieu de détourner les yeux, il avait imaginé un écran entre eux et s'était efforcé de penser à des choses triviales. Après le dessert (un gâteau au chocolat avec des éclats de cacao), la magicienne extraordinaire, rayonnante, avait reposé sa cuillère et applaudi.

« Bravo, Septimus ! J'ai utilisé mes pouvoirs pour **lire** dans tes pensées, et non seulement tu as deviné ce que je faisais, mais tu as trouvé le moyen de te protéger. Félicitations ! Tu as franchi tout seul la première étape du **barrage mental**. Nous allons consacrer l'après-midi à l'apprentissage de la deuxième étape : comment rendre ton **barrage** indétectable. Si tu y parviens, nous passerons à la troisième, ou comment créer des pensées leurres. Après cela, avait-elle ajouté avec un sourire, tu seras à l'abri de n'importe quel curieux, moi comprise. »

Septimus avait atteint la troisième étape avant la fin de l'après-midi, même si ses pensées leurres avaient parfois tendance à affaiblir son **barrage**. Mais à en croire Marcia, c'était un défaut fréquent chez les débutants, et il disparaîtrait rapidement avec l'expérience.

– Oui, répondit Septimus à Syrah. Je sais créer un **barrage mental**.

– Bien, dit-elle.

Puis, tel un animal sauvage regagnant sa tanière, elle s'enfonça parmi les arbres et disparut. Septimus la suivit et fut momentanément désorienté par le brusque passage de la lumière à la pénombre. Malgré les violents assauts du vent, les petits arbres aux formes tourmentées poussaient serrés les uns contre les autres. Leurs feuilles dures et charnues accrochaient les vêtements de Septimus et l'égratignaient tandis qu'il tentait de rattraper Syrah. Des branches surgissaient en travers de leur chemin, comme pour les faire tomber, mais Syrah les esquivait habilement. Les ombres jouaient sur sa tunique verte usée, et Septimus avait l'impression de voir une biche fuir devant lui, empruntant des chemins connus d'elle seule.

Syrah s'arrêta à la sortie du bois et attendit. En voyant sa silhouette se découper sur le ciel d'un bleu éclatant, le jeune garçon fut brusquement frappé par sa maigreur. Sa tunique pendait sur elle comme une guenille sur un épouvantail, et les avant-bras hâlés qui dépassaient de ses manches effrangées évoquaient deux bâtons noueux. Elle ressemblait à ces appelés de la Jeune Garde qui refusaient de s'alimenter – il y en avait toujours un ou deux par section, et ils ne faisaient jamais de vieux os. Comment avait-elle fait pour survivre seule sur cette île ?

Septimus la rejoignit à la limite des arbres et constata qu'ils se trouvaient sur une falaise qui s'avançait au-dessus de la mer comme la proue d'un bateau. À son extrémité se dressait une tour en brique trapue, au sommet percé de minuscules fenêtres sur tout le pourtour. Syrah étendit le bras pour empêcher Septimus de quitter l'ombre des arbres, puis elle pointa un doigt vers la tour.

– Voici la Guette, murmura-t-elle. C'est là que réside la **syrène**.

Elle reprit après un silence :

– La **syrène** est un esprit **possessif**. Je suis **possédée** par elle.

Septimus repensa à la couverture du journal de Syrah, et il comprit. Il éprouva aussitôt un soulagement mêlé de honte : il était toujours dans son époque ! Un passage du *Traité élémentaire de possession* de Dan Forrest lui revint en mémoire : « Le malheur des **possédés** est de subsister durant des siècles sans le savoir. C'est là une forme d'immortalité à laquelle nul n'aspire. »

Instinctivement, Septimus s'éloigna de Syrah – Marcia lui avait toujours dit qu'il n'était pas bon de se tenir à proximité d'un **possédé**.

Syrah s'en aperçut.

– Ne crains rien, dit-elle d'un ton froissé. Ce n'est pas contagieux. Je ne suis **possédée** qu'à l'intérieur de la Guette. Comme je l'ai dit, à l'extérieur, je suis Syrah.

– Dans ce cas, pourquoi y entrer ?

– Quand la **syrène** m'**appelle**, je ne peux lui résister. De plus... (Elle bâilla.) Excuse-moi, je suis fatiguée. J'essaie de rester éveillée aussi longtemps que possible à l'extérieur, car le seul endroit où je puisse dormir est la Guette.

Septimus se rappela alors un détail qui ne figurait pas dans le *Traité élémentaire* de Dan Forrest, et qu'il avait découvert par hasard, en lisant un parchemin froissé trouvé au fond d'un tiroir de la bibliothèque de la tour. Le document était l'œuvre d'un jeune magicien extraordinaire qui avait été **possédé** par un esprit malveillant, dans un cottage en bordure de la crique Funeste. De retour à la tour du Magicien, le malheu-

298

reux avait rédigé son testament, qui commençait ainsi : « Cela fait quatre longues journées que j'ai échappé à mon **possesseur**. J'ai choisi de ne pas lui revenir, et je sais que je devrai bientôt affronter le dernier sommeil. »

S'ensuivait le récit de son calvaire, ainsi que des instructions détaillées à l'intention de son successeur, une liste de legs et un dernier message adressé à son « seul véritable amour ». Le document s'achevait par une longue traînée d'encre laissée par sa plume quand il avait finalement cédé au sommeil.

Bouleversé, Septimus avait montré le parchemin à Marcia. Elle lui avait expliqué que si un **possédé** cédait au sommeil hors du lieu de résidence de l'esprit qui l'avait asservi, il était condamné à ne jamais se réveiller.

« Mais comment peut-il dormir éternellement ? avait demandé Septimus.

– En réalité, avait dit Marcia, il meurt. Au bout de trois minutes de sommeil en moyenne. »

Cela, pensa Septimus, expliquait les cernes de Syrah et l'éclat fiévreux de son regard.

– Oh ! dit-il. Je suis désolé.

Syrah eut l'air étonnée. Elle ne s'attendait pas à de la compassion de la part du jeune garçon. Soudain elle prit conscience de l'énormité de la promesse qu'elle lui avait arrachée. Elle avança vers lui et posa une main sur son bras. Il ne broncha pas, ce dont elle lui fut reconnaissante.

– Je regrette d'avoir dit que je ne sauverais ton dragon qu'en échange de… ceci. J'ai mal agi. Je te libère de ta promesse.

Septimus sourit, soulagé. Puis une phrase de Syrah lui revint à l'esprit.

– Mais tu as dit que si je savais ce que tu attends de moi, je voudrais le faire de toute manière.

– En effet. Le Château court un grave danger.

– Quel danger ?

– Si tu me donnes la **clef**, répondit la jeune fille après un silence, je tâcherai d'y remédier.

Septimus remarqua les rides qui creusaient son front et lut la crainte dans ses yeux verts. Elle pressait ses mains fines l'une contre l'autre, si fort que leurs articulations étaient blanches. Si quelqu'un avait besoin d'aide, c'était bien elle.

– Pas question, dit-il. Quoi que ce soit, je le ferai.

– Merci, dit Syrah. Merci du fond du cœur. Nous le ferons ensemble.

LE PINACLE

Pendant que Septimus cheminait vers l'inconnu avec Syrah, Lobo et Lucy en faisaient autant, mais sous l'eau. Respirant un air confiné qui sentait le cuir, les pieds engourdis par le froid, ils traversaient les profondeurs sous-marines à bord de la *Torpille* ronronnante. L'un comme l'autre contemplaient, les yeux écarquillés, leur reflet blafard qui se confondait avec l'obscurité dans le hublot. Loin au-dessus d'eux – si loin qu'ils en éprouvaient une sorte de vertige –, ils voyaient la **Lampe** se déplacer lentement à la surface de l'eau, comme la lune traversant un ciel sans étoiles.

– Monsieur Miarr, dit Lucy. Monsieur Miarr !

La tête de Miarr émergea de derrière son siège. Ses yeux jaunes étincelaient dans la clarté rougeâtre.

301

– Oui, Lucy Gringe ? dit-il d'une voix crépitante qui ajouta au malaise de la jeune fille.

– Pourquoi votre voix est-elle bizarre ? demanda-t-elle.

Miarr montra le collier en métal qui entourait son cou.

– C'est à cause de cet appareil. Grâce à lui, le pilote de la *Torpille* peut s'adresser à l'ensemble des passagers. Également, il diffuse sa voix à l'extérieur, s'il doit donner ses instructions lors d'une tempête ou avertir des navires d'un danger. Avec ceci, ma voix porte beaucoup plus loin.

La tête de Miarr disparut à nouveau derrière le dossier de son siège.

Rassurée par cette explication, Lucy se détendit.

– Monsieur Miarr ?

– Oui, Lucy Gringe ? demanda Miarr avec une pointe d'amusement.

– Pourquoi sommes-nous descendus à une telle profondeur ? Ça fait peur.

– Je veux suivre la **Lampe** sans être vu. Ces maraudeurs sont une sale engeance.

– Je sais bien, mais ne pourrait-on remonter un tout petit peu ? Je suis certaine qu'ils ne nous remarqueraient pas.

– Nous sommes plus en sécurité ici, rétorqua Miarr.

Lucy se retourna vers le hublot. Le projecteur à l'avant de la *Torpille* tranchait dans l'obscurité bleutée, éclairant des forêts d'algues qui ondulaient comme des tentacules cherchant à attraper des noyés. Lucy frissonna. Elle avait vu assez de tentacules pour très longtemps. Soudain une créature avec une grosse tête triangulaire et deux énormes yeux blancs jaillit des algues et vint se jeter sur le hublot de la jeune fille, qui poussa un cri. La *Torpille* trembla sous le choc.

– Qu'est-ce que c'est que ça ? s'écria Lobo.

– Un poisson-coffre, répondit Miarr. Immangeable.

Les yeux globuleux du poisson-coffre regardèrent à travers le hublot d'un air mélancolique.

Lucy frissonna.

– C'est répugnant, dit-elle. Je parie qu'il y en a des centaines parmi ces algues, dit-elle.

Mais quand d'authentiques tentacules blanchâtres munis de ventouses roses surgirent à leur tour des algues et se déployèrent en direction de la *Torpille*, elle céda à la panique.

– Aaaaaaaaaaaaaaaaaaaaaaaaaaaaaaaaaaahhh ! hurla-t-elle.

– On remonte ! grésilla la voix de Miarr.

La *Torpille Rouge* remonta en flèche, échappant aux tentacules, pour rejoindre des eaux plus claires. Puis elle poursuivit sa route dans le sillage du *Maraudeur*, à une profondeur de six mètres. Miarr pensait (à juste titre) que les passagers du navire éviteraient de regarder de trop près la sphère éblouissante qu'ils tiraient derrière eux.

Rassurés par la belle couleur verte de l'eau et l'aspect plus familier des poissons qui les entouraient, Lucy et Lobo s'abandonnèrent à la sensation de voler, louvoyant entre les rochers aux contours déchiquetés qui s'étiraient vers le soleil mais s'arrêtaient juste au-dessous de la surface. Miarr leur offrit une ration de survie qui contenait, à la grande joie de Lucy, un sachet de raisins au chocolat ainsi que du poisson séché et des bouteilles d'eau qui avaient un goût de renfermé. Les raisins au chocolat sentaient un peu le poisson, mais Lucy n'y accorda pas d'importance – du chocolat restait du chocolat. Elle changea d'avis, cependant, quand elle s'aperçut que ce qu'elle avait pris pour des raisins secs était en réalité de minuscules têtes de poisson.

Pas très loin de là, en surface, Moustique rencontrait peu de succès avec les poissons à l'aspect familier. Jenna et lui étaient assis sur un large rocher bordé par des eaux si profondes qu'elles étaient bleu nuit, et non vertes. Ils regardaient les flots lécher les récifs et les algues danser au gré des courants sous-marins. De temps à autre, un poisson passait paresseusement à leurs pieds, dédaignant les offrandes de Moustique. De toute évidence, il y avait sous l'eau des choses beaucoup plus appétissantes qu'une tête de poisson fourrée à l'hameçon.

Moustique était déçu. Fort de ses précédents succès, il s'était cru un as de la pêche, mais apparemment, cet art recelait des subtilités qu'il commençait à peine à entrevoir.

– On devrait peut-être aller prendre des nouvelles de Boutefeu, dit-il en remontant sa ligne.

Jenna acquiesça. Elle ne trouvait pas que la pêche soit une occupation particulièrement fascinante.

Ils longèrent une plage de galets jusqu'à un nouveau banc de rochers. En se retirant, la mer découvrait une longue ligne de récifs qui traçait une courbe délicate, comme si un géant avait négligemment semé d'énormes perles noires le long du rivage. La ligne se terminait par une colonne de roche que Jenna avait déjà repérée depuis leur plage et baptisée le Pinacle.

– Regarde, dit-elle à Moustique. On pourrait sauter de rocher en rocher jusqu'au Pinacle, monter tout en haut de celui-ci et faire signe à Septimus. Ce serait amusant.

Moustique ne trouvait pas cela particulièrement amusant, mais si tel était le désir de Jenna, alors il s'y plierait volontiers.

Jenna prit pied sur le premier récif.

– À plus tard, Moustique. On se retrouve à l'arrivée !

Moustique la regarda s'élancer de rocher en rocher, sans que ses pieds nus glissent jamais sur les algues. Moins sûr de lui, il avançait plus lentement. Quand il atteignit la base du Pinacle, elle se trouvait déjà au sommet.

– Monte vite ! lui cria-t-elle. C'est facile, il y a des marches.

En effet, il y avait des marches taillées dans la roche, ainsi qu'un énorme anneau rouillé fixé au flanc du Pinacle.

Moustique eut bientôt rejoint Jenna. Elle avait raison, c'était amusant. Pas autant qu'un double axel à contre-rotation dans les tunnels de glace, mais presque. Assis face à la mer et au vent qui ébouriffait ses cheveux, il se laissait bercer par les cris des mouettes et le doux clapotis des vagues. Surtout, il adorait se trouver là avec Jenna.

– Regarde, dit celle-ci. C'est notre plage, là-bas. Mais je ne vois pas Septimus.

– Il doit être près de Boutefeu, suggéra Moustique.

– En parlant de Boutefeu, il ne sentait pas très bon ce matin. Je veux dire, encore moins bon que d'habitude.

– Je l'ai remarqué aussi, mais je n'ai rien dit. Tu sais combien Septimus est susceptible quand il s'agit de son dragon.

– Je sais. C'est joli ici, non ? Quand Boutefeu ira mieux, il faudra que Septimus voie ça.

Jenna promena longuement son regard autour d'elle. Elle fut surprise de constater combien l'île était étroite. Seule une mince bande de terre rocailleuse séparait « leur » crique de la côte opposée. Une colline se dressait au centre de l'île. Des arbres tordus par le vent poussaient à son sommet.

– En effet, acquiesça Moustique. Le point de vue vaut le déplacement.

Ils restèrent un moment à écouter les cris des mouettes et à contempler la mer étincelante. Soudain Moustique s'exclama :

– Un bateau !

Jenna se redressa brusquement.

– Où ça ?

Moustique se leva avec précaution (il n'y avait pas beaucoup de place au sommet du Pinacle) et mit une main au-dessus de ses yeux pour les protéger de l'éclat du soleil, qui lui semblait particulièrement vif à l'horizon.

– Là-bas, dit-il en indiquant un bateau de pêche aux voiles rouges qui venait d'apparaître à la pointe nord de l'île.

– Comme il brille ! dit Jenna, plissant les yeux. C'est à peine si j'arrive à le regarder.

– Ne le regarde pas, dit brusquement Moustique. Ce n'est pas normal qu'il brille autant. On dirait... Ma foi, oui ! On dirait qu'il remorque une énorme lampe.

Poussé par une légère brise, le *Maraudeur* progressait lentement vers la côte. Le capitaine Fry avait mis le cap sur le nord de l'île afin d'éviter certains écueils tristement célèbres, puis le vent était retombé et l'approche avait duré beaucoup plus longtemps que prévu. Mais à présent, leur destination était en vue.

– Jacky ! hurla-t-il. Ouvre l'œil. On approche des Embusqués !

Les Embusqués étaient une chaîne de récifs acérés, disséminés le long du rivage à proximité du Pinacle.

Allongé sur le beaupré, les pieds ballants, Jacky scrutait les eaux vert clair. Il se trouvait le plus loin possible à la fois de l'étrange **Lampe** qui dansait dans leur sillage et de ses compagnons de bord : son père et les jumeaux Crowe, qui paraissaient encore plus sinistres que d'habitude avec leurs lunettes foncées. Comme personne n'avait jugé utile d'en donner à Jacky, il avait passé la traversée à éviter l'éclat de la **Lampe**, les yeux à demi fermés. Il contemplait l'eau, dont la transparence l'étonnait. Elle était si claire qu'il pouvait voir jusqu'au fond de la mer. Non pas qu'il y ait eu grand-chose à voir : du sable, encore du sable, avec de temps en temps un banc de poissons qui passait furtivement et... Qu'est-ce que c'était que ça ?

Jacky poussa un cri.

– Bâbord ou tribord ? brailla Fry, pensant que son fils avait repéré un récif.

– Ni l'un ni l'autre. Ça alors, c'est énorme !

– Où ça, espèce d'imbécile ?

Le capitaine Fry s'efforçait de ne pas laisser paraître sa frayeur.

Devant Jacky stupéfait, une masse sombre émergeait des profondeurs. Il n'avait jamais vu un poisson de cette taille, ni avec cette apparence. Comme la forme se mouvait lentement sous le bateau en direction de la **Lampe**, il détourna les yeux.

– C'est parti ! annonça-t-il. J'crois bien que c'était une baleine !

– Idiot ! Y a pas de baleines par ici !

Soudain Crowe le maigre poussa un cri.

– Quoi ? hurla le capitaine Fry, de plus en plus nerveux.

– Des gosses !

– Où ça ?

– Sur le grand rocher, cap'taine. Là où vous voulez mettre la **Lampe**.

– Je sais parfaitement où je veux mettre la **Lampe**, merci, monsieur Crowe, vociféra Fry. Et je l'y monterai bientôt, avec ou sans morveux.

– Ce serait mieux sans, remarqua Crowe. Vous voulez que j'm'en occupe ?

– Embusqué ! hurla Jacky.

Le capitaine Fry tira brutalement la barre vers lui.

– Bâbord ou tribord ?

– Tribord, répondit Jacky.

Le capitaine Fry repoussa la barre et le *Maraudeur* esquiva le récif tapi sous la surface.

Jacky leva les yeux vers le grand rocher. Ils n'en étaient plus très éloignés à présent. Il crut reconnaître Lucy au sommet, même si cela paraissait impossible. Mais s'il s'agissait bien de Lucy, il espérait qu'elle partirait rapidement. En fait, qui que fût cette personne, il lui souhaitait de partir rapidement.

Grâce à des indications soigneusement calculées (« Embusqué à bâbord ! » « Embusqué à tribord ! ») Jacky fit en sorte que le *Maraudeur* s'écarte du grand rocher, pour laisser à Lucy Gringe – si c'était elle – le temps de disparaître.

Tout à la joie d'atteindre bientôt son but, le capitaine Fry avait oublié une chose que savent tous les marins : le son se propage très bien sur l'eau. Moustique et Jenna avaient entendu chaque mot prononcé à bord du *Maraudeur*, et ils n'avaient pas l'intention d'attendre que Crowe le maigre « s'occupe » d'eux. Ils se dépêchèrent de redescendre et de regagner la terre ferme en sautant de rocher en rocher, puis ils coururent se cacher dans les dunes au pied de la colline boisée. Quand le *Maraudeur* retrouva le Pinacle dans sa ligne de visée, on ne voyait plus personne à son sommet.

Jenna et Moustique se laissèrent tomber sur le sable moelleux pour reprendre haleine.

– Ils ne peuvent pas nous voir ici, haleta Moustique.

– Je me demande bien ce qu'ils fabriquent ? dit Jenna.

– Rien de bon, à mon avis.

– Leur bateau se dirige vers l'île, reprit Jenna. C'est horrible. C'est comme si... si...

– Comme si on était envahis, acheva Moustique.

– Exactement. J'aimerais qu'ils s'en aillent.

Moustique était du même avis.

Ils regardèrent le *Maraudeur* approcher. Sa masse sombre tranchait sur le bleu étincelant de la mer. Ses deux misaines étaient à peine gonflées, sa grand-voile pendait à angle droit et un tapecul dépassait de sa poupe, pareil à une queue. Dans son sillage dansait une énorme boule lumineuse dont l'éclat rivalisait avec celui du soleil.

Le *Maraudeur* finit par atteindre le Pinacle, dressé sur l'horizon telle une immense flèche noire. Une silhouette prit pied dessus et amarra le navire à l'anneau de fer. Puis le *Maraudeur* disparut presque entièrement derrière le rocher, dont seuls dépassaient son mât de beaupré à l'avant et la boule lumineuse à l'arrière.

Cachés dans les dunes, Jenna et Moustique regardèrent l'équipage du navire hisser laborieusement la boule de lumière au sommet du Pinacle et l'y fixer au moyen d'un lacis de cordes.

– Pourquoi font-ils ça ? demanda Jenna.

– Je crois que ce sont des naufrageurs.

– Des naufrageurs ? Comme ceux qui sévissaient autrefois sur la côte Sauvage ?

– Tout juste.

Moustique, comme tous les enfants du Château, avait été bercé de récits terrifiants sur les brigands qui allumaient des feux le long de la côte escarpée au-delà de la Forêt afin d'attirer les bateaux sur les récifs.

– Et pour ça, on dirait qu'ils comptent utiliser une antique sphère lumineuse. Où ont-ils bien pu la trouver ?

– Rappelle-toi : ce matin, on ne voyait plus la lumière du phare. Ce sont eux qui l'ont volée.

– Tu as raison. Ce phare doit être incroyablement ancien. Tout cela est vraiment étrange.

– De plus en plus étrange, même. Regarde !

Jenna indiquait du doigt un long tuyau rouge qui venait d'émerger à droite du Pinacle. Il pivota lentement jusqu'à ce

que son extrémité courbée soit dirigée vers le rocher et s'immobilisa au-dessus de la crête écumeuse des vagues.

— C'est un périscope, expliqua Moustique. On en a un –
plutôt, le Manuscriptorium en a un. Il permet de garder un
œil sur les **sorts instables** enfermés à la cave.

— Ça veut dire qu'il y a quelqu'un sous l'eau ?

— On dirait que oui. Tu as raison, tout ça devient de plus
en plus étrange.

✤✤ 34 ✤✤
LA SYRÈNE

Septimus et Syrah s'avancèrent sur l'herbe élastique pour rejoindre la Guette. Une brise fraîche balayait le dessus de la falaise, apportant l'odeur du large.

– J'ai des choses à te dire, murmura Syrah. Je vais parler en regardant le sol, pour éviter que la **syrène** ne lise sur mes lèvres.

Septimus frissonna.

– Elle peut nous voir ? demanda-t-il.

– Elle nous **regarde** depuis les fenêtres en haut de la tour. Surtout, ne lève pas les yeux ! Au cas où les choses tourneraient mal...

– Ça n'arrivera pas, affirma Septimus.

– Dans ton intérêt, je dois quand même t'indiquer comment fuir.

– Je n'en aurai pas besoin. Nous ressortirons ensemble. Comme ça.

Il saisit la main de la jeune fille, qui sourit.

– Juste au cas où, reprit-elle, sache qu'une fois que tu te trouveras à l'intérieur de la Guette, la porte disparaîtra. Mais

312

en réalité, elle sera toujours là. Fais une marque sur le sol quand nous entrerons. Ensuite, dans les Abysses...

– Les Abysses ?

– C'est là que nous allons. Tu as toujours la **clef** cachée sous ta tunique ?

Septimus acquiesça.

– Bien. Donc, si jamais tu avais besoin de fuir les Abysses, tu dois savoir qu'il existe un escalier qui remonte vers la surface. Mais ne l'emprunte que si tu n'as pas d'autre choix. Il est creusé profond dans la roche, et l'air y est impur. Un autre escalier part du Belvédère – une rangée de fenêtres taillées dans la falaise. Celui-ci, tu peux l'emprunter. Il fait face à la fenêtre du milieu. Jusque-là, ça va ?

Septimus fit signe que ça allait, même si c'était loin d'être le cas.

Entre-temps, ils avaient atteint la Guette.

– Retourne-toi et regarde la mer, dit Syrah. N'est-elle pas magnifique ?

Septimus lança un regard intrigué à Syrah – il trouvait étrange d'admirer la mer à un pareil moment – puis il comprit et tourna le dos aux fenêtres de la Guette.

Derrière un voile de brume chatoyant, Septimus distingua encore une autre île – une butte arrondie et verdoyante, entourée d'une mince bande de sable blanc – enchâssée dans l'immensité azurée. Il faisait doux malgré la brise. Septimus prit une profonde inspiration, savourant l'air salé comme s'il le respirait pour la dernière fois.

– Il y a encore une chose que tu dois savoir, reprit Syrah à voix basse. Quand nous allons entrer dans la Guette, il va m'arriver des choses... horribles. Pour commencer, je vais perdre la maîtrise de mon corps, mais cela ne doit pas t'effrayer. Compte lentement jusqu'à cent. Normalement, je serai alors capable de contrôler mes mouvements. En revanche, je n'aurai aucun contrôle sur ce que je dirai. C'est la **syrène** qui parlera à travers moi. Aussi, rappelle-toi bien ceci : fie-toi à mes actes, pas à mes paroles. Compris ?

– Oui, mais...

– Mais quoi ?

– La **syrène** va se demander ce que je fais là, non ? J'imagine que tu ne lui ramènes pas souvent des amis ?

Septimus tenta d'esquisser un sourire.

– En effet, murmura Syrah sans quitter la mer des yeux. Mais elle te réservera un bon accueil. Elle a dit qu'elle souhaitait voir de nouveaux visages, qu'elle était lasse de moi. Comprends-tu ce que cela signifie ? Tu vas t'exposer à un grand danger. Il est encore temps pour toi de t'en aller, de retourner vers la lumière.

– Je sais, répondit Septimus, mais je ne le ferai pas.

Syrah sourit, visiblement soulagée. Ils parcoururent ensemble les derniers mètres qui les séparaient de la Guette et s'arrêtèrent devant une porte voûtée au-delà de laquelle s'étendait une obscurité mouvante de même nature que celle décrite par l'infortuné magicien extraordinaire dans son testament.

Syrah tourna vers Septimus un visage inquiet et articula en silence les mots « **barrage mental** ». Le jeune garçon fit signe qu'il avait compris et lui pressa la main. Côte à côte, ils s'enfoncèrent dans les ténèbres... lesquelles cédèrent la place à une surprenante clarté sitôt qu'ils eurent franchi le seuil de la

Guette. Syrah lâcha la main de Septimus comme si elle l'avait brûlée et courut vers le mur opposé à l'entrée, mettant entre eux le plus de distance possible.

Resté seul, Septimus traça rapidement une croix sur le sol en terre battue avec son talon. Protégé par un **barrage mental** formé des souvenirs d'un après-midi passé à la foire de printemps en compagnie de Jenna et Moustique, il observa Syrah. Plaquée contre le mur, elle avait l'expression d'un lapin traqué par un chasseur. Pris de nausée, le jeune garçon détourna les yeux et étudia l'intérieur de la Guette, notant le moindre détail, avec autant de soin que s'il s'agissait d'un exercice prescrit par Marcia.

Les murs étaient enduits de crépi blanc. Le soleil pénétrait par de minuscules ouvertures disposées juste sous le plafond, et découpait sur le sol de longues bandes de lumière qui convergeaient vers un cercle aveuglant bordé de pierres. Le seul équipement consistait en une échelle de bibliothèque sur roulettes, fixée à un rail circulaire qui permettait de la déplacer tout autour de la pièce, et surmontée d'un siège métallique. En levant les yeux, Septimus distingua une silhouette bleutée sur le siège : l'esprit de la **syrène**.

Certains fantômes extrêmement anciens peuvent être confondus avec des esprits, surtout ceux qui ne trouvent plus le moindre attrait à leur condition, comme cela arrive au bout de nombreux millénaires. Mais Septimus savait différencier un fantôme d'un esprit. Pour cela, il faut attendre qu'il bouge : le fantôme conserve alors sa forme, mais pas l'esprit. Septimus n'eut pas longtemps à attendre. Soudain la silhouette s'étira en un long ruban de particules bleu électrique qui se mit à tournoyer. Quittant le siège, elle fit trois fois le tour de la pièce au niveau des lucarnes, de plus en plus vite, avant de fondre sur Syrah.

La jeune fille jeta un regard paniqué à Septimus et articula en silence : « Fais-moi confiance. »

Puis le tourbillon l'enveloppa d'un halo bleu. Syrah était **possédée**.

Septimus prit une longue inspiration et entreprit de compter jusqu'à cent. Marcia lui avait dit un jour qu'elle ne connaissait pas de spectacle plus affreux que celui d'un être **possédé** par un esprit. Il comprenait à présent pourquoi : la Syrah qui se tenait devant lui n'était plus qu'un simulacre. Elle s'approcha de lui en pirouettant et tournoyant comme une danseuse, les bras levés au-dessus de la tête, un sourire vide plaqué sur son visage. Septimus trouva cette vision insupportable. La malheureuse lui rappelait les marionnettes à taille humaine qu'il avait vues quelque temps auparavant au Théâtre de poche de l'Enchevêtre. Il les avait trouvées particulièrement effrayantes, tout comme Marcia, qu'il avait traînée avec lui.

« On dirait des squelettes manipulés à l'aide de fils », avait dit la magicienne extraordinaire.

Sans cesser de tournoyer et de sautiller, la marionnette de Syrah s'adressa à lui d'une voix caverneuse :

– Elle t'a trahi, Septimus. Elle t'a conduit ici sur mes ordres, et elle a agi avec beaucoup d'intelligence. Gentille fille... Sa **Magyk** est plus puissante que la tienne, Syrah. Il fera parfaitement l'affaire. Et j'aurai grand plaisir à chanter avec une voix de garçon, tellement plus pure que la tienne...

Septimus eut soudain la conviction que Syrah l'avait effectivement trahi. Il planta son regard dans le sien et le détourna aussitôt, horrifié : ses yeux étaient recouverts d'une taie laiteuse. Une pensée lui traversa alors l'esprit, à l'abri de son **barrage mental**. Si Syrah l'avait conduit à la Guette sur les ordres de la **syrène**, pourquoi lui aurait-elle indiqué comment fuir ? Il jeta un coup d'œil derrière lui pour vérifier si l'entrée avait disparu. C'était le cas, mais sa croix était toujours visible.

Syrah surprit son regard et éclata de rire.

– Tu ne peux pas t'enfuir, dit-elle. Elle ne t'avait pas prévenu, hein ?

Afin de leurrer la **syrène**, Septimus songea combien il détestait Syrah de l'avoir trahi, mais au fond de lui, il sentait poindre l'espoir. Si l'esprit ignorait que Syrah l'avait averti de la disparition de l'entrée, cela signifiait que la jeune fille avait réussi à le tromper avec son **barrage mental** – à moins, bien sûr, que la **syrène** n'ait bluffé. L'effort qu'il devait fournir pour maintenir son **barrage** en place l'étourdissait. Tandis qu'en surface, il simulait la panique, il s'exhortait intérieurement au calme et s'efforçait de réfléchir.

La marionnette de Syrah sautillait autour de lui, tirant ses cheveux et sa tunique, mais il tint bon et poursuivit son décompte. À quatre-vingt-dix, voyant que Syrah continuait à virevolter en ricanant, il craignit qu'elle ne puisse reprendre le dessus. Mais à son grand soulagement, comme il atteignait quatre-vingt-dix-sept, la jeune fille se figea, secoua la tête et prit une longue inspiration tremblante. La sinistre marionnette n'était plus.

Syrah se tourna vers lui et, avec une extrême lenteur, comme si elle devait apprivoiser son corps, elle pointa le doigt vers le cercle de lumière au centre de la pièce. Puis elle sauta à l'intérieur et disparut. Il y eut un bruit sourd, et quelques plumes volèrent dans les airs.

Septimus s'approcha du trou, regarda au fond, mais il ne vit que des plumes. Le moment était venu de prendre une décision. Il pouvait retraverser le mur à l'endroit qu'il avait désigné à l'aide d'une croix, et il ne reverrait jamais Syrah. Grâce à elle, Boutefeu serait bientôt guéri, Jenna et Moustique et lui quitteraient l'île et reprendraient le cours de leurs existences. Mais il ne pourrait jamais oublier Syrah. Il ferma les yeux et sauta.

Il atterrit sur un matelas de plumes de mouettes. Toussant et crachant, il se releva avec difficulté. Quand les plumes furent retombées, il vit Syrah au sommet d'une échelle, à l'entrée d'un passage creusé dans la roche. Elle lui fit signe de la rejoindre. Septimus monta à l'échelle et ils s'enfoncèrent dans un étroit couloir aux murs blancs. Syrah marchait vite, et le son léger de ses pieds nus était couvert par celui des bottes de Septimus. Ils atteignirent une rangée de fenêtres – sans doute le Belvédère dont avait parlé la jeune fille. Quand ils dépassèrent celle du milieu, Septimus aperçut l'entrée de l'escalier de secours et reprit un peu confiance.

Après deux virages, ils se retrouvèrent devant un mur à la surface brillante et incroyablement lisse. Syrah y appliqua la main droite à un endroit qui semblait usé. Une lueur verdâtre jaillit et une porte ovale s'ouvrit sans bruit tandis que Septimus sursautait sous l'effet de la surprise.

Ils pénétrèrent dans une petite pièce ronde dont les murs, le sol et le plafond étaient faits de la même matière noire luisante. Syrah appliqua de nouveau sa main à droite de la porte qu'ils venaient d'emprunter, une lueur rouge jaillit du mur et celui-ci se referma. Elle se dirigea ensuite vers une flèche orangée qui transparaissait au travers du mur, comme un nageur prisonnier sous la glace. Syrah pressa la flèche, qui indiquait le bas, et Septimus eut la sensation terrifiante de tomber.

Il s'adossa au mur, en proie à la nausée, et regarda le sol. Il était toujours là. Alors pourquoi avait-il l'impression de tomber à une vitesse vertigineuse ?

– Parce que c'est le cas, dit Syrah avec la voix profonde de la **syrène**.

Paralysé par la peur, Septimus s'avisa que son **barrage mental** s'était fissuré. Il le reconstitua aussitôt en pensant à sa rencontre fortuite avec Lobo sur la Chaussée – une rencontre qui lui semblait remonter à des années, et non à quelques jours. Il jeta un coup d'œil furtif à Syrah. Ses yeux étaient fixés sur la flèche orange, qui avait amorcé un lent mouvement vers le bas. Le jeune garçon jugea plus prudent d'observer une attitude aussi normale que possible.

– Comment pouvons-nous tomber tout en restant au même endroit ? demanda-t-il.

– On peut être beaucoup de choses à la fois. Surtout dans un lieu aussi ancien que celui-ci.

– Ancien ? répéta Septimus, feignant de s'intéresser aux explications de Syrah.

– Je connais cet endroit depuis le Temps de l'Au-delà.

– Mais c'est impossible ! s'exclama Septimus, sincèrement étonné. Il ne subsiste rien de ce temps.

– Excepté ceci, répliqua Syrah en désignant la pièce.

Elle promena un doigt sur le mur. Une faible lueur orangée apparut à sa suite, telle une trace, et disparut quand elle écarta sa main.

Septimus était tellement intrigué que l'espace d'un instant, il oublia à qui il parlait.

– C'est de la **Magyk** ? demanda-t-il.

– C'est au-delà de la **Magyk**, s'entendit-il répondre.

Soudain il lui sembla que son estomac tombait dans ses pieds.

– Nous sommes arrivés, annonça Syrah.

Tandis qu'il affectait de s'interroger sur le Temps de l'Au-delà, Septimus remarqua que la flèche orange désignait à présent le plafond. Syrah traversa la pièce et appliqua sa main sur le mur. Il y eut un éclair rouge puis une deuxième porte s'ouvrit en coulissant, laissant entrer un air confiné.

La voix grave de la **syrène** retentit :

– Bienvenue dans les Abysses.

35
LES ABYSSES

Septimus et Syrah prirent pied dans un large couloir de brique éclairé par des lampes qui émettaient une vive clarté blanche et un sifflement permanent, comme celles du sous-sol d'Éphaniah Grèbe, au Manuscriptorium.

Plus ils avançaient et plus la température baissait. Bientôt, l'haleine de Septimus givra. Concentré sur son **barrage mental**, il repensa à sa rencontre avec Lucy Gringe sur le chemin des Chats, un an plus tôt. Il se demanda pourquoi ce souvenir lui était venu à l'esprit, puis il comprit : à l'époque, cette marche vers l'inconnu lui avait valu de graves ennuis[4]. Or il avait la nette impression que cette nouvelle expédition aurait des conséquences semblables. Il jeta un coup d'œil à ses insignes d'apprenti senior, dont la saleté ne parvenait pas à ternir tout à fait l'éclat, et il se dit que rien ne pourrait l'empêcher d'aller au bout de sa mission, quelle qu'elle soit.

---

4. Voir Magyk Livre Trois :
La Reine maudite.

Après tout, il était le seul apprenti extraordinaire à avoir achevé sa **Queste**.

Le couloir tournait constamment vers la gauche et, au bout de quelques minutes, ils descendirent un escalier au pied duquel se dressait un mur fait de la même matière noire luisante que la petite pièce mobile. Septimus scruta sa surface et discerna les contours d'une porte rectangulaire. Il en déduisit que leur marche touchait à sa fin.

Ils avaient presque atteint le bas de l'escalier quand la voix de la **syrène** jaillit de la bouche de Syrah :

– Le garçon ne va pas plus loin.

Septimus s'immobilisa.

Syrah secoua la tête et lui fit signe d'avancer, tandis que la **syrène** lui ordonnait le contraire par sa bouche :

– Recule ! Ne touche pas la porte !

Septimus ne bougea pas. Il ne souhaitait pas obéir à la voix, mais Syrah et l'esprit semblaient se livrer un combat, et il préférait rester à l'écart. D'un geste étrangement saccadé, la jeune fille tendit le bras vers le mur et, au prix d'un effort intense, elle appliqua sa main à droite de la porte. Lentement, celle-ci coulissa, et Syrah avança à la façon d'un mime luttant contre une tempête imaginaire. Inquiet, Septimus la suivit.

La porte se referma avec un déclic et une clarté bleutée jaillit. Septimus étouffa un cri. Ils se trouvaient dans une immense caverne taillée profond dans la roche. Très loin au-dessus d'eux, de longues stalactites scintillaient dans la lumière éthérée... et à leurs pieds se trouvait la plus grande trappe de tunnel de glace que Septimus avait jamais vue.

Ce n'était pas tant la taille de la trappe qui l'étonnait que le fait qu'elle baignait dans l'eau. Sa surface légèrement bombée émergeait telle une île de la boue grisâtre qui inondait le sol de la caverne. C'était la première fois que Septimus voyait une trappe sans sa couche protectrice de glace. Celle-ci avait l'aspect d'un bloc d'or bruni au centre duquel se détachait la **serrure** en argent. Une longue suite de lettres gravées partait de celle-ci et s'enroulait en spirale jusqu'au bord de la trappe.

Syrah pointa un doigt tremblant vers la trappe. Simultanément, elle porta l'autre main à sa gorge, puis elle l'en éloigna, saisit son doigt tendu et l'abaissa de force. Septimus comprit alors quelle était sa mission : Syrah voulait qu'il **scelle** la trappe avec la **clef**. Il ne s'expliquait pas la présence d'un tunnel de glace à cet endroit, il ignorait pourquoi il était **descellé**, mais il savait qu'il devait agir rapidement. Syrah était en train de perdre le contrôle de ses gestes. Il s'accroupit dans l'eau glacée, prit la **clef** accrochée à son cou et l'approcha de la **serrure**. Sentant le regard de Syrah sur sa nuque, il releva la tête. La jeune fille l'observait avec l'expression d'un glouton prêt à bondir sur sa proie.

Soudain Syrah se jeta sur la **clef** et s'en empara. Septimus se releva. Tremblant sous l'effort qu'elle devait fournir pour lutter contre l'emprise de la **syrène**, Syrah reposa lentement la **clef** dans la main de Septimus et sa bouche articula les mots : « Cours, Septimus, cours. » Puis elle s'écroula et resta étendue sur le sol, baignant dans l'eau.

Septimus hésitait, se demandant ce qu'il pouvait faire pour elle, quand un brouillard bleuté s'éleva de la silhouette prostrée. L'esprit s'échappait de son enveloppe tel un crabe quittant sa vieille carapace. Se ressaisissant, il plaqua sa main sur le mur, la porte coulissa, et il courut.

Priant pour que la porte se referme avant que la **syrène** ne puisse l'atteindre, il gravit l'escalier quatre à quatre, ses bottes claquant sur la pierre. Arrivé au sommet, il se retourna et vit l'esprit de la **syrène** se faufiler dans l'entrebâillement de la porte. Sans s'attarder, il enfila le long couloir de brique, qui lui parut interminable. Enfin, il aperçut le mur noir de la petite pièce mobile. Il savait que sa seule chance était d'y entrer et de refermer la porte le plus rapidement possible.

Il s'arrêta devant le mur parfaitement lisse. Où donc était la porte ? Il inspira profondément, tâchant de se concentrer. Soudain il repéra un endroit un peu usé et appliqua la paume dessus. Une lueur verte jaillit de sous sa main, et la porte s'ouvrit. Septimus se rua à l'intérieur et plaqua la main sur le mur. Au moment où la porte commençait à se refermer, il vit la **syrène** surgir du dernier virage du couloir. Ses longs cheveux semblaient flotter dans une brise spectrale, ses yeux étaient laiteux, ses mains squelettiques se tendaient vers lui. C'était une vision terrifiante, mais il y avait pire encore... Devant elle couraient Jenna et Moustique, hurlant : « Attends-nous, Septimus ! Attends-nous ! »

Avant qu'il n'ait éu le temps de réagir, la porte se ferma.

Septimus constata qu'il tremblait. À travers la porte, il entendait les cris de Jenna et de Moustique : « Au secours ! Laisse-nous entrer, laisse-nous entrer ! »

C'était, il le savait, une **projection**. Jenna et Moustique avaient exactement la même apparence que dans les souvenirs qui lui avaient servi à forger son **barrage mental** : Moustique portait son uniforme du Manuscriptorium, et non sa belle veste d'amiral qu'il avait jusqu'à présent refusé de quitter. Mais elle effrayait Septimus parce qu'elle témoignait du pouvoir de la **syrène**. Celle-ci était capable de susciter des **projections** parlantes.

Sans prêter attention aux supplications des **projections**, il se dirigea vers la flèche orange, mais juste comme il allait appuyer dessus, la **syrène** entonna son chant.

Septimus se figea. Sa main retomba. Soudain il n'eut plus qu'un seul désir : écouter cette voix, la plus belle du monde. Comment avait-il pu vivre sans elle ? Son chant exquis tournoyait à travers la pièce, emplissant son cœur et son esprit de bonheur et d'espoir : dans un moment, quand il ouvrirait la porte et laisserait entrer la **syrène**, tous ses vœux seraient comblés. Comme dans un rêve, il s'approcha de la porte et tendit la main vers le mur, la tête pleine d'images splendides : une plage ensoleillée sur laquelle il passait des journées interminables à se prélasser, une mer chaude dans laquelle il nageait paresseusement, des rires, de l'amitié. Il avait la sensation d'être entouré de tous les êtres qu'il aimait. Même Marcia était là... Ce qui, à la réflexion, paraissait étrange. Il n'était pas sûr d'avoir envie de séjourner avec sa tutrice dans un endroit aussi paradisiaque. L'image de Marcia arborant une expression désapprobatrice s'imposa à son esprit, supplantant même le chant de la **syrène**.

Cela ne dura qu'une seconde, mais cela suffit. Se raccrochant à ses souvenirs d'une Marcia désapprobatrice (ce n'était pas difficile, tant le choix était vaste), Septimus retourna vers la flèche orange et appuya dessus de toutes ses forces. Juste comme Marcia lui reprochait d'être encore en retard parce qu'il était allé traîner au Manuscriptorium avec Moustique, à boire cette chose dégoûtante – « Du Coco Bula, c'est ça ? » –, puis d'avoir donné l'ordre à l'escalier de la tour de passer en mode ultrarapide, dérangeant du même coup tous les magiciens qui vaquaient à leurs occupations, Septimus eut de nouveau l'impression que son estomac tombait dans ses pieds. La pièce remontait.

Septimus passa les minutes suivantes en compagnie d'une Marcia furibarde, faisant irruption chez Marcellus Pye pour demander des comptes à son élève, jusqu'à ce que la pièce s'immobilise. Sitôt la porte ouverte, tandis que Marcia se plaignait de l'hygiène de Boutefeu, ou plutôt de son manque d'hygiène, il jaillit de la pièce et se mit à courir.

Soudain la voix de la **syrène** lui parvint des Abysses :

« Je viendrai te chercher, Septimus, et je te trouverai... »

Sans cesser de courir, il monta l'étroit escalier de secours taillé dans la roche et en émergea à l'intérieur de la Guette. Se repérant sur la croix qu'il avait tracée dans le sol, il prit une profonde inspiration, se jeta contre le mur apparemment solide... et se retrouva sur la falaise, les pieds dans l'herbe, le visage caressé par la brise.

Syrah avait dit la vérité.

36
SEPTIMUS CHEF DE PATROUILLE

Septimus s'éloigna de la Guette de toute la vitesse de ses jambes, se demandant combien de temps il faudrait à l'esprit de la **syrène** pour gravir l'escalier et s'élancer à sa poursuite. Il courut se cacher parmi les arbres et mit immédiatement en place un **bouclier protecteur** élémentaire, qui n'exigeait pas une grande concentration. Il y ajouta un **sort d'invisibilité silencieuse**, espérant que la **syrène** n'avait pas la capacité de détecter les signes d'une activité **magique**. À la sortie du bois, il emprunta un chemin plus rapide et plus escarpé qu'à l'aller pour rejoindre l'abri des dunes.

Il dévala la colline, tantôt courant, tantôt glissant, incapable de chasser de son esprit l'image de Syrah étalée sur le sol de la caverne, le visage baignant dans l'eau. Cette vision lui rappelait un conscrit laissé pour mort dans un bas-fond marécageux lors d'un exercice de la Jeune Garde. Hanté par de pénibles souvenirs, il s'enfonça dans les dunes et fut très surpris de s'y heurter à Jenna et à Moustique, quoique beaucoup moins que ces derniers.

– Aïe ! cria Jenna en frappant le vide. Moustique, au secours ! Il y a quelque chose ! Attrape-le, attrape-le ! Oh, c'est toi, Sep ! Qu'est-ce que tu fabriques ?

Septimus avait rapidement levé son **sort d'invisibilité**, mais pas avant que le poing de Moustique n'ait atteint son bras.

– Ouille ! s'exclama-t-il.

– Sep ! s'écria Moustique.

Puis, voyant l'expression de Septimus, il demanda, inquiet :

– Qu'est-ce qui se passe ? Ce... ce n'est pas Boutefeu, dis ?

Septimus secoua la tête. Au moins, ce problème-là était résolu, grâce à Syrah.

Assis sur la dune, ils regardèrent la boule orange du soleil disparaître à l'horizon derrière une bande de nuages qu'elle auréola de pourpre et de rose indien, pendant que Septimus leur racontait son aventure.

Un long silence suivit son récit.

Jenna fut la première à le rompre :

– Tu as été fou de suivre cette... Syrah dans cette horrible tour. Cette fille est probablement un esprit insulaire.

– Syrah n'est pas un esprit, la corrigea Septimus. C'est une personne réelle.

– Dans ce cas, pourquoi n'est-elle pas venue nous dire bonjour ?

– Syrah est réelle, insista Septimus. Tu ne peux pas comprendre, tu ne l'as pas rencontrée.

– Et j'espère ne jamais le faire, rétorqua Jenna avec un frisson. Elle a l'air bizarre.

– Elle n'est pas bizarre !

– Ça va, pas la peine de prendre la mouche. Je suis contente que tu sois tiré d'affaire, voilà tout. Tu as eu de la chance.

– Mais pas elle, murmura Septimus, baissant les yeux.

Jenna jeta un regard interrogatif à Moustique, qui répondit par un hochement de tête presque imperceptible. Il ne savait que penser de l'histoire de Septimus, et en particulier de la description qu'il avait faite de la trappe. Le jour où, dans la chambre forte du Manuscriptorium, Marcia lui avait permis de regarder « La carte vivante de tout ce qui gît dessous », il était certain de ne pas avoir vu de tunnel sous la mer – il n'aurait pas oublié une chose pareille. Mais il savait également que cela ne voulait rien dire. Marcia avait pu **occulter** certains détails. La magicienne extraordinaire était réputée pour ne montrer que ce qu'elle voulait bien qu'on voie. Malgré tout, il avait du mal à le croire.

– Tu es sûr que c'était une trappe de tunnel de glace, Sep ? demanda-t-il. D'habitude, elles ne sont pas aussi grandes.

– Ça, je le sais, répondit sèchement Septimus. Et je sais aussi reconnaître une trappe de tunnel de glace quand j'en vois une.

– Mais nous sommes affreusement loin du Château, objecta Jenna. Ça voudrait dire que le tunnel traverse la mer.

– J'y ai pensé, figure-toi, répliqua Septimus. Je n'invente rien.

– Personne n'a dit ça ! reprit Moustique. Mais les choses ne sont pas toujours ce qu'elles paraissent.

– Surtout sur une île, ajouta Jenna.

Septimus en avait assez entendu. Il se leva et frotta le sable sur sa tunique.

– Je retourne auprès de Boutefeu, dit-il. Il est resté seul tout l'après-midi.

Jenna et Moustique se levèrent à leur tour et dirent d'une seule voix :

– On vient aussi !

Puis ils échangèrent un sourire qui agaça beaucoup Septimus.

Soudain ils repérèrent un mouvement du côté du Pinacle et se jetèrent à plat ventre sur le sable. Le *Maraudeur* était sur le départ. Mais le bateau, au lieu de mettre le cap sur le large, comme ils l'espéraient, vira à droite et se mit à longer la côte en direction des rochers qui prolongeaient la plage sur laquelle ils avaient laissé Boutefeu. En dépit de son équipage de brigands, le *Maraudeur* était un beau bâtiment, et la vision de sa silhouette se détachant sur le crépuscule piqué d'étoiles ne manquait pas de poésie.

– Comme cette île est belle, soupira Moustique quand le *Maraudeur* eut disparu derrière les rochers. Difficile de croire qu'il puisse s'y passer quelque chose de mal.

– Comme il est écrit dans le manuel d'instruction de la Jeune Garde, cita Septimus, « La beauté attire l'étranger plus aisément vers le danger ».

La nuit était tombée, et la **Lampe** brillait à présent telle une lune miniature. Les trois amis quittèrent leur cachette et entreprirent de longer la plage, ignorant qu'une capsule rouge venait d'émerger au pied du Pinacle. Une trappe s'ouvrit dans le toit de l'appareil, dont les trois passagers sortirent à l'air libre. Le plus petit, qui avait un peu l'allure d'une chauve-souris, escalada rapidement le Pinacle et s'installa à côté de la sphère lumineuse. Si Septimus, Jenna ou Moustique s'étaient retournés à cet instant, ils auraient vu la silhouette de Miarr se découper sur un cercle de clarté blanche, mais ils n'en firent rien. Instinctivement, ils évitaient de regarder la **Lampe**, car elle leur faisait mal aux yeux.

Le retour vers la plage ne fut pas de tout repos. Septimus avait insisté pour qu'ils marchent sur le sable mou, dans l'ombre des dunes. Il avait aussi demandé à Jenna et à Moustique de passer devant lui.

– On ne pourrait pas marcher un peu plus bas ? demanda Jenna. Ce serait moins fatigant.

– Trop exposé.

– Mais il fait sombre maintenant. Personne ne peut nous voir.

– Ici, non. Mais dans un espace vide comme la plage, on nous remarquerait immédiatement.

– J'imagine que la Jeune Garde avait un dicton pour ça aussi.

– « Un arbre isolé est facile à repérer. »

– Ils avaient vraiment de mauvais poètes, dans la Jeune Garde.

– Pas la peine de faire du mauvais esprit, Jen.

Jenna et Moustique continuèrent à avancer tant bien que mal, suivis de Septimus. En jetant un coup d'œil derrière lui,

Moustique remarqua que ce dernier marchait un peu comme un crabe.

– Ça va ? demanda-t-il.

– Oui, répondit Septimus.

Ils se trouvaient à présent à proximité des rochers qui bordaient leur crique. Jenna s'apprêtait à les escalader quand Septimus l'arrêta.

– Non, dit-il. La **syrène** pourrait nous voir.

La fatigue avait rendu Jenna aggressive.

– Comment veux-tu qu'elle nous voie ? On n'aperçoit même pas sa fichue tour d'ici.

– Sans compter qu'il s'agit d'un esprit **résidant**, ajouta Moustique. À moins d'être assez fous pour entrer dans sa tour, nous ne risquons rien.

– Elle a dit qu'elle viendrait me chercher, lui rappela Septimus. Je l'ai entendue.

– Je sais, mais réfléchis : elle voulait certainement dire qu'elle viendrait te chercher dans la tour. Elle te croyait piégé à l'intérieur. Elle ignorait que tu savais comment t'en échapper. À l'heure qu'il est, elle doit être en train d'en inspecter les moindres recoins. À moins qu'elle n'ait laissé tomber et qu'elle ne soit retournée...

– Tais-toi ! l'interrompit sèchement Septimus.

L'idée que la **syrène** ait pu retourner auprès de Syrah lui était insupportable.

– Relax, Sep. Tu as eu une dure journée.

Les paroles de Moustique étaient pleines de bon sens, pourtant Septimus ne pouvait se défaire d'un sentiment diffus de danger. En plus, il avait échoué dans sa mission. La trappe était toujours **descellée**, et quelque chose lui disait que la menace qui pesait sur le Château était autrement plus grave qu'un simple problème de serrure. Mais Jenna et Moustique ne voulaient pas le comprendre.

– Pas question de monter sur les rochers, insista-t-il. On y serait trop exposés. On va plutôt passer par les dunes, en file indienne et en silence. Exécution !

– Pardon ? s'exclama Moustique, n'en croyant pas ses oreilles.

– Chut ! C'est sérieux... Aussi sérieux qu'un exercice de survie dans la Forêt. Compris ?

– Non, mais je suppose que ça n'a aucune importance, répondit Moustique. Manifestement, tu as décidé de jouer les chefs de patrouille.

– Il faut bien que quelqu'un le fasse, rétorqua Septimus.

S'il ne se l'était jamais avoué pendant qu'il servait dans la Jeune Garde, il avait toujours nourri la vague ambition d'accéder au grade d'élève officier

– En route, les gars, ordonna-t-il, se glissant dans la peau du rôle.

– Les gars ? protesta Jenna.

– Tu peux être un gars aussi.

Jenna grimaça.

– Super ! Merci beaucoup, Sep.

– Mais... commença Moustique.

– Chut !

– Non, tu vas m'écouter. C'est important. Si l'esprit a vraiment l'intention de venir te chercher, il n'aura qu'à suivre nos traces pour te retrouver, et au moment où nous dormirons dans notre abri...

Jenna frissonna.

– Moustique, je t'en prie !

– Pardon, fit Moustique, décontenancé par la réaction de la princesse.

– Nous ne laisserons aucune trace, affirma Septimus. C'est pour ça que je tenais à fermer la marche. Pour les gringonner.

– Pour les *quoi* ? s'exclamèrent Moustique et Jenna.

– Un terme technique.

– « Gringonner », un terme technique ? demanda Moustique, riant à moitié.

Mais Septimus était on ne peut plus sérieux.

– C'est une méthode de la Jeune Garde.

– Je m'en serais douté, marmonna Moustique.

– On frotte ses pieds sur le sable, comme ça, expliqua Septimus en marchant en crabe. Vous voyez ? Si vous le faites correctement, personne ne peut repérer vos traces. Mais pour que ça fonctionne, il faut que le sable soit mou.

– Évidemment.

Jenna et Moustique s'enfoncèrent dans les dunes, Septimus derrière eux. Il les dirigea vers un sentier étroit et très encaissé, au-dessus duquel les herbes longues et drues formaient une voûte protectrice. À l'abri de l'éclat de la **Lampe**, l'anneau dragon de Septimus se mit à briller, et il dut tirer sur ses manches bordées de galons pourpres pour le cacher.

Septimus était satisfait de son choix. Le chemin parallèle à la plage les conduisit à proximité de leur abri. Quand ils le quittèrent, le ciel était semé d'étoiles et la mer commençait à redescendre. Ils allèrent droit vers Boutefeu.

Le sommeil du dragon était ponctué de ronflements paisibles et rassurants. Jenna caressa son museau tiède et Moustique fit des commentaires élogieux sur sa collerette. Puis, non sans inquiétude, ils se dirigèrent vers sa queue. Elle n'était plus inerte comme un arbre abattu mais avait retrouvé sa courbure et son odeur habituelles. Il flottait encore dans l'air une légère fragrance de menthe poivrée qui raviva le souvenir de Syrah dans l'esprit de Septimus. La tristesse l'envahit.

– Je vais rester un moment près de Boutefeu, dit-il à Jenna et à Moustique.

Moustique acquiesça.

– Je vais nous mijoter un ragoût à la mode de la Jeune Garde, dit-il. Rejoins-nous quand tu te sentiras prêt.

Septimus, très las, s'assit contre le cou de Boutefeu, qui avait conservé la chaleur du soleil. Il plongea une main dans sa poche, en sortit le petit livre que Syrah lui avait donné et commença à le lire. Malheureusement, il ne lui apporta aucun réconfort.

Laissant Moustique surveiller la cuisson d'un ragoût des plus hétéroclites, Jenna s'assit face à la mer et la regarda se retirer lentement. Ses pensées se tournèrent vers Nicko. Elle se demanda si la *Cerys* avait quitté le port. Elle imagina Nicko manœuvrant l'énorme gouvernail en acajou du navire et éprouva une pointe de regret. Elle aurait aimé se trouver sur le pont aux côtés de son grand frère, passer du temps avec lui comme autrefois, avant de rejoindre sa cabine et sa confortable couchette sans grains de sable. Jenna se rappela la petite couronne dorée que Milo avait fait peindre sur sa porte et sourit. Sur le moment, elle en avait été gênée, mais à présent elle comprenait qu'il cherchait à lui exprimer sa fierté par ce moyen. *A posteriori*, elle eut honte de son attitude. Peut-être avait-elle eu tort de partir sur un coup de tête.

Moustique l'entendit soupirer.

– Nicko te manque ? demanda-t-il.

Jenna fut étonnée qu'il ait si bien deviné ses pensées.

Au même moment, Septimus les rejoignit.

– Tais-toi, Moustique, dit-il. Je ne veux pas entendre un bruit. À partir de maintenant, on ne se parle plus que par signes. Compris ?

– Fais attention, Sep. Tout ce cirque est en train de te monter à la tête.

– Je te signale que nous ne sommes pas ici pour faire un pique-nique, souffla Septimus.

– Oh, lâche-nous, tu veux ? Tu fais une montagne de rien du tout. Tu rencontres sur la plage un esprit qui connaît deux ou trois tours de **Magyk** et tu imagines aussitôt le pire. Si tu veux mon avis, ta Syrah t'a **ensorcelé**. Ou alors, tu t'es endormi et tu as tout rêvé.

– Ah oui ?

Septimus plongea la main dans sa poche et en sortit le journal de Syrah.

– Tiens, lis ça. On verra ensuite si tu crois toujours que j'ai rêvé.

⊹⊹ 37 ⊹⊹
LE JOURNAL DE ~~SYRAH~~ *SYRÈNE*

Moustique et Jenna déchiffrèrent la couverture du livre :

Journal de ~~Syrah~~ Syrène
Dédié à ~~Julius Pike,~~
~~magicien extraordinaire~~ mes îles

– Pourquoi a-t-elle changé son nom et rayé des mots ? demanda Jenna.

– Lis et tu comprendras, répondit Septimus.

Jenna souleva la couverture et commença à lire, de même que Moustique.

Très cher Julius, c'est pour vous que j'écris ce livre. Je veux croire que nous le lirons un jour ensemble, assis devant la cheminée de vos appartements, au dernier étage de la tour du Magicien. Mais les événements de la semaine écoulée m'ont rappelé que les choses ne se déroulent pas toujours selon

337

nos plans. Il se pourrait donc que vous lisiez un jour ce petit livre tout seul, à moins que vous ne le lisiez jamais. Mais peu importe quand et comment il retournera au Château (car je sais qu'il y retournera), je souhaite consigner par écrit ce qui est arrivé à votre fidèle apprentie, ~~Syrah Syara~~ Syrène, après qu'elle eut tiré la pierre de Queste.

Voici le récit de mes déboires.

Jamais je n'aurais imaginé tirer la pierre de Queste. Cela faisait si longtemps qu'elle ne l'avait pas été que je ne croyais pas vraiment à son existence. Même après l'avoir tirée, je n'y croyais toujours pas. Je pensai d'abord à une farce de votre part. Mais quand je vis votre visage, je sus que ce n'en était pas une. Le moment où les gardiens de la Queste m'emmenèrent fut le pire de toute ma vie. J'eus beau me débattre, à sept contre une, je ne pus rien faire.

Le bateau de Queste m'ôta mes pouvoirs. J'ai la conviction qu'il est lui-même imprégné de Magyk, mais une Magyk très différente de celle que vous et moi pratiquons. Il filait à une telle allure sur la Rivière qu'il me sembla que nous dépassions le Port quelques minutes à peine après notre départ. De là, il gagna le large, et très vite, je perdis la terre de vue. Je compris alors que j'étais condamnée.

Tandis que nous fendions les vagues, les gardiens dégainèrent leur poignard et m'encerclèrent tels des vautours, mais ils n'osèrent pas me frapper tant que je les regardais droit dans les yeux. Puis la nuit tomba, et je sus que si je m'endormais ne fût-ce qu'un instant, je ne me réveillerais jamais. Je restai consciente toute la nuit et la journée du lendemain. Mais quand la nuit tomba pour la deuxième fois, je craignis de ne pouvoir lutter plus longtemps contre le sommeil.

Minuit était depuis longtemps passé, et l'aube approchait. Je sentais mes paupières devenir lourdes quand, soudain, j'aperçus un reflet sur une lame qui s'avançait vers moi. Je me réveillai immédiatement et sautai du bateau.

Oh, Julius, comme l'eau était froide, et profonde ! Je coulai comme une pierre jusqu'à ce que mes vêtements se déploient autour de moi. Je me rappelle avoir vu la lune tandis que je remontais lentement. Quand je refis surface, je constatai que le bateau de Queste n'était plus là. Je me trouvais seule en pleine mer, et je savais que d'ici quelques minutes, j'allais couler de nouveau, cette fois pour toujours. Puis, à ma grande joie, je sentis mes pouvoirs revenir. J'appelai un dauphin. Il me porta jusqu'à un phare qui possédait (vous n'allez pas le croire) des oreilles de chat et des yeux qui laissaient passer une lumière aussi éblouissante que le soleil.

Ce phare était un endroit étrange. Il était habité par deux hommes chats qui veillaient sur la sphère magique d'où provenait la lumière. Je leur laissai un message à votre intention, au cas où un bateau ferait escale au phare (je me demande si vous le recevrez avant mon retour). J'avais moi-même décidé d'attendre le passage d'un navire, mais cette nuit-là, alors que je dormais sur une couchette dure, j'entendis quelqu'un m'appeler d'une voix si incroyablement douce que je ne pus lui résister. Sans faire de bruit, je sortis du phare et appelai mon dauphin, qui me conduisit à l'île.

Mon dauphin me déposa sur un rivage rocheux bordé par des eaux profondes. Non loin de là, je découvris des dunes, où je m'endormis. Le lendemain matin je fus réveillée par la rumeur de la mer et par mon nom, murmuré par quelqu'un au-delà des dunes. Quand le soleil fut levé, je marchai le long de la plage, me croyant au paradis. Comme je me trompais !

– Elle a ajouté la dernière phrase plus tard, remarqua Moustique. L'écriture est plus tremblée.

– Et elle a été barrée, observa Jenna.

– Par quelqu'un d'autre, reprit Moustique. L'inclinaison du crayon est différente.

Jenna tourna la page. Le récit se poursuivait sous la forme d'un journal intime.

L'île, premier jour

J'ai établi mon campement dans un creux abrité d'où je peux apercevoir le phare. J'aime regarder sa lumière la nuit. Aujourd'hui j'ai trouvé de quoi subvenir à tous mes besoins : une source d'eau fraîche, un fruit épineux mais délicieux que j'ai cueilli sur un arbre et deux poissons que j'ai attrapés à mains nues (vous voyez bien que toutes les heures que j'ai passées à pêcher dans le Fossé n'étaient pas une perte de temps !). Et, comble de chance, j'ai ramassé ce livre de bord sur la plage. Bientôt, Julius, j'appellerai mon dauphin et je retournerai vers vous. Mais d'abord, je souhaite reprendre des forces et profiter de cet endroit où résonne un chant mélodieux. Je chante.

L'île, deuxième jour

Aujourd'hui j'ai poussé plus loin mon exploration. J'ai découvert une plage adossée à une falaise, mais je ne m'y suis pas attardée. J'avais l'impression étrange d'être observée. Je suis très curieuse de savoir ce qu'il y a en haut de la falaise — il me semble que ce doit être magnifique. Demain, peut-être, j'escaladerai la colline au sommet de laquelle on aperçoit des arbres. Viens à moi.

L'île, troisième jour

Ce matin, j'ai été réveillée par la même voix douce qui m'appelait. J'ai suivi son chant. Étrangement, il m'a conduite au sommet de la colline, là même où j'avais prévu de me rendre aujourd'hui. Au-delà du bois, au bord de la falaise, se dresse une tour isolée. Il y a une entrée, mais un rideau de Ténèbre la recouvre. Je l'ai regardée jusqu'à ce que l'attrait qu'elle exerçait sur moi devienne trop fort. J'ai ensuite regagné ma cachette parmi les dunes.

Je ne retournerai pas à cette tour. Demain, j'appellerai mon dauphin pour qu'il me ramène au Château. Cher Julius, j'ai hâte de vous voir me sourire quand je franchirai les grandes portes d'argent de la tour du Magicien. Plus jamais.

L'île, quatrième jour

Aujourd'hui je me suis réveillée devant la tour sur la falaise. J'ignore comment je suis arrivée là. Je n'avais encore jamais fait de crise de somnambulisme, mais c'est sans doute ce qui m'est arrivé. Heureusement je me suis réveillée avant d'entrer. Je me suis enfuie, malgré une voix enchanteresse qui me suppliait de rester, et me suis réfugiée dans les dunes. À présent j'ai peur. J'ai appelé mon dauphin, mais il n'est pas venu. Il ne viendra pas.

L'île, cinquième jour

Je n'ai pas dormi la nuit dernière, craignant de me réveiller de nouveau devant la tour. Mon dauphin n'est toujours pas là. Je ne dormirai pas cette nuit non plus. Dors.

L'île, sixième jour

Je suis encore restée éveillée toute la nuit. Je suis terriblement fatiguée. C'est comme si j'étais remontée à bord du bateau de Queste. Bientôt la nuit va tomber, et j'ai peur. Si je m'endors, où vais-je me réveiller ? Je me sens très seule. Ce livre est mon seul ami. Cette nuit, tu viendras à moi.

– C'est affreux, murmura Jenna.
– Et ça ne va pas s'arranger, dit Septimus.
Il tourna la page et, le cœur serré par l'angoisse, Jenna et Moustique reprirent leur lecture.

L'île, septième jour
Aujourd'hui je me suis réveillée dans la tour. Je ne me rappelle pas qui je suis. Je suis Syrène.

– Quelle horreur ! s'exclama Jenna.

Le journal s'achevait là, mais il y avait une dernière page lisible, quoique froissée et couverte de taches. C'était à cet endroit que le livre s'ouvrait naturellement. À première vue, on aurait dit un exercice tels qu'en font les enfants qui apprennent à écrire, mais au lieu de s'améliorer, l'écriture était de plus en plus désordonnée et défigurée par une intervention extérieure.

Je suis Syrah Syara. Je suis âgée de dix-neuf ans. Je viens du Château. J'étais l'apprentie de Julius Pike. Je suis Syrah Syara. Je suis Syrah Syara.

Je suis Syrah Syara. Je suis âgée de ~~dix-neuf ans~~. Je viens ~~du Château~~ de l'île. ~~J'étais~~ Je suis l'apprentie ~~de Julius Pike~~ l'île. Je suis Syrah Syara. Je suis ~~Syrah Syara~~ Syrène.

Je suis Syrène. Je suis éternelle. Je viens de l'île. Je suis l'île. Je suis Syrène. Je suis Syrène. Quand je t'appellerai, tu viendras à moi.

Jenna secoua la tête et murmura :
– Elle est partie.
Septimus la regarda tourner les pages, cherchant l'écriture nette et gracieuse de Syrah. Mais le reste du livre ne contenait que des signes et des symboles complexes qu'aucun

d'eux ne parvenait à décrypter, tracés d'une écriture fine, avec de nombreux pleins et déliés. Jenna referma le livre et le tendit à Septimus.

– J'ai l'impression d'avoir assisté à un assassinat, dit-elle.

– C'est le cas. La **possession** équivaut plus ou moins à un assassinat. Vous me croyez, maintenant ?

Jenna et Moustique hochèrent la tête.

– Je prendrai le premier tour de garde, décida Septimus, et toi, Moustique, le suivant. Je te réveillerai dans deux heures. Jen, tu as besoin de dormir. D'accord ?

Jenna et Moustique acquiescèrent de nouveau sans prononcer un mot.

Septimus s'installa un peu à l'écart de leur abri, dans une dépression entre deux dunes qui lui permettait de voir la plage tout en restant caché. Malgré le danger, il se sentait bien vivant et déterminé. À présent il avait le soutien de ses amis et, quoi qu'ils aient à affronter, ils l'affronteraient ensemble. Il ne voulait même pas imaginer le calvaire qu'avait dû vivre Syrah, avec son petit livre bleu pour unique compagnie.

Aussi immobile qu'une statue, il respira la fraîcheur et écouta la rumeur lointaine des vagues pendant que la mer se retirait. Lentement il tourna la tête d'un côté et de l'autre, guettant le moindre mouvement dans les herbes, scrutant la plage déserte, **écoutant**. Tout était calme.

Les heures passèrent. La température baissa, mais Septimus ne relâcha pas sa vigilance, faisant presque corps avec la dune. La clarté surnaturelle de la sphère illuminait le ciel à sa gauche, et tandis que la lune se levait et que la mer

343

se retirait toujours plus loin, il distingua les contours d'un banc de sable d'une blancheur étincelante. Le bruit du ressac s'atténuant à mesure que la mer s'éloignait, il perçut soudain le cri d'une mouette ainsi que les pas de quatre pieds nus sur le sable mouillé.

PROJECTIONS

Aussi silencieux qu'un serpent, Septimus s'avança entre les dunes en rampant sur les coudes. Dans le clair de lune, ses cheveux avaient la couleur du sable et sa cape était du même vert que l'herbe. Toutefois, son déplacement n'était pas passé inaperçu.

Dans l'obscurité de leur abri, Moustique se réveilla en sursaut et tendit l'oreille. Il se tramait quelque chose d'anormal. Repoussant sa **cape chauffante**, il se leva et passa machinalement une main sur sa tête. Il regretta aussitôt son geste : ses cheveux étaient à présent enduits d'un mélange de sable et d'huile capillaire. En se baissant (il était impossible de se tenir debout dans l'abri) il jeta un coup d'œil par l'entrée étroite et vit Septimus descendre la dune sur le ventre en direction de la plage. Inquiet, il se glissa à l'extérieur, détachant de la paroi un peu de sable qui faillit tomber sur la tête de Jenna.

Celle-ci continua à dormir et à rêver de Nicko sur son bateau.

Progressant à la manière d'une tortue, Moustique suivit le même chemin que son ami qui, à présent arrêté, observait la plage. Moustique le rejoignit, faisant pleuvoir du sable sur lui. Septimus se retourna et posa un doigt sur ses lèvres.

– Chut...

– Qu'est-ce qui se passe ? souffla Moustique.

Septimus pointa l'index vers la gauche. Sur la plage, deux silhouettes se profilaient sur la clarté de la **Lampe**. Elles marchaient le long de l'eau, tenant leurs bottes à la main. Septimus envia leur allure insouciante. Quand les silhouettes se rapprochèrent, il vit qu'il y avait un garçon et une fille. Et quand elles se rapprochèrent encore, il eut l'impression étrange de les connaître.

– C'est impossible, murmura-t-il.

– Quoi donc ?

– On dirait 409 et Lucy Gringe.

– 409 ?

– Tu sais, Lobo.

Moustique ne connaissait pas Lobo, mais Lucy Gringe, oui, et il trouvait que Septimus avait raison.

– Comment sont-ils arrivés ici ? demanda-t-il.

– Ils ne sont pas là. C'est une **projection**. La **syrène** tente de me leurrer pour m'attirer à elle.

– Mais comment cette **syrène** connaît-elle Lucy et Lobo ?

– C'est ma faute. J'ai évoqué leur souvenir pour construire mon **barrage mental**.

Lucy et Lobo s'arrêtèrent à la limite de l'eau et contemplèrent la mer.

– Ils sont très réalistes, remarqua Moustique. Je croyais qu'il était très difficile de créer des **projections** humaines ?

– Pas pour la **syrène**, répondit Septimus.

Avec un frisson, il repensa à la **projection** de Moustique et de Jenna le suppliant de les attendre.

Soudain il appuya une main sur la tête de Moustique pour l'obliger à se baisser. Les deux silhouettes s'étaient remises en mouvement et se dirigeaient vers leur cachette. Les deux garçons battirent en retraite.

– Vite, dans l'abri ! souffla Septimus.

Quelques secondes plus tard, Jenna fut réveillée en sursaut par une avalanche de sable.

– Qu'est-ce qui... balbutia-t-elle.

– Chut ! fit Septimus.

Effrayée, Jenna se leva et rejoignit les deux garçons devant l'ouverture de l'abri.

Quoique trop étroite pour livrer passage à plus d'une personne à la fois, celle-ci était assez large pour leur permettre de regarder à l'extérieur côte à côte. Bientôt, trois paires d'yeux suivirent la difficile progression de Lobo et de Lucy Gringe vers leur abri en principe indétectable.

Les pseudo-Lobo et Lucy s'assirent dans le sable à quelques pas d'eux. Jenna poussa un petit cri de surprise.

– Chut ! fit Septimus, même si les **projections** étaient incapables d'entendre.

– Qu'est-ce qu'ils font ici ? murmura Jenna.

– Ce sont des **projections**, répondit Septimus.

– Des quoi ?

– Des **projections**.

– Pourtant, ils ont l'air vrais...

Septimus dut en convenir : les **projections** étaient tellement réalistes qu'il lui semblait qu'il n'aurait eu qu'à étendre le bras pour toucher le véritable 409, ses cheveux embroussaillés et sa cape couverte de sable. Il était à deux doigts de tenter l'expérience quand il se ravisa, se disant qu'il s'agissait d'une ruse de la **syrène**. Dès qu'il se montrerait, elle surgirait, prête à l'attraper. Elle avait lancé ses **projections** après sa proie de même qu'un chasseur lâche ses chiens après un lapin pour l'obliger à fuir son terrier. Il était hors de question qu'il s'aventure hors du terrier tant qu'elles resteraient là.

Soudain une des **projections** parla.

– Tu as entendu ? dit-elle en jouant avec ses tresses.

– Ils parlent, murmura Moustique. Les **projections** ne font pas ça.

– Celles de la **syrène**, si, rétorqua Septimus. Je te l'avais dit.

À l'extérieur de l'abri, la **projection** avec des tresses jetait des regards nerveux autour d'elle.

– Encore ce bruit...

– Sans doute un serpent des sables, dit la **projection** aux cheveux emmêlés.

Moustique grimaça : jusque-là, il n'avait pas pensé aux serpents des sables.

La **projection** avec les tresses se dressa tel un ressort.

– Un serpent ! cria-t-elle. Au secours !

Elle secoua ses vêtements, faisant pleuvoir du sable à l'intérieur de l'abri.

– C'est bien Lucy Gringe, souffla Moustique en se frottant les yeux pour en déloger le sable. Ça ne fait aucun doute.

– Et moi je te dis que ce n'est pas elle, répliqua Septimus, catégorique.

– Aaaah ! hurla la **projection**. Je déteste les serpents !

– Moustique a raison, dit Jenna. Il n'y a que Lucy pour pousser des cris pareils.

La **projection** du garçon se leva à son tour.

– Chut, Lucy ! On pourrait t'entendre.

La voix désincarnée de Jenna jaillit du sol :

– Trop tard !

Les deux **projections** se cramponnèrent l'une à l'autre.

– Qu'est-ce que tu as dit ? demanda la fille au garçon.

– Moi ? Rien ! On aurait dit... la voix de Jenna Heap.

– La princesse Jenna ? Ne sois pas bête, rétorqua la fausse Lucy. C'est impossible !

– Si, c'est possible, dit Jenna en surgissant du flanc de la dune.

La **projection** de Lucy poussa un petit cri pathétique tandis que Jenna secouait le sable de sa tunique.

– Lobo, Lucy, quel plaisir de vous voir ici ! dit-elle.

Au ton de sa voix, on aurait pu croire qu'elle avait croisé les deux jeunes gens par hasard dans une soirée mondaine.

– Je t'en prie, ne recommence pas à crier, ajouta-t-elle comme Lucy Gringe ouvrait la bouche.

Lucy s'assit, pour une fois à court de mots.

– C'est bien vous, n'est-ce pas ? demanda Jenna afin de rassurer Septimus.

– Évidemment ! rétorqua Lucy, piquée au vif. Je pourrais te poser la même question.

– C'est bien moi, répondit Jenna. Et toi aussi, j'imagine, ajouta-t-elle en souriant à Lobo.

Lobo donnait l'impression de ne plus très bien savoir qui il était lui-même. Soudain il aperçut l'entrée d'un abri construit suivant le modèle standard de la Jeune Garde.

– 412 est là ? demanda-t-il.

– Bien sûr, acquiesça Jenna. Et aussi Moustique.

– C'est vrai, il y en a beaucoup dans le coin. Et ils piquent.

– Non, je parlais de *Moustique*. Sep ? Tu peux te montrer, maintenant.

Septimus sortit de l'abri, l'air gêné et mécontent.

– Qu'est-ce que tu fabriques ici, 409 ? demanda-t-il.

– Je pourrais te retourner la question, répliqua Lobo tandis que Moustique, couvert de sable, s'extrayait à son tour de l'abri. Dis, vous êtes combien là-dedans ? Toute une armée ?

Septimus et Lobo se toisèrent mutuellement, comme si chacun avait violé le territoire de l'autre.

Jenna jugea qu'il était temps d'intervenir :

– Bon, si on allumait un feu sur la plage ? On pourrait faire griller des oursons banane.

– Vous avez des oursons banane ici, au milieu de nulle part ? s'exclama Lucy.

– Oui. Tu en veux ?

– Je mangerais n'importe quoi du moment que ça n'a pas un goût de poisson, répondit Lucy.

Septimus allait protester mais Jenna l'arrêta :

– La comédie a assez duré, Sep. On est cinq maintenant. Tout ira bien.

Septimus s'abstint de répondre, encore honteux de son erreur.

– Je vais ramasser du bois sur la plage, annonça Moustique. Tu viens, Sep ? Et toi, euh... 419 ?

– 409, le corrigea Lobo en souriant. Mais tu peux m'appeler Lobo, comme tout le monde.

– Et tu peux m'appeler Moustique. Rassure-toi, je ne pique pas.

Une demi-heure plus tard, nos amis, rassemblés sur la plage autour d'un feu crépitant, faisaient griller des oursons banane, ignorant que, non loin de là, Jacky Fry les regardait avec envie.

Jacky se trouvait au point culminant de l'île de l'Étoile, face à la pointe de l'île principale. Il souffrait du froid, de la faim et, comme il s'en aperçut en observant le groupe, de la solitude. Il mâchonna la tête d'un petit poisson séché qu'il avait trouvé au fond de sa poche et frissonna, mais il n'osa pas aller chercher une couverture.

Jacky scrutait consciencieusement l'horizon. On l'avait chargé de surveiller la mer, pas la terre, mais de temps à autre, il ne pouvait s'empêcher de jeter un coup d'œil au groupe. À un moment, il constata que la marée, en se retirant, découvrait un banc de sable reliant l'île de l'Étoile à la plage. Il mourait d'envie de l'emprunter pour rejoindre la plage, mais il n'en fit rien. Ce n'était pas la présence de son père et des jumeaux Crowe à bord du *Maraudeur*, amarré à un jet de pierre, qui l'effrayait, mais le vieux spectre au regard fixe, en robe bleue démodée, qui les attendait sur le quai de l'ancien port de l'Étoile à leur arrivée. Quelque chose en lui avait terrifié Jacky. Il ne lui avait d'ailleurs pas échappé que même son père semblait le craindre, et il n'avait jamais vu son père craindre quoi que ce soit. À la tombée de la nuit, le fantôme avait dit à Jacky d'aller surveiller l'approche du grand navire. « Et je ne veux pas revoir ta tête de fouine tant qu'il ne se sera pas fracassé sur les rochers, avait-il ajouté. Compris ? » Jacky avait très bien compris.

Ignorant qu'un jaloux les épiait, le groupe prenait ses aises sur la plage. Lobo et Lucy commencèrent à raconter leur histoire. Jenna et Moustique écoutaient, captivés, mais Septimus ne pouvait se défaire de l'impression qu'une menace planait sur eux. Assis un peu à l'écart du groupe, il ne regardait ni le feu ni la **Lampe** au sommet du Pinacle afin de préserver sa vision nocturne.

– Relax, Sep, dit Jenna, remarquant son expression inquiète. Tout va bien. On passe un bon moment.

Septimus ne répondit pas. Il aurait bien voulu passer un bon moment avec les autres, mais l'image de Syrah gisant face contre terre dominait ses pensées. Il y avait peu de chances qu'elle passe un très bon moment, elle.

Tandis que Lucy et Lobo poursuivaient le récit de leurs aventures, Septimus mastiqua deux oursons banane et but le chocolat chaud que lui tendit Jenna, mais le souvenir de Syrah et des événements de la journée pesait sur lui comme une couverture humide. Quand il regardait ses compagnons rassemblés autour du feu, il lui semblait se trouver sur une autre île qu'eux. Le feu commença à faiblir et la température fraîchit. Septimus se blottit sous sa cape et, s'efforçant d'ignorer les miaulements de Lucy Gringe, tourna son regard vers le large.

Il ne décolérait pas : Moustique et Jenna venaient enfin de comprendre qu'il se passait des choses graves sur l'île quand Lucy et Lobo étaient apparus et la soirée avait viré au feu de camp. Au lieu de rire aux stupides imitations de Lucy, ils auraient mieux fait de se demander pourquoi l'équipage du *Maraudeur* avait volé la **Lampe** pour la placer ensuite au sommet du Pinacle, et aussi de s'interroger sur la menace que lui avait révélée Syrah. Il existait certainement un lien entre ces événements. Pour le découvrir, il avait besoin de parler aux autres et de confronter ce qu'il savait à ce qu'avaient appris Lucy et Lobo. Mais chaque fois qu'il avait tenté d'aborder la question, personne ne l'avait suivi. Ces idiots avaient continué à s'amuser comme s'ils étaient en excursion dans les dunes du Port.

Tandis que Lucy régalait son auditoire avec la description des têtes de poisson au chocolat, Septimus continua à scruter la nuit. Alors que s'élevait un cri de dégoût collectif, il vit se dessiner à l'horizon la silhouette d'un navire toutes voiles dehors.

Lobo et Lucy racontèrent enfin comment ils avaient sauté de rocher en rocher pour rejoindre la plage et demander de l'aide aux personnes que Miarr avait aperçues au sommet du Pinacle plus tôt dans la journée.

– Qui aurait cru que c'était vous ? conclut Lucy.

Puis le silence retomba. Septimus suivait toujours du regard la progression régulière du grand navire.

– Ça va ? lui demanda Jenna au bout d'un moment.

– Il y a un bateau, là-bas, répondit-il en indiquant le large.

Quatre têtes se tournèrent, et quatre paires d'yeux qui venaient de fixer les braises rougeoyantes ne virent rien.

– Tu as besoin de dormir, dit Jenna. Tes yeux te jouent des tours.

Ce fut la goutte d'eau qui fit déborder le vase. Septimus se leva brusquement, furieux.

– Vous ne comprenez rien ! cria-t-il. Vous êtes là à rire et à faire les idiots, sans même voir ce qui se passe sous votre nez !

Puis il s'éloigna à grandes enjambées en direction des dunes.

Moustique se leva, prêt à aller le chercher, mais Jenna le retint par la manche.

– Laisse-le, dit-elle. Il a besoin d'être seul. Il ira mieux demain matin.

Septimus atteignit les dunes et l'obscurité apaisa sa colère. Il fut tenté de retourner sur ses pas pour retrouver la clarté rassurante du feu et la compagnie de ses amis, mais il avait connu assez de reculades pour la journée. Il décida plutôt de monter au sommet de l'île pour surveiller l'approche du bateau et se prouver à lui-même qu'il avait bien vu.

Il escalada les dunes, puis le plateau au centre de l'île. Là, il s'arrêta pour reprendre son souffle et jouir du spectacle. Le ciel était dégagé et la nuit festonnée d'étoiles. La mer continuait à se retirer, révélant des bancs de sable qui étincelaient sous la lune ainsi qu'un réseau secret de routes très anciennes. Des routes qu'avaient empruntées les gens qui vivaient là longtemps auparavant, avant que la montée des eaux ne donne naissance aux sept îles.

Septimus chercha le bateau des yeux, espérant presque s'être trompé. Mais il était toujours là, bien plus proche à présent, et le clair de lune rehaussait la blancheur de ses voiles. Il semblait se diriger droit vers l'île. Septimus s'apprêtait à courir avertir ses amis quand il aperçut du coin de l'œil un collier de lumières bleutées qui scintillait à travers les arbres. Il se jeta à terre.

Caché parmi les hautes herbes, Septimus osait à peine respirer. Il observa les lumières, s'attendant à les voir venir dans sa direction, mais elles ne bougèrent pas. Il finit par comprendre qu'elles provenaient des fenêtres de la Guette. Tandis qu'il s'interrogeait sur leur signification, une volute de brume surgit des arbres et dévala la colline vers la mer. Il frissonna. L'air semblait s'être brusquement refroidi, et la brume donnait l'impression de se déplacer suivant un plan précis, comme si elle se dépêchait vers un rendez-vous.

Septimus se leva. Soudain la perspective de rejoindre ses amis autour du feu lui parut irrésistiblement tentante. Il descendit la dune en courant. Devant lui, la brume s'était étalée le long du rivage et commençait à se répandre à la surface de la mer. Déjà, elle avait englouti la plage, mais Septimus se repéra au rougeoiement du feu.

Quand il apparut, essoufflé, Moustique rajoutait du bois dans le feu. Il sourit à son ami, soulagé de le revoir.

– Salut, Sep ! s'exclama-t-il. On va le laisser brûler toute la nuit. Ce brouillard est vraiment bizarre.

✢ 39 ✢
NICKO À LA BARRE

Nicko tenait la barre de la *Cerys*. La nuit
était belle, le vent régulier et une
myriade d'étoiles éclairaient l'élégant
navire qui dansait sans effort sur les
vagues. Nicko était aux anges. Il respirait à pleins poumons l'air salin de
la mer, cette mer qui lui avait tant manqué
et qu'il avait craint de ne jamais revoir. Il avait du mal à croire
qu'il se trouvait bien dans son époque, à la barre du plus beau
navire qu'il avait jamais vu, et qu'il rentrait chez lui. Il savait
que ce moment resterait à jamais gravé dans sa mémoire.

L'allure assurée du bateau, le mouvement des eaux miroi-
tantes mettaient du baume sur les blessures du jeune homme.
La *Cerys* répondait parfaitement au gouvernail. Nicko leva les
yeux vers les voiles gonflées et adressa un sourire à Snorri, sa
navigatrice. La jeune fille était appuyée au bastingage, ses
longs cheveux blonds flottant au vent, les yeux brillant d'excitation. À ses côtés était allongé Ullr sous sa forme nocturne
de panthère à la fourrure noire et lustrée. Sentant le regard de
Nicko sur elle, Snorri se retourna et sourit à son tour.

356

– On a réussi ! s'exclama Nicko. Regarde-nous maintenant !

– Nous avons eu de la chance, dit simplement Snorri. Beaucoup de chance.

C'était la première nuit que Milo laissait Nicko seul aux commandes. La nuit précédente, le second, trouvant Nicko beaucoup trop jeune et débraillé pour diriger un navire tel que la *Cerys*, avait surveillé chacun de ses gestes, à l'affût de la moindre erreur qu'il aurait pu rapporter à son maître. Mais, à son grand regret, il n'avait rien trouvé à lui reprocher. Nicko avait su garder le cap, évitant trois bateaux de pêche dont les filets se déployaient sous la lune étincelante et traversant sans encombre, au grand étonnement du second, un banc de baleines qu'on aurait pu confondre avec des îles dans la nuit.

Pour être méfiant, le second n'en était pas moins honnête. Il vanta à son maître les talents de barreur de Nicko, ajoutant que si le garçon avait eu seulement dix ans de plus, il n'aurait vu aucune objection à lui confier la *Cerys* pour la nuit. Milo, bien renseigné par Jenna sur les particularités de la Maison des Foryx, s'était dit que tout bien considéré, Nicko était plus âgé que tout l'équipage réuni, aussi l'avait-il laissé seul au gouvernail la deuxième nuit de leur voyage vers le Château.

Le jeune garçon avait l'impression d'être le roi du monde. L'odeur iodée de la mer emplissait ses poumons, ses lèvres avaient le goût des embruns et son regard balayait librement l'horizon qu'aucun mur ne barrait et qu'aucune fumée ne venait obscurcir. Sous ses pieds s'ouvraient les profondeurs sauvages de l'océan, au-dessus de sa tête le ciel était semé de paillettes d'or, et seule une mince couche d'atmosphère le séparait de l'univers immense. Tant de liberté lui donnait le vertige.

Mais le bonheur de Nicko ne l'empêchait pas de rester concentré sur sa tâche : il devait piloter la *Cerys* jusqu'au petit matin, où le premier barreur de jour le remplacerait.

Nicko connaissait par cœur le plan de route de la nuit : il devait suivre une route sud-ouest à 210 degrés au compas jusqu'à ce qu'il aperçoive le phare de CattRokk. Celui-ci, lui avait dit le second, était facile à reconnaître car il ressemblait à un chat. Sa lumière était fixe et elle brillait à travers deux « yeux » qui, de loin, ne semblaient en former qu'un. Pour compléter l'illusion, la tour était surmontée de deux pointes évoquant des oreilles. Si Nicko avait entendu cette description dans la bouche d'un autre, il aurait cru à une plaisanterie, mais il savait que le second n'était pas homme à plaisanter.

Il devait maintenir le cap sur le phare jusqu'à ce que l'« œil » unique se dédouble, pour ensuite virer sud à 80 degrés au compas et amener le navire à proximité d'un autre phare, celui-ci éteint (le second lui avait assuré qu'il ne pourrait pas le manquer car la lune serait alors à son zénith). Puis il devrait suivre une route sud-est à 270 degrés au compas qui, si le vent et la marée lui étaient favorables, conduirait la *Cerys* droit vers le fanal de la Double Dune.

La route était tout sauf directe, mais Nicko était persuadé que Snorri et lui y arriveraient. Le second l'avait agacé en lui répétant à trois reprises qu'il ne devait « en aucun cas » s'approcher de l'île située au sud-est du phare de CattRokk. Nicko avait rétorqué que s'il était capable d'éviter une baleine, il devait pouvoir se tenir éloigné d'une île.

Soudain Snorri poussa un cri enthousiaste, interrompant le fil des réflexions de Nicko.

– Le voilà ! Je le vois. Regarde !

Au même moment, comme en écho, un cri tomba du nid-de-pie où était posté l'homme de vigie :

– CattRokk droit devant !

Nicko aperçut à l'horizon une lumière diffuse qui ressemblait à s'y méprendre au lever du soleil. Cette vision l'emplit de joie. Malgré son apparente assurance, il craignait d'avoir viré trop au sud et manqué le phare de CattRokk. Il jeta un coup d'œil au compas qui oscillait doucement dans son habitacle et sourit : l'aiguille indiquait exactement 210 degrés.

La *Cerys* fendait les vagues, se dirigeant droit vers la lumière qui brillait d'un éclat de plus en plus vif au-dessus de l'horizon. Nicko fut étonné : le phare de CattRokk avait la réputation d'être très haut, or son sommet semblait beaucoup plus proche de l'eau qu'il ne l'aurait cru.

Sa perplexité augmenta à mesure qu'ils approchaient. Il aurait déjà dû distinguer les contours du phare, or il ne voyait toujours qu'une lumière éclatante qui trouait la nuit. La lune disparut derrière un nuage, plongeant le navire dans l'obscurité. Nicko regarda de nouveau le compas. L'aiguille frémissait légèrement, comme n'importe quelle aiguille de compas, au-dessus du repère indiquant 210 degrés. Ils n'avaient pas dévié de leur route. Tout cela n'avait aucun sens.

– Snorri, est-ce que tu vois le phare ? demanda-t-il, inquiet.

– Non, Nicko. C'est étrange. Ça ne ressemble pas à la carte.

La vigie lança un nouvel avertissement :

– Brouillard droit devant !

– Quoi, du brouillard ? s'écria Nicko, de plus en plus étonné.

Pourtant, la nuit était fraîche et le ciel dégagé.

– Oui, m'sieur, répondit la vigie. Il vient vers nous.

En effet, un banc de brouillard roulait sur les flots, telle une longue vague déferlante. En quelques secondes, un épais manteau d'humidité recouvrit le navire, s'enroulant autour des mâts, avalant les voiles et étouffant le cri stupéfait de la vigie :

– Phare de CattRokk en vue ! Mais il est éteint, m'sieur !

Syrah était assise au sommet de l'échelle grinçante qui tournait inlassablement sur les rails rouillés. Une vive clarté teintait les murs de la Guette en bleu. À la seconde où la *Cerys* parvint à la hauteur des yeux aveugles du phare de CattRokk, Syrah rejeta la tête en arrière et ouvrit la bouche. Un chant d'une beauté sublime jaillit du plus profond de son être. Au lieu de s'éteindre, les sons se rassemblèrent et se mirent à tourbillonner autour de la pièce, rasant les murs, composant une mélodie qui gagnait en puissance à chaque révolution, et finit par s'échapper par les fenêtres, telle une nuée d'oiseaux, pour voler à travers mer et à travers nuit vers le navire aux voiles déployées dont le clair de lune découpait la silhouette.

Aveuglé par le brouillard, Nicko entendit résonner dans sa tête un chant plus beau que tout ce qu'il avait pu imaginer. Et derrière la mélodie, il entendit une voix murmurer son nom : « Nicko, Nicko, Nicko... »

– Snorri ? demanda-t-il.

– Nicko, où es-tu ?

– Ici. Tu m'as appelé ?

– Non, répondit Snorri d'une voix crispée. Nicko, il faut jeter l'ancre. Ce serait trop dangereux de continuer. On ne voit pas où on va.

Nicko ne répondit pas.

« Nicko... Nicko... » chantonnait la voix, lui donnant le sentiment merveilleux de toucher au but.

« Nicko... Nicko... viens à moi... »

Un sourire se dessina sur les lèvres de Nicko. Bientôt, il aborderait un endroit qu'il avait cherché toute sa vie durant, un endroit où il serait enfin chez lui.

Soudain, au grand agacement de Nicko, la voix affolée de Snorri interrompit sa rêverie :

– L'ancre ! Jette l'ancre !

Nicko entendit des pas au-dessous de lui, mais il n'y prêta pas attention. Tout ce qui lui importait, c'était la mélodie ensorcelante.

– Terre ! cria la vigie. Terre !

– Des rochers ! hurla Snorri. Nicko, fait quelque chose ! Vite !

Nicko n'eut aucune réaction.

Snorri le regarda avec horreur : les yeux dans le vague, il semblait contempler quelque chose au loin. En tant que visionnaire, elle comprit aussitôt qu'il était **ensorcelé**. Elle se rua vers lui et tenta de lui arracher la barre des mains, mais il la repoussa et la *Cerys* poursuivit sa route.

– Ullr, au secours ! appela Snorri.

Les yeux verts d'Ullr étincelèrent et la panthère bondit sur Nicko, la gueule grande ouverte.

– Non, Ullr, ne le mords pas ! Contente-toi de l'éloigner. Il faut que je prenne la barre.

Mais au moment où Ullr refermait ses crocs sur un pan de la tunique de Nicko, le navire trembla. Sous l'eau, sa quille

361

creusa un profond sillon dans un banc de sable, puis la *Cerys* s'immobilisa.

Toujours posté sur l'île de l'Étoile, Jacky Fry scrutait la brume qui s'épaississait, redoutant de manquer quelque chose. Il vit la lanterne accrochée au grand mât de la *Cerys* passer devant lui dans un concert de grincements, puis s'immobiliser avant de tomber sur le pont.

Jacky sauta de son rocher et, glissant sur des pierres détachées, il dévala la colline pour rejoindre le minuscule port en eaux profondes où le *Maraudeur* était amarré, dans la partie cachée de l'île. Le fantôme à la barbiche de bouc se prélassait ostensiblement sur le mur du port, face au capitaine Fry et aux jumeaux Crowe, assis très raides sur le pont de leur bateau. On aurait dit une réception particulièrement guindée, sauf qu'il n'y avait rien à boire ni à manger. Jacky se réjouit soudain d'avoir monté la garde seul.

Une pluie de petits cailloux s'abattit sur le quai étroit, traversant le fantôme qui se redressa brusquement et fusilla Jacky du regard.

– Ne refais jamais ça, proféra-t-il en détachant chaque syllabe.

De toute sa vie, Jacky Fry n'avait jamais entendu une voix aussi chargée de menace. Il frissonna et se retint de prendre ses jambes à son cou.

– Le trois-mâts... parvint-il à articuler. Il vient de s'échouer.

Les jumeaux et le capitaine Fry se levèrent d'un bond, comme si un visiteur importun prenait enfin congé.

– En route, dit le capitaine à son fils. Va détacher la corde.

Jacky hésita, répugnant à s'approcher du spectre qui attendait juste à côté du bollard auquel était attachée la corde. Mais le fantôme le tira de son dilemme en s'éloignant lentement vers l'extrémité du quai.

Ayant atteint celle-ci, il s'arrêta et pointa un index menaçant vers le capitaine Fry.

– Tu as le **talisman** ? demanda-t-il d'une voix caverneuse qui donna la chair de poule à Jacky.

– Oui, maître, répondit le capitaine Fry.

– Montre-le-moi.

Fry prit dans sa poche la petite bourse en cuir qu'Una Brakket lui avait donnée.

– Montre-le, insista le fantôme.

De ses doigts tremblants, Fry sortit quelque chose de la bourse.

– Et la formule ? Je tiens à m'assurer que tu as la bonne version.

Fry fouilla de nouveau dans la bourse et produisit un morceau de papier délavé sur lequel une incantation était notée phonétiquement.

– Voilà, maître.

– N'oublie pas d'accentuer la première syllabe de chaque mot.

– La première... île ?

Le fantôme poussa un soupir.

– Le début de chaque mot. Comme dans *bou*gre d'âne. Compris ?

– Oui, maître.

– Maintenant, range ça dans ta poche et surtout ne la perds pas.

Sur ces paroles, le fantôme se retourna, descendit les marches à l'extrémité du quai et s'enfonça dans l'eau, à la grande surprise de Jacky. Quand sa tête eut disparu sous la surface, les mots « Je te surveille, Fry » se répandirent à travers la brume.

Aussitôt, Fry recommença à houspiller son fils :

– Ne reste donc pas planté là comme un poulet plumé qui attendrait un paletot ! On met les voiles !

Jacky détacha vivement la corde du bollard en pierre et la lança sur le pont du *Maraudeur*. Puis, n'ayant aucune envie qu'on l'oublie là au cas où le fantôme reviendrait, il sauta à bord.

– Prends la barre, gamin, lui cria son père. Et voilà pour vous deux, ajouta-t-il en indiquant deux longues rames aux jumeaux.

Ceux-ci eurent l'air perplexes.

– À cause de ce fichu brouillard, y a pas un souffle d'air, expliqua sèchement le capitaine. Alors vous allez ramer et la boucler. Pas de bruit, pas de vagues et pas de rouspétance. Vu ?

Les Crowe acquiescèrent, ramassèrent les rames et se dirigèrent vers le côté tribord du bateau.

– Un de chaque côté, paire d'andouilles ! beugla le capitaine. Vous voulez peut-être passer votre vie à tourner en rond, mais pas moi.

En suivant les indications de son père, debout à la proue, Jacky Fry s'efforça de manœuvrer dans le brouillard. Grâce aux coups de rame vigoureux des jumeaux, ils gagnèrent bientôt le large. La mer était basse, mais le *Maraudeur* était conçu pour pêcher près des côtes, et son faible tirant d'eau lui permettait de naviguer là où les autres bateaux n'osaient pas s'aventurer. Quand ils contournèrent la pointe nord de l'île de l'Étoile, Jacky ne put s'empêcher de jeter un coup d'œil à la plage en face, mais il ne distingua qu'un épais brouillard bas d'où dépassaient les mâts de leur proie.

Ils avançaient à une allure régulière. Jacky regardait les dos des jumeaux qui plongeaient leurs rames dans l'eau comme des automates ; il vit sa brute de père flairer le vent, montrant les dents comme un chien enragé, et se demanda quel mauvais coup il mijotait. Puis il repensa au petit groupe qu'il avait épié sur la plage la veille, et il comprit qu'il désirait par-dessus tout s'asseoir lui aussi autour d'un feu avec des amis. Jacky Fry ne voulait plus subir son sort. Il aspirait à une autre vie.

SUR LE SABLE

Sur la *Cerys*, Nicko revint à lui en plein cauchemar.

– J'ai fait quoi ? s'exclama-t-il, incrédule.

– Tu as échoué le bateau, répondit Snorri d'un ton laconique. Tu ne voulais pas m'écouter. Tu... tu avais perdu la tête.

– Échoué le bateau ? Non... non !

Nicko courut vers le bastingage. Il ne vit que des volutes de brume au ras de l'eau, mais il savait que Snorri avait raison. Il ne sentait plus aucun mouvement sous la quille. La *Cerys* avait quitté son élément pour devenir une épave inerte.

Un grand vacarme avait éclaté sur le pont inférieur. Réveillés en sursaut, tous les marins avaient bondi de leurs couchettes. Le fracas de leurs pas emplit Nicko d'effroi. Soudain la silhouette imposante de Milo, échevelé, une couverture jetée à la hâte sur sa luxueuse chemise de nuit en soie, se dressa devant lui.

– Qu'est-ce que tu as fait ? hurla-t-il.

Nicko secoua la tête, osant à peine le regarder.

– Je... je ne sais pas, dit-il d'un air désespéré.

Le second apparut au même moment et s'empressa de répondre à la question de Milo :

– On s'est échoués à cause de lui, monsieur.

Il se retint d'ajouter « Je vous l'avais bien dit », mais il le pensa si fort que tout le monde crut l'entendre.

– C'est à cause du phare, plaida Snorri, sachant que Nicko ne tenterait même pas de se défendre. Il s'est déplacé.

Le second ricana.

– C'est la vérité, insista Snorri. Il est là, maintenant. Regardez !

Elle tendit le bras vers le Pinacle, qui émergeait de la brume tel le doigt du destin, auréolé d'une lumière aveuglante.

– Ça ! cracha le second. C'est un idiot qui a allumé un feu sur un rocher. Ça arrive tout le temps. Ce n'est pas une raison pour foncer droit dessus.

– On est seulement sur un banc de sable, reprit Snorri.

– Tu t'y connais en navigation, toi ? fit le second avec mépris.

– Je sais faire la différence entre un banc de sable et un récif, rétorqua Snorri. Et là, c'est un banc de sable.

Ne sachant quoi répondre, le second secoua la tête.

– Le bateau se remettra à flot à la prochaine marée, ajouta Snorri.

– Ça dépend des avaries qu'il a subies, grommela le second. Le sable cache des rochers, et ce sont les pires de tous. L'eau use leur surface, tandis que sous le sable, ils restent aussi tranchants que des rasoirs. Ils vous rentrent dans une coque comme un couteau dans du beurre.

Il se tourna ensuite vers Milo :

– Demande permission d'envoyer un homme évaluer les dégâts, monsieur.

– Permission accordée, répondit Milo.

– J'irai, dit Nicko, s'efforçant de ne pas supplier. S'il vous plaît. Je veux aider.

– Pas question, rétorqua Milo d'un ton glacial. Jem ira. J'ai confiance en lui.

Sur ces paroles, il tourna les talons et se dirigea lentement vers la proue, d'où il scruta, morose, la côte qui se dessinait confusément à travers la brume et paraissait anormalement proche.

Étourdi, Milo entendit Jem descendre les échelons fixés à la coque et lancer l'échelle de corde afin d'atteindre le sable. Il y eut un bruit d'éclaboussures, puis le matelot cria :

– On est bien sur du sable, monsieur ! Je vois quelques éraflures... rien de très grave... Ho-ho !

On l'entendit s'éloigner en pataugeant.

Désespéré, Milo prit sa tête dans ses mains. Il pensa à la précieuse cargaison arrimée dans la cale, ce trésor qu'il avait si longtemps cherché, qui l'avait éloigné de sa femme puis de sa fille. Tant d'années, tant de sacrifices pour ce résultat... Il imagina la cale de la *Cerys* se remplissant à marée montante, le grand coffre encerclé, puis submergé, demeurant au fond de l'océan jusqu'à ce qu'une tempête le rejette sur ce littoral sauvage avec son contenu.

Le regard de Milo s'éleva au-dessus de la proue qui semblait plus haute que d'habitude, le navire ensablé penchant fortement en arrière. Il distingua la **Lampe** au sommet du Pinacle et comprit qu'il ne s'agissait pas d'un feu ordinaire, comme l'avait affirmé le second. Tandis qu'il s'interrogeait, un grand froid l'envahit : la brume adoptait à présent un comportement inhabituel, s'enroulant sur elle-même et escaladant la colline pour rejoindre la petite tour qui se dressait au sommet de celle-ci. On aurait dit un pêcheur remontant sa ligne après avoir ferré un énorme poisson appelé la *Cerys*, pensa-t-il avec un frisson. Cette tour était décidément étrange. Il aurait bien aimé la voir de plus près.

– Longue-vue ! cria-t-il.

Quelques secondes plus tard, un marin apparut à ses côtés avec la longue-vue demandée. Milo appliqua le long tube en cuivre devant son œil, le braqua sur la tour et distingua un chapelet de lumières bleutées. Cette vision lui rappela une histoire que racontaient les hommes du pirate Deakin Lee, tard dans la nuit, à propos des îles de la **Syrène** aux yeux bleus, dispersées à travers les Sept Mers, d'où s'élevaient des voix ensorcelantes qui **attiraient** les marins vers les récifs.

Arrivée au sommet de la colline, la brume se glissa à l'intérieur de la tour par les minuscules fenêtres bleues. Milo commença à se demander si Nicko était réellement responsable du naufrage. Il décida de prendre le jeune garçon à part pour lui parler. Au même moment, il entendit une voix féminine l'appeler. On aurait dit – mais c'était impossible – celle de sa fille Jenna.

– Regardez, c'est la *Cerys* ! Je le savais. Hé, Nicko ! Milo !

Le doute n'était plus permis : ils s'étaient échoués à proximité d'une des tristement célèbres îles de la **Syrène**.

– Hé, Milo… Père ! C'est moi, Jenna !

Milo enfonça ses doigts dans ses oreilles.

– Va-t'en ! hurla-t-il. Laisse-nous tranquilles !

Pataugeant à la tête de sa bande de sauveteurs improvisés, Jenna entendit son cri et se tourna vers ses compagnons.

– Ça, c'est tout lui, dit-elle, vexée.

– Chut, souffla Septimus. Quelqu'un vient. Vite, baissez-vous !

Il plongea derrière le gros rocher sur lequel la *Cerys* avait failli se fracasser, tirant Jenna par le bras. Moustique, Lobo et Lucy les suivirent.

– Qu'est-ce qu'il y a ? murmura Moustique, agenouillé sur une bernique qui, pas plus que lui, ne trouvait sa situation très confortable.

Septimus pointa le doigt vers la *Cerys*, la proue dressée vers le ciel. Le navire avait perdu de sa superbe depuis qu'il l'avait découvert le long du quai du Port numéro douze. Avec ses flancs renflés, vu à hauteur de bernique, il n'avait plus rien d'élégant mais évoquait une baleine échouée. Ses cuivres étincelaient, la partie haute de sa coque était toujours lustrée, mais sous la ligne de flottaison, il apparaissait terne et incrusté de coquillages. Cependant, Septimus ne souhaitait pas attirer l'attention de ses amis sur la *Cerys*, mais sur les silhouettes aisément reconnaissables des jumeaux Crowe.

Presque invisibles dans l'ombre du navire, les deux frères avançaient à pas de loup vers Jem, occupé à inspecter la coque.

Devant les jeunes gens horrifiés, les jumeaux s'apprêtaient à prendre leur victime en tenaille. À la toute dernière seconde, Jem se retourna, poussa un cri et s'étala dans l'eau. Les Crowe rangèrent chacun leur couteau dans leur ceinture et reprirent leur progression le long de la coque, à l'insu des passagers de la *Cerys*.

Tandis que les Crowe se rapprochaient insensiblement de l'échelle de corde, Septimus et ses amis virent deux nouvelles silhouettes – celles du capitaine Fry et de son fils – contourner la poupe et avancer également vers l'échelle. Parvenu au pied de celle-ci, Jacky indiqua le marin inerte du doigt. Une dispute parut éclater entre le jeune homme et son père, qui y mit fin en appliquant la lame de son couteau sur la gorge de son fils.

Entre-temps, les frères Crowe avaient également atteint l'échelle. Jacky reçut l'ordre de la tenir tandis que les jumeaux, transportant chacun un arsenal dans sa ceinture et dans ses bottes, en entamaient l'ascension.

Jenna voulut sortir de derrière le rocher, mais Lobo la retint.

– Attends, lui souffla-t-il.

– Mais Nicko...

– Pas encore, reprit Lobo. Hein, 412 ?

Septimus acquiesça. Il savait que Lobo tentait d'évaluer leurs chances de succès, comme on leur avait appris à le faire dans la Jeune Garde. Et pour l'instant, leurs chances semblaient infimes face aux couteaux, à la cruauté et à la bestialité des jumeaux Crowe. Un seul élément pouvait jouer en leur faveur : la surprise.

– « Si tu veux la victoire, n'hésite pas à surseoir », cita Septimus.

Exaspérée, Jenna leva les yeux au ciel.

– C'est vrai, Jen. Il est important d'attendre. On attaquera au moment où ils s'y attendront le moins. Pas vrai, 409 ?

Lobo leva le pouce et sourit. C'était comme au bon vieux temps, mais en mille fois mieux. Son ami et lui dirigeaient leur propre patrouille, et ils allaient gagner.

Jenna ne voyait pas les choses de la même manière. Horrifiée, elle regarda le capitaine Fry monter à l'échelle derrière les jumeaux, un grand coutelas étincelant glissé dans son ceinturon. Les frères Crowe attendirent leur capitaine en haut de l'échelle, puis les trois hommes prirent pied sur le pont.

Des cris éclatèrent à bord de la *Cerys*.

Incapable d'en supporter davantage, Jenna surgit de derrière le rocher. Pataugeant dans l'eau, bondissant au-dessus des barres de sable, elle se précipita vers le navire en détresse tandis que les cris et les coups résonnaient dans la nuit.

Jacky Fry la vit approcher mais il ne bougea pas. Il vit quatre autres silhouettes jaillir de derrière le même rocher, mais il ne bougea pas davantage. Il les regarda s'agenouiller près du marin à terre, le retourner, et se sentit affreusement mal. Il agrippa fermement l'échelle, semblant obéir au dernier ordre que lui avait donné son père : « Cramponne-toi à la corde, morveux, et ne t'avise pas de la lâcher, quoi qu'il arrive. Pigé ? »

Jacky vit les cinq silhouettes soulever le corps et le porter en titubant jusqu'à un rocher plat. Il aurait voulu leur proposer son aide, mais il n'osa pas. Il les vit hisser le marin sur le rocher, puis un garçon blond s'agenouilla près de lui.

Quelques secondes plus tard, il se redressa et pointa un index accusateur vers Jacky.

Soudain les braillements du capitaine Fry couvrirent les bruits de lutte sur le pont, puis tout devint silencieux. Jacky frissonna. Sans doute son père appuyait-il son couteau sur la gorge de quelqu'un. C'était ainsi qu'il parvenait habituellement à ses fins. Il leva les yeux mais ne vit que la coque couverte de coquillages de la *Cerys*. Quand il les baissa, le garçon blond et ses amis (parmi lesquels Lucy Gringe) accouraient vers lui. Les véritables ennuis commençaient.

Septimus fut le premier à atteindre Jacky. Il le saisit au collet et l'éloigna de l'échelle.

– Pousse-toi, assassin !

– Je... j'ai rien fait, je le jure.

– Mais tes amis, oui. Tu es aussi coupable qu'eux.

– Ce ne sont pas mes amis !

– Pousse-toi, je te dis. Notre frère est sur ce bateau, et nous voulons le rejoindre.

– Je vais vous tenir l'échelle, proposa Jacky.

Étonné, Septimus se hissa sur le premier échelon.

– Fais gaffe, l'avertit Jacky. Tu montes aussi ? demanda-t-il à Lobo.

– Ouais, gronda Lobo d'un air menaçant.

– Bonne chance, alors.

Jenna puis Moustique suivirent les deux garçons. Lucy resta en arrière : elle avait vu assez d'échelles pour le restant de ses jours.

– Qu'est-ce qui se passe là-haut, pet de hareng ? lança-t-elle à Jacky.

– J'en sais rien, mademoiselle Lucy. Je vous le jure. Il y a une chose sur ce bateau. P'pa sait ce que c'est, mais il ne me dit jamais rien. Vous montez aussi ?

Lucy leva les yeux et vit Septimus enjamber le plat-bord. Elle soupira. Il y avait deux des frères de Simon là-haut. Que cela lui plaise ou non, elle allait devoir les aider – après tout, ils étaient presque de sa famille. D'un geste précis, elle noua ses tresses ensemble afin que personne ne puisse les saisir (Lucy avait appris une ou deux choses au coven des sorcières du Port).

– Oui, tête de tortue, je monte.

– Faites bien attention, dit Jacky. Si vous avez besoin d'aide, je suis là.

Lucy décocha un sourire inattendu au jeune garçon.

– Merci, gamin, dit-elle. Toi aussi, fais attention.

Pendant que Lucy s'élevait difficilement le long du flanc de la *Cerys*, une étrange mouette au plumage jaune se posa au pied du navire. Penchant la tête de côté, elle observa Jacky Fry avec un certain intérêt, puis elle planta son bec dans le sol, en sortit une longue anguille de sable qui se tortillait et l'avala d'un coup. Berk ! Manger des anguilles de sable était ce qu'il y avait de pire dans l'état de mouette, mais elle ne pouvait s'en empêcher. Dès qu'elle sentait les grains de sable sous ses petites pattes, un changement s'opérait en elle, et avant même de s'en apercevoir, elle avait avalé une de ces horreurs.

La mouette s'envola et alla se poser sur un rocher pour se remettre de cette épreuve.

Cette fois encore, la chance l'avait fuie. Mais elle n'avait pas eu le choix. La magicienne extraordinaire l'aurait à jamais gardée enfermée dans son cachot **scellé** si elle n'avait pas accepté sa proposition. La mouette décréta que rien ne pressait. Elle ne se remettrait en route qu'après avoir digéré l'anguille de sable. Elle espérait que son maître méritait tout le mal qu'elle se donnait pour lui, mais elle en doutait. Tâchant d'ignorer les frétillements de l'anguille dans son estomac, elle regarda Lucy gravir les barreaux branlants fixés sur la coque de la *Cerys*.

La jeune fille jeta un coup d'œil par-dessus le plat-bord. À sa grande surprise, le pont était désert.

Où tout le monde était-il parti ?

⊹ 41 ⊹
À FOND DE CALE

Lucy balaya le pont du regard. Il paraissait étonnamment normal, excepté la flaque de peinture dans laquelle elle avait bêtement marché. Elle se baissa pour remonter les lacets de ses bottes qui traînaient dans le liquide visqueux et... Elle était sur le point de crier quand une main sale se plaqua sur sa bouche.

– Chut, Lucy, lui souffla Lobo. S'il te plaît, ne crie pas.

– C'est... c'est du sang, bredouilla Lucy contre la paume crasseuse de Lobo.

– En effet. Il y en a partout. Et il y en aura encore plus s'ils nous trouvent.

Il pointa le pouce vers la proue du navire. Lucy constata que le pont n'était pas aussi désert qu'elle l'avait cru. Devant le mât central, trois hommes tentaient de faire fonctionner la grue de la cale à la lueur d'une lanterne. Ils n'avaient pas remarqué les nouveaux venus, et Lobo avait bien l'intention que cela continue. Lentement, il fit reculer Lucy jusqu'à un canot retourné.

– Tu ne cries pas, d'accord ? murmura-t-il.

La jeune fille acquiesça de la tête, et Lobo écarta sa main.

Le canot retourné se trouvait dans la partie la plus sombre du pont, à l'abri de l'éclat de la **Lampe**. Lucy se glissa derrière.

– Oh, vous êtes tous là ! fit-elle, un peu vexée. Vous auriez pu m'attendre.

– On ne pensait pas que tu viendrais, répliqua Septimus qui, à vrai dire, aurait préféré que Lucy s'abstienne.

Aussi curieuse qu'une belette, Lucy passa la tête au-dessus du canot et promena son regard autour du pont.

– Bon, qu'est-ce qu'on fait ? demanda-t-elle d'un ton impatient, comme s'ils devaient décider du jeu auquel ils allaient jouer après avoir pique-niqué.

Jenna tira brutalement sur la précieuse – et crasseuse – cape bleue de Lucy.

– Baisse-toi, tais-toi et écoute, lui souffla-t-elle.

Lucy parut froissée, mais elle se rassit sans un mot. Jenna se tourna vers Septimus et Lobo.

– C'est vous les experts, leur dit-elle. Dites-nous quoi faire.

Cinq minutes plus tard, ils avaient un plan. Ils se scindèrent en deux groupes, l'un dirigé par Septimus, l'autre par Lobo. L'équipe de Septimus se composait en tout et pour tout d'une personne : Jenna. Lobo avait tiré le mauvais numéro avec Lucy, mais il se dit que la présence de Moustique compenserait. Les deux groupes s'approcheraient de la cale dans un mouvement de tenaille qui aurait impressionné même les frères Crowe. Celui de Lobo se trouverait à bâbord, dans l'ombre, tandis que celui de Septimus opérerait à tribord, le côté le plus risqué, car directement éclairé par la **Lampe**. À l'entrée de la cale, ils devraient tous devenir **invisibles**, ce contre quoi Lucy avait protesté. Ce n'était pas juste, tout le monde savait se rendre **invisible** sauf elle.

Mais Septimus n'avait pas envie de s'arracher les cheveux à tenter d'apprendre un **sort d'invisibilité** à la jeune fille, alors qu'il avait pris le temps d'en expliquer un très simple à Moustique.

– Moustique et moi resterons visibles, décida Jenna. Comme ça, tu ne te sentiras pas seule. D'accord, Lucy ?

Lucy acquiesça à contrecœur.

Ils commencèrent à avancer vers les silhouettes toujours éclairées par la lanterne, se frayant un chemin entre les tas de voiles et de cordages, enjambant de sinistres taches de sang. Le silence était angoissant ; on n'entendait que les couinements de la grue. La dernière fois que Jenna avait vu celle-ci en action, lors du chargement du coffre, elle n'avait pas remarqué le bruit à cause du brouhaha du port, mais à présent, dans le silence de la nuit, il faisait grincer ses dents. Par chance, il couvrit le cri de Lucy Gringe quand elle marcha sur ce qu'elle prit pour une main coupée, alors qu'il s'agissait d'un gant servant à manipuler les cordes.

Septimus et Lobo avançaient lentement, ne quittant pas leurs cibles des yeux. L'attitude du capitaine Fry trahissait sa nervosité. Tout en dirigeant les Crowe, qui tentaient de positionner la grue au-dessus des portes de la cale, il jetait de fréquents coups d'œil autour de lui, et les deux pinces de la tenaille se figeaient aussitôt. Dès qu'il se retournait vers les Crowe ruisselant de sueur et la grue grinçante, elles reprenaient leur progression, passant en silence d'un tas de cordages à un canot, d'un mât au cabestan puis à l'écoutille, jusqu'à atteindre la cale.

Le groupe de Lobo se glissa derrière des tonneaux pendant que Septimus et Jenna se cachaient derrière une voile baissée. Après un temps d'observation, Septimus leva le pouce, indiquant qu'il était prêt, et Lobo en fit autant. Chacun d'eux compta intérieurement jusqu'à trois, puis ils s'avancèrent et devinrent **invisibles** au même moment, si bien qu'ils se voyaient toujours l'un l'autre.

Le capitaine Fry renifla comme un chien méfiant et son sourcil gauche se mit à frémir. Il comprit ce que cela signifiait.

– Arrêtez la grue ! hurla-t-il aux jumeaux.

Le bras s'immobilisa au-dessus des portes de la cale.

Fry tendit l'oreille. Il n'entendit que la rumeur de la mer qui remontait. Bientôt, le flux atteindrait la *Cerys*. Il fallait faire vite, mais le sourcil du capitaine s'obstinait à frémir, et il n'aimait pas cela. Il préférait de loin la **Magyk noire**, non seulement parce qu'elle n'avait aucun effet sur son sourcil, mais aussi parce qu'elle servait les mêmes desseins que lui.

Fry scruta le pont avec méfiance. Il supposa qu'un marin s'était abrité derrière un **sort d'invisibilité** pour échapper aux assaillants. La *Cerys* était un bateau rupin – un peu trop au goût de Fry – et il n'aurait pas été surpris de découvrir que son équipage pratiquait la **Magyk** comme passe-temps. Le capitaine Fry désapprouvait l'usage des **sorts d'invisibilité**. Si l'on ne voulait pas être vu de quelqu'un, autant se débarrasser de lui. C'était beaucoup plus efficace et divertissant.

Cependant, Fry n'était pas né de la dernière pluie et il s'enorgueillissait d'avoir déjoué les stratagèmes de nombre de magiciens parmi les plus chevronnés. Il s'approcha de la grue, fit semblant de l'inspecter et se retourna brusquement. Il ne vit rien, ce qui l'étonna : d'après son expérience, une personne **invisible** réagissait comme si elle était toujours visible et courait se cacher quand elle craignait qu'on la surprenne. À force d'observer la mer durant des heures, le capitaine Fry avait appris à repérer la distorsion causée par un **invisible** en mouvement. En réalité, Lobo et Septimus étaient aussi immobiles que des statues, obéissant instinctivement au proverbe de la Jeune Garde qui affirmait : « Si tu ne bouges pas, nul ne te voit. » Fry scruta l'obscurité en tournant la tête d'un côté et de l'autre comme un pigeon (encore une de ses ruses), et ce faisant il faillit surprendre Septimus qui s'efforçait de réprimer un fou rire.

Comme son sourcil frémissait toujours, Fry décida de risquer le tout pour le tout. Il se lança dans une sorte de danse effrénée, parcourant le pont en zigzag et agitant les bras tel un moulin dans la tempête. Quoique peu orthodoxe, cette méthode pour détecter les **invisibles** était étonnamment efficace. Lobo et Septimus n'eurent que le temps de s'écarter. Fry frôla même Lobo, mais heureusement, celui-ci parvint à se glisser derrière le grand mât, et le capitaine confondit son coude avec un nœud de chaise.

Septimus envisageait de battre en retraite quand le moulin fou s'immobilisa : Fry avait surpris les jumeaux Crowe en train d'échanger des signes qui exprimaient sans équivoque leur opinion sur la santé mentale de leur capitaine. Piqué au vif, il fit semblant de tousser et de taper du pied, comme s'il avait froid.

– Brrrr, on gèle ici, dit-il. Magnez-vous, espèces de larves.

Les jumeaux eurent un rictus moqueur et ne bougèrent pas. Fry dégaina alors son coutelas et s'avança vers Crowe le maigre.

– Fais ce que je te dis, gronda-t-il, ou je tranche ton sale petit cou de poulet. Même chose pour toi, gros lard.

Les Crowe se remirent au travail en redoublant d'efforts.

Toujours perturbé par son sourcil gauche, le capitaine Fry continua à surveiller le pont tout en donnant des ordres aux jumeaux. Crowe le gros abaissa le bras de la grue et fit passer le crochet dans l'anneau d'une des portes de la cale.

– Stop ! hurla Fry. Ma parole, vous avez de la bouillie à la place du cerveau ! Je vous avais dit de ne pas ouvrir tant que je n'aurais pas prononcé les mots qu'il faut.

Il plongea une main dans sa poche et en sortit une feuille de papier toute chiffonnée.

– Toi, la volaille, dit-il à Crowe le maigre, va me chercher la lanterne, et vite !

Quand Crowe le maigre fut revenu avec la lanterne, Fry défroissa la feuille, s'éclaircit la voix et articula avec soin :

– **Erèimul al rertne essial, etrop ettec ellecseD,**

Erèirrab ed sap etsisbus en li suon ertne'uq.

Septimus et Lobo échangèrent un regard inquiet, de même que les jumeaux. Pour des raisons différentes, ils savaient tous les quatre reconnaître une **incantation inver-**

sée. Le capitaine Fry essuya la sueur sur son front (il avait horreur de lire) et hurla :

– Ne restez pas plantés là, têtes de piaf ! Ouvrez ces fichues portes !

Crowe le maigre se précipita vers la grue et actionna une manivelle grippée.

Quelques minutes plus tard, les portes de la cale s'ouvrirent. Septimus et Lobo se regardèrent : c'était l'occasion qu'ils attendaient.

Tenant haut la lanterne, Fry se pencha au-dessus du trou béant et scruta l'obscurité tandis que les jumeaux Crowe jetaient un coup d'œil prudent à l'intérieur. Toujours cachée derrière une voile, Jenna observait la scène. Celle-ci lui rappelait une gravure représentant les voleurs de cadavres qui avaient terrifié le Château durant tout un hiver, quand elle était petite fille. Mais l'instant d'après, elle crut revoir la troupe de singes volants qui s'était produite devant les grilles du palais lors de la dernière foire de printemps, sauf que ces singes-là étaient plus grands, plus laids et beaucoup plus bruyants.

Avant d'avoir pu dire ouf, les singes se retrouvèrent étalés sur l'énorme coffre logé au fond de la cale.

– On les a eus ! exulta Septimus.

Aussitôt, la grue se remit en mouvement, cette fois pour refermer les portes.

Un flot d'injures, pour la plupart inconnues de Jenna et de Moustique, s'éleva de la cale et se poursuivit après que les portes furent fermées et bloquées par le bras de la grue.

Septimus et Lobo redevinrent alors **visibles**. Accompagnés de leurs amis, ils se dirigèrent vers l'écoutille qui donnait accès aux ponts inférieurs. Septimus s'attendait à ce que les Crowe l'aient barricadée, mais elle s'ouvrit si facilement qu'ils se demandèrent pourquoi aucun des prisonniers n'était remonté.

Tandis que l'aube pointait et que le ciel prenait une teinte gris-vert, ils descendirent un par un l'escalier menant aux cabines derrière Septimus, se demandant avec effroi ce qu'ils allaient trouver.

✣ 42 ✣
L'HOMME BANANE

Appuyé à l'échelle, Jacky Fry regardait le soleil se lever. La mer montait, et le monticule sur lequel il se trouvait formait à présent un îlot entouré d'eau mêlée de sable. Cet îlot serait bientôt submergé, et Jacky ignorait ce qu'il ferait alors. Monterait-il à bord de la *Cerys* ou oserait-il regagner le *Maraudeur* en abandonnant ses compagnons ?

Jacky leva les yeux vers la *Cerys*. Il avait perçu les grincements de la grue, suivis d'un bruit de portes refermées, mais depuis, rien. Que se passait-il ? Il pensa à Lucy et se demanda ce qui avait pu lui arriver. Rien de bon, sans doute. Sinon, il l'aurait entendue : Lucy était un moulin à paroles.

Non loin de là, perchée sur son rocher, la mouette jaune avait fini de digérer l'anguille de sable et récapitulait dans sa petite cervelle d'oiseau les termes de l'accord que cette enquiquineuse de magicienne extraordinaire l'avait obligée à signer. Si la mouette avait pu soupirer, elle l'aurait fait, mais elle ignorait si

384

les oiseaux avaient cette faculté. Elle n'avait pas le choix. Elle prit une profonde inspiration et, dans un éclair jaune, elle se **transforma**.

Jacky tourna son regard vers le large. À l'est, au-delà d'une légère houle et de la ligne des récifs menant au Pinacle, le ciel était d'un beau vert opalin qui annonçait un temps clair et ensoleillé. C'était la journée idéale pour piloter soi-même son bateau, sans personne pour crier contre vous ni vous donner d'ordres. L'eau vint lécher les orteils de Jacky ; la vague suivante entoura ses chevilles, submergeant son îlot. Le moment était venu de prendre une décision. Jacky s'avisa brusquement qu'il était libre – libre de s'affranchir de tout ce qu'il haïssait. Une nouvelle vie s'offrait à lui, mais était-il assez courageux pour saisir sa chance ? Le soleil s'éleva au-dessus de l'horizon, ses rayons caressèrent le visage du jeune garçon. À cette seconde précise, Jacky décida qu'il était assez courageux. Il fit quelques pas et se retrouva avec de l'eau jusqu'aux genoux. Soudain quelqu'un lui tapa sur l'épaule.

Jacky réprima un hurlement et fit volte-face. Un grand homme élancé, vêtu d'un pourpoint et de chausses jaunes, se cachait dans l'ombre du navire. Il était coiffé du chapeau le plus bizarre que Jacky avait jamais vu, à moins qu'il n'ait empilé des beignets sur sa tête. À cet instant, Jacky avait le sentiment que tout était possible. Il dévisagea l'inconnu et jugea qu'il ne représentait aucune menace. Telle une banane qui aurait eu quelque chose à se faire pardonner, l'homme semblait vouloir se fondre dans la coque. Il laissa retomber son bras dans un mouvement élastique et sourit poliment.

– Excusez-moi, mon jeune monsieur, mais seriez-vous Septimus Heap ?

Il avait parlé bas, et sa voix avait un rythme étrange.

– Non, répondit Jacky.

L'homme banane parut soulagé.

– C'est bien ce qu'il me semblait, dit-il. Et êtes-vous l'unique jeune monsieur en ces lieux ?

– Non, répéta Jacky.

– Oh !

Cette fois, il y avait de la déception dans la voix de l'homme banane. Ne demandant qu'à rendre service, Jacky lui indiqua l'échelle du doigt.

– Y aurait-il un autre jeune monsieur là-haut ? demanda l'inconnu avec une réticence manifeste.

Jacky acquiesça.

– Il y en a même des tas, précisa-t-il.

Le visage de l'inconnu s'assombrit davantage.

– Des tas ?

Jacky leva trois doigts, ajoutant :

– Au moins. Il y en a sans doute plus.

L'homme secoua la tête, puis il soupira :

– Ça pourrait être pire, ça pourrait être mieux. Peut-être resterai-je libre encore un moment, ou peut-être pas.

L'homme considéra l'échelle avec méfiance, puis il l'empoigna et posa le pied sur le premier échelon.

– Je vais vous la tenir, proposa aimablement Jacky.

L'homme tenta de se hisser sur le deuxième échelon, mais celui-ci se déroba sous son pied.

– Penchez-vous un peu en arrière, lui conseilla Jacky. C'est beaucoup plus facile comme ça.

L'homme se pencha en arrière et faillit tomber à la renverse.

– Pas autant ! Une fois que vous aurez commencé à monter, ne vous arrêtez pas, ne regardez pas vers le bas et tout ira bien.

L'homme tourna la tête avec précaution et sourit à Jacky.

– Merci, dit-il.

Puis il ajouta, en le fixant de ses yeux jaunes au regard étrangement perçant :

– Vous-même, êtes-vous libre, mon jeune monsieur ?

– Oui, affirma Jacky avec un sourire. Je le crois.

Sur ces paroles, le jeune garçon pataugea jusqu'à la poupe de la *Cerys*, puis il se jeta à l'eau et nagea en direction du *Maraudeur* qui, lorsqu'il l'avait quitté, reposait sur un banc de sable à quelques encablures du trois-mâts. Le bateau était à présent renfloué et il tirait sur son ancre, prêt à aller partout où Jacky voudrait l'emmener. Le jeune homme se sentait le cœur un peu plus léger à chaque brasse qui l'éloignait de la *Cerys*. Il était enfin libre.

Tandis que Jacky Fry nageait vers la liberté, Eugène Ni prenait pied sur le pont désert de la *Cerys*. Après quelques minutes d'observation prudente, il s'assit et regarda le soleil se lever tout en réfléchissant à ce qu'il allait faire ensuite. Comme tous les génies, en cas d'absolue nécessité, Eugène Ni avait la faculté de repérer son maître, et il avait la certitude que celui-ci se trouvait à bord du navire. Aussi, il importait peu qu'il s'accorde quelques instants de liberté supplémentaires. Ce n'était pas comme si son maître allait partir. À l'heure qu'il était, il devait dormir dans sa cabine, sous une couverture bien chaude, contrairement au malheureux génie, qui s'installa tant bien que mal sur une voile tombée et ferma les yeux.

Presque au-dessous d'Eugène Ni, cinq silhouettes se déplaçaient en silence sur le pont intermédiaire de la *Cerys*. Le navire avait trois ponts : supérieur, exposé aux éléments, intermédiaire, où Milo et ses invités menaient une existence fastueuse, inférieur, où logeait l'équipage et qui accueillait les cuisines et la blanchisserie. Les ponts intermédiaire et inférieur comprenaient également la cale, qui descendait jusqu'au fond du bateau.

Emmené par Septimus, le petit groupe traversa le pont intermédiaire sans rencontrer âme qui vive. Ils inspectèrent chaque cabine, chaque placard, dans ses moindres recoins. Dans la cabine de Milo, le lit défait indiquait un départ précipité, tandis que Nicko avait laissé la sienne parfaitement en ordre avant d'aller prendre son quart à la barre. La cabine de Snorri était tout aussi bien rangée, avec en plus une couverture pliée sur le sol à l'usage d'Ullr. Les autres cabines étaient également vides.

Ils descendirent les quelques marches qui permettaient d'accéder au salon dans lequel Milo recevait ses invités. Septimus ouvrit la porte d'acajou avec précaution et risqua un regard à l'intérieur. Le salon était désert mais, espérant y trouver des indices, peut-être même un message rédigé à la hâte, le jeune garçon entra. Ses amis le suivirent.

Le majordome avait laissé la pièce propre et en ordre. Dans des circonstances normales, le petit déjeuner aurait dû être bientôt servi. Tous contemplèrent d'un air sombre la table sur laquelle étaient disposés trois couverts, et le petit bol posé sur le sol près de la chaise de Snorri.

– Peut-être que la *Cerys* est devenue un vaisseau fantôme ? murmura Jenna, exprimant tout haut les craintes de Lobo.

– Les vaisseaux fantômes n'existent pas, affirma Septimus.

– Tante Zelda prétend que si, observa Lobo, et elle s'y connaît. Non, Lucy, ne fais pas ça !

– Je n'avais pas l'intention de crier, répliqua Lucy d'un air pincé. J'allais simplement dire que s'il s'agissait bien d'un vaisseau fantôme, on ferait mieux de filer. Si toutefois c'est encore possible...

Ses compagnons frissonnèrent.

Jenna coula un regard vers Septimus. Tous avaient entendu quantité d'histoires au sujet des vaisseaux fantômes, manœuvrés par des équipages de spectres. On racontait que tous ceux qui avaient le malheur de monter à leur bord ne retournaient jamais à terre, mais leurs proches, à force de les chercher sur les Sept Mers, les apercevaient parfois en train de leur faire des signes depuis le pont.

Des bruits sourds retentirent soudain derrière le mur, les faisant sursauter.

– Qu'est-ce que c'était ? chuchota Jenna.

Les bruits reprirent.

– Il y a des fantômes pas très discrets sur ce bateau, remarqua Moustique.

Ils eurent tous des rires gênés.

– C'est la cloison de la cale, dit Septimus. Fry et ses deux affreux... Ils cherchent à s'enfuir !

– Tu crois qu'ils pourraient l'enfoncer ? demanda Jenna, inquiète.

– Impossible. Toutes les cloisons sont doublées de plomb. Il leur faudrait une armée pour s'échapper d'ici. Milo ne voulait faire courir aucun risque à sa précieuse cargaison.

Jenna acquiesça. Elle savait toutes les précautions qu'avait prises Milo afin de protéger ses trésors de possibles avaries : les murs doublés de plomb, les portes étanches, la soute à valeurs pour les objets les plus précieux...

– La soute à valeurs ! s'exclama-t-elle. Elle ferme de l'extérieur et elle est insonorisée. C'est là qu'ils doivent être tous. Vite !

– C'est bon, on a compris, dit Septimus. Inutile de t'affoler.

– La soute est complètement étanche, Sep.

Au fond du salon, une petite porte ouvrait sur un escalier menant aux cuisines du pont inférieur. Septimus attendit impatiemment au bas des marches que ses amis le rejoignent.

– Passe devant, Jen, dit-il d'une voix tendue. Tu sais où se trouve la soute.

En réalité, Jenna n'était pas sûre de le savoir. Quand Milo la lui avait montrée, en lui vantant la valeur de tout ce qu'il y avait entreposé, dans son agacement, elle avait oublié le chemin qu'ils avaient emprunté pour s'y rendre. À l'inverse du pont intermédiaire, largement pourvu en hublots, en coursives bien éclairées, le pont inférieur se présentait comme un dédale de couloirs sombres et étroits, encombrés de cordes, de câbles et de tout le matériel nécessaire au fonctionnement d'un vaisseau aussi sophistiqué que la *Cerys*. Complètement perdue, Jenna jetait des regards affolés autour d'elle. Soudain elle constata que tous l'observaient avec espoir. Elle se tourna vers Septimus, sollicitant son aide – peut-être pourrait-il effectuer une **recherche** – et vit que son anneau dragon émettait une faible lueur dorée...

– Ça me revient ! s'exclama-t-elle. Il y a une lampe jaune devant la porte. Elle s'allume quand quelqu'un entre dans la pièce, au cas où... où il serait enfermé par erreur. Par là !

À son grand soulagement, Jenna venait de surprendre le reflet de la lampe en question sur des tuyaux en cuivre, à l'extrémité du couloir.

À l'approche de la soute, toutefois, son soulagement céda la place à l'appréhension. En plus d'être doublée de plomb, la pièce était parfaitement hermétique afin de protéger les trésors de Milo de l'air corrosif. Combien de temps une personne pouvait-elle survivre à l'intérieur, et à plus forte raison un équipage complet ? Jenna se rappela que Nicko avait horreur des lieux clos, puis elle s'efforça de chasser cette pensée de son esprit.

La porte de la soute à valeurs était étroite, en acier et couverte de rivets. Lobo, sachant qu'il était le plus fort, empoigna la roue au centre et la fit tourner. La porte ne bougea pas. Lobo recula et essuya ses paumes sur sa tunique.

– On a apposé un **sceau ténébreux** sur cette porte, dit-il. Je le sens dans mes mains.

– Oh non ! gémit Jenna. Il faut absolument l'ouvrir.

Septimus appliqua ses mains sur la porte et les retira aussitôt.

– Tu as raison, 409. Je vais devoir tenter un **sort inversé**... Pas facile sans **talisman ténébreux**. Quelle bande de porcs !

Jenna savait d'expérience que quand Septimus traitait quelqu'un de porc, la situation était grave.

– Attends ! s'écria Lobo. J'ai ce qu'il te faut.

Il ouvrit la bourse en cuir pendue à sa ceinture, libérant l'odeur du morceau de tentacule en putréfaction.

Tous ses amis reculèrent.

– Beurk ! fit Lucy. Je crois que je vais vomir...

– Je ne te le conseille pas, répliqua Jenna d'un ton coupant. Qu'est-ce que c'est que cette horreur ?

Lobo tendit le morceau de chair noirâtre et visqueuse à Septimus.

– Tu as besoin de **Ténèbre** ? Eh bien, en voici.

Septimus se força à sourire.

– Merci, 409. J'en ai toujours rêvé.

Septimus saisit le répugnant trophée (qui lui rappelait la queue de Boutefeu avant l'intervention de Syrah) et en frotta le pourtour de la porte en prononçant une formule suffisamment bas pour qu'aucun de ses compagnons ne l'entende. Puis, réprimant un haut-le-cœur, il le rendit à Lobo, qui le rangea dans la bourse.

– Tu te promènes toujours avec ça ? demanda Moustique, curieux.

Lobo grimaça.

– Pas si je peux l'éviter. Bon, et si on poussait cette porte ? Un, deux...

Les trois garçons appuyèrent une épaule contre la porte et poussèrent de toutes leurs forces, sans succès.

– Laissez-moi essayer, dit Jenna d'un ton impatient.

– Jen, elle est vraiment très lourde, répliqua Septimus.

– Tu te souviens du refuge, dans la forêt enneigée[5] ?

– Oh, fit Septimus, confus, se rappelant la dernière fois où il avait affirmé à Jenna qu'elle était incapable d'ouvrir une porte.

– Alors laisse-moi faire, d'accord ?

– Entendu. Recule, 409.

Jenna empoigna la roue et, au lieu de pousser, elle tira la porte vers elle. Celle-ci pivota lentement, révélant l'intérieur de la soute à valeurs.

Aucun d'eux n'osa regarder.

---

5. Voir *Magyk Livre Quatre : La Quête*.

✠ 43 ✠
LIBRES !

Nicko apparut sur le seuil, titubant. Jenna le rattrapa et bascula en arrière sous son poids.

– Nicko ! Oh, Nick... ça va ?

Nicko acquiesça, pantelant.

– Eurgh... Jen, qu'est-ce que tu fais ici ?

Snorri se rua à l'extérieur, un petit chat roux calé sous le bras.

– Tout va bien, maintenant, dit-elle, serrant Nicko contre elle.

Même si elle répugnait à se l'avouer, Jenna n'était pas encore pleinement rassurée.

– Où est Milo ? demanda-t-elle.

Au même moment, une douzaine d'hommes de toutes tailles et de toutes corpulences, ensanglantés et dépenaillés, vêtus de chemises de nuit, de maillots rayés, de pantalons bleu

394

marine et, pour certains, coiffés de tresses qui rivalisaient avec celles de Lucy Gringe, surgit de la soute dans un vacarme qui couvrit la réponse de Nicko. Mais une voix impérieuse s'éleva au-dessus du brouhaha.

– Silence ! ordonna Milo.

Le bruit cessa, et Milo apparut sur le seuil, blême, sa chemise de nuit en soie toute froissée et tachée de sang, mais apparemment indemne. Il scruta le couloir bondé, regrettant de ne pas avoir ses lunettes.

– Jem, où es-tu ? appela-t-il. C'est toi qui nous as fait sortir ?

Jenna, croyant entendre « Jen », fut envahie de bonheur. Son père avait pensé à elle !

– Oui, c'est moi ! s'écria-t-elle.

– Jenna ? fit Milo, décontenancé.

Dans la pénombre, il distingua ses hommes, alignés le long du couloir, et aussi, à son grand étonnement, Septimus et Moustique, accompagnés de deux adolescents en haillons. D'où sortaient-ils donc ? Il fut encore plus stupéfait en apercevant Jenna, à moitié cachée par Nicko et un enchevêtrement de cordes.

– Jenna ! Mais... que fais-tu là ?

Prenant Milo par surprise, Jenna courut vers lui et le serra dans ses bras.

– Oh, Milo ! fit-elle, aussi étonnée que lui. J'ai cru que vous étiez... Enfin, nous avons cru que vous étiez tous morts.

– Il s'en est fallu de peu, dit Milo, caressant maladroitement les cheveux de sa fille. Heureusement, l'année dernière, j'ai doté cette soute d'un système de ventilation avec filtres pour des cactus exotiques que je souhaitais rapporter au

Château. Très efficace, mais trop juste pour quinze personnes. Nous commencions à suffoquer, tu peux me croire. Bon, voyons ce que ces bandits nous ont volé. J'imagine qu'ils ont fait main basse sur tout ce qu'ils ont pu trouver avant de prendre la fuite. Les brutes ! Je leur aurais bien réglé leur compte, mais...

– Mais quoi ? l'interrompit Jenna, agacée : elle n'avait que trop entendu de fanfaronnades dans la bouche de son père.

– Mais que faire quand votre adversaire appuie la lame d'un couteau sur la gorge de quelqu'un ? acheva Milo.

Au même moment, Nicko porta une main à son cou, et Jenna remarqua une vilaine marque rouge sous son oreille.

– Nicko ! s'exclama-t-elle. Pas toi ?

– Si, répondit Nicko d'un ton amer. Moi. Encore.

– Toi, dit Milo au marin le plus proche de lui, va chercher Jem. Il faut que je sache ce qu'il a vu. Il a eu de la chance d'échapper à tout ça.

L'homme allait tourner les talons quand Jenna l'arrêta.

– Jem n'a pas eu de chance, dit-elle à Milo. Il est mort.

– Mort ?

– Ils... ces bandits l'ont tué.

Des murmures consternés s'élevèrent.

– Mort ? répéta Milo, atterré. Où... où est-il ?

– Nous l'avons déposé sur un rocher, près de la plage. Sep a tout essayé, mais il n'y avait plus rien à faire.

– Des volontaires pour aller chercher Jem ! s'écria Milo.

Une forêt de mains se leva. Milo choisit quatre hommes qui n'avaient subi aucune blessure et le petit groupe s'éloigna rapidement.

– Les autres, reprit Milo, descendez à l'infirmerie et soi-gnez-vous. Ensuite, vous remonterez sur le pont. Je veux que ce bateau reparte avec la prochaine marée.

– Bien, monsieur, répondit l'équipage d'une seule voix.

– Jem était un bon garçon, soupira Milo quand les hommes eurent tourné à l'angle du couloir. Un bon garçon et un bon infirmier.

– Je pourrais me rendre utile, si vous voulez, dit Septimus. J'ai quelques notions de **Physik**.

Mais Milo n'écoutait pas.

– Venez, dit-il en écartant les bras afin de les guider le long du couloir. Vous avez fait du bon travail. Maintenant nous allons voir dans quel état se trouve la *Cerys*. Si je pouvais mettre la main sur ces pirates...

Jenna avait été agacée que Milo ignore l'offre de Septimus, mais la manière dont il les poussait devant lui, comme s'ils étaient une troupe de gamins excités, la mit carrément hors d'elle.

– Rien de plus facile, lança-t-elle d'un ton de défi. Ils se trouvent dans la cale.

Milo s'arrêta net.

– Dans la cale ?

Il avait subitement pâli. Jenna ne s'en étonna pas. Elle avait la conviction que son père n'était pas aussi brave qu'il le prétendait.

– Oui.

– Avec le coffre ?

– Évidemment ! Sep et Lobo les ont poussés. À deux contre trois, c'était très courageux de leur part, commenta-t-elle d'un ton lourd de sous-entendus, omettant toutefois de préciser que Septimus et Lobo étaient alors invisibles.

Ils longeaient à présent une coursive contiguë à la cale, d'où leur parvenaient toujours des coups sourds.

– Combien sont-ils ? demanda Milo à voix basse.

– On en a enfermé trois, répondit Septimus.

– À entendre le boucan qu'ils font, on dirait qu'ils sont davantage, remarqua Lobo. Ça doit être à cause de l'écho.

Milo avait l'air terrifié. Jenna en était gênée pour lui : comment pouvait-il redouter à ce point trois imbéciles enfermés dans une cale ? Pire encore, il parlait tout seul.

– C'est impossible, l'entendit-elle marmonner. Ils ne peuvent pas savoir ce que c'est...

Il prit une profonde inspiration et parut se ressaisir.

– Je monte sur le pont, annonça-t-il. Il faut sécuriser les issues de la cale. Nicko, tu m'accompagnes ? Je vais avoir besoin de ton aide.

Sur ces paroles, il s'éloigna d'un pas rapide. Nicko, heureux de pouvoir se rendre utile, le suivit.

Jenna regarda son père remonter la coursive en courant presque, sa chemise de nuit flottant derrière lui, ses pantoufles en velours claquant sur les planches comme les ailes d'un pigeon.

– Il est complètement fou, dit-elle.

– En tout cas, il a l'air inquiet, ajouta Lobo.

– C'est sans doute qu'il se passe ici quelque chose qui l'inquiète, énonça lentement Snorri.

– Qu'est-ce que tu veux dire ? demanda Jenna, qui avait parfois du mal à comprendre la jeune fille.

398

– Il y a des esprits très anciens à bord de ce bateau. Je les sens maintenant. Avant, non. Ullr les sent aussi, vous voyez ?

Snorri souleva Ullr et le montra à ses amis. Ses poils étaient tellement hérissés qu'on aurait dit une boule de fourrure orange.

Moustique pouffa.

– Ullr n'est pas drôle, dit Snorri d'un ton de reproche. Ullr est visionnaire. Et il **voit** ici quelque chose dont on ne doit pas rire. Je vais aider Nicko.

Tandis que Snorri s'éloignait, très digne, Jenna devint songeuse. Si elle ne faisait guère de cas de la jeune fille, elle éprouvait un grand respect pour son chat, dont elle s'était occupé pendant plusieurs mois.

Ils tournèrent au coin d'un couloir et virent Snorri se frayer un chemin parmi la foule qui se pressait devant l'infirmerie. À l'intérieur régnait un chaos indescriptible. Un commis de cuisine gisait dans une mare de sang. Des pansements volaient dans tous les sens et un grand flacon de violet de gentiane s'était renversé, éclaboussant tous ceux qui faisaient cercle autour du blessé. Nul ne semblait savoir quoi faire.

– Je vais les aider, déclara Septimus. 409, j'aurai besoin de quelqu'un qui s'y connaît en potions.

– Ça marche, répondit Lobo en souriant.

Les potions, c'était son rayon.

– Et moi, je m'occuperai des pansements, proposa Lucy. Je devrais me débrouiller. C'est comme des rubans, à part qu'on peut les étirer.

– Ça n'a rien à voir ! protesta Septimus.

399

– Je monte sur le pont, lui lança Jenna juste avant qu'il ne disparaisse à l'intérieur de l'infirmerie.

– Je viens avec toi, dit Moustique.

À l'extrémité du couloir, ils trouvèrent une échelle menant au pont intermédiaire. Ils y montèrent, traversèrent le salon désert et longèrent la coursive des cabines. Comme ils approchaient de l'escalier conduisant au pont supérieur, ils entendirent une succession de bruits sourds provenant de la cale.

Jenna se tourna vers Moustique, inquiète.

– Tu devrais aller chercher Sep, dit-elle. Je crois qu'on va avoir besoin de lui.

– Mais, et toi ?

– Je vais aider Nicko.

– Je peux m'en charger pendant que tu iras chercher Sep.

– Non, Moustique. Je ne suis jamais là quand Nicko a besoin de moi. Cette fois, je ne le laisserai pas tomber. Toi, va chercher Sep, s'il te plaît.

Moustique ne pouvait que s'incliner.

– C'est bon. Je me dépêche. Jenna... promets-moi d'être prudente, d'accord ?

Jenna acquiesça de la tête et monta rapidement l'escalier.

Moustique fut étonné par le changement survenu à l'infirmerie. Il n'avait fallu que quelques minutes à Septimus pour organiser les soins. Le commis de cuisine était à présent étendu sur une table. Tout en s'occupant de lui, Septimus discutait avec Lobo de la potion appropriée pour une vilaine blessure au couteau. Surtout, Moustique fut étonné de voir Lucy

Gringe bander le bras d'un matelot avec une parfaite dextérité, et il n'en estima que davantage l'autorité de son ami.

Sitôt soignés, les blessés regagnaient le pont l'un après l'autre. Moustique avait hâte d'en faire autant, mais il ne voulait pas déranger. Appuyé au chambranle de la porte, il observa Septimus en plein travail et admira son aisance.

Soudain Septimus l'aperçut.

– Tout va bien ? lui demanda-t-il.

– Je n'en sais rien. Jenna veut que tu montes sur le pont. Quelque chose l'inquiète.

Au même instant, un nouveau coup fit trembler le navire.

– Oh ! D'accord. J'ai presque terminé. Je voudrais juste examiner à nouveau celui-ci. Il a perdu beaucoup de sang.

– On dirait que le bateau bouge, remarqua le second.

À part le commis allongé sur la table, il n'y avait plus que lui dans l'infirmerie.

Il se leva et grimaça de douleur.

– On va avoir besoin de moi sur le pont, dit-il. Vous venez, mademoiselle ?

– Je suis très bien ici, rétorqua Lucy.

– Non, Lucy, vas-y, insista Septimus.

– Il a raison, reprit le second. Mieux vaut être en haut quand un bateau bouge. On reviendra te chercher s'il y a du danger, mon garçon, dit-il au commis.

Moustique le regarda sortir avec Lucy. Tandis qu'il attendait (un peu moins patiemment à présent) que Septimus et Lobo aient terminé, quelque chose frôla son pied. Il baissa les yeux et vit un long cortège de rats qui filaient l'un derrière l'autre en direction de l'échelle au bout de la coursive. Moustique frissonna, et pas de dégoût. En réalité, il avait beaucoup de respect pour les rats et pour leur sixième sens. Et apparemment, ceux-là avaient senti qu'ils n'étaient plus en sécurité sur la *Cerys*.

– Sep... commença-t-il.

– J'arrive, dit Septimus, occupé à se laver les mains. Prêt, 409 ?

– Prêt !

Septimus inspecta une dernière fois l'infirmerie. Tout était en ordre, et l'odeur métallique du sang avait été balayée par un parfum de menthe poivrée. Il se dirigea alors vers la porte avec la satisfaction du travail accompli.

Moustique poussa les deux garçons vers l'extrémité de la coursive.

– Eh, qu'est-ce qui te prend ? demanda Septimus.

– Il se passe des trucs bizarres, et les rats le savent.

– Les rats ?

– Oui. Je viens de les voir fuir.

– Oh ! fit Septimus, qui partageait le respect de son ami pour les rats.

Au même moment, comme pour donner raison à Moustique, une série de coups rythmés ébranla la charpente du navire.

– Sortons vite d'ici, dit Lobo, qui aspirait à retrouver l'air libre.

Ils s'immobilisèrent au pied de l'échelle menant au pont intermédiaire : quelqu'un descendait.

Un homme grand et mince, vêtu de jaune et coiffé d'une pyramide de beignets, prit pied sur le pont inférieur et s'adressa directement à Septimus.

– Septimus Heap ? demanda-t-il avec un soupir résigné.

Septimus et Moustique étaient assez versés en **Magyk** pour reconnaître un génie au premier coup d'œil. Quant à Lobo, il n'avait pas besoin d'avoir étudié pour comprendre qu'il se passait quelque chose d'étrange.

– Sep, il t'a retrouvé ! murmura Moustique, enthousiaste.

– Incroyable, souffla Septimus. C'est bien moi, ajouta-t-il à voix haute.

– C'est bien ce qu'il me semblait, dit Eugène Ni d'un air accablé. La description de la vieille sorcière était exacte. Zut, zut, zut ! Bon, eh bien, allons-y : quel est ton vœu, ô maître ?

Sous le coup de l'émotion, Septimus fut incapable de se rappeler la formule qu'il fallait impérativement prononcer avant de répondre à cette question essentielle, si l'on voulait éviter de se faire rouler dans la farine par un génie.

Il se tourna vers Moustique, quêtant son aide, tandis qu'Eugène Ni s'impatientait : tous les Septimus Heap avaient-ils l'esprit aussi lent ?

– Ô fidèle serviteur, j'en appelle à ton honneur, souffla Moustique. Agis toujours selon le bien et selon mon dessein.

Septimus adressa un regard plein de gratitude à son ami, puis il répéta mot pour mot, à voix haute et intelligible.

– Tu t'en sors mieux que le précédent Septimus Heap, admit Eugène Ni à contrecœur. Quoique ce ne soit pas très difficile.

– Demande-lui son nom, murmura Moustique. Il se peut que quelqu'un lui en ait déjà donné un. Si tu ignores lequel, tu ne pourras pas l'**appeler**.

– Oh ! merci, Moustique. Je n'y avais pas pensé.

403

– Ce génie m'a tout l'air d'une crapule. Il espère sans doute que tu ne lui poseras pas la question. Dis simplement : « Génie, quel est ton nom ? »

Septimus interrogea le génie, qui prit son temps pour répondre.

– Eugène Ni, finit-il par lâcher. Ô maître rusé.

– Eugène *Ni* ? répéta Septimus, croyant avoir mal entendu.

– Oui, Eugène Ni, fit le génie, agacé. Ô maître méfiant, as-tu un vœu à exaucer, ou m'autorises-tu à prendre un peu de repos ? J'ai aperçu des cabines très agréables au-dessus.

Une nouvelle série de coups ébranla la *Cerys*.

– Je crains d'avoir besoin de ton aide immédiatement, répondit Septimus.

Eugène Ni avait beaucoup de mal à s'habituer à sa soudaine privation de liberté.

– Très bien, ô maître exigeant. Tes désirs sont des ordres, et ainsi de suite. La jolie cabine attendra.

– Avoue-le, ce n'est pas tout à fait ainsi que tu imaginais les génies, murmura Moustique.

– En effet, acquiesça Septimus alors qu'une nouvelle vibration se propageait à travers la coque du navire. Mais c'est pareil avec tout, non ?

Les rayons obliques du soleil levant pénétraient par l'écoutille de poupe, éblouissant Septimus, Moustique et Lobo pendant qu'ils montaient les marches deux à deux. Ils prirent pied sur le pont, clignant des yeux, et se retrouvèrent face à une véritable scène de chaos. Avec l'énergie du désespoir, Milo et son équipage meurtri empilaient sur les portes de la cale des espars, des voiles, des tonneaux et tout ce qu'ils pouvaient porter. Ils virent Lucy et Snorri jeter un rouleau de cordages sur la pile. Ullr, toujours hérissé, suivait sa maîtresse comme une ombre rousse et anxieuse. Nicko et le maître d'équipage étaient occupés à clouer une longue planche en travers des deux battants, mais à chaque coup de marteau répondait un coup montant de la cale qui annulait leurs efforts.

Jenna, un peu à l'écart, vit les trois garçons se frayer un chemin à travers la cohue. Elle lâcha le tonneau qu'elle aidait à rouler pour courir à leur rencontre.

– Où étiez-vous passés ? leur dit-elle. Il y a quelque chose là-dessous – quelque chose de beaucoup plus puissant que les trois pirates que vous y avez jetés – et ça essaie de sortir. Je sais que Milo a parfois tendance à exagérer, mais cette fois il ne joue pas la comédie. Regardez-le !

L'air hagard dans sa chemise crasseuse, les pieds nus, Milo aidait Nicko à tirer une autre planche en travers des portes.

– Remue-toi ! hurla-t-il au maître d'équipage.

Celui-ci cria quelque chose en retour.

– Si tu ne te dépêches pas de clouer cette planche, lui rétorqua Milo, tu n'auras même plus de navire à quitter !

Lobo se précipita afin de les aider. Moustique et Septimus allaient le suivre mais Jenna les arrêta.

– Attends, Sep. Il y a une chose dont je voudrais te parler. Ce serait bien que Moustique soit également au courant.

– De quoi s'agit-il, Jen ?

– Pendant que vous postiez un message à Marcia, Milo a fait descendre quelque chose dans la cale.

– Milo a toujours quelque chose à descendre dans la cale, dit Septimus.

– C'est vrai, mais cette fois, il m'a demandé de garder le secret. Je comptais t'en parler quand même, parce que j'estime qu'il n'a pas à me dire ce que je dois faire ou pas. C'était un coffre énorme, et il a dit qu'à cause de lui, nous devrions nous rendre au Manuscriptorium une fois rentrés au Château.

– Au Manuscriptorium ? demanda Moustique. Pourquoi ?

– Je l'ignore. Comme il a enchaîné sur autre chose, je n'ai pas posé de questions. Vous le connaissez...

– Tu as vu ce que contenait ce coffre ?

– Il n'y avait pas grand-chose à voir. Juste des tubes en plomb alignés sur des plateaux.

– Des tubes en plomb ? fit Moustique. Combien exactement ?

– Qu'est-ce que j'en sais ? répliqua Jenna avec une pointe d'impatience.

– Tu dois bien avoir une idée. Dix, cinquante, cent, mille... Alors, combien ?

– Je dirais, plusieurs milliers. Bon sang, Moustique, tu es pire que Jillie Djinn !

– Des *milliers* ?

– Oui, des milliers. Quelle importance ? Ce qui compte, c'est ce qu'il y a dessous, j'imagine.

– À mon avis, ce qui compte, c'est plutôt ce qu'il y a *dans* les tubes. Pas toi, Sep ?

– Si.

– Dans les tubes ? Qu'est-ce qu'il... Oh, mon Dieu, qu'est-ce que c'est que ça ?

Un coup particulièrement violent, accompagné d'un immense fracas, venait de secouer le navire : les portes de la cale avaient cédé. Nicko et la planche volèrent comme des allumettes. Quelqu'un hurla, et pour une fois ce n'était pas Lucy Gringe. Puis les deux battants se soulevèrent progressivement, implacablement. Les vergues et les tonneaux entassés dessus roulèrent, renversant les hommes comme des quilles.

Milo fut projeté dans des cordes emmêlées qui pendaient d'une vergue brisée et se retrouva coincé entre elles et la planche. Lobo fut fauché par un tonneau de goudron, et il s'en fallut de peu que Snorri et Ullr ne se fassent écraser par un canot de sauvetage.

Les portes de la cale étaient maintenant dressées vers le ciel. Elles oscillèrent quelques instants puis s'abattirent sur le pont avec un bruit assourdissant, réduisant en miettes ce qui se trouvait dessous. Tous se dispersèrent, mais ce qu'ils virent alors les arrêta net.

Théodophile Fortitude Fry et les frères Crowe émergeaient lentement de la cale, comme portés par un monte-charge invisible. Les marins les plus superstitieux se jetèrent au sol, pensant qu'ils volaient, mais ceux qui eurent le courage d'observer la scène constatèrent qu'ils reposaient sur des supports plus solides que l'air. Jenna songea de nouveau au cirque itinérant qu'elle avait applaudi à la foire de printemps, et plus particulièrement à des clowns acrobates qui avaient formé une pyramide humaine, mais ce souvenir s'effaça bientôt devant le spectacle qui s'offrit alors à son regard : Fry et les frères Crowe se tenaient en équilibre – pour le moins précaire – non sur les épaules d'une troupe de clowns, mais sur des boucliers portés à bout de bras par quatre guerriers en armure.

– Des djinns guerriers, murmura Moustique. C'est bien ce que je pensais.

– Que veux-tu dire ? demanda Jenna.

– Les tubes en plomb que tu as vus... Ce sont des unités de stockage de djinns.

– Des quoi ?

– Chacun contient un djinn, expliqua plus simplement Moustique. Une sorte de génie, si tu préfères.

Jenna n'était pas très douée en calcul, pourtant elle comprit immédiatement que cela représentait beaucoup de djinns.

– Il arrive que des djinns jumeaux partagent un même tube, ajouta doctement Moustique, mais c'est extrêmement rare.

– Eh bien, me voilà rassurée. Mon Dieu, regardez-les ! Ils... ils sont terrifiants.

Sur le pont, tous avaient fait silence à la seconde où les djinns guerriers avaient surgi de la cale, portant Fry et les frères Crowe au-dessus de leurs têtes casquées. Les trois pirates sautèrent un peu trop tard des boucliers et faillirent s'étaler par terre. Les quatre djinns continuèrent à s'élever et sautèrent à leur tour des boucliers qui les portaient pour atterrir sur le pont avec une synchronie parfaite. Les passagers et l'équipage de la *Cerys* retinrent leur souffle.

Les guerriers avaient quelque chose d'inhumain, de presque mécanique. Ils mesuraient au moins deux mètres et étaient entièrement revêtus d'une armure de cuir noir. Seules les ailes d'argent de leurs casques flamboyaient sous les rayons du soleil levant. Ils se tenaient parfaitement immobiles, le regard inexpressif, leur épée au poing, tandis que deux nouvelles rangées de quatre émergeaient déjà de la cale derrière eux.

Conscient de l'effet produit par ses gardes du corps, Théodophile Fortitude Fry toisa avec mépris l'assistance muette.

– Je suppose que ce sont ces morveux qui vous ont libérés, dit-il en se tournant vers Lobo et Lucy. Alors, comme ça, vous avez amené des copains ? Si c'est vous qui nous avez poussés là-dedans, vous nous avez rendu un fier service. De toute manière, on avait l'intention d'y descendre. Maintenant qu'on a trouvé ce qu'on était venus chercher, je vous conseille de bien profiter du spectacle et de porter tous les chapeaux idiots qu'il vous plaira tant que vous pouvez encore le faire (cette dernière remarque s'adressait évidemment à Eugène Ni). Parce que si vous comptez retourner au Château, j'ai bien peur que vous ne vous y amusiez pas beaucoup. On sait qui vous êtes, et on n'oublie jamais un visage – pas vrai, les gars ?

– Pour sûr, cap'taine, répondirent en chœur les jumeaux Crowe.

Mais le discours de Fry n'eut pas l'effet escompté. Personne, hormis Eugène Ni, qui détestait qu'on l'insulte, ne l'écoutait vraiment. Paralysés d'effroi, tous avaient les yeux fixés sur ce qui se passait derrière le pirate. À présent, il y avait huit guerriers sur le pont et il venait d'en apparaître de nouveaux – trois rangées de quatre – dans l'ouverture béante de la cale. Le temps que ceux-ci prennent pied sur le pont, la douzaine suivante se préparait déjà.

– Tu as dû étudier ça au Manuscriptorium, murmura Septimus à Moustique. Y a-t-il un moyen de les arrêter ?

– Aucun, à moins de connaître le **sortilège** de **réveil**.

– Milo doit le connaître. Personne n'irait acheter une telle quantité de djinns sans savoir comment les **réveiller**, pas vrai ?

– Toi non, dit Jenna. Mais lui...

410

– Il n'est quand même pas bête à ce point !

– Ça...

– Je vais lui demander, décida Septimus.

– Sois prudent, le supplia Jenna.

Septimus se rendit invisible et louvoya entre les hommes et les débris pour rejoindre Milo.

Celui-ci tentait toujours de se dégager. Septimus s'apprêtait à lui apparaître quand, à sa grande surprise, Milo cria : « Grub ! » à son oreille.

Septimus sursauta tandis que le capitaine Fry faisait volteface. Un éclair de méchanceté passa dans son regard quand il aperçut Milo. Il se dirigea vers lui en se pavanant et se hissa sur le bord de la planche afin de le fixer droit dans les yeux.

– Pour toi, mon gars, c'est *monsieur* Grub, dit-il.

– Ne m'appelle jamais comme ça, tu entends, Grub ? rugit Milo.

Fry éclata de rire et, trop occupé à savourer son triomphe, ne remarqua pas le tremblement de son sourcil gauche.

– Avec quatre mille guerriers sous mes ordres, je t'appelle comme je veux, mon gars. Pigé ?

Milo fulminait. Il était en infériorité numérique, comme presque dix ans auparavant, quand le tristement célèbre Deakin Lee et son second, le cruel Grub, s'étaient emparés de son navire.

– Tu t'es fait doubler, mon gars, reprit Fry. Les singes que tu avais chargés de rapporter ta précieuse cargaison... tu aurais dû mieux les payer. Tout homme a son prix.

– Tu en sais quelque chose, gronda Milo en se débattant en vain contre les cordes qui l'emprisonnaient.

– Tu sais quoi, Benda ? Je n'ai jamais oublié. Je suis resté deux semaines entières sur la coque de noix sur laquelle mon équipage de traîtres et toi m'aviez abandonné à mon sort. Pendant tout ce temps, je n'ai mangé qu'une mouette crevée et j'ai bu de l'eau de pluie dans mes propres bottes.

– J'aurais dû laisser ton équipage te jeter par-dessus bord comme ils voulaient le faire... Grub, rétorqua imprudemment Milo.

– Mais tu ne l'as pas fait, remarqua Fry dont le sourcil tremblait de plus en plus. Maintenant, tu vas me le payer. Tuez-le ! cria-t-il aux quatre premiers djinns guerriers.

Ceux-ci avancèrent, pointant leur épée vers Milo. Le sang de Septimus se glaça. Les djinns n'avaient pas de mains ! Leurs armes faisaient partie intégrante de leur corps. Les bracelets de cuir de leur armure étaient directement prolongés par une courte épée à droite et par un bouclier rectangulaire à gauche.

Depuis la dunette, Jenna les vit menacer son père.

– Non ! hurla-t-elle.

Elle voulut courir à son secours mais en fut empêchée par un groupe compact de marins qui reculaient face aux djinns. Dans la bousculade, elle ne remarqua pas les cordages qui entravaient Milo s'animer et se transporter jusqu'au capitaine Fry, qui se retrouva soudain dans la position d'une mouche engluée dans une toile d'araignée.

Fry vit les djinns marcher vers lui, brandissant leurs épées, et le traverser de leur regard vide. Il comprit alors qu'ils ne se souciaient pas de savoir qui était l'homme empêtré dans les cordages. Milo Benda ou Théodophile Fortitude Fry, cela ne faisait aucune différence à leurs yeux.

En revanche, cela en faisait une grande aux yeux de Fry.

– Sortez-moi de là, imbéciles ! cria-t-il aux Crowe.

Les jumeaux ne bougèrent pas.

– Arrêtez, arrêtez ! couina alors Fry d'une voix suraiguë. Bon sang, c'est quoi, la formule ?

La peur décupla momentanément l'intelligence du capitaine Fry. Avec quatre épées pointées vers sa gorge, l'incantation **inversée** lui revint brusquement à l'esprit.

Milo, de son côté, se sentit entraîné par une force invisible qui dégageait un fort parfum de menthe poivrée. Jenna accourut vers lui.

– Aïe ! gémit la force invisible. Mon pied !

– Pardon, Sep, dit Jenna.

Pour éviter de se faire de nouveau piétiner, Septimus redevint alors visible, au grand soulagement de Milo.

– Merci, dit celui-ci. Tu m'as sauvé la vie.

Septimus et Jenna l'accompagnèrent jusqu'au gaillard d'avant. Là, le jeune garçon alla droit au but :

– Le **sortilège** de **réveil**... Quel est-il ?

– Hein ? fit Milo, encore mal remis de ses émotions.

– Le **sortilège** de **réveil**, répéta Septimus d'un ton impatient. C'est votre coffre, ce sont vos djinns, donc vous devez le connaître. Dites-le-nous, et nous pourrons les arrêter.

Une nouvelle douzaine de djinns surgit de la cale. La vague sombre des guerriers menaçait à présent de submerger le pont. Milo protégea ses yeux de l'éclat aveuglant de leurs casques ailés. Il savait que le navire n'était plus sous ses ordres, mais il ne dit rien.

– Monsieur Benda, s'il vous plaît, insista Moustique.

Pendant que Septimus secourait Milo, Moustique avait rassemblé leurs amis sur le gaillard d'avant (où ils avaient d'ailleurs découvert Eugène Ni, somnolant dans un coin). Par conséquent, Milo ne faisait plus seulement face à Septimus et à Moustique, mais aussi à Jenna, Nicko, Snorri, Ullr, Lucy, Lobo, et Eugène Ni, réveillé en sursaut.

Tous levaient vers lui un regard plein d'espoir.

– Je ne le connais pas, finit par avouer Milo.

– Vous avez embarqué ce truc sans connaître les **codes** ? demanda Moustique, stupéfait.

– Apparemment, le coffre doit toujours voyager sans les **codes** par précaution. Je comptais les récupérer au Manuscriptorium à mon retour. Il y a là-bas un fantôme chargé de veiller sur eux. Un certain...

– Tertius Fumée, compléta Septimus.

– Comment le sais-tu ? fit Milo, étonné.

Septimus ne répondit pas.

– Grub a raison, dit-il. Vous avez été doublé.

Une longue file de rats sortit de l'écoutille de proue et se dirigea vers le bord. Milo les suivit du regard et constata :

– Le temps est venu de quitter le navire.

Au même moment, il y eut un craquement assourdissant et le pont bougea sous leurs pieds. Milo comprit que son beau navire ne reposait plus sur la terre ferme mais qu'il était retourné à son élément, porté par la marée.

Une clameur de joie étouffée monta de l'équipage.

Milo hésita. Par une cruelle coïncidence, la mer lui avait rendu son bateau au moment même où il était envahi. Mais quand la première rangée de djinns fit un pas supplémentaire vers l'échelle de proue, menaçant de leur couper toute retraite, Milo sut qu'il devait prendre une décision.

– Quittez le navire ! cria-t-il.

45
LA TORTUE ET LES FOURMIS

Jacky Fry n'arrivait pas à oublier le sourire de Lucy quand elle lui avait souhaité bonne chance. Tandis qu'il s'éloignait lentement dans la clarté du petit jour, le silence inquiétant de la *Cerys* n'avait cessé d'occuper ses pensées jusqu'au moment où, n'en pouvant plus, il avait fait faire demi-tour au *Maraudeur*. Au pied de l'échelle de la *Cerys*, Jacky écoutait à présent les bruits étranges qui lui parvenaient du navire et rassemblait son courage avant de monter secourir Lucy.

Ses projets furent anéantis par un cri soudain venu d'en haut :

– Quittez le navire !

L'instant d'après, un fatras d'hommes couverts de pansements, aux vêtements constellés de taches violettes, dévala l'échelle avant de sauter à bord du *Maraudeur*.

– Hé, pas si vite ! protesta Jacky. Je suis seulement revenu pour Lucy !

Malgré ses plaintes, le *Maraudeur* fut littéralement pris d'assaut.

– Lucy ! cria Jacky en direction de la *Cerys*. Lucy Gringe !

Lucy entendit son appel et se pencha par-dessus bord.

– Les hommes sont en train d'embarquer sur le *Maraudeur* ! s'exclama-t-elle. Dites-leur de revenir ! C'est un piège !

Mais il était trop tard. À part le second, qui était allé chercher le commis blessé à l'infirmerie, tout l'équipage se trouvait déjà sur le *Maraudeur*.

– Lucy ! cria de nouveau Jacky, désespéré. Où êtes-vous ?

– Fiche le camp, tête de hareng ! hurla Lucy.

Soudain Jacky distingua la silhouette de la jeune fille qui se découpait sur le ciel, avec ses tresses et sa cape bleue tachée de sel, et le bonheur l'envahit.

– Lucy ! appela-t-il. Venez vite !

Comme en réponse à son cri, une forme humaine prit pied sur l'échelle, mais ce n'était pas Lucy. C'était même, pensa Jacky, l'exact opposé de la jeune fille. Quelques secondes plus tard, un guerrier en armure de plus de deux mètres, brandissant une épée parfaitement affûtée, se dirigeait droit vers le *Maraudeur*.

Les nouveaux compagnons de bord de Jacky l'avaient également vu.

– Mets les voiles, mets les voiles ! hurla le maître d'équipage.

Comme un deuxième guerrier descendait l'échelle, l'équipage manœuvra le *Maraudeur* pour l'éloigner de la *Cerys*, et Jacky Fry vit s'évanouir son rêve de secourir Lucy.

Tout aussi dépité, Milo regarda le *Maraudeur* s'éloigner. L'évacuation de la *Cerys* avait viré au désastre. Il n'avait agi que pour assurer la sécurité de sa fille, mais une fois de plus, rien ne s'était déroulé selon ses plans.

– On a intérêt à filer d'ici sans attendre, dit Septimus. Où est encore passé ce fichu génie ?

Eugène Ni n'avait aucune envie de devenir une tortue. Il avait vu suffisamment de tortues dans sa vie pour affirmer qu'il n'aimait pas leur bec toujours prêt à pincer, et le simple contact de leur carapace lui donnait la chair de poule... Mais si son maître souhaitait qu'il devienne une tortue géante, alors soit. Toutefois, il tenta de négocier.

– Pas plus de dix minutes, ô maître exaspérant, supplia-t-il.

– Tu resteras tortue aussi longtemps que je te le dirai, rétorqua son maître.

– Pas plus de vingt minutes, alors, ô maître intraitable.

– Le temps qu'il faudra pour nous conduire jusqu'au rivage. Et veille à avoir le dos assez large pour pouvoir tous nous transporter.

– Tous ?

Eugène Ni promena un regard consterné autour du pont de la *Cerys*. Il allait devoir se transformer en une *énorme* tortue.

– Oui, tous. Allons, dépêche-toi.

– Bien, ô maître sans pitié, soupira Eugène Ni.

Cela ne présageait rien de bon si, pour sa toute première mission, son maître lui demandait de devenir la créature qu'il détestait le plus au monde. Se retrouver prisonnier d'une carapace, avec quatre pattes palmées et pataudes au lieu de mains

et de pieds, et cela aussi longtemps que son maître l'exigerait...
Quel cauchemar ! Le génie prit une profonde inspiration
– combien de temps devrait-il attendre avant de respirer de
nouveau un air qui ne sentirait pas la bave de tortue ? – puis
il se hissa sur le plat-bord, se boucha le nez et sauta. On entendit un grand plouf et, quelques secondes plus tard, une tortue
géante aux yeux jaunes fit surface.

Nicko attacha solidement la corde qu'il avait préparée à un
taquet et la jeta par-dessus bord.

Obéissant aux ordres de son maître, la tortue transporta
ses passagers jusqu'à la pointe de l'île principale, hors de vue
de la *Cerys*. Pour avoir mal estimé la largeur de sa carapace, elle
resta coincée entre deux rochers, mais heureusement pour ses
passagers, l'eau était peu profonde à cet endroit, si bien qu'ils
purent gagner le rivage à pied. Moins chanceuse, la tortue ne
parvint pas à se dégager malgré ses efforts et elle dut attendre
qu'on l'autorise à se **transformer** pour retrouver sa liberté.

Eugène Ni reprit forme humaine allongé dans soixante
centimètres d'eau. Il se dressa tel un ressort, crachant et toussant, et pataugea jusqu'au rivage, où il s'assit à l'écart afin de
se sécher au soleil, pleurant sur les dégâts (irréversibles, il le
craignait) subis par son chapeau.

Cependant, ses ex-passagers tentaient également de se
remettre. La tortue n'avait pas fait preuve de beaucoup
d'égards, nageant six pouces sous l'eau et en zigzag, comme si
elle cherchait à se débarrasser de son chargement.

– Nicko, je te dois des excuses, dit Milo en essorant le bas
de sa chemise de nuit.

– Ah ? fit Nicko, surpris.

419

– J'ai eu tort de te reprocher d'avoir fait échouer la *Cerys*. À présent, je crois que cette île est **enchantée**, et que tu as été **appelé** par une **syrène**.

Septimus porta un regard neuf sur Milo. En définitive, peut-être n'était-il pas aussi bête ni aussi égoïste qu'il l'avait cru.

– Merci, dit-il, mais le bateau était sous ma responsabilité. Ce qui est arrivé est ma faute. C'est à moi de vous présenter des excuses.

– J'accepte tes excuses, mais seulement si tu acceptes les miennes.

Nicko parut soulagé d'un poids immense. Pour la première fois depuis que la *Cerys* s'était échouée, il sourit.

– Merci. Je les accepte.

– Bien ! s'exclama Milo en se relevant brusquement. Maintenant, voyons ce que devient la *Cerys*. Nous devrions avoir un bon aperçu depuis ces rochers. Qu'en penses-tu, Nicko ?

Tout le monde, semblait-il, voulait prendre des nouvelles de la *Cerys,* excepté Eugène Ni, que Septimus aurait oublié si Moustique ne lui avait pas rappelé son existence. Il fallait du temps pour s'habituer à l'idée d'avoir un génie. C'était un peu comme lorsqu'il promenait Maxie, le chien-loup arthritique de Silas Heap. Maxie avait l'habitude de traîner en arrière, de sorte que Septimus l'oubliait parfois et devait alors retourner sur ses pas.

Le groupe au complet (Eugène Ni compris) se dirigea vers les rochers que leur avait indiqués Milo. Son choix se révéla excellent : en plus de leur offrir une vue dégagée sur le bateau et la plage, ils leur permettaient d'exercer une surveillance sans se faire repérer. Quand ils furent installés, Milo sortit sa longue-vue.

– Juste ciel ! s'écria-t-il avant de la passer à Nicko.

Celui-ci regarda à son tour et émit un sifflement.

– Qu'est-ce que vous voyez ? demanda Septimus d'un ton impatient.

– Des fourmis, répondit Nicko.

– Des fourmis ?

– Ouais. On dirait des fourmis fuyant leur nid. Regarde.

Septimus prit la longue-vue et comprit ce que Nicko avait voulu dire. Un flot ininterrompu de djinns en armure noire s'écoulait de la *Cerys*. Ils descendaient l'échelle avec des mouvements étrangement synchronisés – gauche, droite, gauche, droite – et disparaissaient sous l'eau sans modifier leur allure. À peine la mer avait-elle englouti le casque ailé d'un djinn qu'un autre prenait pied sur l'échelle. Septimus siffla à son tour. Moustique, n'y tenant plus, lui arracha presque la longue-vue.

– Mince alors ! s'exclama-t-il. Qu'est-ce qu'ils fabriquent ?

– À mon avis, ils ne partent pas en pique-nique, dit Septimus.

– Ils gâcheraient n'importe quel pique-nique, plaisanta Nicko. Imagine-les en train de courir partout sur les sandwichs...

– Ce n'est pas drôle, le gronda Septimus.

La longue-vue passa de main en main. Jenna fut la dernière à l'avoir. Après un rapide coup d'œil aux djinns, qui la terrifiaient, elle la dirigea vers la plage qu'elle considérait jusqu'alors comme la leur. Mais ce qu'elle y vit lui confirma qu'elle ne leur appartenait plus.

421

À travers la longue-vue, elle aperçut Tertius Fumée, debout au bord de l'eau, dans un état d'excitation qui le faisait paraître presque vivant. Et juste sous la surface de la mer, elle distingua une forme sombre sur laquelle jouaient des reflets argentés. Un casque ailé émergea, suivi d'un guerrier à l'armure ruisselante qui s'avança sur le sable et salua Tertius Fumée.

Voyant son expression changer, Septimus s'inquiéta :

– Qu'est-ce qu'il y a, Jen ?

– Tertius Fumée, répondit Jenna. Regarde !

Ignorant les réactions horrifiées de ses compagnons, Milo se leva et brossa le sable de sa chemise.

– Bon ! dit-il. Je me réjouis qu'il soit venu clarifier la situation. Vous voyez, personne ne m'a doublé. Je dois dire que c'est très consciencieux de sa part. Je vais lui demander le **sortilège de réveil**, puis nous rentrerons chez nous sains et saufs, avec la *Cerys* et sa cargaison, et cette aventure ne sera bientôt plus qu'un mauvais souvenir.

– Vous êtes fou ? s'insurgea Septimus. Vous avez vu ce que Fumée est en train de faire ?

– Mes lunettes sont malheureusement restées à bord, avoua Milo, clignant de ses yeux myopes. Nicko, passe-moi la longue-vue, je te prie.

Milo appliqua la longue-vue devant son œil et, oubliant qu'il n'était plus sur son bateau, il jura.

– Grub avait raison. J'ai bien été doublé.

– Pourriez-vous me repasser la longue-vue, je vous prie ? demanda Septimus.

Il pointa l'instrument vers la *Cerys,* puis vers la plage. Les djinns continuaient d'affluer. Une fois sur la terre ferme, ils se rangeaient suivant les instructions de Tertius Fumée. Septimus ne put s'empêcher d'admirer l'organisation du fantôme. À le voir, il ne faisait aucun doute qu'il avait une expérience de la discipline militaire. Septimus passa ensuite la longue-vue à Lobo et reporta son regard sur la *Cerys*. À cette distance, on aurait dit qu'une longue corde noire pendait le long du navire et se déroulait sous l'eau avant de réapparaître sur le sable. L'île était bel et bien envahie. Mais pour quelle raison ?

– Je vais voir Boutefeu, annonça Septimus. On risque de devoir le déplacer. Un coup de main ne serait pas de refus.

– On t'accompagne tous, décida Jenna. Pas vrai ?

– Snorri et moi allons garder un œil sur la *Cerys*, dit Nicko avec l'air de s'excuser. Les récifs représentent toujours une menace pour elle.

– Pas de souci. À plus tard.

– C'est ça, à plus tard. Oh, petit frère... ne t'approche pas trop de ces monstres. D'accord ?

– Je vais essayer. Vous restez, Milo ? ajouta Septimus, espérant une réponse affirmative.

– Oui, répondit Milo d'un air maussade. Donne-moi la longue-vue. Je veux pouvoir regarder *mon* armée. Dieu sait qu'elle m'a coûté assez cher !

Septimus ordonna à Eugène Ni d'ôter son précieux chapeau – qui était aussi repérable qu'une balise – et, en file indienne, ils prirent la direction des dunes qui surplombaient le rocher de Boutefeu. Eugène Ni occupait l'avant-dernière position dans la file, guidé très efficacement par Lobo, qui avait découvert que le génie avait plus de respect pour un morceau de tentacule pourri que pour son maître.

– Après avoir passé toutes ces années dans une petite fiole au fond du placard de tante Zelda, on pourrait croire qu'il mourrait d'envie de s'activer, non ? dit Septimus à Moustique.

– Ne tente pas de comprendre les génies. Ils ne font jamais ce qu'on attend d'eux.

Boutefeu dormait paisiblement, mais ayant senti Septimus, il ouvrit un œil et lui lança un regard circonspect.

– Salut, mon vieux, dit Septimus, tapotant gentiment le museau du dragon.

Boutefeu éternua d'un air grognon et referma l'œil.

– Comment va-t-il ? demanda Moustique.

– Bien, répondit Septimus avec un sourire.

Septimus utilisa l'**ondin** pour faire boire Boutefeu avant d'inspecter sa queue. Elle était en bonne voie de guérison. Le halo magique s'était presque entièrement dissipé, indiquant que le **charme** cesserait bientôt d'agir. Le souvenir de Syrah soignant Boutefeu était encore si vif dans l'esprit de Septimus que, quand la jeune fille lui parla, il crut qu'elle faisait partie de ses pensées.

– Septimus ! dit-elle d'une voix essoufflée. J'espérais te trouver près de Boutefeu.

C'est seulement quand Moustique s'exclama « Syrah ? » que Septimus comprit qu'elle était réellement là.

Syrah considéra ses compagnons avec perplexité.

– Qui sont ces personnes ? demanda-t-elle. D'où viennent-elles ?

Puis elle remarqua Jenna et pâlit sous son hâle.

– Princesse Esmeralda ? Vous ici ? Dépêchez-vous de fuir cet endroit. Il est maudit !

– Mais je ne suis pas... tenta de protester Jenna.

– Laisse, Jen, l'interrompit Septimus. Je t'expliquerai plus tard.

Il s'approcha de Syrah, lui prit la main et l'éloigna doucement du groupe.

– Comment te sens-tu ? s'enquit-il.

Syrah était trop agitée pour lui répondre.

– Je t'en prie, dit-elle, emmène la princesse en sécurité. Peut-être vaut-il mieux qu'elle soit loin du Château...

Elle tendit le doigt vers les djinns guerriers au-delà des dunes et ajouta :

– J'ai peu de temps. La **syrène** m'a envoyée accueillir Tertius Fumée. Le sale vieux bouc, j'aimerais mieux mourir que de le faire ! Mais je n'ai pas le choix ; elle peut m'**appeler** d'un instant à l'autre. Septimus, cette fois, ça y est. Cette nuit, le bateau qui transportait l'armée a dépassé le phare éteint, comme prévu. Et quand il s'est trouvé à sa portée, la **syrène** l'a **appelé**.

– Mais pourquoi ?

– Parce qu'ils ont l'intention d'envahir le Château.

– Quoi ? firent-ils tous d'une seule voix – hormis Septimus, pour qui tout cela était horriblement cohérent.

– C'est pour cette raison que je voulais que tu **scelles** le tunnel de glace. Pour les arrêter.

– Je comprends, maintenant.

– Pas moi, intervint Lobo. Qu'est-ce qu'ils font ici s'ils veu-lent envahir le Château ? Pourquoi ne restent-ils pas à bord du bateau pour qu'il les y emmène ?

– Fumée va guider les djinns le long du tunnel, jusqu'au cœur même du Château, expliqua Syrah. Ainsi, personne ne les verra approcher. Ça y est, elle m'**appelle** ! Septimus. De grâce. Arrête-les.

Syrah partit en courant à travers les dunes, telle une pou-pée traînée par un enfant négligent, sans se soucier des hautes herbes qui lui lacéraient les jambes ni des pierres qui entaillaient ses pieds nus. Sa fuite avait été si soudaine qu'ils restèrent tous sans voix.

– Ils comptent vraiment envahir le Château ? murmura Jenna.

– Hélas oui, répondit Septimus.

✠ 46 ✠
LE SERPENT D'ARGENT

Assis parmi les rochers au-dessus de Boutefeu, ils regardèrent les guerriers sortir de l'eau l'un après l'autre. Moustique consulta sa montre et indiqua :

– Il en sort douze à la minute. Ils remontent de la cale au même rythme. Donc, s'ils sont vraiment quatre mille, comme le prétend Grub, il va leur falloir... hum... pas loin de six heures.

– Tu ressembles de plus en plus à Jillie Djinn, le taquina Jenna.

– C'est faux, protesta Moustique. Elle aurait calculé la durée au dixième de seconde près.

– Je suis certaine que tu en es capable, toi aussi.

Septimus se leva.

– Ça me laisse le temps de **sceller** le tunnel de glace, dit-il. Cette fois, pas question d'échouer.

– Ne retourne pas là-bas, le supplia Moustique. Envoies-y Eugène Ni.

– Eugène Ni ?

– C'est son boulot de faire les trucs dangereux à ta place.

Septimus se tourna vers le génie. Étendu sur le sable, il dormait à poings fermés, pressant sur sa poitrine son précieux chapeau, comme un ours en peluche détrempé.

– Il s'endormirait en chemin, oui. Ou il attendrait que les djinns soient tous dans le tunnel pour le **sceller**. On ne doit prendre aucun risque. C'est à moi de le faire.

– Dans ce cas, nous t'accompagnons, déclara Jenna.

Moustique et Lobo approuvèrent vigoureusement, mais Lucy se défila :

– Je regrette, dit-elle, mais je ne peux pas. J'ai promis quelque chose à quelqu'un. Et Lobo aussi.

Tous, y compris Lobo, lui lancèrent un regard interloqué.

– Tu as promis quoi ? demanda Jenna. D'assister à une fête d'anniversaire ?

– Très drôle. Non, Lobo et moi avons promis à M. Miarr de l'aider à rendre sa **Lampe** au phare. Ces espèces de monstres, les frères Crowe, ont déjà essayé de le tuer. S'ils l'aperçoivent au sommet de ce grand rocher, ils vont recommencer.

– Tu veux dire qu'il se trouve là-haut, près de la lumière ?

Jenna abrita ses yeux et regarda vers le Pinacle.

– Bien sûr, répondit Lucy comme si c'était l'évidence même. M. Miarr est le gardien du phare. Et nous avons promis de les y ramener sains et sauf, lui et sa **Lampe**. (Elle se tourna vers Lobo.) Pas vrai ?

– Si, admit Lobo.

– Il faut agir maintenant, avant qu'il ne se passe quelque chose de grave.

Lucy semblait les défier de la contredire, ce qu'aucun d'eux ne se risqua à faire.

– Mais comment ? demanda Lobo.

– Facile, répondit Lucy. On va emprunter Eugène Ni à Septimus, puisqu'il n'en veut pas. Il n'aura qu'à se retransformer en tortue.

Si Septimus ne trouva rien à redire à cet arrangement, ce ne fut pas le cas du principal intéressé. Mais d'accord ou pas, quelques minutes plus tard, une tortue géante attendait les instructions de Lucy dans l'eau.

Jenna, Septimus et Moustique regardèrent la tortue s'éloigner en direction de l'île de l'Étoile, en faisant un grand détour pour éviter la *Cerys*. Elle nageait à une allure régulière, sans à-coups, et ses deux passagers étaient confortablement assis au sec sur son dos.

– Personne ne résiste à Lucy Gringe, remarqua Moustique, admiratif. Même pas un génie.

Sur la plage, le nombre de guerriers ne cessait de croître. Tertius Fumée plaçait les derniers arrivés à l'extrémité d'une longue file qui s'enroulait sur elle-même. Cette vision rappela à Septimus la ligne de mouillage que Nicko l'avait un jour chargé d'étendre sur le pont du bateau qui les emmenait au Port. La ligne devait décrire de nombreux méandres, tel un long serpent de corde, afin de filer sans faire de nœuds lorsqu'on larguerait l'ancre. Sur le moment, Septimus avait jugé ces préparatifs inutiles, mais quand ils avaient dû jeter l'ancre dans l'urgence, il avait compris leur importance. De même, il comprenait l'intention de Tertius Fumée : quand les djinns se mettraient en mouvement, ils le feraient en ordre et en masse. Et rien ne l'obligeait à attendre qu'ils aient tous débarqué de la *Cerys* pour donner l'ordre du départ.

– J'y vais ! réagit Septimus. Tout de suite.

– Nous y allons, tu veux dire, le corrigea Jenna.

– Non, Jen.

– Si !

– C'est trop dangereux. Si... si les choses tournent mal, je veux que tu racontes à Marcia ce qui s'est passé. Je ne crois pas que Nicko comprenne vraiment. Mais toi, si... et Marcia t'écouteras.

– Moustique t'accompagne ?

Septimus interrogea son ami du regard.

– Je viens, déclara Moustique

– C'est parce que je suis une fille ? demanda Jenna après un silence.

– Quoi ?

– Tu ne veux pas que je vienne avec vous parce que je suis une fille. C'est à cause des bêtises que la Jeune Garde t'a mises dans la tête. Les garçons entre eux, tout ça.

– Ça n'a rien à voir, Jen.

– Pourquoi, alors ?

– C'est parce que tu es la princesse... parce que tu vas devenir reine. Tu es importante, Jen. Marcia pourra trouver un nouvel apprenti, mais le Château ne pourra pas trouver une nouvelle reine.

– Oh, Sep...

– Maintenant, j'aimerais que tu retournes auprès de Milo et Nicko. Tu y seras plus en sécurité.

– Avec Milo ?

– Et Nicko.

– D'accord, soupira Jenna. Je ne vais pas me disputer avec toi.

Elle se leva et serra Septimus dans ses bras.

– Sois prudent. On se retrouve bientôt. D'accord ?

– D'accord.

– Au revoir, Moustique.

Soudain Moustique eut envie d'offrir quelque chose à Jenna – un souvenir de lui, juste au cas où. Il ôta sa précieuse veste d'amiral et la lui tendit.

– Pour toi.

– Je ne peux pas accepter. Tu adores cette veste.

– S'il te plaît.

– Oh, Moustique... j'en prendrai soin jusqu'à ton retour.

– D'accord.

Jenna serra également Moustique dans ses bras, au grand étonnement de celui-ci, puis elle enfila la veste, escalada les rochers et s'éloigna vers la pointe de l'île sans se retourner une seule fois.

Moustique la suivit du regard, jusqu'à ce que Septimus s'immisce dans ses pensées :

– Moustique...

– Oui ?

– Tu te rappelles ta formule d'**invisibilité** ?

Moustique hésita.

– Je crois...

– Bien. Je vais employer la même afin que nous puissions nous voir. On y va, d'accord ? Un... deux... trois.

431

Septimus et Moustique – celui-ci avec l'aide de celui-là – prononcèrent la **formule**. Après quelques ratés, la silhouette de Moustique commença à s'estomper et il s'effaça lentement. Puis ils se mirent en route à travers les dunes, en direction de la colline d'où ils gagneraient ensuite la Guette. Ils allaient bon train quand ils entendirent Tertius Fumée aboyer : « En avant ! »

Toujours **invisibles**, les deux garçons échangèrent un regard.

– Il va falloir faire vite, dit Septimus.

– Ouais !

Ils se mirent à courir, bondissant au-dessus des blocs de pierre. Soudain, à environ trente mètres devant eux, Tertius Fumée déboucha d'un des nombreux sentiers qui montaient de la plage. Septimus et Moustique s'arrêtèrent net. Derrière le fantôme apparut le premier guerrier. Les ailes d'argent de son casque étincelaient, et le noir de son armure tranchait sur le vert de l'herbe. Derrière lui en venait un autre, puis un autre, puis un autre encore. Douze hommes d'épée suivis de douze autres armés de haches, eux-mêmes suivis de douze archers, tous avançant à la même allure que Tertius Fumée dont les pieds touchaient à peine le sol, à la manière des fantômes.

Pour éviter les djinns, Septimus décida de passer par le flanc sud de la colline, à l'opposé de l'île. De ce côté, la pente était raide, le sol glissant et il n'existait pas de chemin. Pourtant, ils parvinrent à conserver leur avance sur l'armée, qui suivait le sentier sinueux de Syrah. À l'entrée du bois, ils firent une halte pour reprendre leur souffle.

– Ouf ! fit Moustique, qui avait un point de côté. Mieux vaut ne pas... s'arrêter... pour arriver avant eux.

Septimus secoua la tête et lui tendit sa bouteille d'eau.

– C'est moins dangereux d'entrer... avec eux, dit-il.

– Avec eux ?

Moustique lui rendit la bouteille, et Septimus but une longue gorgée avant de répondre.

– Oui. Comme ça, la **syrène** ne nous remarquera sans doute pas.

Moustique leva les sourcils, espérant que Septimus savait ce qu'il faisait.

– Regarde-les, dit-il. Quel spectacle !

La *Cerys* continuait à déverser dans la mer un flot ininterrompu de guerriers qui disparaissaient sous la surface miroitante et ressurgissaient plus loin pour rejoindre la colonne qui traversait les dunes, le plateau rocailleux, se déroulait jusqu'au sommet de la colline tel un immense serpent d'argent.

– Ça vaudrait le coup de les avoir de notre côté, remarqua Septimus.

– Moi, ils me fichent la trouille, répliqua Moustique. Tu as vu ? Ils n'ont pas de mains.

Un bruit de branches brisées sur leur droite les incita à se remettre en route. Ils longèrent les arbres, plus clairsemés de ce côté de la colline, et au moment où ils atteignaient la falaise, ils virent l'avant-garde des djinns sortir du bois et se diriger vers la Guette d'un pas cadencé qui résonnait à travers le sol creux.

– Vite, dit Septimus. Il faut qu'on entre avant !

Ils se lancèrent dans une course effrénée sur l'herbe, Septimus priant pour que la **syrène**, si elle se trouvait derrière ses fenêtres, soit trop occupée à surveiller l'approche des djinns pour remarquer la distorsion causée par deux **invisibles**, dont l'un ne l'était pas autant qu'il aurait été souhaitable. C'est seulement quand ils furent tout près que Septimus prit conscience de l'énormité de la tâche qui les attendait. Les guerriers étaient immenses et leur comportement mécanique faisait froid dans le dos. Leur regard vide n'avait rien d'humain et leurs bras – un véritable arsenal d'épées, de lances, de masses d'armes, de poignards et d'arcs – inspiraient la terreur. Septimus frissonna à l'idée que ces créatures puissent s'emparer du Château.

Son regard croisa celui de Moustique et il vit l'écho de ses propres réflexions sur le visage de son ami. Sur un signe de Septimus, ils se glissèrent à l'intérieur de la Guette juste devant Tertius Fumée.

Syrah les attendait. Ses yeux laiteux traversèrent Septimus puis elle détourna brusquement la tête et s'avança pour accueillir le fantôme. Septimus saisit la main de Moustique et l'entraîna vers le cercle de lumière au centre de la pièce.

Ils sautèrent, atterrirent parmi les plumes, gravirent l'échelle et s'engouffrèrent dans le couloir aux murs blancs. Ils venaient de dépasser le Belvédère quand ils entendirent un bruit de bottes montant un escalier à l'intérieur de la falaise.

Les djinns guerriers approchaient.

EN ROUTE POUR LE CHÂTEAU ?

Comme s'il avait fait cela des centaines de fois, Septimus ouvrit la porte de la petite pièce mobile et appliqua sa main sur la flèche orange. Quand la pièce se mit en mouvement, il ne put retenir un sourire devant l'expression abasourdie de Moustique. Aucun d'eux ne prononça un mot pendant la descente – Moustique était muet de stupeur, et Septimus tentait de calculer s'ils auraient le temps de regagner la petite pièce avant que Tertius Fumée et les djinns ne parviennent au sommet de l'escalier. La partie allait être serrée. Il tripota nerveusement la **clef** qu'il avait ôtée de son cou.

Tandis que la pièce poursuivait sa descente, il s'adressa à Moustique :

– Tu es sûr de vouloir aller jusqu'au bout ? Parce que si tu ne veux pas... ça ne me pose aucun problème, vraiment. Tu peux m'attendre ici. Je te montrerai comment faire remonter ce machin, juste au cas où.

– Ne dis pas de bêtises, Sep.

La descente ralentit, et Moustique eut l'impression que son estomac remontait jusqu'à ses oreilles.

– Sep... où es-tu ? s'exclama-t-il.

La pièce s'immobilisa.

– Tu ne me vois pas ? demanda Septimus, inquiet.

– Non. Tu as disparu.

– C'est plutôt ta formule **d'invisibilité** qui a cessé de fonctionner.

– Zut ! Désolé, je ne sais pas ce qui s'est passé.

Septimus redevint visible.

– Ah, te voilà ! dit Moustique. C'est mieux comme ça.

– On va réessayer ensemble, proposa Septimus. Un, deux, trois...

– Tu as encore disparu !

Septimus réapparut.

– Encore une fois, d'accord ?

– D'accord. Vas-y

– Cette fois, c'est toi qui vas compter. Parfois, ça aide. Commence quand tu te sentiras prêt.

– Ça marche, dit Moustique avec une assurance qu'il était loin d'éprouver.

Ça ne marcha pas.

Cependant, le temps filait. Les guerriers se rapprochaient toujours, et chaque seconde écoulée signifiait une seconde de moins pour regagner ensuite la pièce mobile. Septimus prit une décision.

– Restons comme nous sommes. Après tout, on n'a plus besoin d'être **invisibles**.

Il appliqua sa main sur le mur, la porte s'ouvrit, et il précéda Moustique le long du couloir de brique. Ils coururent dans un froid glacial, dévalèrent l'escalier et s'arrêtèrent devant le mur noir brillant. Septimus commanda l'ouverture de la porte.

Sitôt qu'ils eurent pénétré dans la caverne, celle-ci s'éclaira. Moustique considéra avec stupeur la trappe immergée. Elle était imposante et avait l'éclat de l'or bruni.

– Quel morceau ! souffla-t-il.

Accroupi dans l'eau, Septimus cherchait déjà la **serrure**.

– Vise un peu ces inscriptions ! s'enthousiasma Moustique, oubliant le danger. Elles sont incroyablement anciennes. Si seulement on pouvait les déchiffrer... Un jour, je reviendrai avec des dicos pour les traduire.

Septimus inséra la **clef** dans la **serrure**.

Un bruit de bottes martelant la pierre en cadence leur parvint à travers le mur ; les djinns avaient atteint le couloir. Moustique revint subitement à la réalité et échangea un regard avec Septimus. Tous deux étaient d'une pâleur presque translucide, comme s'ils se fondaient dans la clarté bleutée de la caverne.

– Je crois qu'on est pris au piège, murmura Moustique.

– En effet, acquiesça Septimus, s'efforçant de parler d'une voix ferme tout en maintenant la **clef**.

Une pellicule de glace était apparue autour de celle-ci et s'étendait peu à peu à toute la trappe.

– Mais au moins, ils ne risquent plus d'envahir le Château, ajouta-t-il.

– Le Château... Bon sang, comment n'y ai-je pas pensé plus tôt ? Sep, tu as ton sifflet pour appeler la luge de la tour du Magicien ?

– Oui, répondit Septimus, observant la progression de la glace et regrettant de ne pouvoir accélérer le processus. Pourquoi ?

– Génial ! Arrête ça tout de suite ! **Descelle** la trappe !

– Tu es fou ?

– Non. On va entrer dans le tunnel et le **sceller** de l'intérieur. Ensuite tu siffleras pour appeler la luge et on rentrera chez nous. C'est simple !

Les pas se rapprochaient. Septimus réfléchit à toute vitesse : à moins qu'il ne se rende **invisible**, Tertius Fumée ordonnerait à ses djinns de lui arracher la **clef** et de **desceller** la trappe. Apparemment, la formule de Moustique avait cessé de fonctionner, et si Septimus disparaissait, il se retrouverait seul face à la horde. Quelle horrible perspective !

Septimus retourna la **clef**, et la mince couche de glace fondit.

Moustique ouvrit la trappe, libérant une bouffée d'air glacial. Le tunnel était le plus large, le plus profond et le plus sombre qu'il avait jamais vu.

Les pas retentirent dans l'escalier, juste derrière le mur.

– Halte ! fit la voix de Tertius Fumée. Ouvrez la porte !

On entendit un fracas métallique, et la porte resta close. Septimus sourit : l'inconvénient d'avoir des armes à la place des mains, c'est qu'il était difficile d'appliquer sa paume sur un mur.

Moustique se glissa à travers l'ouverture de la trappe et tâta l'obscurité du pied, cherchant une prise.

– Il y a des échelons, annonça-t-il avant de disparaître.

Septimus le suivit et trouva aussitôt les échelons. Avec une lenteur éprouvante, la trappe reprit sa place. La porte de la caverne s'ouvrit, et Septimus aperçut brièvement la robe bleu spectral et les pieds noueux chaussés de sandales de Tertius Fumée avant que la trappe ne se referme complètement.

Tout devint noir à l'intérieur du tunnel. Durant quelques secondes, Septimus chercha la **serrure** à tâtons. À l'extérieur, Tertius Fumée hurla aux deux premiers djinns de soulever la trappe. Au même moment, l'anneau dragon se mit à briller, allumant des reflets sur la **serrure** en or.

Septimus appliqua la **clef** sur celle-ci, et devant le regard stupéfait de Tertius Fumée, un anneau de glace aussi dur qu'un diamant se forma autour de la trappe. Son cri de fureur parvint aux oreilles des deux garçons.

– Tu sais quoi ? dit Septimus. Je suis bien content d'être de ce côté-ci de la trappe.

– Pareil !

Les doigts déjà engourdis par le froid, Septimus porta un petit sifflet d'argent à ses lèvres et souffla dedans à pleins poumons. Comme toujours, il n'en sortit aucun son.

– Tu crois que ça a marché ? demanda-t-il à Moustique.

– Aucun doute là-dessus.

En effet, très loin de là, dans un tunnel isolé sous l'ancienne cahute de Moustique, dans l'arrière-cour du Manuscriptorium, la luge de la tour du Magicien s'était **éveillée** en entendant l'appel joyeux de son sifflet. Elle roula avec soin sa corde pourpre qui pendait négligemment et, quelques instants plus tard, ses patins dorés glissaient sur la glace, l'entraînant vers un territoire inconnu à la blancheur immaculée.

Cependant, Septimus et Moustique étudiaient leur environnement. Si l'anneau dragon n'éclairait pas très loin, ils en voyaient assez pour deviner qu'ils ne se trouvaient pas dans un tunnel ordinaire mais, selon l'expression de Moustique, dans la grand-mère de tous les tunnels du Château. Il était si large que dix luges auraient pu y circuler côte à côte, et son plafond avait la même hauteur que la plus haute bibliothèque du Manuscriptorium. Moustique frissonna. Il n'avait pas souvenir d'avoir jamais eu aussi froid à l'intérieur d'aucun tunnel.

Un ordre s'éleva au-dessus d'eux, assourdi mais parfaitement audible :

– Brisez la trappe avec vos haches !

Il y eut un coup terrible, et une averse de glace s'abattit sur les deux garçons. Moustique s'écarta d'un bond.

– Ils ne peuvent pas la briser, dis ? demanda Septimus, inquiet, en levant les yeux vers la trappe.

– Euh ! Je n'en sais rien, avoua Moustique. S'ils insistent, j'imagine qu'ils finiront par y arriver.

– Je croyais que ces trappes étaient indestructibles !

– Je ne p-pense pas qu'elles aient été testées avec des djinns g-guerriers, bredouilla Moustique, qui claquait des dents. Du moins, ça ne f-figure pas dans le manuel d'entretien. Avec des éléphants, oui. Il a f-fallu en emprunter à un cirque itinérant. Avec un bélier, oui. Mais p-personne n'a eu l'idée d'essayer avec quatre mille d-djinns guerriers. Sans doute n'en avaient-ils p-pas sous la main.

Une avalanche de coups s'abattit sur la trappe, entraînant de nouvelles chutes de glace. Puis Tertius Fumée hurla :

– Les masses d'armes, vite ! Détruisez cette trappe ! Détruisez-la ! Il me tarde de voir la tête de Marcia Overstrand, demain à son réveil, quand elle trouvera la tour assiégée !

Une nouvelle série de coups, encore plus violents, fit trembler la trappe. Un gros bloc de glace s'écrasa aux pieds des deux garçons et explosa en un million de cristaux.

– Ne restons pas là, proposa Septimus. Allons à la rencontre de la luge.

– N-non. Règle numéro un : une fois que t-tu as **appelé** la luge, tu dois rester où tu es. Sinon, comment veux-tu qu'elle t-te trouve ?

– Je pourrais la **rappeler**.

– Ce serait une p-perte de temps. Elle irait quand même là où tu l'as appelée la p-première fois.

– Eh bien, je l'intercepterais. On la verrait arriver, non ?

– Ce n'est p-pas un char à b-bœufs. Il ne suffit pas de lui f-faire signe pour qu'elle s'arrête.

La trappe trembla sous une nouvelle pluie de coups.

– Je ne crois pas que la luge arrivera à temps, dit Septimus. Le Château est à des dizaines de lieues d'ici. Pourtant, nous devons avertir Marcia... Eh, Moustique, tu te sens bien ?

Moustique acquiesça mais il tremblait de tous ses membres.

Il y eut un grand fracas au-dessus de leurs têtes, et un énorme bloc de glace se détacha du plafond. Septimus attira Moustique vers lui et constata que ses doigts ne réagissaient presque plus. Blottis l'un contre l'autre, ils attendirent que la

441

trappe s'ouvre, ce qui n'allait sans doute plus tarder. Une pluie de cristaux de glace mouilla le visage de Septimus qui ferma les yeux.

Soudain quelque chose le poussa doucement. C'était la luge de la tour du Magicien.

Un bruit assourdissant résonna le long du tunnel, indiquant que la trappe avait cédé, suivi d'un fracas encore plus énorme quand elle s'écrasa sur le sol.

– Plus vite, plus vite ! supplia Septimus.

Déjà, les patins dorés fendaient à toute allure la couche de givre qui recouvrait la glace. Septimus n'avait jamais eu aussi peur de sa vie sur une luge, et pourtant, il avait été le passager de Moustique. Ce n'était pas uniquement à cause de la vitesse : ils se déplaçaient dans l'obscurité complète, Septimus ayant demandé à la luge d'éteindre sa lampe.

La luge soulevait des gerbes de glace sur son passage. Septimus, les bras passés autour de la taille de Moustique, sentit que la température de son ami atteignait un seuil critique. Il savait qu'il aurait dû l'asseoir derrière lui pour le protéger de la bise glaciale, mais il n'osait pas arrêter la luge maintenant. Dès qu'ils auraient atteint la première trappe du Château, décida-t-il, il le remonterait à la surface pour qu'il se réchauffe au soleil. Puis il se **transporterait** chez Marcia – il arrivait très bien à se **transporter** à l'intérieur du Château à présent – et ils **scelleraient** ensemble tous les tunnels. Ils auraient très peu de temps pour agir. Il calcula que, pour bien faire, il avait besoin d'une avance d'au moins deux heures sur les djinns guerriers. Compte tenu de la vitesse de la luge, il devrait y parvenir sans difficulté.

Tandis que la luge filait en ligne droite le long du tunnel, Septimus risqua un coup d'œil en arrière. Il eut alors l'étrange vision d'un chapelet de points lumineux qui se dévidait par la trappe : les ailes d'argent des casques s'illuminaient dans l'obscurité. Septimus frissonna, songeant que seule une longue marche dans un tunnel glacé séparait à présent les djinns du Château. Le froid ne serait pas un obstacle pour eux, ni pour le fantôme qui les conduisait. Mais l'idée qu'il leur restait un long trajet à accomplir commençait à inquiéter Septimus. Il décida que dès que les djinns seraient hors de vue, il s'arrêterait le temps de changer de place avec Moustique et tenterait sur lui-même un **sort réchauffant** dans l'espoir qu'il profiterait un peu à son ami.

Ses réflexions furent interrompues par un cri de Tertius Fumée qui se répercuta le long du tunnel :

– Au Château !

Le bruit de bottes rythmé reprit, cette fois sur la glace. Les djinns guerriers s'étaient mis en route.

Au grand désespoir de Septimus, c'est le moment que choisit la luge pour ralentir. Elle se traînait maintenant à la vitesse de l'escargot. S'il n'avait pas été secoué de tremblements incontrôlables, Moustique aurait probablement ironisé.

– Plus vite ! cria Septimus.

Loin de réagir, la luge ralentit encore et buta contre une plaque de glace irrégulière comme on en trouvait habituellement sous les trappes.

Septimus se retourna pour voir si les djinns gagnaient du terrain sur eux. Il fut d'abord rassuré car ils ne semblaient pas avoir bougé d'un pouce. Pourtant, la trappe déversait toujours un flot ininterrompu de points lumineux, et le tunnel résonnait d'un bruit de pas rythmé. Perplexe, Septimus scruta l'obscurité et constata alors que les points lumineux s'éloignaient dans la direction opposée à la leur. Cette révélation l'abasourdit. La luge avait pris la mauvaise direction !

À cet instant, ils s'immobilisèrent. Septimus crut que la luge s'était aperçue de son erreur, puis il distingua les contours d'une trappe au-dessus de leurs têtes et se rappela alors l'ordre qu'il lui avait lancé en l'enfourchant : « À la trappe la plus proche, et vite ! » Dans son esprit, la trappe la plus proche ne pouvait se trouver qu'au Château. Tout entier préoccupé par le sort de Moustique, il n'avait pas envisagé une seconde que le tunnel puisse mener ailleurs. D'ailleurs, où aurait-il mené ?

Cela, il n'allait pas tarder à le découvrir. Moustique était glacé, il devait le remonter au plus vite à la surface. Il gravit les échelons fixés à la paroi, **descella** la trappe et la souleva. La vision d'un mur noir brillant lui apprit qu'elle ouvrait sur une pièce mobile.

Abandonnant la luge, il hissa Moustique à travers la trappe et **rescella** celle-ci. À peine eut-il effleuré la flèche orange que la pièce bougea.

Il se demanda avec inquiétude où elle les emmenait.

⊹⊱ 48 ⊰⊹
DU BON USAGE DES TENTACULES

Contrairement à celle de Septimus, l'entreprise de Lucy semblait vouée au succès. En outre, elle s'amusait comme une folle. Alors que, sur ses instructions, la tortue contournait l'île de l'Étoile, elle avait retrouvé le *Maraudeur*, mouillé dans l'ancien port, avec à son bord Jacky Fry et l'équipage de la *Cerys*. Lucy savait saisir la chance au vol, ce qui explique que nous la retrouvions en train de diriger les opérations au pied de l'escalier du phare de CattRokk. Un groupe de marins était occupé à réinstaller la **Lampe**, Miarr était de retour dans son cher phare, et Lucy Gringe avait tenu sa promesse.

Soudain une étroite porte noire s'ouvrit sous l'escalier.

– Salut, Septimus, dit Lucy. Ravie de te revoir.

Une demi-heure plus tard, un colloque avait lieu sur les rochers au bas du phare.

Septimus faisait les cent pas tout en parlant.

– Je vais redescendre dans le tunnel de glace. Je ne vois pas d'autre solution. Nous devons faire notre possible pour arrêter les djinns.

Moustique frissonna. Les rayons du soleil l'avaient réchauffé, mais le mot « glace » l'avait transi jusqu'aux os.

– Tu n'as aucune chance, 412, intervint Lobo. Rappelle-toi ce qu'on nous a appris : « À dix contre un, tu ne peux rien. » Alors à mille contre un... c'est de la folie !

– Si j'y retourne immédiatement, ils seront moins nombreux que si j'attends plus longtemps.

– Qu'ils soient quatre cents ou quatre mille, ça ne changera pas grand-chose au bout du compte. « Sers-toi de ta tête ou tu finiras en miettes. »

– Oh, arrête un peu, 409... ça devient pénible. J'y vais maintenant. Chaque seconde compte.

– Non, Sep, protesta Moustique. Ne fais pas ça. Je t'en prie. Ils vont te réduire en bouillie.

– Je serai **invisible**. Ils ne sauront même pas que je suis là.

– Et la luge, comment comptes-tu la rendre **invisible** ?

– J'y vais, réaffirma Septimus après un silence. Rien ni personne ne m'en empêchera.

Il tenta de fuir en escaladant les rochers, les prenant tous par surprise.

Lucy et Lobo s'élancèrent à sa suite.

– Moi, je t'en empêcherai, déclara Lucy en lui agrippant le bras. C'est un plan complètement idiot. Que dirait Simon si je laissais son petit frère se faire massacrer ?

Septimus la repoussa.

– À mon avis, il serait ravi. La dernière fois que je l'ai vu, il a dit...

– Je suis certaine qu'il ne le pensait pas, l'interrompit Lucy. Écoute, Septimus, tu es un garçon intelligent. Même moi, je connais la signification de ces bandes pourpres sur tes manches. Lobo a raison : sers-toi de ta tête. Trouve un moyen de ne pas te faire tuer. Cette tortue, là-bas, ajouta-t-elle en indiquant la mer au pied des rochers. Elle pourrait être utile, non ?

Septimus dirigea son regard vers le *Maraudeur* et remarqua alors l'énorme tortue renfrognée qui nageait au pied du bateau au bout d'une corde.

– Ton génie peut se transformer en n'importe quoi, pas vrai ? reprit Lucy. Il pourrait se changer en oiseau et voler jusqu'au Château. Une fois prévenus, les gens là-bas n'auront qu'à **sceller** toutes les trappes, et tout se passera bien.

Malgré lui, Septimus éprouva de l'admiration pour Lucy. Sa dextérité l'avait étonné à l'infirmerie, et elle venait encore de le surprendre.

– Ce serait une possibilité, lui concéda-t-il. L'ennui, c'est que je ne lui fais pas assez confiance pour l'envoyer seul en mission.

– Alors, demande-lui de se transformer en un animal assez gros pour te porter. En dragon, par exemple !

Les yeux de Lucy brillaient d'excitation.

Septimus secoua la tête.

– Non, dit-il. J'ai une meilleure idée.

447

Assis sur un rocher dominant le *Maraudeur*, Septimus exposa les grandes lignes de son plan à ses amis. Ceux-ci l'écoutèrent en silence, impressionnés.

– Si j'ai bien suivi, dit Moustique quand il eut fini, la fiole contenant Eugène Ni était en or ?

Septimus acquiesça.

– Et les tubes à l'intérieur du coffre, en plomb ?

– Oui.

– Et ça, c'est important ?

– Je crois même que c'est essentiel. Vois-tu, j'ai appris beaucoup de choses sur les métaux en étudiant la **Physik** et l'alchimie. Cette dernière considère le plomb comme le métal le plus grossier. Et le fait est que toujours, toujours, l'or l'emporte sur le plomb.

– Et donc ? demanda Lobo.

– Donc, dans la hiérarchie des génies, Eugène Ni se situe tout au sommet. Il est beaucoup plus puissant que ces guerriers. Lui vient de l'or, et eux du plomb.

– Ça me revient ! s'exclama Moustique. Une fois, quelqu'un a offert à Jillie Djinn une brochure ancienne intitulée *Habitudes et hiérarchie des djinns*. C'était pour rire, bien sûr, mais elle n'a pas compris la plaisanterie. Je l'ai lue un jour où je n'avais rien à faire. Elle disait exactement la même chose que toi, Septimus.

Un sourire éclaira le visage de Septimus.

– Donc, Eugène Ni est capable de stopper net les guerriers en les **congelant**.

– Génial ! exulta Moustique.

448

– Tu vois ? dit Lucy. Tu as de bonnes idées, quand tu te donnes la peine de réfléchir.

Lobo, en revanche, n'était pas convaincu.

– Ça fait toujours quatre mille contre un, observa-t-il. Dès qu'il en aura **congelé** un, les trois mille neuf cent quatre-vingt-dix-neuf autres lui tomberont dessus.

– Je ne crois pas, dit Moustique. Selon moi, ces djinns ne sont qu'un seul et même organisme. Regarde comment ils se déplacent, tous en même temps. Si tu en **congèles** un, tu les **congèles** tous.

– Exact, acquiesça Septimus. Pour les activer, il a suffi d'un seul **sortilège** de **réveil**.

– Le problème, reprit Moustique, c'est qu'il n'y a qu'une façon de s'en assurer.

– En effet. Bon, elle est où, cette tortue ?

Assis sur les marches du débarcadère, Eugène Ni, trempé, crachait et faisait bouger ses doigts un à un, pour l'unique raison qu'il en était capable.

– Eugène Ni, commença Septimus, je t'ordonne...

– Inutile d'ordonner, ô maître autoritaire, l'interrompit Eugène Ni, agitant les orteils. Le moindre de tes souhaits est un ordre.

– Dans ce cas, je souhaite que tu **congèles** les djinns guerriers.

– Combien, ô maître évasif ?

– Tous.

– Tous ? répéta Eugène Ni, effaré. Sans exception ?

449

– Oui, sans exception. Tel est mon souhait. Et le moindre de mes souhaits...

–... est un ordre, acheva Eugène Ni d'un air maussade.

– Bien. Viens, à présent. Nous allons te conduire auprès d'eux.

Eugène Ni leva les yeux vers son maître.

– Je ferais bien un petit somme d'abord, dit-il.

– Oh, vraiment ?

– Oui, vraiment.

Eugène Ni était en train de s'assoupir au soleil quand, soudain, il sentit qu'on l'empoignait et qu'on le soulevait du sol. Avant d'avoir compris ce qui lui arrivait, il se retrouva devant le bateau qui empestait le poisson, ce maudit rafiot qu'il n'avait déjà que trop vu.

– On le tient, Sep, disait le petit brun qui serrait sa patte – pardon, son bras – gauche comme dans un étau.

– Et on ne le lâchera pas, ajouta le garçon coiffé d'un nid de rats, serrant son bras droit tout aussi brutalement.

– Bien, dit le maître. Montez-le à bord.

Comme tous les génies, Eugène Ni supportait mal le contact physique avec les humains. Le sang qui circulait sous leur peau, les rotations de leurs os, les tractions de leurs tendons, les battements incessants de leur cœur, ce remue-ménage perpétuel le paniquait, et le frottement de leur peau contre la sienne lui répugnait. Il trouvait déjà pénible d'être empoigné par un humain, mais par deux... c'était carrément intolérable !

– Ordonne-leur de me lâcher, ô maître, implora-t-il, et je ferai tout ce que tu voudras.

– Quand ça ? demanda Septimus, qui commençait à comprendre comment fonctionnait un génie.

– Tout de suite, gémit Eugène Ni. Promis, promis, promis, ô sage et merveilleux maître... S'ils veulent bien me lâcher.

– Montez-le à bord et relâchez-le seulement après, indiqua Septimus à ses deux amis.

Eugène Ni courut se réfugier à la poupe du bateau et s'ébroua tel un chien mouillé pour se défaire de la sensation des mains humaines sur sa peau.

– Pardon, dit Jacky Fry en le bousculant. Faut que je prenne la barre.

Quand le coude du jeune homme le toucha, Eugène Ni s'écarta d'un bond comme s'il avait été piqué par un insecte.

Le *Maraudeur* se dirigeait vers la *Cerys* à une allure constante. Le silence régnait à bord. Chacun observait le flot de djinns qui se déversait toujours du navire et gravissait beaucoup plus loin la colline. Comme l'avait fait remarquer Nicko, on aurait dit une colonne de fourmis. Septimus peinait à contenir son impatience. Le fracas des bottes des guerriers résonnait toujours dans son esprit, et il savait qu'à chaque seconde ils se rapprochaient un peu plus du Château. Il pensa à Marcia et aux magiciens vaquant à leurs occupations quotidiennes à la tour, à Silas et Sarah Heap au palais, tous inconscients du danger qui les menaçait. Il se demanda à quelle vitesse se déplaçaient les djinns. Combien de temps leur restait-il avant que Tertius Fumée ne pénètre dans le Château à la tête de son armée terrifiante ?

451

La réponse n'était pas de celles que Septimus, ni aucun des passagers du *Maraudeur*, n'avait envie d'entendre. Tertius Fumée s'était constitué une escorte personnelle de cinq cents djinns qui marchait en tête de la colonne. Leur objectif était la tour du Magicien, à laquelle, comme le savait le fantôme, on accédait directement depuis les tunnels, la tour faisant elle-même office de **sceau**. Les djinns avançaient vite, plus vite que le plus rapide des hommes. Déjà, leur pas pesant résonnait sous l'observatoire des Maleterres.

Peu de gens le savent, mais un chien-loup arthritique mettra exactement le même temps pour se rendre de la grille du palais à la tour du Magicien qu'une cohorte de djinns à parcourir la longueur de tunnel séparant l'observatoire de la même tour. Cet après-midi-là, Sarah et Silas Heap avaient rendez-vous avec Marcia. Au moment où les djinns dépassaient l'observatoire, Silas, Sarah et Maxie franchissaient la grille du palais.

Une demi-heure plus tard, le *Maraudeur* arrivait à hauteur de la *Cerys*. Jacky considéra avec méfiance un groupe de djinns armés de haches qui descendaient le long du navire.

– Je me rapproche encore ? demanda-t-il à Septimus. J'ai pas envie que l'un d'eux atterrisse sur mon bateau.

– Approche-toi autant que possible, et aussi rapidement que possible, répondit Septimus.

– Rien ne presse, affirma Eugène Ni, étouffant un bâillement. Je ne peux pas les **congeler** tant que le dernier n'est pas **réveillé**.

Septimus faillit s'étrangler.

– Quoi ? s'exclama-t-il.

Sarah, Silas et Maxie dépassèrent le Manuscriptorium.

– Comme tu le sais probablement, ô maître omniscient, il est impossible de **congeler** une entité tant qu'elle n'est pas entièrement **réveillée**. Et tu n'ignores pas, ô maître astucieux, que ces djinns ne forment qu'une seule et même entité.

– Voici le dernier ! s'écria soudain Moustique. Sep, regarde !

Un guerrier armé d'une hache descendait les échelons avec une régularité mécanique, marquant chaque pas d'un fracas métallique, et il ne venait personne après lui.

– **Congèle**-les, ordonna Septimus. Vite !

Eugène Ni inclina le buste.

– Tes souhaits sont des ordres, ô maître irritable.

Le dernier djinn sauta dans l'eau. Consterné, Septimus le regarda disparaître sous la surface.

– J'attends qu'il ressorte, expliqua Eugène Ni.

– Hors de question ! Va plutôt **congeler** un de ceux qui se trouvent déjà sur la plage.

– Je suis au regret de t'informer, ô maître mal renseigné, que le **sort de congélation** se propage dans une seule direction. Par conséquent, si tu souhaites **congeler** tous les djinns – ce que je te recommande vivement, car une entité à moitié **congelée** peut se révéler dangereuse –, il convient de viser soit le dernier, soit le premier. Le dernier me paraît la solution la plus sûre.

Septimus se tourna vers Moustique et demanda :

– Est-ce qu'il dit vrai ?

– Je n'en sais rien... J'imagine qu'il parle en connaissance de cause.

– D'accord, Eugène Ni. Je t'ordonne de **congeler** le dernier djinn. **Transforme**-toi en tortue.

Eugène Ni resta étonnamment calme en entendant évoquer son pire cauchemar.

– Un puits de sagesse tel que toi, ô maître, ne peut ignorer que je dois tenir entre mes mains l'entité que je souhaite **congeler**. Or, avec des nageoires...

Il avait souligné le mot « nageoire » d'une moue dégoûtée.

Septimus était désemparé. En quoi Eugène Ni pouvait-il se **transformer** ? Toutes les créatures aquatiques avaient probablement des nageoires. Il suivit du regard les reflets argentés du casque du dernier djinn. Celui-ci se déplaçait à six mètres de profondeur avec une lenteur irréelle, comme lorsqu'on court dans un cauchemar. La mer montait toujours, si bien que la *Cerys* était de plus en plus éloignée du rivage. Dans combien de temps le djinn émergerait-il ? Et qui pouvait dire à quelle distance du Château se trouvait la tête de la colonne ?

Sarah, Silas et Maxie atteignirent la Grande Arche au bout de la voie du Magicien.

– Dis-lui de se changer en crabe ! cria Lucy.

Eugène Ni la fusilla du regard – un crabe valait à peine mieux qu'une tortue – tandis que Septimus sentit encore croître l'estime qu'il portait à la jeune fille.

– Eugène Ni, dit-il, je souhaite que tu te **transformes** en crabe !

– Une espèce de crabe en particulier ? demanda le génie, histoire de repousser le moment fatidique.

– Non. Contente-toi d'obéir, et sur-le-champ !

– Bien, ô maître impatient. Tes souhaits sont des ordres.

Il y eut un éclair jaune, un « plop » à peine audible, puis Eugène Ni disparut.

– Où est-il passé ? demanda Septimus, s'efforçant de ne pas paniquer. Où est le crabe ?

– Il est làààààà ! hurla Lucy. Va-t'en, va-t'en !

Un petit crabe jaune avançait droit vers les bottes de la jeune fille.

– Surtout, ne l'écrase pas ! cria Septimus.

Lobo se jeta à plat ventre sur le pont, saisit le crabe entre le pouce et l'index et le montra aux autres.

– Je l'ai ! annonça-t-il en brandissant le crabe qui agitait furieusement ses pinces.

– Jette-le à l'eau, dit Septimus. Vite !

Sarah, Silas et Maxie pénétrèrent dans la cour de la tour du Magicien.

Le silence s'abattit sur le *Maraudeur*. Tous retenaient leur souffle, regardant les djinns qui continuaient à affluer sur la plage, attendant le moment où ils s'immobiliseraient. Mais ils eurent beau regarder et attendre, les guerriers poursuivaient leur avance inexorable.

– Qu'est-ce que fabrique ce maudit génie ? marmonna Septimus.

Soudain une petite mouette jaune creva la surface et vola jusqu'au *Maraudeur*. S'étant posée sur le plat-bord, elle secoua ses plumes trempées. Il y eut un nouvel éclair et Eugène Ni apparut à sa place, l'air excédé.

– Je suis désolé, dit-il. Ça n'a pas marché.

Sarah, Silas et Maxie gravirent l'escalier de marbre qui menait aux portes de la tour du Magicien.

Un cri unanime monta du pont du *Maraudeur* :

– NON !

Septimus était atterré. Il avait tout misé sur la supériorité théorique d'un génie issu de l'or sur des djinns issus du plomb, et il s'était trompé.

– Pourquoi ? demanda-t-il, désespéré. Pourquoi ?

Silas donna le mot de passe, et les grandes portes de la tour s'ouvrirent.

– Les djinns ont été **réveillés** par une touche de **Ténèbre**, expliqua Eugène Ni. Par conséquent, seule la **Ténèbre** peut les arrêter. Et, quoi que tu en penses, ô maître mécontent, je n'ai pas une once de **Ténèbre** en moi.

– C'est sûr ?

Eugène Ni eut l'air outré.

– Je ne suis pas ce genre de génie !

Lobo plongea la main dans sa bourse en cuir et en sortit le morceau de tentacule de grim en décomposition. Tous reculèrent.

– Est-ce que ceci est assez **ténébreux** à ton goût ? demanda-t-il.

– Il n'est pas question que j'y touche, protesta Eugène Ni. C'est répugnant. Et avant que tu ne m'obliges à le prendre, ô maître aux abois, je me dois de te mettre en garde : il est très dangereux d'ordonner à un génie de faire usage de la **Ténèbre**.

– Il a raison, Sep, dit Moustique. Si tu fais ça, tu seras à jamais **imprégné** de **Ténèbre**. Ce n'est pas un mauvais bougre, après tout. D'autres que lui auraient sauté sur l'occasion d'**imprégner** leur maître.

Sarah, Silas et Maxie attendaient Marcia dans le grand hall de la tour du Magicien.

– Il y a des ouvriers à la cave, ou quoi ? dit Silas. C'est drôlement bruyant là-dessous !

Septimus réfléchit un moment, puis il demanda :

– Et s'il le prend de son plein gré ?

– Alors, tu ne risques pas d'être **imprégné**, répondit Moustique. Mais il ne le fera pas ; il n'en veut pas.

– Eugène Ni, dit Septimus, je souhaite que tu te **transformes** en mouette.

Eugène Ni soupira. Dans un nuage de fumée jaune, la petite mouette réapparut sur le plat-bord du *Maraudeur*.

– 409, reprit Septimus, montre-lui le tentacule.

Marcia descendit de l'escalier à vis et accueillit Sarah, Silas et leur chien malodorant avec un sourire forcé.

Moustique présenta sa main ouverte à la mouette. Le morceau de tentacule putride reposait sur sa paume telle une grosse anguille de sable bien juteuse.

La mouette considéra son maître avec un mélange de haine et d'admiration réticente. Elle savait ce qui allait arriver, mais c'était plus fort qu'elle. D'un seul coup de bec, elle aspira le débris répugnant et l'avala.

– Bien joué, Sep ! exulta Moustique.

Un bruit assourdissant retentit à l'intérieur du placard à balais. Maxie grogna. Marcia alla voir ce qui se passait.

L'estomac lesté, la mouette s'envola. Rasant la surface des flots, elle se mit en quête d'un filet de bulles qui trahirait la position du dernier djinn guerrier.

Le fantôme de Tertius Fumée **traversa** la porte du placard à balais et s'avança dans le hall de la tour.

– Ah, mademoiselle Overstrand ! dit-il. Nous avons des comptes à régler.

– J'ignore ce que vous faites ici, Fumée, fulmina Marcia, mais vous pouvez repartir immédiatement ! Je ne le répéterai pas.

– Vous avez mille fois raison, rétorqua Tertius Fumée avec un sourire narquois. En effet, vous ne le répéterez pas. C'est une des nombreuses choses que vous ne referez pas, mademoiselle Overstrand.

Sur ces paroles menaçantes, il se retourna vers la porte du placard et cria :

– Tuez-la !

La mouette s'immobilisa en plein vol, disparut dans un nuage de fumée jaune et un petit crabe coula à pic.

Douze djinns guerriers enfoncèrent la porte du placard comme si elle était en papier. En l'espace d'une seconde, Marcia se retrouva cernée par des épées.

– Fuyez ! cria-t-elle à Silas et Sarah.

À bord du *Maraudeur*, tous les regards étaient tournés vers la plage. De nouveaux djinns sortaient de l'eau et prenaient pied sur le sable.

Marcia voulut se constituer un **bouclier protecteur**, mais la **Ténèbre** qui émanait des djinns freinait sa **Magyk**. Quand douze lames aussi tranchantes que des rasoirs s'approchèrent de sa gorge, Marcia comprit qu'elle était perdue. Elle ferma les yeux.

Un minuscule crabe jaune saisit le talon du dernier djinn guerrier entre ses pinces.

En un éclair, les djinns se figèrent. Le froid enveloppa Marcia. Elle ouvrit les yeux et vit douze épées couvertes d'une mince couche de givre pointées vers sa gorge. Elle les **brisa** net et s'éloigna des djinns **congelés**, tremblant comme une feuille. Elle découvrit trois magiciens évanouis sur le sol et les époux Heap, pâles d'effroi. Elle alla droit vers Tertius Fumée, muet de stupeur, et déclara :

– Comme je l'ai dit, je ne me répéterai pas. Mais laissez-moi vous dire ceci, Fumée : je vais prendre des mesures pour vous **éradiquer**. Sur ce, au revoir.

Depuis l'île, Jenna entendit des cris de joie s'élever du *Maraudeur*. Elle vit les djinns immobiles et couverts d'un voile de cristal scintillant, puis elle braqua la longue-vue de Milo sur le bateau pour prendre part aux réjouissances de loin.

– Berk ! s'exclama-t-elle.

Eugène Ni était en train de vomir par-dessus bord.

✤ 49 ✤
RETROUVAILLES

La nuit trouva Jenna et Septimus assis côte à côte sur ce qui était de nouveau leur plage, un peu à l'écart de la bruyante assemblée réunie autour d'un grand feu. Sur l'insistance de Jenna, Septimus lui avait raconté tout ce qui lui était arrivé depuis qu'ils s'étaient séparés.

– Tu sais, lui dit-elle, si le fait d'être reine m'oblige à toujours regarder les autres agir, je ne crois pas que ça me plaira. Pendant que Moustique et toi viviez des aventures palpitantes dans les tunnels, moi je devais écouter Milo radoter. Ce n'était pas beaucoup mieux avec Nicko et Snorri : ils n'ont fait que parler bateaux.

– Crois-moi, les tunnels de glace, ça n'était pas non plus une partie de plaisir, objecta Septimus.

En levant les yeux, il vit ce qui avait tout l'air d'une banane géante apparaître au sommet d'une dune.

– Voici Eugène Ni. Enfin ! Excuse-moi, Jen, je dois lui parler.

– Vas-y. Je sais bien que toi, tu as des affaires importantes à régler.

– Tu peux venir aussi. Ou plutôt, c'est à lui de venir. Hé, Eugène !

Le génie s'avança vers eux, son chapeau pyramidal oscillant au rythme de ses pas.

– Tu m'as appelé, ô maître sédentaire ?

– Tu t'es acquitté de ta mission ? demanda Septimus avec une pointe d'inquiétude.

– Le combat fut rude, mais j'ai fini par l'emporter.

Le génie sourit. En définitive, servir son nouveau maître se révélait beaucoup moins ennuyeux qu'il ne l'avait craint.

– Entre la **syrène** et moi, c'est une longue histoire, ajouta-t-il. Elle me devait bien une revanche.

Septimus frissonna, se rappelant qu'il s'adressait à une créature très ancienne.

– Merci, Eugène Ni, dit-il. Tu es... étonnant.

Eugène Ni s'inclina.

– Je sais, admit-il.

Il tendit à Septimus la petite fiole d'argent que Syrah lui avait donnée à l'intention de Boutefeu.

Prudemment, Septimus saisit la fiole entre le pouce et l'index et la tint à bout de bras. Elle était glacée.

– Elle est **scellée ?** demanda-t-il.

– On ne peut plus **scellée**, ô maître avisé. Ce sera tout ? J'aimerais beaucoup faire une petite sieste maintenant. La journée a été fatigante.

– Non, ce ne sera pas tout, dit Septimus.

Malgré la gratitude qu'il éprouvait pour le génie, il savait qu'il devait se montrer sévère, comme le lui avait rappelé Moustique, et ne pas lui donner l'impression de céder trop facilement.

– Que souhaites-tu encore, ô maître épuisant ?

– En réalité, je souhaite trois choses.

– Trois, ô maître insatiable ? Tu sais que tu ne peux pas formuler plus de trois vœux à la fois, je suppose ?

Septimus l'ignorait, mais il n'était pas question de l'avouer.

– Oui, je sais. Souhait numéro un : je te demande de ne plus me donner de surnoms ridicules.

Eugène soupira.

– Au moins, je me serai bien amusé, dit-il. Tes souhaits sont des ordres, ô maître... Tu permets que je t'appelle ainsi ? C'est l'usage chez les génies. À moins que tu ne préfères autre chose, bien sûr.

– Je préférerais que tu m'appelles « apprenti », répondit Septimus après réflexion. C'est ce que je suis.

– Pas « apprenti senior » ? le taquina Jenna.

– Tu imagines ce que ça deviendrait dans sa bouche ? Non, « apprenti » suffira.

– Bien, ô apprenti, fit Eugène Ni d'un air résigné.

– « Apprenti » tout court, s'il te plaît.

– Bien, *apprenti*.

– Souhait numéro deux : je t'ordonne de te transporter à l'avant-garde de l'armée des djinns. Je voudrais savoir s'ils ont eu le temps d'atteindre le Château. Si c'est le cas, je souhaite que tu informes la magicienne extraordinaire de ce qui s'est passé.

En temps normal, le génie aurait argué que cela faisait deux vœux, et non un, mais il sentait qu'il marchait sur des œufs. Il n'avait pas entièrement honoré sa partie du contrat qui le liait à Marcia.

– La magicienne extraordinaire, ô m... apprenti ?

– Oui. Tu la trouveras à la tour du Magicien. Dis-lui que c'est moi qui t'envoie.

– Hum ! fit le génie, embarrassé. Maintenant que j'y pense, elle m'a chargé de vous retrouver et de lui rapporter une certaine **clef** destinée à **sceller** des tunnels. Ça m'était complètement sorti de la tête. Puis-je m'acquitter maintenant de cette mission ?

– Marcia t'a demandé de **sceller** les tunnels ? dit Septimus d'un ton incrédule. Je ne comprends pas. Comment savait-elle... Et d'abord, comment l'as-tu rencontrée ?

Eugène Ni détourna le regard.

– Par hasard, prétendit-il. Puis-je me retirer à présent ?

– Je n'en ai pas terminé avec toi. Mon troisième souhait est que tu fasses rentrer tous les djinns dans leurs tubes.

Eugène Ni soupira. Il s'y attendait, mais cela ne lui facilitait pas le travail pour autant. Depuis l'époque où il était l'esclave du roi Augias, il n'avait jamais eu à accomplir une tâche aussi herculéenne... Sauf que cette fois, il doutait fort qu'Hercule vienne lui donner un coup de main.

– Tes souhaits sont des ordres, apprenti, dit-il en s'inclinant bien bas.

Déséquilibré, son chapeau bascula en avant. Il le rattrapa avant qu'il ne touche le sol, le redressa et s'éloigna d'une démarche digne.

Il se dirigea vers le djinn qu'il avait **congelé** en premier. La mer s'étant retirée, le géant en armure gisait à plat ventre sur le rivage mouillé, les bras écartés. Sa hache disparaissait presque sous le sable, des algues étaient entortillées autour de son bouclier et des ailes de son casque. Eugène Ni esquissa un sourire devant les marques des pinces du crabe sur le talon du djinn. Il se réjouit d'avoir approché celui-ci par-derrière, sinon il aurait été vu sous sa véritable apparence : celle d'une très vieille femme de quelque vingt-cinq mille printemps, atteinte de strabisme divergent, qui avait un jour commis l'erreur – se disait-elle parfois – de renoncer à son existence de quatrième épouse d'un vendeur de tortues pour devenir un génie. Au cours de sa longue vie, l'épouse du vendeur de tortues avait eu le malheur de rencontrer le cruel guerrier qui avait le premier exhumé les djinns, et Eugène Ni n'avait aucune envie de renouveler l'expérience.

Il y eut un éclair jaune, puis le génie remonta à toute allure la colonne de djinns terrassés avant de disparaître derrière les dunes. Septimus sortit de sa poche le livre de Syrah et examina la couverture, plein d'appréhension. Il lut :

Journal de Syrah
Dédié à Julius Pike, magicien extraordinaire

Septimus sourit. L'écriture de la **syrène** s'était effacée. Il longea la plage du regard, jusqu'aux dunes.

– Ça va ? lui demanda Jenna.

– Oui, merci, Jen. Ça va même très bien.

– Tu attends quelqu'un ? ajouta Jenna, le voyant lever les yeux vers le sommet de la colline.

– Eh bien, je... Zut !

Une silhouette s'était détachée du groupe réuni autour du feu et venait dans leur direction.

– Ah, vous voilà ! s'exclama gaiement Milo avant de s'asseoir entre eux.

Il adressa un sourire affectueux à Jenna.

– Mission accomplie, ma princesse. Les rats sont remontés à bord de la *Cerys*, même si je les aurais volontiers laissés croupir sur ce rocher. Je me demande pourquoi tu tenais tellement à ce que nous les emmenions ?

Le visage de Jenna s'éclaira.

– Nous les débarquerons au Port, dit-elle. Je m'arrangerai pour qu'on vienne les chercher.

– Que de mystères ! remarqua Milo d'un air attendri. Tu es bien comme ta mère. (Puis il se tourna vers Septimus :) Quant à toi, jeune homme, je ne pourrais jamais assez te remercier d'avoir sauvé ma précieuse cargaison.

– Il n'y a pas de quoi, répondit Septimus, visiblement tracassé.

– Il a d'abord sauvé le Château, rappela Jenna.

– En effet. C'était très futé de sa part.

– Futé ? répéta Jenna d'un ton indigné. Septimus n'est pas « futé ». Il est intelligent et très courageux. Eh, tu es sûr que ça va, Sep ?

– Oui, murmura Septimus en coulant de nouveau un regard vers les dunes.

Milo était habitué à ce que les gens prennent un air distrait quand il leur parlait.

– Imaginez combien la situation eût été différente si j'avais découvert cette armée de djinns plus tôt, dit-il. Toi, Jenna, tu aurais grandi auprès de ta vraie mère, et non auprès de magiciens bizarres... Et toi, Septimus, tu aurais passé tes premières années, les plus précieuses de la vie, avec tes chers parents...

– Les magiciens bizarres ? lui rétorqua Septimus.

– Ce n'est pas ce que j'ai voulu dire ! Oh, mais que vois-je ?

Milo se leva, heureux de cette diversion qui survenait fort à propos.

– Bonsoir, jeune demoiselle. Qui donc êtes-vous ?

– Syrah ? s'exclama Septimus, se levant à son tour.

Pour une fois, Milo fit preuve de tact.

– Veuillez m'excuser, mais le devoir m'appelle, prétexta-t-il avant de retourner vers le feu.

– Bonsoir, Syrah, dit Jenna, un peu intimidée.

Syrah esquissa maladroitement une révérence.

– Princesse Esmeralda...

– S'il te plaît, non, protesta Jenna. Je ne suis pas...

Septimus l'interrompit :

– Syrah, tu vas bien ?

La question était superflue : Syrah était pâle comme une morte, les cernes qui soulignaient ses yeux paraissaient encore plus marqués et ses mains tremblaient.

– Je... je crois que je suis... moi.

Elle s'assit subitement, prises de violents frissons.

Septimus s'agenouilla près d'elle et dit :

– Jenna, s'il te plaît, va chercher de l'eau et une **cape chauffante**.

– Je reviens tout de suite !

– Septimus, murmura Syrah quand Jenna se fut éloignée. Je ne comprends pas. La **syrène**... où est-elle ?

Septimus ouvrit la main et lui fit voir la fiole d'argent, couverte d'une pellicule de givre qui reflétait la lumière de son anneau dragon.

– Elle se trouve à l'intérieur, dit-il.

– À l'intérieur ? répéta Syrah sans comprendre.

– Oui, et la fiole est **scellée**. Syrah, je te promets qu'elle n'en sortira jamais. Tu es libre.

– Libre ?

– Oui, libre.

Syrah éclata en sanglots.

La lune se leva. Au loin, le double faisceau du phare de CattRokk éclairait la mer d'huile. Sur sa plate-forme d'observation, Miarr allait et venait d'un air satisfait. Il regarda l'île au loin, et quand Milo jeta une nouvelle bûche dans le feu, il vit les flammes s'élever dans la nuit, éclairant les personnes qui faisaient cercle autour. Miarr sourit et mordilla une tête de poisson séché. Pour la première fois depuis la disparition de Mirano, il se sentait en paix.

La paix régnait également sur la plage, mais pas le silence. Le feu crépitait à cause du sel contenu dans le bois flotté, tout le monde bavardait tandis que Boutefeu reniflait et s'ébrouait. Septimus l'avait jugé suffisamment rétabli pour l'amener sur la plage, craignant qu'il ne finisse par s'ennuyer tout seul. Avec sa collerette et sa queue bandée, le dragon était allongé sur le sable moelleux juste au-dessous des dunes. Les yeux mi-clos, il observait le feu et Moustique, qui distribuait des tasses de **frutibulle**. Il tendit le cou et tenta de se rapprocher. Boutefeu adorait le **frutibulle**.

Un peu plus tard, Lobo apprit à Jenna, Moustique, Nicko, Snorri, Lucy et Jacky un jeu appelé le Chef du village, qui se jouait dans le sable avec des galets et où l'on criait beaucoup.

Assis côte à côte, Septimus et Syrah les regardaient en silence. Syrah ne tremblait plus et elle avait même bu le cho-colat chaud que lui avait offert Jenna, mais la pâleur presque fantomatique de son visage tranchait sur le rouge vif de sa **cape chauffante**.

– La *Cerys* est belle au clair de lune, remarqua-t-elle.

En effet, le trois-mâts brillait de tous ses feux dans la nuit tandis que son équipage le remettait en état et réparait son gréement.

– Elle pourra bientôt reprendre la mer, je pense ?

Septimus acquiesça.

– Dans deux jours, oui.

– Je ne sais comment te remercier, ajouta Syrah. Je suis tel-lement heureuse... Tous mes vœux ont été exaucés. Combien de fois ai-je rêvé d'être assise devant un feu sur cette plage, avec mes amis du Château ! Grâce à toi, ce rêve est devenu réa-lité, et bientôt, je reverrai mon cher Julius.

Septimus avait redouté ce moment. Il prit une profonde inspiration.

– Euh... Syrah, en ce qui concerne Julius, je...

– Hé, vous deux ! leur cria Lobo. Vous voulez jouer au Chef du village ?

Syrah se tourna vers Septimus. Ses yeux verts brillaient dans la lumière du feu.

– Je me souviens de ce jeu, dit-elle. J'adorais y jouer.

– On arrive, répondit Septimus à Lobo.

Il aborderait la question de Julius le lendemain matin.

Ce ne fut pas Septimus mais Jenna qui aborda la question de Julius devant Syrah, quelques heures plus tard. La rumeur des vagues s'éloignait, le clair de lune révélait le tracé des routes anciennes dans le sable, et Lobo venait d'être désigné Chef du village pour la deuxième fois quand Septimus entendit Jenna dire à Syrah :

– Je te répète que je ne suis pas Esmeralda... Esmeralda vivait il y a cinq siècles.

Septimus accourut.

– Que veut dire la princesse ? murmura Syrah.

– Elle veut dire que... Syrah, je suis désolé, mais elle a raison. Tu as passé cinq siècles sur cette île.

Devant l'air abasourdi de Syrah, il se lança dans une explication :

– Tu étais **possédée**, et tu sais que les **possédés** perdent la notion du temps. Leur vie reste en suspens jusqu'au moment où, pour les plus chanceux d'entre eux, on parvient à les **déposséder**.

470

– Donc... quand je regagnerai le Château, il se sera écoulé cinq siècles depuis mon départ ?

Septimus acquiesça. Un silence pesant s'était abattu sur la plage ; même Milo se taisait.

– Alors... Julius est mort ?

– Oui.

Syrah poussa une longue plainte et tomba évanouie sur le sable.

On monta Syrah à bord de la *Cerys* et on l'allongea sur une couchette dans une cabine. Septimus la veilla jusqu'au matin, mais elle ne reprit pas conscience. Quand la *Cerys* leva l'ancre, la jeune fille n'était toujours pas revenue à elle. Elle semblait si maigre, si éthérée sous sa couverture que, par moments, Septimus en venait presque à douter de sa réalité.

Trois jours plus tard, la *Cerys* accosta le quai des Marchands. La fanfare locale salua son arrivée par son habituelle cacophonie, et la foule massée sur le quai par des conversations animées : ce n'était pas tous les jours qu'on voyait au Port un navire de cette prestance, surtout avec un dragon à son bord, ni que la magicienne extraordinaire se déplaçait en personne pour l'accueillir.

L'arrivée de Marcia avait fait sensation, et les commentaires fusaient sur son passage.

– Elle a de beaux cheveux, tu ne trouves pas ?

– Vise un peu sa cape : elle est entièrement doublée de soie. Elle a dû coûter une fortune !

– Ses bottines, en revanche...

– Ce ne serait pas la vieille sorcière blanche des Marais, à côté d'elle ?

– Surtout ne les regarde pas ! Ça porte malheur de voir une sorcière et une magicienne ensemble !

Marcia n'en perdait pas un mot. Pourquoi les gens s'imaginaient-ils toujours que son statut la rendait sourde ? Du coin de l'œil, elle aperçut une silhouette familière au dernier rang de la foule.

– C'est bien qui je crois, là-bas ? glissa-t-elle à sa voisine.

Tante Zelda, qui était beaucoup plus petite que Marcia, ignorait complètement de qui celle-ci voulait parler, mais elle refusait de l'avouer.

– Possible, dit-elle.

– Le problème avec vous autres sorcières, c'est que vous ne répondez jamais directement à une question.

– Et le problème avec vous autres magiciens, c'est que vous ne pouvez vous empêcher de généraliser. À présent, veuillez m'excuser, Marcia, mais je voudrais m'approcher. Je tiens à m'assurer que Lobo va bien.

Tandis que tante Zelda jouait des coudes, Marcia se dirigea vers l'arrière de la foule, laquelle s'écarta respectueusement sur son passage.

Simon Heap l'aperçut, mais il ne s'enfuit pas. Personne ne l'empêcherait de voir sa Lucy et de lui demander si elle voulait toujours de lui, pas même Marcia Overstrand.

– Que fais-tu ici, Simon Heap ? demanda la magicienne.

– J'attends Lucy. J'ai entendu dire qu'elle se trouvait à bord.

– Elle y est, en effet, acquiesça Marcia. Mais ne reste pas là.

Simon, dont le visage s'était illuminé, rétorqua d'un ton poli mais ferme :

– Je regrette, mais je ne m'en irai pas.

– J'espère bien !

Au grand étonnement de Simon, Marcia sourit puis ajouta :

– Va au premier rang. Ce serait trop bête de la manquer.

– Oh, merci ! Je... j'y vais.

Marcia regardait Simon Heap s'avancer vers le bord du quai quand une voix sonore l'appela depuis le pont de la *Cerys* :

– Marcia !

C'était Milo, qui l'avait reconnue à sa cape pourpre.

Une fois la passerelle en place, la foule s'ouvrit pour laisser passer Milo, qui avait beaucoup d'allure dans son riche costume rouge. Il s'inclina devant Marcia et lui baisa la main sous les applaudissement épars de l'assistance.

Jenna observait la scène depuis le pont.

– J'ai honte pour lui ! fulmina-t-elle. Pourquoi ne peut-il se conduire comme tout le monde ? Pourquoi ne peut-il pas être juste... normal ?

Ce n'est pas parce que Milo ne se conduit pas comme tu le voudrais qu'il n'est pas normal, remarqua Septimus. C'est sa façon à lui de l'être.

– Mouais, fit Jenna, pas entièrement convaincue.

Milo guida Marcia vers la passerelle, lui disant :

– Si vous voulez bien vous donner la peine de monter à bord, j'aimerais vous montrer une cargaison des plus précieuses.

– Merci, Milo, répondit Marcia, mais j'ai déjà pris des dispositions pour que votre « cargaison » soit acheminée vers la tour du Magicien, où elle demeurera dans une pièce **scellée**. M. Ni en assurera la garde.

– M... mais... balbutia Milo, stupéfait.

Eugène Ni apparut dans un éclair jaune. Ayant salué Milo, il prit pied sur la passerelle et faillit être renversé par Lucy qui courait vers le quai, ses tresses flottant dans son dos.

– Simon ! criait-elle. Oh, Simon !

Cependant, deux retardataires tentaient de se frayer un chemin vers le premier rang.

– Comment se fait-il que nous ne soyons jamais à l'heure ? dit Sarah Heap, tout essoufflée. Regarde, Silas... C'est lui, c'est notre fils. Nicko !

En haut de la passerelle, Nicko cherchait ses parents des yeux. Il se sentait enfin prêt à les revoir.

– Maman ! Papa ! s'écria-t-il.

– Allons, Silas, dépêche-toi, gronda Sarah.

– Oh, mon Dieu, Sarah... Il a l'air tellement... adulte.

– Il est plus âgé, Silas. Même beaucoup plus âgé, si j'en crois ce qu'on raconte.

Pendant que le brouhaha s'atténuait peu à peu, un rat, posté sur le quai, brandissait une pancarte sur laquelle on pouvait lire :

RATS !

VOUS ÊTES FATIGUÉS DU MAL DE MER ?

DÉGOÛTÉS DES BISCUITS ?

474

EXCÉDÉS PAR LES CHARANÇONS ?
DEVENEZ RATS COURSIERS AU CHÂTEAU !
S'adresser ici. Demander Stanley.

Et, pour une fois, sa proposition remportait un succès certain.

PETITES ET
GRANDES HISTOIRES

LES VAISSEAUX FANTÔMES

De temps en temps, la panique s'empare du Port à l'annonce de l'arrivée d'un vaisseau fantôme. Cette panique est le plus souvent infondée, mais en une occasion au moins, elle s'est révélée justifiée.

Un vaisseau fantôme est un authentique vaisseau transportant les fantômes de tous les marins, passagers et animaux (jusqu'aux oiseaux de mer) qui se trouvaient à son bord au moment de son changement d'état. Il n'est pas certain que ces fantômes comprennent ce qui leur est arrivé, car ils continuent à mener la même existence que précédemment, errant sans but sur les océans. Il est très rare qu'un vaisseau fantôme fasse escale dans un port. Toutefois, selon des sources dignes de foi, l'un d'eux aurait abordé au Port une nuit de tempête, il y aurait de cela une cinquantaine d'années, et aurait repris la mer au lever du soleil.

Pour un bateau, il existe deux façons de devenir un vaisseau fantôme.

Si un navire jette l'ancre au large d'une des îles des Esprits par une nuit sans lune, aux premières lueurs du jour, il a toutes les chances de devenir un vaisseau fantôme.

477

La transformation peut également survenir après une rencontre en pleine mer avec un vaisseau fantôme donnant l'impression de dériver. À peine le bateau des vivants a-t-il accosté ce dernier pour lui offrir son aide qu'il devient à son tour un fantôme ainsi que tous ceux qu'il transporte.

Il arrive que des familles endeuillées affrètent un navire dans l'espoir d'apercevoir leurs proches et d'établir un contact avec eux. Naturellement, il est très difficile de monter une telle expédition, les capitaines étant réputés superstitieux. Au Port, plus aucun n'accepte ce genre de contrat depuis la mésaventure arrivée à l'*Idora*. L'*Idora*, un bateau de pêche, avait fini par retrouver le vaisseau fantôme qu'il recherchait, mais le vent l'avait poussé vers celui-ci, provoquant sa perte.

On prétend que l'oncle de Moustique, âgé de quatorze ans, s'est laissé attirer à bord du vaisseau fantôme qui fit escale au Port une nuit de tempête. Durant de longues années, sa mère refusa cette explication, mais à un âge avancé, elle affréta un navire pour aller chercher son fils disparu, et nul ne l'a jamais revue. Aujourd'hui encore, sa famille reste persuadée qu'elle a retrouvé le vaisseau fantôme sur lequel avait embarqué son fils et qu'elle a sauté à bord.

TERTIUS FUMÉE

De son vivant, Tertius Fumée avait commandé l'armée d'un petit potentat particulièrement cruel, régnant sur une minuscule principauté à la frontière du Désert Sans Fin. Le tyran, désireux d'étendre son pouvoir, avait entrepris d'an-

478

nexer les territoires voisins. Ses efforts étaient restés vains jusqu'à ce qu'il engage un jeune mercenaire appelé Tertius
Fumée. Celui-ci, qui avait fui son propre pays après un épisode
peu glorieux resté dans l'Histoire sous le nom de Grande
Trahison, avait sauté sur l'occasion de prendre un nouveau
départ. Son charisme hors du commun tenait à son talent
pour inventer des histoires que les gens avaient envie de
croire, et qu'ils finissaient généralement par croire. Quand le
potentat lui avait confié la direction de son armée (laquelle
n'était pas aussi impressionnante qu'on pourrait le penser en
lisant ceci), Tertius Fumée, qui prétendait avoir été le plus
jeune général de son pays, s'était retrouvé au pied du mur. La
chance, jointe à la témérité naturelle de Fumée et au fait que
tous ses détracteurs étaient victimes d'« accidents » malheureux, voulut que sa mission soit couronnée de succès. C'est à
cette occasion qu'il découvrit l'existence des djinns guerriers.
À la tête d'une douzaine d'entre eux, il envahit les châteaux
de quatre souverains voisins, en creusant des tunnels sous
leurs murailles ou en empruntant des souterrains d'approvi-
sionnement déjà existants. Cette technique lui valut le sur-
nom d'« ombre de minuit ». Un scandale le contraignit à abandonner subitement son poste. Quelques années plus tard, il
faisait son apparition au Château.

LA *LUCY-GRINGE*

Lucy Gringe est très fière d'annoncer qu'un bateau de
pêche aux voiles rouges porte à présent son nom.

Tout au long de la dernière soirée qu'ils avaient passée sur l'île, Jacky avait hésité à parler à la jeune fille, craignant qu'elle ne lui rie au nez et ne le traite de tête de hareng. Sans Moustique et le **frutibulle**, il est probable qu'il ne se serait jamais décidé.

Jacky n'avait jamais rien goûté d'aussi bon que le **frutibulle**, et cette révélation l'avait inspiré. Sa tasse à la main, il s'était approché de Lucy, qui, assise seule au bord de l'eau, soupirait après Simon Heap, et rassemblant son courage, il lui avait fait le plus long discours de toute sa vie : « Mademoiselle Lucy, je sais que vous ne repartirez pas avec moi, même si je le voudrais bien, aussi j'aimerais que vous soyez au moins la marraine de mon bateau. Maintenant qu'il est à moi, je peux l'appeler comme ça me chante. Tout ce que vous aurez à faire, c'est l'arroser avec cette boisson pleine de bulles et dire : "Je te baptise la *Lucy-Gringe*." Vous voulez bien ?

– Oh ! Jacky, fit Lucy, pour une fois à court de mots.

– Certainement que je l'appellerai juste la *Lucy* pour faire court, reprit Jacky. C'est un joli prénom, Lucy. »

LE CAPITAINE FRY ET LES FRÈRES CROWE

Quand Milo et son équipage regagnèrent la *Cerys*, armés jusqu'aux dents, le capitaine Fry et les frères Crowe ne leur opposèrent aucune résistance. Les trois hommes gisaient dans le salon, inconscients, après avoir bu toute la réserve de rhum. L'état de la pièce inspira alors à Milo un commentaire que nous ne rapporterons pas ici, et que nous mettrons sur le compte de la journée difficile qu'il venait de vivre. Fry et les jumeaux furent enfermés à la cale avec un seau d'eau chacun et n'en ressortirent qu'à leur arrivée au Port. À l'heure qu'il est, ils attendent leur procès à la prison du Port.

Quand Jacky Fry apprit la nouvelle, il éprouva un intense soulagement : il était réellement libre à présent.

MERRIN MÉRÉDITH (ALIAS DANIEL LE CHASSEUR)

Merrin passa deux longues nuits enfermé derrière les lambris.

Il commença par manger toute sa réserve de bonbons. Après cela, il eut mal au ventre et se mit à gémir. Sarah Heap l'entendit mais elle attribua ses plaintes aux fantômes des petites princesses dont Jenna lui avait parlé. Merrin finit par s'endormir, puis il se réveilla à minuit et recommença à crier. Sarah chargea Silas de trouver la cause de ce vacarme, mais arrivé à la moitié de l'escalier, il se ravisa et retourna se coucher, disant à Sarah que c'étaient « des chats ». La fatigue et le désespoir finirent par avoir raison de Merrin. Il dormit toute la nuit et une bonne partie de la journée suivante. Puis il passa une seconde nuit à crier, et Sarah Heap fit d'horribles cauchemars peuplés de chats.

Le lendemain, la soirée était déjà bien entamée quand, en passant la main sur les lambris pour compter les nœuds du bois, Merrin détecta le mécanisme qui commandait l'ouverture du panneau. Sans se soucier de savoir si quelqu'un le voyait ou l'entendait, il fila jusqu'à sa chambre au grenier, où il engloutit sa réserve de secours de serpents de réglisse et d'oursons banane avant de se rendormir.

Le lendemain matin, Merrin fut tenté d'oublier le Manuscriptorium mais il se ravisa. D'une part, il aimait son uniforme de scribe, qui lui donnait l'impression d'être quelqu'un d'important, et d'autre part, il avait besoin de sa paye pour reconstituer son stock de confiseries.

Par une incroyable malchance, il tomba alors sur tante Zelda, mais sur le moment, il estima qu'il s'en tirait à bon compte. C'est plein de confiance qu'il se présenta ensuite au Manuscriptorium, s'attendant à un accueil chaleureux, pour découvrir que Jillie Djinn n'était plus aussi bien disposée à son égard. Elle le harcela de questions au sujet d'une **clef** qu'il avait effectivement subtilisée, mais ce n'était pas vraiment sa faute, et il ne comprenait pas pourquoi elle faisait tant d'histoires. Il l'avait prise uniquement parce que le fantôme de la chambre forte lui avait dit que c'était le jour des Farces au Manuscriptorium, une très ancienne tradition qui voulait que le dernier engagé parmi les scribes cache un objet et voie combien de temps il fallait à ses collègues pour le retrouver. Le fantôme lui avait obligeamment divulgué le code d'ouverture du coffre contenant la **clef** et lui avait même suggéré une cachette pour celle-ci, sous une latte du plancher de la boutique. La plaisanterie ne fut pas du goût de Jillie Djinn, même après que Merrin lui eut rendu la **clef**.

Le jeune garçon trouva parfaitement injuste que la première scribe hermétique lui ordonne de garder l'entrée de la chambre forte jusqu'à ce qu'on ait retrouvé le fantôme assigné à cette tâche. L'endroit était sinistre, Merrin s'y gelait et personne ne venait lui rendre visite. Il n'aimait pas non plus voir les autres scribes rire sous cape quand il remontait au Manuscriptorium à la fin de la journée. Merrin passa ainsi de longues semaines à grelotter à son poste. Pour s'occuper, il faisait tourner la bague à deux faces autour de son pouce et ruminait sa vengeance. Le moment venu, il donnerait une bonne leçon à Jillie Djinn et à sa bande de crâneurs.

LA SPHÈRE LUMINEUSE

La **sphère lumineuse** de Miarr était une des Anciennes Merveilles du monde.

La **Lampe** est froide au toucher, et on ignore d'où provient l'énergie qui l'alimente. On prétend que sa création remonte au Temps de l'Au-delà où, comme l'affirme la légende, une série de **sphères** semblables formait un cercle autour de la Terre, guidant les marins sur les océans. Miarr était issu de la lignée des gardiens de la **Lampe**, eux-mêmes descendant des mystérieux gardiens des Sept Mers. On ignore à quel moment des chats se sont insérés dans cette généalogie.

LES PHARES DES ÎLES DE LA SYRÈNE

Les quatre phares autour des îles de la **Syrène** furent construits par les gardiens des Sept Mers afin de protéger les marins de ce que l'on appelait alors les « esprits tourmenteurs ». Chaque phare possédait une **sphère lumineuse** sur laquelle veillaient deux gardiens.

Dans les temps anciens, quantité d'îles étaient **habitées** par des esprits. La plupart étaient de simples esprits facétieux qui se contentaient de **susciter** une tempête de temps à autre pour leur amusement. Mais d'autres, telle la **syrène**, étaient ouvertement malveillants et passaient leur temps à provoquer des naufrages ou à rendre fous les malheureux marins échoués sur leur île. La singularité de la **syrène** résidait à la fois dans le pouvoir d'attraction de son chant et dans sa qualité d'esprit **possessif**. C'est pourquoi les gardiens édifièrent quatre phares tout autour de son archipel, pour délimiter la portée de son chant et dissuader les navires de s'aventurer au-delà.

Ces phares constituaient un rempart très efficace, aussi la **syrène** les détestait-elle. Au fil du temps, elle trouva le moyen de se débarrasser des **Lampes** de trois d'entre eux ainsi que de leurs gardiens. Si son pouvoir de séduction lui assurait le concours d'un grand nombre d'esprits ou de fantômes, Tertius Fumée fut le seul à en tirer profit.

L'ARMÉE DANS LE COFFRE

Certains marchands ont consacré leur vie à la recherche du coffre de l'armée des djinns, sachant qu'il leur en coûterait une fortune pour l'acquérir. Au cours des siècles, un nombre impressionnant de vieux coffres contenant toutes sortes de babioles, en particulier des tubes de plomb vides, furent vendus à des marchands crédules contre des sommes astronomiques. La plupart finirent par ne plus croire à son existence, et ceux qui continuaient à le chercher se faisaient traiter au mieux d'idiots et au pire, de fous. Cette quête devint le symbole même des causes perdues, au point que quand quelqu'un se lançait dans une expédition hasardeuse, on disait de lui qu'il « recherchait l'armée des djinns ».

Milo, bien entendu, était convaincu de la réalité du coffre. Après avoir épousé la reine Cerys, il devint obsédé par l'idée de fournir une armée au Château, lequel ne bénéficiait d'aucune protection. Mais l'entretien d'une armée permanente coûtait cher, et ni Milo ni la reine Cerys ne voyaient l'intérêt d'une telle dépense. Une armée contenue dans un coffre paraissait la solution idéale : pas de soldes à verser, pas de casernes à construire, pas de bouches à nourrir et pas de troubles occasionnés sur la voie publique par une garnison qui s'ennuyait. Ainsi, peu après son mariage, Milo monta une première expédition qui, à défaut de lui procurer son armée, lui permit de faire des affaires fructueuses.

Milo n'ignorait pas que Tertius Fumée avait lui-même recherché le coffre des années auparavant, pour son usage personnel. En effet, le fantôme réprouvait ce qu'il considérait comme un laisser-aller dans le gouvernement du Château, et il était particulièrement ulcéré que le magicien extraordinaire en titre soit une femme. Il prétendait en remontrer à ces incapables, mais pour cela, il avait besoin d'une force sur laquelle s'appuyer. Pour lui également, l'armée des djinns représentait la solution idéale.

La nouvelle que Milo s'était mis à la recherche du coffre se répandit rapidement parmi les fantômes. Elle finit par arriver aux oreilles de Ṭertius Fumée, qui décida d'en tirer parti. Milo mordit à l'hameçon. Non seulement il acheta le coffre à un prix scandaleusement élevé, mais il en assura le transport. Il ne restait plus au vieux spectre qu'à conclure un arrangement avec la **syrène** : en échange du libre accès au tunnel de glace, Tertius Fumée s'engageait à dérober la dernière **sphère lumineuse**, ce qu'il comptait faire de toute manière. C'était, comme Fumée s'en était vanté devant le capitaine Fry, « un accord gagnant-gagnant ». Du moins le croyait-il.

Syrah Syara

C'est parce qu'elle avait assisté malgré elle aux négociations entre Tertius Fumée et la **syrène** que Syrah finit par retrouver le chemin de la liberté, même si ce chemin était semé d'embûches. Toujours inconsciente, Syrah fut ramenée au Port. Quelques jours plus tard, elle fut placée en observation à l'infirmerie de la tour du Magicien, dans une chambre isolée précédemment occupée par Éphaniah Grèbe et Hildegarde Pigeon (ceux-ci étaient à présent suffisamment rétablis pour s'installer dans la salle principale de l'infirmerie). Septimus lui rendait des visites quotidiennes, lui racontant ce qu'il avait fait durant la journée, mais Syrah dormait, dormait et dormait toujours.

Miarr et Mirano Catt

Les cousins Miarr et Mirano étaient les derniers descendants de la famille Catt, qui avait veillé de tout temps et à jamais sur les phares des îles de la **Syrène**. L'isolement, la consanguinité et les manœuvres de la **syrène** avaient conduit la lignée au bord de l'extinction. Mirano avait bien été victime des frères Crowe, plus précisément de Crowe le maigre, qui l'avait poussé par la fenêtre de la cabine qu'ils partageaient. Mirano avait rebondi sur les rochers avant de couler à pic. Miarr avait sillonné les environs à bord de la *Torpille Rouge* sans jamais le retrouver. Les forts courants qui créaient des remous autour de la base du phare avaient entraîné son corps vers un gouffre sous-marin à plusieurs milles de l'îlot.

Eugène Ni

Eugène Ni avait porté bien des noms au cours de ses nombreuses existences. Si « Eugène Ni » n'était pas le pire, ce n'était pas non plus celui qu'il préférait.

Souvent, la quatrième épouse du vendeur de tortues se demandait si elle avait fait le bon choix en devenant un génie, puis elle repensait à son défunt époux et ses regrets s'envolaient. Certaines de ses vies lui avaient laissé d'excellents souvenirs. La pire de toutes était sans conteste celle où elle avait dû nettoyer les écuries du roi Augias, et la meilleure, celle où elle était la femme de chambre d'une belle princesse des

Plaines Enneigées de l'Est. Puis celle-ci avait mystérieusement disparu, laissant d'éternels regrets à son ancienne servante.

Ce que le génie détestait le plus dans son état, c'était le Temps de Rêve. Confiné dans une fiole exiguë, il se morfondait d'ennui et devait lutter contre un désir d'expansion irrépressible. Mais sitôt qu'il retrouvait l'extérieur, il oubliait ces inconvénients. S'il était encore trop tôt pour porter un jugement sur sa nouvelle vie, il était au moins sûr d'une chose : jusque-là, il n'avait pas eu le temps de s'ennuyer.

LE JEU DU CHEF DU VILLAGE

Ce jeu se joue à deux, quatre, six ou plus si l'on y joue sur le sable (il suffit alors de rajouter des cabanes dans le village), mais dans tous les cas, les participants doivent être en nombre pair.

La partie se joue en plusieurs manches. On peut en fixer le nombre à l'avance, et le gagnant sera le joueur qui se sera approprié le plus de cabanes, ou l'on peut poursuivre la partie jusqu'à ce qu'un joueur les ait toutes remportées.

Pour six joueurs, il faut quarante-huit galets, haricots ou coquillages de même taille, et du sable humide. Pour remplir cette dernière condition on peut soit jouer sur la portion de rivage découverte par la marée, soit mouiller du sable sec avec un **ondin**, comme le fit Moustique.

En enfonçant votre poing dans le sable, créez deux rangées parallèles de six trous – les « cabanes ». L'ensemble des cabanes s'appelle le « village ». Installez une « famille » de quatre galets/coquillages/haricots dans chaque cabane, puis répartissez celles-ci à égalité entre les joueurs.

Le but du jeu est de s'emparer des galets. Chaque famille de quatre galets rapporte au tour suivant une cabane au joueur qui la possède.

Déroulement de la partie :

Les participants jouent à tour de rôle.

Le premier joueur prend tous les galets d'une de ses cabanes et les dépose un à un dans les cabanes voisines, dans le sens inverse des aiguilles d'une montre. Si le dernier tombe sur une cabane déjà occupée, le joueur récupère tous les galets qu'elle contient et les redistribue suivant le même principe. Au début de la partie, quand il y a encore beaucoup de galets dans le village, il est fréquent qu'un même joueur enchaîne ainsi plusieurs tours.

Au cours de la partie, dès qu'une cabane contient quatre galets, son propriétaire les récupère et les conserve. Cette règle comporte néanmoins une exception : si un joueur, à la fin de son tour, remplit une cabane, c'est à lui que reviennent les quatre galets qu'elle contient.

Chaque participant joue à son tour, à partir d'une cabane lui appartenant. Si un joueur n'a plus de galet dans aucune de ses cabanes, il passe son tour.

Quand il n'y a plus que huit galets en jeu, le rythme de la partie se ralentit considérablement. Le premier joueur à s'approprier une cabane contenant quatre galets remporte alors les huit restants. Tous les joueurs répartissent ensuite leurs galets à raison de quatre par cabane pour savoir combien de celles-ci leur reviennent. Le joueur qui ne possède aucun galet est éliminé. Au début de la manche suivante, chacun conserve les cabanes qu'il a gagnées. Plus un joueur possède de cabanes, plus il lui est facile d'en gagner de nouvelles. Telle est la dure loi de la vie.

STANLEY

Stanley fut fou de joie en recevant un message personnel de la princesse, même si celui-ci lui avait été remis par un messager coiffé d'un ridicule chapeau jaune (Stanley espérait que ce n'était pas là le nouvel uniforme du palais.)

Il lut :

LIVRAISON À QUAI
DESTINATAIRE : Stanley, bureau des rats coursiers, tour de guet de la porte Est, le Château.
EXPÉDITEUR : Princesse Jenna Heap, trois-mâts goélette la Cerys.
Arrivage de rats attendu quai des Marchands au débarquement de la Cerys. Stanley, ils sont à toi !

Après cela, Stanley resta plusieurs heures à serrer le message sur sa poitrine, en ayant l'impression de planer sur un nuage. Il était toujours un proche de la Couronne ! Un instant, il regretta de ne pouvoir l'annoncer à son ex-femme, Dawnie, puis il se ressaisit. Au diable Dawnie ! C'étaient ses affaires, à lui et à lui seul. Quoique ce n'était plus tout à fait vrai : il avait à présent la responsabilité de quatre petits rats orphelins.

Stanley s'approcha d'un panier posé dans un coin de la pièce, où dormaient quatre minuscules créatures à la fourrure brune et à la petite queue rose. Il ne les avait recueillis que la veille, mais il avait déjà le sentiment de les avoir toujours connus. Sydney était le plus silencieux. Lydia était petite et craintive ; Faith, robuste et sûre d'elle ; Edward, bagarreur et pas très malin. L'amour qu'il ressentait pour eux était cent fois plus fort que celui qui l'avait jamais lié à Dawnie.

Stanley répugnait à les quitter, mais le devoir l'appelait, alors il déposa un grand bol de lait et des restes de porridge à côté du panier.

– Soyez sages, leur dit-il. Je reviens vite.

Puis il gagna la porte sur la pointe des pieds, la referma à clé derrière lui et prit la direction du Port d'un pas alerte.

Découvrez un extrait de
La trilogie de Bartiméus
L'amulette de Samarcande
de Jonathan Stroud

Première partie

BARTIMÉUS

1

La température ambiante chute d'un coup. Une pellicule de glace tapisse les rideaux et forme une croûte épaisse autour du plafonnier. Dans chaque ampoule, le filament incandescent se racornit, de moins en moins brillant, tandis que les bougies plantées dans tous les coins telle une colonie de champignons vénéneux s'éteignent d'un coup. Dans la pénombre de la pièce se répand un nuage de vapeur âcre et jaune aux relents de soufre, où se contorsionnent de vagues formes noires. Loin, très loin, on entend des voix hurler en chœur. Brusquement, une pression s'exerce sur la porte donnant sur le palier ; elle s'arque vers l'intérieur de la pièce dans un grincement de boiseries. Un bruit de pas émis par des pieds invisibles crépite sur le plancher, des bouches également invisibles se mettent à chuchoter des méchancetés derrière le lit et sous le bureau.

Puis le nuage de soufre se contracte pour former

une épaisse colonne de fumée ; celle-ci sécrète une série de fins tentacules qui lèchent l'air comme des langues avant de se retirer. La colonne reste suspendue au-dessus du pentacle en bouillonnant contre le plafond tel un volcan en éruption. Une pause à peine perceptible, puis deux yeux jaunes au regard fixe se matérialisent au cœur de la fumée.

Eh ! C'est la première fois, pour lui… Je tiens à lui flanquer la trouille.

Et c'est réussi. Il se tient debout au centre de son propre pentacle, plus petit et couvert de runes différentes, à quelques pas du pentacle principal. Pâle comme un mort, il claque des dents et tremble comme une feuille par grand vent ; des gouttelettes de transpiration perlent sur son front et se transforment en glace avant de tomber par terre avec un petit bruit cristallin de grêlons.

Bon, tout ça est très bien, mais qu'est-ce qu'on fait maintenant ? Parce que ce petit gamin brun, avec ses yeux écarquillés et ses joues creuses, il a douze ans à tout casser. Et franchement, flanquer la trouille de sa vie à un gringalet pareil, ce n'est pas tellement excitant[1].

---

1. Tout le monde n'est pas d'accord sur ce point. Il y en a qui, au contraire, en font leur sport favori. Ceux-là perfectionnent d'innombrables moyens de tourmenter leurs invocateurs *via* des apparitions subtilement hideuses. En général, tout ce qu'on peut espérer, c'est leur refiler des cauchemars ; mais de temps en temps, ces stratagèmes sont si efficaces que les apprentis paniquent et sortent du cercle protecteur. Dans ce cas tout va bien – du moins pour nous. Mais ce n'est pas sans risque,

Alors je reste là, suspendu dans les airs, en espérant qu'il ne mettra pas trop longtemps à prononcer la formule de révocation. Histoire de m'occuper un peu, j'envoie des flammèches bleues lécher la bordure intérieure du pentacle, en faisant comme si elles cherchaient à en sortir pour attraper le môme. Naturellement, c'est bidon sur toute la ligne. J'ai vérifié : le sceau est très bien dessiné. Pas le moindre vice de formule…

Finalement, le garnement rassemble son courage en vue de prendre la parole. En tout cas c'est ce que je déduis du frémissement de ses lèvres, qui ne semble pas uniquement dû à la peur : il esquisse un vague bégaiement. Je laisse peu à peu s'éteindre le feu bleu, remplacé par une odeur nauséabonde.

Le petit articule d'une voix très, très mal assurée : « Je te somme… de… de… » Allez, accouche ! « … de me d-dire t-ton nom. »

C'est souvent comme ça que ça commence, avec les jeunes. Par du bavardage inutile. Il connaît très bien mon nom, et il sait que je le sais ; sinon, comment m'aurait-il invoqué, hein ? Car pour ça, il faut enchaîner des mots et des gestes bien précis, et surtout prononcer le nom exact. C'est vrai, quoi : ça ne peut pas être aussi simple que de héler un taxi ; quand nous on appelle, à l'autre bout, on n'obtient pas n'importe qui.

J'opte pour un ton grave, plein de nuances, onctueux comme du chocolat bien noir, le genre de voix

---

car ils sont souvent bien entraînés. Et quand ils grandissent, ils se vengent.

qui retentit partout à la fois sans source précise et hérisse les cheveux sur les jeunes nuques inexpérimentées.

« BARTIMÉUS. »

Le petit s'étrangle visiblement en entendant mon nom. Tant mieux, ça prouve qu'il n'est pas complètement idiot : il sait qui je suis, ou ce que je suis. Il n'ignore pas ma réputation.

Il prend le temps de déglutir péniblement, puis reprend :

« J-je te somme à n-nouveau de répondre. Es-tu le Bartiméus qui, en des temps anciens, fut invoqué par les magiciens pour relever les remparts de Prague ? »

Bon, ce gosse me fait perdre mon temps. Quel autre Bartiméus ça pourrait bien être ? Du coup, je force un peu la note. La glace qui recouvre les ampoules électriques se fendille comme du sucre caramélisé. Derrière les rideaux sales, les carreaux se mettent à miroiter en émettant une vibration. Le gamin a un mouvement de recul.

« Je suis Bartiméus ! Je suis Sakhr al-Djinn, N'gorso le tout-puissant, le Serpent à plumes d'argent ! J'ai reconstruit les remparts d'Uruk, de Karnak et de Prague. Je me suis entretenu avec Salomon. J'ai parcouru les plaines avec les pères buffles. J'ai veillé le Vieux Zimbabwe jusqu'à ce que les pierres s'écroulent et que les chacals dévorent son peuple. Je suis Bartiméus ! Je ne me reconnais point de maître. Aussi je te somme à mon tour, petit. Qui es-tu pour m'invoquer ? »

Impressionnant, non ? Et en plus, tout est vrai, ce qui ne gâte rien. Mais je n'ai pas seulement dit ça pour me donner de l'importance. Ce que j'espère, c'est épater le gosse au point qu'il me livre son nom, ce qui me donnera un peu de marge de manœuvre dès qu'il aura le dos tourné[1]. Malheureusement ça ne marche pas.

« Par la contrainte du cercle, les pointes du pentacle et les runes, je suis ton maître ! Tu dois te soumettre à ma volonté ! »

Il y a quelque chose d'odieux à entendre cette formule éculée dans la bouche d'un gringalet aussi chétif, avec sa petite voix flûtée, particulièrement ridicule. Je ravale mon envie de lui dire ce que je pense de lui et j'entonne la réponse habituelle, qu'on en finisse.

« Quelle est ta volonté ? »

Je dois l'avouer, je suis un peu surpris. La plupart des magiciens en herbe jettent d'abord un coup d'œil avant de poser des questions. Ils font du lèche-vitrines, si l'on peut dire, histoire d'évaluer l'étendue de leur pouvoir ; mais ils sont bien trop inquiets pour s'essayer à l'exercer. Il est déjà rare, pour une entité de ma stature, de se faire invoquer par des morveux pareils, mais là…

Le môme s'éclaircit la voix. Le moment qu'il attendait est venu. L'aboutissement de tous ses efforts. Il en rêve depuis des années au lieu de fantasmer sur

---

1. Naturellement, je ne peux rien faire tant que je suis à l'intérieur du cercle. Mais ensuite, je peux essayer de savoir à qui j'ai affaire, chercher ses faiblesses de caractère, ce qu'il y a d'exploitable dans son passé. On trouve toujours, chez eux. Enfin, je veux dire : chez vous.

les filles ou les voitures de course en traînassant sur son lit. Je me prépare à recevoir sa pathétique injonction. Je l'imagine déjà. Il s'agit fréquemment de faire léviter un objet quelconque ou de le déplacer d'un bout à l'autre de la pièce. Ou alors, il veut que je matérialise une illusion. Ce qui peut être assez amusant d'ailleurs : il y a forcément moyen d'interpréter sa requête de travers et d'en profiter pour le traumatiser un peu[1].

« Je te somme d'aller chercher l'Amulette de Samarcande chez Simon Lovelace et de me l'apporter lorsque je t'invoquerai à nouveau, demain matin à l'aube.

— Hein ? Quoi ?

— Je te somme d'aller chercher...

— Oui, ça va, j'ai entendu. »

Je n'avais pas l'intention de paraître aussi irascible. Ça m'a échappé, voilà. Du coup, ma voix a un peu perdu de ses intonations sépulcrales.

« Alors va !

— Minute ! » Je me sens nauséeux, comme toujours quand ils nous congédient. J'ai l'impression qu'on m'aspire les entrailles par un trou dans le dos. Les magiciens doivent répéter la révocation trois fois pour se débarrasser de nous quand nous n'avons pas envie de tirer notre révérence. C'est rarement nécessaire, mais cette fois, je reste où je suis, sous la forme

---

1. Un jour, un magicien m'a demandé de lui montrer une image de l'amour de sa vie. J'ai fait apparaître un miroir.

de deux yeux ardents dans un furieux bouillonnement de fumée malodorante.

« Sais-tu ce que tu me demandes là, petit ?

— Il m'est interdit de converser, discuter, parlementer avec toi, de chercher à résoudre des énigmes, de relever des paris ou de me livrer à des jeux de hasard ; je n'ai pas le droit non plus de...

— Et moi, je ne suis pas censé argumenter avec un adolescent malingre, je te prie de le croire ; alors épargne-moi ces âneries apprises par cœur. Quelqu'un se sert de toi ; qui ? Ton maître, je suppose. Un vieux dégonflé tout ratatiné qui se cache derrière un gamin... C'est du propre ! » Je réduis un peu la quantité de fumée et laisse pour la première fois entrevoir les contours imprécis de ma silhouette, suspendue dans les ombres. « Tu joues doublement avec le feu si tu cherches à spolier un vrai magicien en m'invoquant. Où sommes-nous ? À Londres, non ? »

Il acquiesce. On est bien à Londres. Dans une espèce de maison minable. J'examine la pièce à travers les émanations chimiques. Le plafond est bas, le papier peint se décolle ; au mur, une unique reproduction – un paysage de style hollandais. Curieux choix, de la part d'un garçon de cet âge. Je m'attendais plutôt à des chanteuses pop, des joueurs de foot... Les magiciens sont conformistes, même les jeunes.

« Ah là là... » Je prends une voix conciliante, nostalgique. « Nous vivons dans un monde cruel, et on t'a appris bien peu de choses.

— Je n'ai pas peur de toi ! Je t'ai fait part de ta mission, maintenant, va, je te l'ordonne ! »

La deuxième révocation. J'ai l'impression qu'on me passe les entrailles au rouleau compresseur. Je sens mes contours vaciller. Cet enfant possède un pouvoir certain, en dépit de son jeune âge.

« Ce n'est pas de moi que tu dois avoir peur ; du moins pas pour l'instant. Simon Lovelace viendra te régler ton compte en personne quand il verra qu'on lui a volé son Amulette. Ce n'est pas parce que tu es jeune qu'il va t'épargner.

— Tu dois te soumettre à ma volonté.

— C'est vrai. »

Il faut reconnaître qu'il est obstiné. Et stupide.

Il lève la main. Je devine la première syllabe de l'Étau Systématique. Il s'apprête à me faire souffrir.

Je file sans m'embarrasser d'effets spéciaux supplémentaires.

2

Quand je me pose tout en haut d'un réverbère, le crépuscule tombe sur Londres et il pleut des cordes. C'est bien ma chance. Justement, j'ai pris la forme d'un merle vif, avec un bec bien jaune et un plumage noir de jais. En quelques secondes, je deviens le volatile le plus dépenaillé qu'on ait jamais vu rentrer la tête dans ses ailes à Hampstead. Je regarde rapidement d'un côté puis de l'autre, et je repère un grand hêtre de l'autre côté de l'avenue. Un tapis de feuilles mortes moisit au pied de l'arbre (que les vents de novembre ont déjà dénudé) mais ses branches serrées me protégeront un peu de l'averse. Je prends mon essor et je survole une voiture solitaire qui avance tranquillement. Derrière de hauts murs d'enceinte ainsi que les feuillages persistants des jardins, de grosses villas à façade blanche et sans charme luisent dans la pénombre tels des visages de cadavres.

Enfin, c'est peut-être parce que je suis de mauvaise humeur. Cinq choses m'embêtent. Premièrement, la douleur sourde qui accompagne chaque manifestation physique. Je commence à la ressentir dans mes plumes. Je pourrais la tenir momentanément à distance en changeant de forme, mais je risque d'attirer l'attention à un stade critique de l'opération. Il vaut mieux que je reste oiseau jusqu'à ce que j'aie un peu mieux repéré mon environnement.

Deuxièmement : le temps qu'il fait. Mais passons.

Troisièmement, j'avais oublié les contraintes à supporter quand on s'incarne. Ça me démange juste au-dessus du bec, et avec des ailes, comment voulez-vous que je me gratte ?

Quatrièmement, ce môme. Je me pose pas mal de questions sur son compte. Qui est-il au juste ? Pourquoi est-il suicidaire à ce point ? Comment me venger de lui avant l'issue fatale qui l'attend pour m'avoir forcé à remplir cette mission ? Les nouvelles vont vite, et qu'est-ce que je vais prendre si on sait que je me démène dans tous les coins pour un minus pareil !

Cinquièmement, l'Amulette. Tout le monde sait que c'est un puissant talisman. Qu'est-ce que ce gosse peut bien espérer en faire ? Franchement, je ne vois pas. Il ne peut pas disposer du savoir nécessaire. Il se contentera peut-être de la porter en sautoir. Tragique, vraiment... Ou alors, c'est la dernière mode chez les magiciens : en ce moment, il faut piquer des amulettes, comme d'autres piquent des enjoliveurs. N'empêche, je dois mettre la main dessus, et ça, même pour moi, ce ne sera pas facile.

Je ferme les paupières du merle puis j'ouvre l'un après l'autre mes yeux intérieurs, qui voient chacun sur un « plan », ou un « Niveau » différent[1]. Puis j'inspecte les alentours en sautillant d'un bout à l'autre de ma branche pour trouver le meilleur point de vue. Trois villas bénéficient d'une protection magique dans cette rue, ce qui prouve bien à quel point le quartier est huppé. Je ne me donne pas la peine d'examiner les deux plus éloignées : c'est celle d'en face qui m'intéresse, juste derrière le réverbère. La résidence de Simon Lovelace, magicien.

Le premier Niveau ne pose pas de problème, mais il a installé un nexus défensif sur le deuxième ; je le vois briller comme une toile d'araignée immatérielle et bleue tout le long du mur d'enceinte. En plus, le dispositif ne s'en tient pas là : il s'élève dans les airs, passe par-dessus la maison et redescend de l'autre côté en formant un vaste dôme chatoyant.

1. J'ai personnellement accès à sept Niveaux distincts qui coexistent et se chevauchent comme les étages d'un gâteau écrasé. Sept, c'est largement suffisant ; ceux qui en utilisent davantage ne sont que des frimeurs.